JUSTICE POUR CROSS

Né à New York en 1947, James Patterson publie son premier roman en 1976. En 1977, il obtient l'Edgar Award du roman policier. Il est aujourd'hui l'auteur le plus lu au monde. Plusieurs de ses thrillers ont été adaptés à l'écran.

Paru au Livre de Poche :

BIKINI
BONS BAISERS DU TUEUR
CRISE D'OTAGES
DANS LE PIRE DES CAS
DERNIÈRE ESCALE
LA FILLE DU PRÉSIDENT
GARDE RAPPROCHÉE
LES GRIFFES DU MENSONGE
INCONTRÔLABLE
INVISIBLE
JEU DE MASSACRES
LETTRES DE SANG
LUNE DE MIEL
LUNE POURPRE
LA MAISON AU BORD DU LAC
MENACE SUR RIO
MOI, MICHAEL BENNETT
ŒIL POUR OEIL
ON T'AURA PRÉVENUE
PILE OU FACE
PLUS JAMAIS
LE PRÉSIDENT A DISPARU
PRIVATE LOS ANGELES
PROMESSE DE SANG
LE SANG DE MON ENNEMI
TAPIS ROUGE
TUE-MOI SI TU PEUX
UN SI BEAU SOLEIL POUR MOURIR
UNE NUIT DE TROP
UNE OMBRE SUR LA VILLE
LA VILLA ROUGE
WEEK-END EN ENFER
ZOO

Les enquêtes d'Alex Cross

ALEX CROSS
ALEX CROSS (*Majuscules*)
COURS, ALEX CROSS !
CROSS, CŒUR DE CIBLE
DERNIÈRE CHANCE POUR ALEX CROSS
DES NOUVELLES DE MARY
EN VOTRE HONNEUR
GRAND MÉCHANT LOUP
LE MASQUE DE L'ARAIGNÉE
MOI, ALEX CROSS
LA PISTE DU TIGRE
SUR LE PONT DU LOUP
TIRS CROISÉS
TUER ALEX CROSS

Les enquêtes du Women's Murder Club

2e CHANCE
TERREUR AU 3e DEGRÉ
4 FERS AU FEU
LE 5e ANGE DE LA MORT
LA 6e CIBLE
LE 7e CIEL
LA 8e CONFESSION
LE 9e JUGEMENT
10e ANNIVERSAIRE
LA 11e ET DERNIÈRE HEURE
12 COUPS POUR RIEN
13e MALÉDICTION
14e PÉCHÉ MORTEL
15e AFFAIRE
LA 16e SÉDUCTION
17e SUSPECT

JAMES PATTERSON

Justice pour Cross

ROMAN TRADUIT DE L'ANGLAIS (ÉTATS-UNIS)
PAR BÉATRICE ROUDET-MARÇU

JC LATTÈS

Titre original :

CROSS JUSTICE
Publié par Little, Brown and Company, un département
de Hachette Book Group, New York, USA.

ISBN : 978-2-2532-4189-8 – 1re publication LGF

PROLOGUE

I feel pretty[1]…

1. Référence à la célèbre chanson « I Feel Pretty » (Je me sens jolie) dans la comédie musicale *West Side Story*. *(Toutes les notes sont de la traductrice.)*

1

Laissant le cadavre immergé dans la baignoire, Coco, qui ne portait en tout et pour tout qu'une culotte de soie noire et des gants noirs longs jusqu'aux coudes, entra dans l'immense dressing-room. Son regard exercé survola rapidement les vêtements de tous les jours ; certes d'excellente qualité, ils ne correspondaient pourtant pas à son envie actuelle.

Robes haute couture, tenues de soirée chatoyantes : leur élégance et leur pouvoir de séduction l'attirèrent comme un aimant. L'œil averti et les doigts experts, Coco inspecta une création Christian Dior gris souris aux épaules dénudées, puis une robe Gucci blanche avec un décolleté plongeant dans le dos.

En dépit de leur coupe originale, Coco jugea que la façon n'était pas aussi précise ni les finitions aussi impeccables que ce que l'on était en droit d'attendre de modèles griffés dont le prix en boutique dépassait les dix mille dollars. Même dans le haut de gamme, l'art de la couture se perdait ces temps-ci, on avait oublié le savoir-faire d'autrefois. Quel dommage ! Quelle honte ! Un scandale, se serait indignée feu la mère de Coco, décédée depuis belle lurette.

Malgré tout, les deux robes furent stockées dans une housse à vêtements pour un usage ultérieur.

Coco en écarta d'autres, en quête de celle qui sort du lot, celle qui provoque une intense émotion, celle qui fait dire : « Ahhh, oui ! Voilà mon rêve. Mon fantasme. Voilà qui je serai ce soir. »

Une robe de cocktail Elie Saab mit fin à sa recherche. Taille 38. Parfait. En soie indigo, sans manches, avec un profond décolleté et une découpe en losange dans le dos, elle était d'un style spectaculairement rétro : fin années cinquante début années soixante, sortie tout droit de la garde-robe de la série télévisée *Mad Men*.

Hé, mister Draper, venez donc baver un peu[1] *!*

Coco se mit à glousser, mais ce vêtement n'avait rien de drôle. C'était un modèle fabuleux, le genre qui stoppe net les conversations dans un restaurant trois étoiles Michelin ou une salle de bal où se côtoient les riches, les puissants et les célébrités, cette rareté qui semble posséder son propre champ gravitationnel et suscite le désir en tout homme, la jalousie en toute femme se trouvant à moins de cent mètres.

Coco décrocha la robe de la tringle, s'approcha des miroirs qui tapissaient le fond du dressing, et se planta devant pour s'évaluer : corps grand et élancé, maintien majestueux d'étoile de la danse, visage photogénique, yeux noisette en amande et peau sans défaut, nota Coco complaisamment. Si l'on y ajoutait les seins à peine suggérés et les minces hanches androgynes, cette créature si sensuelle aurait dû être la coqueluche des défilés de mode de Paris à Milan… dans un monde moins cruel.

1. L'un des protagonistes de *Mad Men*, Don Draper, succombe régulièrement au charme féminin.

Coco contempla un moment avec frustration l[illegible] chose qui l'empêchait de mener la vie de rê[illegible] top-modèle. Malgré la bande bien serrée sous la[illegible]e noire, il n'y avait guère de doute : Coco était un[illegible].

2

Attentif à ne pas la tacher avec son maquil[illegible]co glissa l'Elie Saab par-dessus sa tête rase, p[illegible]nt lisse, puis sur ses épaules féminines, tout en[illegible]ur que la forme de la robe dissimule la protubér[illegible]es attributs masculins.

Ses vœux furent exaucés. Lorsqu'il eut [illegible]s-ter le tissu moulant sur ses hanches et se[illegible] il était devenu selon toute apparence, même a[illegible]ne chauve, une femme époustouflante.

Coco dénicha des bas soyeux noirs autof[illegible]es enfila délicatement, sensuellement, avant d'[illegible]les rangées de chaussures qui s'alignaient près [illegible]rs. Il cessa de compter à la deux centième pai[illegible]

C'était qui cette Lisa, la réincarnati[illegible]da Marcos ?

Hilare, il choisit de hautes sandales n[illegible]gio Rossi. Ses orteils étaient un peu trop com[illegible]ais quand il s'agit de mode une fille doit savo[illegible].

Une fois les lanières gladiateur atta[illegible]on équilibre assuré sur les talons aiguilles, [illegible]tta le dressing pour rentrer dans la chambre [illegible]ue. Indifférent à l'exquise décoration des lieu[illegible]gea tout droit vers un large coffret à bijoux trônant sur la coiffeuse.

Coco rejeta plusieurs pièces avant de trouver un ensemble Cartier, collier et boucles d'oreilles en perles de Tahiti, qui complétait sa tenue mais sans ostentation. Comme sa mère le lui rabâchait : « Il faut choisir ses accessoires en fonction de l'impression qu'on veut produire. »

Il mit les perles, puis attrapa le sac de courses de la boutique Fendi qu'il avait posé un peu plus tôt près de la coiffeuse. Il écarta le papier de soie qui recouvrait un polo plié, un jean et des chaussures bateau, et extirpa du fond une boîte ovale.

Sous le couvercle apparut une perruque. Bien que datant d'un bon demi-siècle, elle avait été maintenue en parfait état. Une chevelure opulente, humaine et non synthétique, d'un blond cendré naturel. Chaque mèche conservait sa brillance, sa souplesse et sa texture d'origine.

Coco s'assit devant la coiffeuse, fouilla dans le sac Fendi, et en sortit une courte bande de ruban adhésif à tapis. À l'aide de ciseaux trouvés dans le tiroir du meuble, il coupa la bande en quatre morceaux d'environ deux centimètres de longueur. Puis ôta l'un des gants noirs avec ses dents.

Il détacha le papier protecteur des rubans adhésifs, le jeta dans le sac de courses. Enfin, il colla les quatre sur son crâne, l'un au sommet, un autre sept centimètres plus bas vers le front, et les deux derniers au-dessus des oreilles.

Après avoir renfilé le gant, Coco libéra la perruque de sa boîte et, se concentrant sur le miroir, la glissa en douceur sur sa tête pour la fixer au ruban adhésif. Pile en bonne position. Un soupir de contentement lui échappa.

À ses yeux, la perruque était aussi glamour que la première fois qu'il l'avait vue, des décennies auparavant. Elle sortait des mains d'un artiste capillaire de Paris : nuque dégagée, raie au milieu, effilée de sorte que les mèches de chaque côté du visage soient les plus longues. La coiffure encadrait la figure de Coco comme une larme s'arrêtant dans le cou entre la ligne de la mâchoire et le collier.

Pleinement satisfait de son allure générale, Coco retoucha son rouge à lèvres et sourit langoureusement à la femme que lui renvoyait la glace.

— Tu es sublime ce soir, ma chère, déclara-t-il, radieux. Une œuvre d'art.

Avec un clin d'œil à son reflet, Coco se leva et se mit à chanter :

— *I feel pretty, Oh so pretty ! I feel pretty and witty and…*[1]

Tandis qu'il fredonnait, son regard alerte se reporta sur le coffret à bijoux ; il piocha plusieurs parures prometteuses serties de larges émeraudes qu'il fourra dans le sac Fendi. De retour dans le dressing, il écarta des chemises d'homme amidonnées qui dissimulaient un coffre-fort à clavier numérique.

Coco le déverrouilla en tapant le code de mémoire et fut ravi d'y découvrir dix liasses de billets de cinquante dollars épaisses de dix centimètres. Il mit tout l'argent dans le sac, referma le coffre-fort, puis casa

1. Je me sens jolie, Oh si jolie ! Je me sens jolie, et pleine d'esprit, et… (*Id.* titre du prologue.)

le sac rempli au fond de la housse à vêtements, dont il remonta la fermeture Éclair avant de la balancer sur une épaule.

En sortant du dressing, Coco attrapa un trousseau de clefs, et avisa sur une étagère une pochette de soirée Badgley Mischka Alba noir et or à forme géométrique, qu'il prit au passage. *Quelle chance !*

Il rangea les clefs à l'intérieur.

Au moment de quitter la suite, il eut une hésitation, puis gagna la salle de bains, aussi vaste qu'un appartement, en annonçant d'une voix forte :

— Lisa chérie, malheureusement il est temps que je parte !

La tête inclinée sur son épaule gauche, Coco contempla avec autant d'intérêt que de tristesse la femme brune dans la baignoire. Les yeux turquoise de Lisa étaient exorbités, et ses lèvres gonflées au collagène largement étirées comme si un fusible avait sauté dans sa mâchoire lorsque la radio Bose branchée sur secteur était tombée dans le bain. Incroyable qu'au XXIe siècle – avec toute cette technologie avancée comme les coupe-circuits et autres systèmes de sécurité – un simple appareil domestique entrant au contact de l'eau génère une électrocution assez violente pour provoquer un arrêt cardiaque.

— Je dois reconnaître, mon amie, que tu avais bien meilleur goût que je ne te l'accordais, déclara Coco au cadavre. En fin de compte, après un bref inventaire de ta garde-robe, je constate que tu dépensais ton argent à bon escient. Et tu sais quoi ? Tu restes belle même dans la mort. Bravo, ma chère. Bravo !

Il lui souffla un baiser, tourna les talons et quitta la pièce.

Sans plus traîner dans la somptueuse villa, Coco descendit d'un pas léger l'escalier en spirale jusqu'au hall d'entrée. Il se faisait tard, le crépuscule était proche, et le soleil couchant de Floride répandait à travers les fenêtres un halo doré qui illuminait un portrait à l'huile accroché au mur du fond.

Coco jugea que l'artiste avait su rendre Lisa dans toute sa gloire, au summum de son pouvoir féminin, de son élégance et de sa maturité. Personne ne pourrait changer cela. Jamais. Désormais, Lisa serait pour toujours la femme du tableau, et non cette coquille vide à l'étage.

Il sortit et emprunta l'allée circulaire. En cette fin de juin, la chaleur était insupportable dans l'arrière-pays. Ici, en revanche, si près de l'océan, la brise marine rafraîchissait agréablement l'air.

Coco longea le jardin parfaitement entretenu de Lisa, aux luxuriantes couleurs tropicales, où s'exhalaient les fragrances des orchidées en pleine floraison. Des perroquets sauvages se mirent à criailler depuis leurs nids dans les palmiers lorsqu'il pressa le bouton d'ouverture automatique du portail.

Dans la rue, il passa devant des pelouses manucurées et d'imposantes demeures, se délectant du cliquetis de ses talons aiguilles sur le trottoir, de la sensation de la robe contre ses cuisses gainées de bas, du bruissement de la soie contre la soie.

Son cabriolet Aston Martin DB5 vert foncé, un modèle sport de collection, était garé un peu plus loin. L'Aston Martin avait connu des jours meilleurs et nécessitait des réparations, mais Coco continuait de l'aimer à la façon dont un enfant craintif se cramponne à sa couverture préférée et la tripote jusqu'à ce qu'elle tombe en morceaux.

Il monta en voiture, posa la housse à vêtements sur le siège passager, mit la clef dans le contact. Le moteur du roadster se réveilla avec un rugissement. Après avoir baissé la capote, Coco enclencha la première vitesse et s'engagea dans la circulation, assez fluide à cette heure.

Je suis en beauté, ce soir, songea Coco. *Comme mon paradis, Palm Beach, spectaculaire à la tombée de la nuit. L'amour et la chance sont tout près. Je les sens déjà venir à moi.*

Comme ma mère me disait toujours, ce qu'il faut à une fille dans la vie, c'est du style, de l'amour et aussi un peu de chance, le reste n'a pas vraiment d'importance.

PREMIÈRE PARTIE

Starksville[1]

1. « Stark » signifie entre autres « désolé », « rude ».

1

Lorsque je vis le panneau indiquant que nous étions à quinze kilomètres de Starksville, Caroline du Nord, mon souffle raccourcit, mon pouls accéléra, et une sensation pénible, irrationnelle d'oppression m'envahit subitement.

Ma femme, Bree, assise à côté de moi dans notre SUV Ford Explorer, avait dû remarquer quelque chose.

— Ça va, Alex ? s'inquiéta-t-elle.

Je m'efforçai d'évacuer mon malaise.

— Un excellent romancier de Caroline du Nord, Thomas Wolfe, a écrit que l'on ne peut pas retourner chez soi. Je me demande si c'est exact.

— Pourquoi on peut pas retourner chez nous, papa ? s'alarma du haut de ses sept ans Ali, mon benjamin installé sur la banquette arrière.

— C'est juste une expression, expliquai-je. Si tu grandis dans une petite ville provinciale et que tu la quittes pour une grande ville, les choses ne sont jamais les mêmes quand tu y reviens. C'est tout.

— Ah, dit Ali avant de replonger dans un jeu sur son iPad.

Ma fille Jannie, quinze ans, qui s'était montrée maussade durant la majeure partie du long trajet depuis Washington, ouvrit enfin la bouche :

— Tu n'es jamais revenu ici, papa ? Pas une seule fois ?

— Eh non, admis-je en jetant un coup d'œil dans le rétroviseur intérieur. Pas depuis… combien de temps, Nana ?

Ma minuscule grand-mère âgée de quatre-vingt-dix ans et des poussières, Regina Cross, était assise entre mes deux enfants et tendait le cou pour regarder dehors.

— Trente-cinq ans, répondit-elle. Nous avons gardé le contact avec le reste de la famille, mais l'occasion ne s'est jamais vraiment présentée de revenir dans la région.

— Jusqu'à maintenant, ajouta Bree, son regard inquisiteur posé sur moi.

Ma femme et moi sommes tous deux inspecteurs de police à Washington DC, je me savais donc scruté par une pro.

Peu désireux de rouvrir la sempiternelle « discussion » de ces derniers jours, je déclarai d'un ton ferme :

— Le capitaine nous a ordonné de prendre un congé pour changer d'air ; de plus, les liens du sang sont sacrés.

— Nous aurions pu aller à la mer, soupira Bree. En Jamaïque, comme l'autre fois.

— J'aime bien la Jamaïque ! pépia Ali.

— Eh bien, ce sera la montagne à la place, conclus-je.

— On va devoir rester combien de temps, papa ? grommela Jannie.

— Aussi longtemps que durera le procès de mon cousin.

— Mais ça pourrait être, genre, un mois ! s'écria-t-elle.

— Sans doute pas autant, mais c'est possible.

— Ça craint papa, comment est-ce que je vais maintenir mon niveau pour la saison d'automne ?

Ma fille, athlète douée pour la course, faisait de son entraînement une idée fixe depuis sa victoire dans une compétition d'importance au tout début de l'été.

— Tu t'exerceras deux fois par semaine avec une équipe de Raleigh agréée par l'AAU[1], la rassurai-je. Ils viennent courir ici, dans le stade du lycée, à cause de l'altitude. Ton entraîneur a d'ailleurs dit que ce serait excellent pour toi, l'altitude, alors arrête de geindre, s'il te plaît. Tout est prévu.

— C'est quoi l'attitude à Starksville ? s'enquit Ali.

— Altitude, le corrigea automatiquement Nana Mama, ancienne professeur d'anglais et proviseur adjointe. Cela signifie la hauteur d'un endroit au-dessus de la mer.

— Nous serons à six cents mètres au moins au-dessus du niveau de la mer, précisai-je, tout en pointant le doigt vers les silhouettes vagues des montagnes. Plus haut, derrière ces sommets.

Jannie resta silencieuse un moment, puis demanda :

— Est-ce que Stefan est innocent ?

Je repensai aux charges retenues contre lui. Stefan Tate, professeur d'éducation physique et sportive, était accusé d'avoir torturé et tué un garçon de treize ans du nom de Rashawn Turnbull. Or Stefan est le fils de la sœur de ma défunte mère et…

— Papa ? insista Ali. Il est innocent ?

— Scootchie pense que oui, répondis-je.

— J'aime bien Scootchie, décréta Jannie.

1. Amateur Athletic Union.

— Moi aussi, fis-je, avec un coup d'œil à ma femme. Alors quand elle me demande mon aide, je viens.

Naomi Cross, que l'on surnomme « Scootchie », est la fille de mon frère Aaron, lui-même décédé. Il y a des années de cela, lorsqu'elle étudiait le droit à la très sélective Duke University en Caroline du Nord, ma nièce a été kidnappée par un meurtrier sadique qui se faisait appeler Casanova. J'ai eu le bonheur de la retrouver et de la sauver à temps, et cette terrible épreuve a forgé entre nous deux un lien particulier qui existe encore à ce jour.

Nous roulions entre un étroit champ de maïs à droite et une plantation de hauts pins à gauche.

Ce paysage éveilla ma mémoire et mon malaise redoubla, car je savais qu'au bout du champ de maïs il y aurait un panneau me souhaitant la bienvenue pour mon retour dans cette ville qui m'avait arraché le cœur, ce lieu que j'avais tenté d'oublier toute ma vie.

2

Dans mon souvenir, le panneau qui marquait la frontière de mon enfance perturbée était en bois déteint et étouffé par du kudzu grimpant. Mais il se dressait maintenant en métal gravé, quasi neuf, libre de toute plante envahissante.

BIENVENUE À STARKSVILLE, CAROLINE DU NORD
21 010 HABITANTS

Un peu plus loin s'élevaient deux vieilles manufactures en briques, désaffectées. Les bâtiments croulants, aux fenêtres disparues, étaient ceints d'un grillage auquel pendaient des avis d'expropriation. En fouillant dans le tréfonds de mon esprit, je me rappelai que la première produisait des chaussures, et la deuxième du linge de lit. J'étais bien informé puisque ma mère avait travaillé dans la fabrique de textile lorsque j'étais petit garçon, jusqu'à ce que, détruite par l'abus de cigarettes, d'alcool et de drogues, elle succombe à un cancer du poumon.

D'un regard dans le rétroviseur, je constatai à son expression crispée que Nana Mama était elle aussi hantée par le fantôme de sa bru, et sans doute également par celui de son fils, mon défunt père. Nous longions un centre commercial miteux dont je ne me souvenais pas, quand je reconnus soudain la façade familière du supermarché Piggly Wiggly.

— Chaque fois que ma mère me donnait un nickel[1], je fonçais là acheter des bonbons ou un Mr Pibb, déclarai-je en désignant le magasin.

— Un nickel ? s'étonna Ali. Tu pouvais te payer des bonbecs avec seulement un nickel ?

— Et de mon temps, un penny suffisait, jeune homme, renchérit Nana Mama.

— Qu'est-ce qu'un Mr Pibb ? s'enquit ma femme, originaire de Chicago où ce n'était pas connu.

— Une boisson gazeuse, expliquai-je. Un mélange à base de jus de pruneau, je crois.

— Pfft, dégueu, fit Jannie.

---

1. Nickel : pièce de 5 cents. Penny : pièce de 1 cent.

— Non, c'est bon, figure-toi, répliquai-je. Dans le même genre que le Dr Pepper. Ma mère en raffolait. Mon père aussi, d'ailleurs. Tu te rappelles, Nana ?

— Comment aurais-je pu l'oublier ? soupira-t-elle.

— Êtes-vous conscients, vous deux, que vous ne les désignez jamais par leurs prénoms ? intervint Bree.

— Christina et Jason, souffla Nana Mama à voix basse.

Dans le miroir, je la vis accablée par une tristesse soudaine.

— Ils étaient comment ? demanda Ali, sans quitter son iPad des yeux.

Pour la première fois en plusieurs décennies, j'éprouvai du chagrin et de la mélancolie en pensant à la perte de mes parents. Je restai muet.

Ma grand-mère répondit à ma place :

— Ils avaient tous deux de belles âmes, mais égarées.

— Un train arrive, Alex, m'avertit Bree.

Je reportai mon attention sur la route et ralentis ; un feu de passage à niveau clignotait, des barrières de sécurité s'abaissaient. Arrêtés derrière deux voitures et une camionnette, nous regardâmes approcher dans un grondement le lent train de marchandises.

Tout à coup, je me revis gamin (huit ans ? neuf ?) en train de courir le long de ces mêmes rails qui traversaient le bois près de notre maison. Il faisait nuit, il pleuvait. J'étais mort de peur. *Pour quelle raison ?*

— Hé, vous voyez les mecs sur le train ? s'exclama Ali, me tirant de ma rêverie.

Il y avait effectivement deux hommes juchés sur le toit d'un des wagons, l'un afro-américain, l'autre blanc, vingt ans à peine chacun. Tandis que le train s'engageait dans le passage à niveau, ils s'assirent à l'avant de leur wagon, jambes ballantes, comme s'ils s'installaient pour un long voyage.

— On appelait autrefois ces voyageurs clandestins des « hoboes », des vagabonds, déclara Nana Mama.

— Ils sont un peu trop bien habillés pour des hoboes, fit remarquer Bree.

Comme le wagon des jeunes hommes passait devant nous, je compris le commentaire de Bree en voyant leur tenue : casquette de baseball à l'envers, lunettes de soleil, écouteurs, bermuda baggy, tee-shirt noir et baskets montantes vernies. Apparemment, ils connaissaient quelqu'un dans le véhicule qui nous précédait, car ils lui firent un salut avec trois doigts dressés en l'air. Un bras sortit par la fenêtre du conducteur pour les saluer de même.

Puis ils s'éloignèrent, bientôt suivis par le wagon de queue, en direction du nord. Les barrières se relevèrent. Le feu cessa de clignoter. Nous franchîmes les rails. Les deux voitures avant nous tournèrent à droite, et je dus ralentir pour laisser la camionnette bifurquer à gauche à un panneau indiquant CAINE FERTILIZER COMPANY.

— Berk ! grogna Ali. C'est quoi cette odeur ?

Je l'avais sentie également.

— De l'urée.

— Tu veux dire, comme dans le pipi ? demanda Jannie, dégoûtée.

— De l'urine animale, précisai-je, et probablement aussi des excréments animaux. Pour fabriquer de l'engrais.

— Mais qu'est-ce qu'on fiche ici ? gémit-elle.

— On va habiter où ? voulut savoir Ali.

— Naomi s'est occupée de notre logement, répondit Bree. Pourvu seulement qu'il y ait la clim ! Il doit faire plus de trente degrés, et si on est sous le vent avec cette puanteur…

— Vingt-six exactement, déclarai-je après avoir vérifié sur le tableau de bord. Nous sommes plus haut maintenant.

Bien qu'ayant oublié les noms des rues, je me dirigeais d'instinct, retrouvant mon chemin à travers Starksville comme si je l'avais quittée la veille et non trente-cinq ans auparavant.

Le centre-ville fut établi à l'aube du XIXe siècle autour d'une place rectangulaire au milieu de laquelle s'est dressée ensuite une statue du colonel Francis Stark, héros des États confédérés et fils du fondateur de la commune. De nos jours, Starksville aurait dû être l'un de ces lieux que l'on décrit comme pittoresques. Nombre de bâtiments étaient anciens, certains datant d'avant la guerre de Sécession, d'autres avec des façades en briques comme les manufactures à la limite de l'agglomération.

Mais la crise économique l'avait durement touchée. Pour chaque commerce ouvert ce jeudi – une boutique de vêtements, un bureau de prêt sur gages, une librairie, un armurier, deux cavistes –, on en comptait deux vides aux vitrines badigeonnées de blanc. Des panneaux À VENDRE étaient visibles partout.

— Je me rappelle le temps où Starksville n'était pas un mauvais endroit où vivre, même avec les lois Jim Crow[1], déclara Nana Mama sur un ton nostalgique.

1. Appellation désignant les lois sur la ségrégation raciale en vigueur aux États-Unis depuis les années 1880, jusqu'à leur abolition en 1964 à la suite de la promulgation du Civil Rights Act.

cousin de Stefan. Ancien agent du FBI, service de la science du comportement, et actuellement enquêteur en chef dans la police de Washington DC.

Si Brady fut impressionné par mon curriculum, il n'en montra rien, et me serra la main sans chaleur.

— Vous êtes ici pourquoi, au juste ?

— Ma famille et moi avons traversé dernièrement une dure période, alors nous faisons un petit break pour décompresser, visiter cette ville où j'ai mes racines, et offrir un soutien moral à mon cousin.

Avec un reniflement dédaigneux, il regarda Naomi :

— Eh bien, je pense que le meilleur soutien pour M. Tate, c'est que tu négocies un plaider-coupable.

Elle sourit.

— Et moi je pense que tu peux te mettre cette idée quelque part.

Amusé, Brady leva les mains, paumes en avant.

— La décision t'appartient, Naomi, mais si nous passons un accord, ton client continuera à vivre, même derrière les barreaux. Si tu vas jusqu'au procès, il écopera très certainement de la peine de mort.

— Au revoir ! lança-t-elle sur un ton mielleux tout en prenant mon bras. Nous sommes pressés.

— Ravi d'avoir fait votre connaissance, dis-je à Brady.

— Moi de même, docteur Cross, répliqua-t-il, avant de s'éloigner.

— Il est du genre pète-sec, remarquai-je dès qu'il fut hors d'écoute, pendant que nous nous dirigions vers ma voiture.

— Il est devenu comme ça à la fac de droit.

— Tu le connais donc bien ?

— On était juste en cours ensemble, éluda Naomi, puis elle poussa un cri de joie quand Jannie ouvrit la portière du Ford Explorer et en sortit d'un bond.

Quelques instants plus tard, tout le monde était sur le trottoir à étreindre ma nièce, qui s'extasia de voir Jannie si grande et si musclée, et eut les larmes aux yeux en embrassant ma grand-mère.

— Tu ne vieillis pas, Nana ! s'exclama-t-elle, émerveillée. Est-ce qu'il y a dans un grenier un tableau de toi qui montre ton âge véritable ?

— *Le Portrait de Regina Cross*, pouffa celle-ci.

— C'est si bon de vous voir tous, dit Naomi, puis son visage se rembrunit. J'aurais préféré que ce soit dans des circonstances différentes.

Ma femme intervint :

— Nous allons découvrir le fin mot de l'histoire, faire relâcher Stefan, et passer des vacances agréables.

Les traits de Naomi se crispèrent davantage.

— C'est plus facile à dire qu'à faire, Bree. Mais pour l'instant, les tantes nous attendent. Vous n'avez qu'à me suivre.

— Je peux monter en voiture avec toi, Scootchie ? demanda ma fille.

— Bien sûr, accepta Naomi en faisant un geste vers l'autre côté de la rue. C'est la petite Chevrolet rouge.

Après avoir quitté le centre-ville, nous traversâmes des quartiers plus résidentiels, marqués par les contrastes. Des pavillons décrépits côtoyaient des maisons fraîchement repeintes ; les véhicules étaient soit flambant neufs soit sur le point de tomber en morceaux. Et les gens que l'on croisait portaient pour certains des vêtements miteux, pour d'autres les dernières tendances de la mode urbaine.

Nous franchîmes le vieux pont en arc qui enjambait la Stark River. Hautes de six étages, les parois en granite de la gorge flanquaient la rivière au courant rapide, qui bouillonnait autour d'énormes rochers. Ali remarqua des kayakistes au milieu des eaux vives.

— Je pourrai en faire ? s'écria-t-il.

— Jamais de la vie, répondit Nana Mama sur un ton définitif.

— Pourquoi non ?

— Parce que cette gorge est mortellement dangereuse, expliqua-t-elle. Il y a toutes sortes de courants traîtres, ainsi que des troncs d'arbres et des saillies rocheuses sous l'eau. Tu te retrouveras coincé sans réussir à te dégager. Dans mon enfance, j'ai connu au moins cinq garçons qui sont morts comme ça, dont mon petit frère. Les corps n'ont jamais refait surface.

— C'est vrai ? s'étonna Ali.

— Absolument, assura Nana Mama.

Naomi continua tout droit après le pont, nos voitures rebondissant sur la voie ferrée qui bordait Birney, un faubourg délabré de la ville. La grande majorité des modestes demeures avaient désespérément besoin d'être retapées. Des enfants jouaient dans les cours en terre battue rouge. Des chiens aboyaient à notre passage. Des poulets et des chèvres s'égaraient sur la route. Et les adultes assis dans les vérandas nous regardaient avec méfiance, l'air de savoir que nous étions des étrangers puisqu'ils connaissaient chaque personne qui s'aventurait dans ce secteur, encore plus désolé que l'augurait le nom de Starksville.

La sensation d'oppression que j'avais éprouvée à la vue du panneau indicateur pour Starksville me reprit. Elle devint presque étouffante lorsque Naomi tourna dans Loupe Street, dont la chaussée crevassée et pleine de nids-de-poule aboutissait à un cul-de-sac devant les seules maisons bien entretenues du quartier. Trois pavillons identiques, repeints depuis peu, chacun séparé de la rue par une clôture basse en bois verte et arborant une pelouse luxuriante avec des massifs de fleurs près de la véranda protégée par une moustiquaire.

Je me garai derrière ma nièce et restai sur mon siège, hésitant, pendant que ma femme et mon benjamin descendaient de voiture. Nana Mama était aussi peu pressée que moi, et je saisis sa mine sombre dans le rétroviseur.

— Alex ? dit Bree, penchée à la portière ouverte.

— J'arrive.

Je sautai hors du Ford pour aider ma grand-mère à sortir. La tenant par le bras, je fis lentement le tour du véhicule et m'arrêtai. Nous regardions tous deux le pavillon le plus proche comme s'il abritait des fantômes, ce qui pour nous était bel et bien le cas.

— Tu es déjà venu ici avant, papa ? demanda Ali.

Je relâchai doucement mon souffle, hochai la tête.

— C'est dans cette maison que j'ai grandi, fiston.

4

— Juste ciel, c'est bien toi qui es ici, tante Regina ? s'écria une voix féminine, avant qu'Ali ou un autre membre de ma famille n'ait pu réagir à ma déclaration.

Je détournai les yeux du pavillon où s'était déroulée une bonne partie de mon enfance. Une femme âgée en robe hawaïenne à fleurs et tongs vert pomme fonçait vers nous de la véranda voisine telle une locomotive. Elle souriait de toutes ses dents et agitait les mains au-dessus de la tête, comme si elle se trouvait sous l'une de ces tentes où l'on prêche le réveil de la foi d'antan.

— Connie Lou ? s'exclama Nana Mama. J'ai l'impression que tu as fondu, jeune dame, depuis que tu es venue me voir cet été-là, il y a deux ans !

Connie Lou Parks est la veuve du frère de ma mère. Si tante Connie avait effectivement maigri depuis sa dernière visite à Washington, elle conservait un gabarit de défenseur en football américain. Néanmoins, son large corps trembla de plaisir à l'éloge de ma grand-mère, qu'elle serra contre sa poitrine en lui plantant sur la joue un baiser sonore.

— Grands dieux, Connie, il est inutile de me baver dessus, protesta Nana Mama.

Ma tante trouva sa remarque hilarante et l'embrassa de plus belle.

Ma grand-mère calma ces effusions en lui demandant :

— Comment as-tu perdu tout ce poids ?

— J'ai suivi le fameux régime « homme des cavernes » et commencé à faire de la marche tous les jours, raconta fièrement Connie, et elle éclata d'un nouveau rire joyeux. J'ai vingt kilos de moins et mon taux de diabète s'est amélioré. Alex Cross, approche un peu ! Donne-moi un bisou.

Elle ouvrit grand ses bras et m'étreignit avec fougue. Puis elle leva sur moi des yeux embués.

— Merci d'être venu aider Stefan. Ça compte énormément pour nous.

— C'est normal ! Je n'ai pas hésité une seconde.

— Mais si, Alex, tu as hésité, et c'est compréhensible, répliqua-t-elle d'une voix neutre.

Elle embrassa ensuite Bree et les enfants, se répandant en compliments sur chacun d'eux. Nana Mama a toujours dit que Connie sait se faire des amis partout. C'est vrai. Tous mes souvenirs de cette tante par alliance sont remplis de sourires et de rires communicatifs.

Une fois les salutations terminées, tante Connie pointa le menton vers le pavillon devant nous.

— Ça te va de loger ici, Alex ? Tout a été refait, tu ne reconnaîtras rien.

Dubitatif, je répondis :

— Personne n'y vit, maintenant ?

— Si, ma Karen et sa famille, mais ils sont sur la Côte du Golfe au moins tout l'été, à prendre soin de la maman de Pete qui est très malade, la pauvre. Je leur ai parlé de votre visite, et ils vous invitent à séjourner chez eux si ça ne te gêne pas trop.

Je consultai Bree du regard, et devinai qu'elle mettait en balance des semaines de frais d'hôtel et un toit gratuit.

— Aucun problème, assurai-je.

Soulagée, tante Connie m'enlaça.

— Parfait ; vous vous installerez après avoir mangé un morceau. Qui a faim ?

— Moi ! affirma Ali.

— Hattie est en train de préparer un vrai festin chez elle, déclara Connie Lou. Je vous emmène faire un brin de toilette, ensuite on prendra du bon temps et on se racontera les dernières nouvelles.

Ma tante est une telle force de la nature qu'Ali, Jannie et Naomi la suivirent docilement quand elle partit au pas de charge. Bree offrit son coude à Nana Mama, en me jetant un coup d'œil interrogateur.

— Je vous rejoins, dis-je. Il faut que j'entre là seul d'abord.

Je voyais que ma femme ne comprenait pas. Mais je lui avais très peu parlé de mon enfance ici, parce que ma vie a réellement commencé le jour où Nana Mama nous a pris sous son aile mes frères et moi.

— Fais ce que tu as à faire, concéda Bree.

Ma grand-mère me dévisagea d'un air impassible et déclara :

— Tu n'es responsable de rien dans ce qui s'est passé. Tu entends ? Cela ne dépendait pas de toi, Alex Cross.

Les premières années où j'ai vécu avec elle, Nana Mama me parlait ainsi constamment, pour m'apprendre à me dissocier de l'autodestruction d'autrui, me montrer qu'il y avait moyen d'aller de l'avant.

— Je sais, Nana, dis-je, et je poussai le portail.

Toutefois, en marchant vers la véranda, je me sentis bizarre et dédoublé comme jamais auparavant. Il me semblait être deux personnes : l'homme adulte, policier compétent, mari aimant et père dévoué qui se dirigeait vers une petite maison du Sud silencieuse, et le garçon de huit ans, craintif et manquant d'assurance, en train de rentrer à contrecœur dans son foyer qui pouvait aussi bien être empli de musique, d'amour et de joie que de hurlements, de fureur et de folie.

5

Tante Connie avait raison. Je ne reconnus pas les lieux.

À un moment ou à un autre au cours des décennies passées, de gros travaux intérieurs avaient été effectués dans le pavillon, modifiant intégralement sa configuration. Seule la véranda restait conforme à mes souvenirs. Le vestibule où nous laissions nos chaussures avait disparu. De même que le mur à mi-hauteur qui séparait la cuisine de la salle de séjour, dans laquelle mes frères Charlie, Blake, Aaron et moi jouions et regardions la télévision, du moins quand nous en avions une qui fonctionnait.

Le mobilier actuel était plaisant, avec un grand téléviseur à écran plat, et la cuisine dotée de placards, d'une cuisinière, d'un réfrigérateur et d'un lave-vaisselle tout neufs. Il y avait en outre plus de fenêtres, et le coin sombre où nous prenions le petit déjeuner sur une triste table en Formica était devenu une alcôve lumineuse aux couleurs gaies.

En me tenant là, je pouvais presque voir ma mère dans un de ses bons jours, éclatante au réveil telle une reine de beauté malgré sa robe de chambre usée jusqu'à la corde, en train de fumer une Kent filtre et de nous préparer des gaufres avec des œufs au plat tout en fredonnant en même temps que Sam Cooke qui passait à la radio sur WAAA 980 AM, la station de Winston-Salem :

« *...been a long time coming, but I know a change gonna come*[1]... »

C'était sa chanson favorite, et elle avait une incroyable voix de gospel, rauque et chaude, formée dans l'église baptiste de son père. En l'entendant résonner dans ma tête tandis que je restais figé au milieu de cette cuisine où ma mère aimait chanter pour nous, ma gorge se serra et je fondis en larmes.

Je ne m'attendais pas à cette réaction.

Sans doute avais-je rangé ma mère depuis si longtemps dans l'une des boîtes bien verrouillées de mon esprit que je m'imaginais, manifestement à tort, avoir surmonté la tragédie de son autodestruction. C'était une femme intelligente, sensible et pleine d'humour. Elle avait le don des mots et de la musique, les chansons lui venaient comme ça, sans le moindre effort. Et dans les rares occasions où je l'ai entendue à l'église, on avait l'impression qu'un ange s'exprimait par sa voix.

Sauf qu'il y avait d'autres fois, trop nombreuses, où au contraire les démons prenaient possession d'elle. Le suicide de son père sous ses yeux de gamine de douze ans l'avait émotionnellement handicapée pour le restant

1. « … il a mis très longtemps à venir, mais je sais que le changement arrive… » « A Change Is Gonna Come » (1963) est une chanson emblématique du mouvement pour les droits civiques des Noirs américains.

de sa courte existence. Elle cherchait l'oubli dans la vodka et l'héroïne, et je l'ai rarement vue sobre dans ses dernières années.

En fait de démons, c'étaient ses souvenirs, exacerbés par l'alcool et la drogue lui embrouillant le cerveau, qui fabriquaient ce monstre en lequel elle se transformait parfois au cœur de la nuit. Depuis nos lits, mes frères et moi l'entendions pleurer son père, ou bien lui hurler dessus. Ces nuits-là, elle était prise de violence, cassait des objets, maudissait Dieu et nous tous dans la foulée.

Dans une famille où un parent souffre d'un problème de dépendance, chaque enfant a son propre rôle et sa manière de gérer la situation. Mes frères se refermaient sur eux-mêmes quand ma mère, sous l'empire de substances toxiques, représentait un danger pour nous. Quant à moi, je me donnais pour mission de l'empêcher de se faire du mal puis, plus tard dans la soirée, de la relever du sol et de la mettre au lit. Dans le langage des cures de désintoxication, je cumulais les rôles de héros et de soignant.

Là, dans la cuisine, au rappel de cette période que j'avais voulu oublier, je m'avisai soudain que ma mère m'avait créé sur le plan non seulement physique mais mental. Dès mon plus jeune âge j'ai vécu dans le chaos avec des personnes névrotiques, et, pour survivre, j'ai dû ravaler mon angoisse, me forcer à comprendre et à affronter des esprits malades. Cette compétence durement acquise m'a conduit à ma vocation, d'où mon doctorat en psychologie à Johns Hopkins puis ma carrière dans les forces de l'ordre. Pour cette raison parmi d'autres, je me rendais compte qu'en dépit de la folie et de la mort prématurée de ma mère, j'avais eu de la chance d'être son fils et je lui étais reconnaissant.

Après avoir essuyé mes larmes, je quittai le séjour et empruntai le couloir menant aux chambres. À mon époque, il n'y en avait que deux en tout et pour tout, et la famille ne disposait que d'une salle d'eau à peine digne de ce nom, mais où trônait à présent une baignoire. La grande pièce où nous dormions, mes frères et moi, était maintenant divisée en deux chambres, chacune équipée de lits superposés.

Le regard plongé dans mon passé, sourd à tout bruit dans la maison, je me rappelai mon père, sobre et amusant l'un de ses bons soirs, en train de nous raconter qu'il nous emmènerait un jour tous les quatre en voyage à La Nouvelle-Orléans pour écouter du jazz dans Bourbon Street.

Il faut que vous ayez des rêves, les garçons, disait-il toujours avant d'éteindre la lumière de notre chambre. *Et ces rêves, il faut que vous les...*

— Ne bougez plus ! rugit une voix masculine. Mains en l'air et bien visibles !

Je sursautai de surprise mais m'exécutai, en regardant par-dessus mon épaule. Au bout du couloir, dans la cuisine, deux hommes en civil avec leur insigne de police suspendu au cou par un cordon braquaient des pistolets sur moi.

6

— À genoux ! aboya le plus grand et le plus jeune des deux, un Afro-Américain mince au corps nerveux, dans la trentaine.

Son coéquipier était de type caucasien : quinquagénaire, le cheveu rare teint en brun, la peau grêlée et blafarde, une mine morose.

— Que se passe-t-il, messieurs ? demandai-je, sans obéir.

— Vous vous êtes introduit par effraction au domicile d'un très bon ami à moi, répondit le policier noir.

— Cette maison appartient à Connie Lou Parks, ma tante, qui m'en a donné les clefs. Elle la loue à sa fille, Karen, dont le mari, Pete, est votre ami j'imagine. J'ai vécu ici dans mon enfance, et pour info, moi aussi je suis flic.

— Ben voyons, ricana le plus vieux.

— Puis-je vous montrer mes papiers ?

— Doucement, m'intima-t-il.

Je repoussai un pan de ma veste, ce qui révéla l'étui du pistolet sous mon aisselle.

— Arme à feu ! cria l'agent afro-américain.

Son collègue et lui se baissèrent aussitôt, en position de combat. Certain qu'ils allaient me tirer dessus si je tentais de sortir mon insigne, j'écartai ma main en expliquant :

— Bien sûr que j'ai une arme, puisque je suis inspecteur au Metropolitan Police Department de Washington DC, section homicides. En fait, j'en porte même deux.

Ce Glock 40, plus un petit neuf millimètres Ruger LC9 attaché à ma cheville droite.

— Votre nom ? m'interrogea le policier plus âgé.

— Alex Cross. Et les vôtres ?

— Inspecteurs Frost et Carmichael. Frost, c'est moi, répondit-il tout en se redressant, imité par son coéquipier. Bon, monsieur Cross, voici ce que vous allez faire. Enlevez votre veste, manche droite en premier, et lancez-la ici.

Comme il était inutile de discuter, je suivis ses instructions et jetai ma veste sport légère dans le couloir.

— Couvre-moi, Carmichael, dit-il, puis il s'avança accroupi de sorte que son collègue puisse me garder dans sa ligne de mire.

Ils appliquaient la procédure à la lettre. Ne me connaissant ni d'Ève ni d'Adam, ils agissaient comme n'importe quel flic expérimenté de Washington, moi compris, dans pareille situation.

Lorsque Frost attrapa ma veste, je lui indiquai :

— Poche intérieure gauche.

Les yeux plissés et fixés sur mes mains, il recula de quelques pas, toujours fléchi, et sortit le portefeuille contenant mon insigne et mes papiers d'identité.

— Range ton flingue, Lou, ordonna-t-il enfin. Il est bien celui qu'il dit être. Dr Alex Cross, MPD, section homicides.

Après un instant d'hésitation, Carmichael abaissa légèrement son pistolet et me demanda sans aménité :

— Avez-vous un permis de port d'arme dissimulée valable dans l'État de Caroline du Nord, docteur Cross ?

— J'ai un permis fédéral, valable donc partout, parce que j'ai fait partie du FBI. Il est aussi dans mon portefeuille.

Frost le trouva et adressa un signe de tête affirmatif à son coéquipier.

Carmichael dut rengainer son arme, ainsi que son irritation. Frost fit de même, puis ramassa ma veste, l'épousseta et me la rendit avec mes papiers.

— Si vous nous disiez ce que vous faites par ici ? me questionna Carmichael.

— J'enquête sur l'affaire Stefan Tate. C'est mon cousin.

L'expression de Carmichael se durcit. Frost eut l'air d'avoir une remontée acide dans la gorge.

— Starksville n'est peut-être pas une grande ville, inspecteur Cross, mais nous sommes des pros bien formés, martela Frost. Et votre cousin Stefan Tate ? Y a pas plus coupable que cette ordure.

7

Tout en traversant le cul-de-sac de Loupe Street pour rejoindre le troisième pavillon, j'entendis la voiture de police banalisée qui démarrait derrière moi, et m'interrogeai sur la solidité des charges retenues contre mon jeune cousin. Il faudrait que Naomi me montre les pièces à conviction, et…

La voix animée de tante Connie me parvint par la porte-moustiquaire, suivie des gloussements et braiments de rire déclenchés par ce qu'elle racontait. Le vent tourna et charria les mystérieux et merveilleux arômes en provenance de la cuisine de Hattie Parks Tate, la sœur cadette de ma mère. Je ne les avais pas sentis depuis trente-cinq ans, mais ils m'évoquèrent immédiatement des moments de mon passé : moi, enfant, qui gravis ce même perron, hume ces mêmes odeurs, tends la main vers la poignée, impatient d'entrer.

Cette maison était l'un de mes refuges, songeai-je, me souvenant combien elle était paisible et ordonnée en comparaison du perpétuel chaos dans le pavillon d'en face. Rien n'avait changé sur ce plan-là, constatai-je après un coup d'œil à travers le grillage ; ma famille était assise dans la salle de séjour immaculée de Hattie avec des assiettes remplies à ras bord de ses petits plats savoureux, et le contentement se lisait sur tous les visages.

— Toc, toc ! fis-je en ouvrant la porte.

— Papa ! s'écria Ali depuis un canapé en rotin, et il agita un os dans ma direction. Faut que tu goûtes le lapin sauté de tante Hattie !

— Et sa salade de pommes de terre, ajouta Jannie, qui roula les yeux de plaisir.

Hattie Tate sortit en trombe de la cuisine, essuyant ses mains sur son tablier et souriant jusqu'aux oreilles.

— Pour l'amour du ciel, Alex, pourquoi as-tu mis si longtemps à venir me rendre visite ?

Je n'avais pas revu la sœur de ma mère depuis presque dix ans, mais elle n'avait pas pris une ride. À soixante-trois ans, elle était encore grande et mince, son beau visage ovale illuminé par d'immenses yeux en amande. J'avais oublié à quel point elle ressemblait à ma mère. Le chagrin enfoui toutes ces années me remua de nouveau.

— Je suis désolé, tante Hattie, je… commençai-je,

— Ça ne fait rien, me coupa-t-elle, en pleurs. (Elle se précipita sur moi et m'étreignit.) Ta simple présence ici me redonne de l'espoir.

— Nous ferons tout ce qui est en notre pouvoir pour Stefan, lui promis-je.

Hattie sourit à travers ses larmes.

— Je savais que tu viendrais. Stefan aussi.

— Comment va-t-il ?

La réponse de ma tante fut retardée par l'apparition dans la pièce d'un homme aux soixante-dix ans bien sonnés, en pantoufles, pantalon de survêtement marron et tee-shirt blanc trop large, qui se déplaçait à l'aide d'un déambulateur. Il regarda autour de lui, d'abord surpris, puis tout agité.

— Hattie ! cria-t-il. Il y a des inconnus dans la maison !

Ma tante traversa le séjour comme une fusée et lui parla d'une voix apaisante :

— Tout va bien, Cliff. Ils sont de la famille. C'est Alex et les siens.

— Alex ? répéta-t-il.

— C'est moi, oncle Clifford, dis-je en m'approchant. Alex Cross.

Il me dévisagea un bon moment, perplexe, tandis que Hattie lui tenait le coude et lui frottait le dos.

— Alex, le fils de Christina et de Jason, précisa-t-elle. Tu te rappelles, maintenant ?

Oncle Cliff cligna des yeux comme sous un éclat de lumière dans les profondeurs de son esprit enténébré.

— Non, marmonna-t-il. Cet Alex-là était un petit garçon, il avait toujours peur.

Je forçai un sourire.

— Le petit garçon a grandi, dis-je.

Il s'humecta les lèvres, me scruta de plus près avant de déclarer :

— Tu parles comme elle. Mais c'est à lui que tu ressembles. Où il est passé, ton père ?

Les traits de Hattie se crispèrent douloureusement.

— Jason est mort il y a longtemps, Cliff.

— Mort ? s'écria-t-il, les yeux soudain embués.

Ma tante pressa sa joue contre le bras de son mari et soupira.

— Clifford adorait ton père, Alex. C'était son meilleur ami. N'est-ce pas, Cliff ?

— Quand est-ce que Jason est mort ?

— Il y a trente-cinq ans, répondis-je.

Mon oncle fronça les sourcils.

— Non, ça c'est… oh… Christina est bien là-bas, à côté de Brock, mais Jason, il…

Ma tante releva la tête.

— Oui, Cliff ?

Son mari parut de nouveau en pleine confusion, puis affirma :

— Ah Jason, qu'est-ce qu'il aimait le blues !

— Et le jazz, ajouta Nana Mama.

— Mais surtout le blues, insista Cliff. Je vous montre ?

Attendrie, Hattie lui proposa :

— Tu veux ta guitare, mon cœur ?

— La six cordes.

Puis, sans son déambulateur, il s'avança à petits pas vers un fauteuil, se comportant comme s'il était seul dans la pièce.

Tante Hattie sortit et revint rapidement avec une guitare acoustique à cordes en métal qui m'était vaguement familière. Dès que mon oncle prit l'instrument, le plaqua contre sa poitrine et entama de mémoire un vieil air de blues, le temps défila en arrière, et je me retrouvai à l'âge de cinq ou six ans sur les genoux de mon père, écoutant Clifford jouer de toute son âme cette même chanson âpre.

Ma mère faisait également partie du tableau. Un verre à la main, elle était assise avec mes frères, acclamant Clifford pour qu'il continue. Ce souvenir était si vivace que l'espace d'une seconde j'aurais juré sentir mes parents, là dans la pièce avec moi.

Mon oncle acheva sa prestation avec des effets de style qui montraient à quel point il avait été bon autrefois. Le silence retombé, tout le monde applaudit. Son visage s'éclaira alors et il lança :

— Hé, si ça vous a plu, venez tous au concert de ce soir ! Compris ?

— Quel concert ? s'enquit Ali.

— Cliff and the Midnights, voyons, répliqua mon oncle comme si c'était une évidence. On sera sur scène à…

Sa voix faiblit, son esprit de nouveau embrouillé. Il chercha sa femme des yeux.

— Hattie ? Où ça se passe, ce soir ? Tu sais que je ne dois pas être en retard.

— Tu seras à l'heure, promit-elle en lui retirant la guitare des mains. Compte sur moi.

Mon oncle rumina un peu avant de déclarer :

— En voiture, Hattie. Le train va partir.

— En voiture, Cliff. (Elle posa l'instrument.) Le wagon-restaurant va bientôt ouvrir. Tu as faim ?

— C'est déjà la fin de mon service ? s'étonna-t-il.

Ma tante me jeta un coup d'œil gêné.

— Tu as une pause dans quelques minutes, mon cœur. Je vais te préparer une assiette et te l'apporter dans le wagon-restaurant. Connie ? Peux-tu l'emmener ?

— Où est Pinkie ? demanda Cliff pendant que Connie Lou l'aidait à s'extirper de son fauteuil.

— Tu sais bien qu'il est en Floride, répondit celle-ci. Allez, on y va. Et appuie-toi sur ton déambulateur. On perd facilement l'équilibre dans le train.

— Pfff, grogna Cliff en se mettant debout. Ça fait vingt-cinq ans que je suis contrôleur et je suis encore jamais tombé.

— Prends-le quand même, insista tante Connie, et elle le suivit tandis qu'il s'engageait d'une démarche traînante dans le couloir.

— Je m'excuse pour tout ça, dit tante Hattie à la cantonade.

— Il n'y a pas de quoi s'excuser, la rassura Nana Mama.

Émue, tante Hattie se tordit les mains avec un hochement de tête, puis elle tourna les talons et partit dans la cuisine. Je restai immobile, envahi par la culpabilité de ne pas être revenu lorsque mon oncle était en meilleure condition.

— Alex, prends donc à manger pour qu'Ali et moi on puisse se resservir, dit Bree.

— Et laisses-en pour moi aussi ! ajouta Jannie.

Je rejoignis tante Hattie dans sa cuisine. Elle se tenait devant l'évier, une main sur la bouche, luttant pour ne pas éclater en sanglots.

Dès qu'elle me vit, toutefois, elle afficha un sourire vaillant.

— Sers-toi, Alex.

J'attrapai une assiette sur la table et la remplis de lapin sauté, salade de pommes de terre, haricots verts et champignons en sauce, avec des tranches épaisses de pain maison, source d'une des délicieuses odeurs qui m'avaient chatouillé les narines à mon arrivée.

— Ça fait combien de temps que vous savez ? demandai-je à Hattie.

— Que Cliff souffre de démence sénile ? Cinq ans, du moins depuis le diagnostic, mais il commençait à oublier des choses il y a déjà neuf ans.

— Tu t'occupes de lui toute seule ?

— Connie me donne un coup de main. Et Stefan aussi, il est revenu en ville l'année dernière.

— Comment vous en sortez-vous financièrement ?

— Nous avons la retraite de cheminot de Cliff et les aides sociales.

— Ça suffit ?

— On se débrouille.

— C'est quand même dur pour vous.

— Très, confirma-t-elle en repoussant ses cheveux en arrière. Et maintenant, toute cette histoire avec Stefan… (Elle s'interrompit, leva les bras au ciel.) C'est mon bébé miracle, balbutia-t-elle d'une voix étranglée. Comment mon bébé aurait-il pu…

Nana Mama m'avait raconté que, selon le corps médical, Hattie et Cliff ne pouvaient pas avoir d'enfants ensemble, et tout à coup, à plus de trente ans, ma tante s'était trouvée enceinte de Stefan.

Je posai mon assiette et m'apprêtais à la réconforter, lorsque Ali déboula dans la pièce.

— Papa ! Je te jure, y a au moins un milliard d'insectes qui font de la lumière dehors !

8

La nuit était largement tombée quand je sortis sur la véranda, et à travers la moustiquaire je découvris des lucioles partout, par milliers, comme je n'en avais pas vu depuis mon enfance. Une scène me revint en mémoire, oncle Clifford nous montrant à mes frères et moi comment les enfermer dans un bocal en verre, mon émerveillement devant l'intensité de lumière que produisaient deux ou trois de ces insectes.

Tante Hattie dut lire dans mes pensées, car elle proposa :

— Alex, veux-tu que je trouve un bocal pour Ali ?

— Excellente idée.

— J'en ai un gros de beurre de cacahuètes, en attente pour le recyclage.

Elle alla le chercher, puis tout le monde se regroupa dans le jardin et regarda les lucioles danser et clignoter comme autant d'étoiles. Une douce chaleur m'envahit en voyant Ali apprendre à les attraper, et je me sentis enraciné par quelque chose que j'avais cru avoir perdu toutes ces années auparavant.

Bree glissa son bras sous le mien.

— Qu'est-ce qui te fait sourire ainsi ? me demanda-t-elle.

— De bons souvenirs, répondis-je avec un geste vers les lucioles. Elles étaient toujours là en été. C'est… je ne sais pas.

— Rassurant ? suggéra Nana Mama.

— Éternel, plutôt, dis-je.

Ma femme allait parler quand des cris s'élevèrent dans la rue.

— Si vous déconnez avec nous, c'est ça qu'on vous fera !

Je me tournai vers une scène ignoble qui me cloua sur place.

À une cinquantaine de mètres, sous l'un des réverbères de Loupe Street, deux adolescents afro-américains se débattaient, les poignets attachés à une corde que tiraient trois garçons plus âgés vêtus dans le style hip-hop. Les deux devant étaient blancs, celui derrière, noir. Tous les trois semblaient prendre un plaisir sadique à traîner ces pauvres gamins, tout en les houspillant et en leur ordonnant de se bouger dans leur propre intérêt. On aurait dit des matons avec des forçats enchaînés, et cette image me révulsa.

Je lançai un coup d'œil à Bree, visiblement ulcérée elle aussi.

— Ne va pas fourrer ton nez là-dedans, Alex, me mit en garde tante Connie. C'est un nid de frelons, je t'assure. Tu n'as qu'à demander à Stefan.

Mes tripes me criaient de ne pas tenir compte de l'avertissement, et de courir à leur suite pour mettre fin à cette barbarie.

— Écoute-la, renchérit tante Hattie. Ils font tous partie d'un gang, et les deux plus jeunes sont en train de passer par un rite d'initiation.

Ils tournèrent à gauche dans Dogwood Road et furent hors de vue.

— Mais ils ont attaché ces garçons à une corde, papa ! protesta Jannie. C'est pas illégal ?

Pour moi, ça l'était. Ces deux gamins n'avaient certainement pas l'âge de consentement, à quelque pratique que ce soit. Mais je ravalai le goût amer dans ma bouche et me forçai à rester dans le jardin de ma tante, entouré par les lucioles et les sons nocturnes de la Caroline du Nord, le coassement des rainettes, la stridulation des cigales, le hululement des hiboux, tout cela si étrangement familier et inquiétant à la fois.

— Vous avez dit d'interroger Stefan à propos de ce gang ? s'enquit ma femme.

Tante Connie échangea un regard avec tante Hattie, qui répondit :

— Je ne connais pas les détails, mais je crois qu'il a eu des problèmes avec eux à l'école. Comme Patty.

— Qui est Patty ? lui demanda Bree.

— La fiancée de Stefan. Prof de gym elle aussi, dans le même établissement.

— Quel genre de problèmes a eu Stefan là-bas ? demandai-je à Naomi.

Ma nièce bâilla à s'en décrocher la mâchoire.

— Il te le racontera en personne demain matin, Alex.

Ali se mit à bâiller à son tour. Et Nana Mama piquait doucement du nez.

— Bon, il est l'heure d'aller dormir. Allons nous installer, décrétai-je.

J'embrassai tante Connie et me tournai pour étreindre tante Hattie, laquelle semblait nerveuse.

— Promets-moi d'être prudent, Alex, me souffla-t-elle tout bas.

Je souris.

— Je suis un grand garçon, maintenant. J'ai même un insigne et un pistolet.

— Je sais. Mais tu es parti d'ici depuis affreusement longtemps, et même si tu as voulu l'oublier, cette ville peut être cruelle.

Des émotions anciennes se réveillaient tout au fond de moi, telle la lave qui commence à monter dans un volcan endormi.

— Je n'ai rien oublié, affirmai-je, puis je l'embrassai. Comment aurais-je pu ?

Tante Connie et Naomi restèrent avec elle pour nettoyer et ranger, tandis que j'emmenais les miens en face, vers le pavillon qui me broyait le cœur.

— Ils sont tous sympathiques, déclara Bree. Chaleureux.

— Pour ça, ils le sont, reconnut Nana Mama. Hmm, l'air est plus frais ici, vous ne trouvez pas ?

Nous convînmes tous qu'en été la température était beaucoup plus supportable à Starksville qu'à Washington.

— C'est triste pour ton oncle, me dit Jannie. Je n'ai jamais connu de personne âgée comme lui, rien à voir avec Nana.

— Et comment suis-je, moi ? s'enquit ma grand-mère.

— Vive d'esprit, Nana, expliqua Jannie. Tu sais bien.

— Tu veux dire en possession de mes facultés ? Cela peut être un bonheur comme un malheur.

— Pourquoi un malheur ? s'étonna Ali alors que nous atteignions notre voiture.

— Au cours d'une longue existence, il arrive certaines choses que l'on préfère ne pas se rappeler, surtout la nuit, jeune homme, répondit-elle doucement. Pour le moment, la très, très vieille dame que je suis a besoin d'un lit.

Jannie l'accompagna dans le pavillon, et j'entrepris de décharger le Ford. Ma fille revint pour m'aider pendant que Bree couchait Ali.

— Papa, qu'est-ce qui fait vieillir les gens différemment les uns des autres ? m'interrogea-t-elle.

— Un grand nombre de facteurs. Les gènes, c'est sûr. Et l'hygiène de vie. En particulier l'activité, physique et mentale.

— Nana est très active, toujours en train de lire ou de donner un coup de main, et en plus, elle fait ces longues promenades.

— C'est grâce à tout ça qu'elle sera centenaire, prédis-je.

— Tu crois ?

— Je parie sur elle, affirmai-je en sortant du coffre une dernière valise, très lourde.

— Alors moi aussi, dit ma fille, et elle franchit à ma suite la porte de la véranda. Papa ?

— Oui ?

Je m'arrêtai, tournai la tête vers elle.

— Je te demande pardon d'avoir été si horrible pendant le voyage.

— Tu ne l'as pas été tant que ça. Juste un peu grincheuse.

Elle éclata de rire.

— Tu es gentil.

— J'essaie.

— Ça te fait quoi ? Tu sais, de revenir ici après si longtemps ?

Je posai la valise pour observer à travers le grillage les lucioles et les fenêtres éclairées des maisons de mes tantes, et je humai une odeur sucrée dans l'air.

— Par certains côtés, tout est resté incroyablement pareil, comme si j'étais parti hier. Mais par d'autres, la vie ici me paraît totalement différente aujourd'hui, et mes souvenirs ne cadrent pas, comme s'ils appartenaient au passé de quelqu'un d'autre.

9

Malgré le bourdonnement soporifique du ventilateur fixé au plafond, je fus tiré du sommeil environ toutes les heures par le grondement des trains traversant Starksville. Peu après l'aube, je me réveillai pour de bon à cause des geais bleus qui pépiaient avec fureur dans les pins derrière le pavillon.

Allongé près de ma femme, à l'écoute de ces sons stridents, je me revis brusquement à un très jeune âge, pas plus de quatre ou cinq ans. J'étais au lit, les couvertures rabattues sur ma tête mais éveillé, tandis que mes frères dormaient encore. La fenêtre était ouverte, des oiseaux jacassaient, et je me rappelai qu'ils me faisaient peur, comme si c'étaient leurs cris qui m'avaient fait me cacher sous les couvertures.

Ce sentiment persista même quand Bree roula vers moi, mit un bras sur mon torse et geignit :

— Quelle heure il est ?

— Presque 7 heures.

— Faut qu'on s'achète des bouchons d'oreilles.

— C'est en premier sur ma liste de courses. Toujours déçue de ne pas être en Jamaïque ?

— Énormément, marmonna-t-elle, les yeux encore fermés. Mais j'aime bien tes tantes, et toi je t'aime plus qu'énormément. Et je pense que ça fera du bien à Jannie et Ali de passer du temps dans une petite ville.

— Comme c'est le cas pour Damon à Kraft, dis-je.

Elle hocha la tête.

— J'ai vu, oui.

Mon fils aîné, Damon, était animateur au stage estival de basket-ball qui se tenait chaque année à Kraft, son lycée avec classes préparatoires situé au cœur des monts Berkshire. Ce même stage qui lui avait fait initialement connaître l'établissement et obtenir une bourse scolaire. L'occasion de se rendre utile à son tour lui avait paru une raison suffisante pour ne pas nous accompagner ici, mais j'espérais qu'il nous rendrait visite au moins un week-end.

— À la douche et au trot ! lançai-je en rejetant les draps.

— Attends une minute, bel étalon, dit Bree.

— Mmm, étalon ?

— Ben oui, ça me semble approprié, me taquina-t-elle.

— Tu penses à quoi au juste ? ronronnai-je en me blottissant contre elle.

— Pas à ça, me rembarra-t-elle gentiment.

— Tu veux un hongre, alors !

Avec un petit rire, Bree me chatouilla.

— Arrête. Non, j'aimerais juste que tu me précises certaines choses.

— À quel sujet ?

— Ton arbre généalogique. Est-ce que Nana Mama est originaire de Starksville ?

J'acquiesçai de la tête et expliquai :

— Elle y a grandi. Ses ancêtres, les Hope, sont arrivés ici il y a très longtemps. Sa grand-mère était esclave dans une propriété du coin.

— D'accord, donc Nana Mama a rencontré son mari à Starksville ?

— Oui, il s'appelait Reggie Cross. Il était dans la marine marchande. Ils se sont mariés jeunes et ont eu mon père. Tu demanderas à Nana de t'en parler, mais son mariage ne fut pas heureux parce que Reggie était tout le temps en mer. Elle a divorcé quand mon père avait sept ou huit ans, et l'a emmené à Washington. Elle a travaillé dur pour se payer ses études à Howard University dans le but de devenir enseignante, mais son manque de disponibilité lui a coûté son fils. À quinze ans, il s'est rebellé et est revenu à Starksville pour vivre avec mon grand-père.

— Reggie.

— Exact, confirmai-je, les yeux fixés sur les pales du ventilateur virevoltant au plafond. Personne ne surveillait mon père de très près, ce qui l'a conduit à des excès en tous genres. Je pense que Nana Mama s'en veut terriblement de n'avoir jamais vraiment renoué avec son fils par la suite. À sa mort, elle a cherché à se racheter en nous élevant de son mieux mes frères et moi.

— Elle a bien réussi, déclara Bree.

— J'aime à le croire. Y a-t-il d'autres mystères généalogiques que je peux t'aider à résoudre ?

— Seulement un. Qui est Pinkie ?

Je souris.

— Pinkie Parks. Le fils de tante Connie. Il vit en Floride et travaille sur des plateformes pétrolières en mer. Ça paye très bien, apparemment.

— C'est son vrai prénom, Pinkie[1] ? s'étonna Bree.

— Non, il s'appelle Brock. Brock junior. Pinkie n'est qu'un surnom.

— D'où ça vient ?

— Quand il était gosse, il s'est coincé le petit doigt de la main droite dans une portière de voiture. Il l'a perdu.

Bree se dressa sur un coude et me dévisagea.

— Du coup, on l'a surnommé Pinkie ?

J'éclatai de rire.

— Je savais que tu allais être choquée. Ça marche comme ça à la campagne. Il y avait ce copain de mon père, Barry, il a couru dans le mauvais sens pendant un match de football important, alors après tout le monde l'a surnommé « l'abruti ».

— Barry l'abruti ? répéta-t-elle, hilare.

— C'est dur, hein ?

1. Terme familier pour désigner l'auriculaire.

— Et toi, on t'appelait comment ?

— Alex.

— Plutôt rasoir pour la campagne, non ?

— Ça me correspond bien, déclarai-je en sortant du lit. Alex Cross le raseur.

— Y a pas trop de risques !

Je m'arrêtai à la porte de la salle de bains.

— Merci du compliment !

— C'est ma façon très personnelle de te dire que je t'aime.

— Je sais, Bree la belle, répliquai-je en lui soufflant un baiser.

— Ah, c'est mieux que Bree l'abrutie ! approuva-t-elle avec un gloussement, puis elle me renvoya mon baiser.

Qu'il était bon de rire ensemble et de se taquiner à nouveau ! Après les épreuves que nous avions subies en avril, il nous avait fallu du temps pour retrouver notre sens de l'humour.

Je pris ma douche, l'humeur guillerette en ce premier matin à Starksville, avec l'impression que l'avenir s'annonçait enfin radieux pour la famille Cross. N'est-ce pas curieux comme un changement de décor peut modifier notre perspective ? Les deux derniers mois à Washington avaient été oppressants à me rendre claustrophobe ; or, depuis mon retour dans Loupe Street, j'avais la sensation d'être à la lisière d'une vaste contrée, certes connue mais inexplorée.

Puis je repensai à mon cousin Stefan Tate et à ce qu'on lui reprochait. Et l'avenir me parut subitement bien sombre.

10

Une heure plus tard, laissant Bree et Nana Mama organiser notre vie dans le pavillon, je partis avec Naomi pour la prison où était détenu Stefan. Je profitai du trajet pour étudier les points principaux de l'acte d'accusation de dix-huit pages.

Environ un an et demi avant son arrestation, Stefan Tate avait obtenu un poste de professeur d'éducation physique et sportive dans l'établissement scolaire public de Starksville regroupant collège et lycée. Sa lettre de candidature ne mentionnait pas les problèmes de drogue et d'alcool qu'il avait eus par le passé. Il noua une relation privilégiée avec un collégien, Rashawn Turnbull, et finit par devenir son mentor. Mais mon cousin menait une double vie comme dealer, entre autres de l'héroïne responsable de deux overdoses un peu avant Noël.

Stefan abusa lui-même des stupéfiants au point de partir en vrille. Il viola l'une de ses élèves les plus âgées, la menaçant de mort si elle en parlait à quiconque. Puis il fit des avances d'ordre sexuel à Rashawn Turnbull, qui les repoussa. Par vengeance, mon cousin viola, tortura et assassina le garçon.

Tout cela du moins à en croire le dossier à charge. Une accusation n'est pas une condamnation, m'exhortai-je à me rappeler. Il ne s'agissait que du rapport du ministère public, d'une seule version de l'histoire.

Néanmoins, une fois ma lecture terminée, je me tournai vers Naomi et commentai :

— Ils présentent des preuves solides là-dedans.

— Je sais, soupira ma nièce.

— Est-ce que Stefan est coupable ?

— Il jure que non. Et je le crois. Il est victime d'un coup monté.

— Par qui ?

— À ce stade, je suis ouverte à toutes les suggestions.

Elle pénétra dans un parking situé près de la mairie, du tribunal du comté et de la prison, trois bâtiments en briques qui réclamaient du rejointoiement en urgence.

De l'autre côté de la rue, le poste de police et la caserne de pompiers paraissaient bien plus récents, ce dont je fis la remarque en descendant de voiture.

— Ils ont été construits il y a quelques années grâce à des subventions d'État et fédérales, expliqua Naomi. Le terrain, par contre, est une donation de la famille Caine.

— Caine comme l'usine d'engrais ?

— Et le nom de jeune fille de la mère du garçon assassiné. Cece Caine Turnbull.

Nous nous dirigeâmes vers la prison.

— Fera-t-elle un témoin crédible ? La mère ?

— Un drôle de numéro, celle-là ! répondit ma nièce. Elle a un casier, ça remonte à dix ans, quand elle faisait les quatre cents coups. C'est le mouton noir des Caine. Mais au procès, elle sera plus que crédible. Le meurtre de son fils l'a démolie. On ne peut pas le nier.

— Et le père ?

— Là un jour, l'autre non, mais surtout absent ces derniers temps. Et il a un alibi en béton armé.

— Il était en taule ou quoi ? demandai-je.

— Oui, à Biloxi. Il y a fait huit semaines pour agression.

— Donc il n'était pas vraiment un modèle pour son fils.

— Oh que non ! Ça, c'était justement le rôle de Stefan.

Nous étions arrivés. À l'accueil, derrière sa vitre blindée, une adjointe au shérif nous jeta un regard inquisiteur.

— Naomi Cross, avocate, et Alex Cross. Nous voudrions voir Stefan Tate, s'il vous plaît, dit ma nièce.

Elle fouilla dans son sac à main jusqu'à trouver ses papiers d'identité. Les miens étaient déjà sortis.

— Ce ne sera pas possible aujourd'hui, annonça l'adjointe.

— Comment ça, que se passe-t-il ? protesta Naomi.

— Il se passe que, d'après ce qu'on m'a dit, votre client est un détenu bien peu coopératif… En fait, il a carrément attaqué les gardiens. Par conséquent, son droit de visite lui a été retiré pour quarante-huit heures.

— Quarante-huit heures ? s'écria ma nièce. Son procès commence dans trois jours ! Il est impératif que je communique avec mon client.

— Désolée, maître. Mais ce n'est pas moi qui fais les règles. Je les applique, c'est tout.

— Qui a donné cet ordre ? demandai-je à l'adjointe. Le chef de la police ou la procureure ?

— Ni l'un ni l'autre. C'est une décision du juge Varney.

11

Cela faisait deux heures que nous attendions au premier étage du tribunal de Starksville, rongeant notre frein sur un banc devant le cabinet d'Erasmus P. Varney, lorsque son greffier annonça que le magistrat était prêt à nous recevoir.

De derrière plusieurs piles de dossiers, le juge Varney nous considéra par-dessus ses lunettes à monture en écaille. Ses cheveux gris acier étaient coiffés en arrière à la pompadour, sa barbe grise taillée court. Il portait une cravate club et de minces bretelles en cuir sur une chemise blanche amidonnée, et il nous scruta tour à tour d'un œil perçant.

— Monsieur le juge, je vous présente le Dr Alex Cross, mon oncle et le cousin de Stefan Tate, dit Naomi en s'efforçant de maîtriser sa fureur. Il m'assiste dans cette affaire.

— Une véritable affaire familiale à ce que je vois, remarqua Varney avant d'ôter ses lunettes et de se lever pour me serrer fermement la main. Enchanté, docteur Cross ! Votre réputation vous précède. J'ai lu dans le *Washington Post* un article sur les terribles épreuves que votre famille et vous avez traversées à cause de ce fou dangereux, Marcus Sunday. Quelle horreur ! C'est un miracle que vous ayez tous survécu.

— En effet, monsieur. Et j'en remercie Dieu chaque jour.

— Je m'en doute, dit Varney en soutenant mon regard, puis il s'adressa à Naomi. Bien, que puis-je pour vous, maître ?

— M'autoriser à m'entretenir avec mon client, monsieur le juge.

— Je crains de ne pouvoir accéder à cette requête.

— Le procès s'ouvre dans moins de soixante-douze heures. Sauf votre respect, monsieur le juge, vous ne pouvez limiter ainsi mon temps de consultation avec mon client sans compromettre son droit à la meilleure défense possible.

La porte s'était rouverte derrière nous. Je tournai la tête et vis quatre personnes pénétrer dans la pièce : un homme costaud au teint blême, la soixantaine, en uniforme bleu de la police de Starksville ; un grand maigre, lui aussi dans les soixante ans, portant l'uniforme kaki des troupes du shérif du comté de Stark ; une femme élancée et fine comme un lévrier, vêtue d'un tailleur-pantalon gris ; et enfin, Matthew Brady, l'assistant de la procureure que Naomi m'avait présenté la veille.

— Mes hommes aussi ont des droits, monsieur le juge, déclara l'homme en kaki.

— Shérif Nathan Bean, me chuchota ma nièce.

— Or M. Tate a empiété sur ces droits, ajouta la femme, une certaine Delilah Strong, qui était la procureure. Nous n'allons tout de même pas favoriser un détenu qui agresse les gardiens.

— Depuis quand une procédure régulière est-elle une faveur ? s'indigna Naomi. C'est un droit garanti à tous les citoyens par les cinquième, sixième et quatorzième amendements de la Constitution.

Le type en uniforme bleu (Randy Sherman, chef de la police, me dit Naomi) lui objecta :

— Deux hommes du shérif sont à l'hôpital à cause de votre client.

— Alors, mettez-lui des chaînes, intervins-je. Placez-le en cellule d'isolement, mais vous avez l'obligation de le laisser voir un avocat.

— Nous savons qui vous êtes, docteur Cross, s'interposa Strong. Mais vous n'avez aucune autorité dans cette juridiction.

— C'est exact. Je suis venu ici à titre personnel pour prêter main-forte à un membre de ma famille. Mais depuis mes débuts dans la police, et lorsque j'étais profiler pour le FBI, on m'a toujours répété que personne ne peut être privé de son droit à un procès équitable. Si vous continuez dans cette voie, vous feriez aussi bien d'envoyer directement cette affaire en cour d'appel. Alors, enchaînez Stefan Tate ou mettez-lui une camisole de force et autorisez-nous à lui rendre visite, sinon, en ma qualité de citoyen soucieux du respect des lois, je contacterai des amis au FBI qui traitent les violations des droits civils.

Le shérif Bean, visiblement sur le point de péter un plomb, s'égosilla en postillonnant, mais Varney l'interrompit :

— Faites ce qu'il dit, lui ordonna-t-il.

— Votre Honneur, ça va faire passer un…

— Un message juste, le coupa le juge. Bien que je ne l'aie d'abord pas vu sous cet angle, le Dr et Mme Cross ont raison. Le droit de M. Tate à un procès équitable prévaut sur le vôtre à maintenir la sécurité dans la prison. Prenez les mesures nécessaires pour le maîtriser, mais je le veux en présence de son avocate dans l'heure qui vient.

Avant de sortir, le chef de la police me lança hargneusement :

— Vu ce que ce salaud a fait au gosse, il a perdu tous ses droits cette nuit-là, votre cousin !

12

La jolie fillette de quatre ans aux boucles d'or parée d'une robe de princesse rose s'agenouilla devant la table basse. Elle souleva la théière.

— Tu veux du thé avec ton cookie ? demanda-t-elle sur un ton adorable à l'homme âgé assis en tailleur sur le sol en face d'elle.

— Comment pourrais-je refuser une si gentille proposition venant d'une jeune demoiselle aussi charmante ? répondit-il en souriant.

Il se savait ridicule sous la couronne qu'elle lui avait fait porter. Mais cette petite l'enchantait tellement qu'il s'en fichait. Elle avait un teint frais de crème, et ses yeux étincelaient comme des saphirs. Il la regarda verser le liquide chaud dans les tasses avec une délicatesse qui l'émut aux larmes.

— Du sucre ? continua-t-elle, en reposant la théière.

— Deux morceaux.

Elle lâcha deux cubes dans sa tasse à lui et un dans la sienne.

— Du lait ?

— Pas aujourd'hui, Lizzie, déclina-t-il, avant de saisir l'anse.

L'enfant se munit d'une baguette magique rose dont elle tapota la main de l'homme.

— Attends ! Je veux être sûre qu'il n'y a pas des esprits méchants autour de nous.

Les sourcils froncés, il retira sa main. La petite fille ferma les yeux, sourit, et agita sa baguette. Il sentit son cœur fondre à la voir concentrée sur son jeu comme seul peut l'être un enfant de quatre ans.

Lizzie ouvrit la bouche, prête à déclamer une incantation.

C'est alors que quelqu'un frappa à la porte.

Agacé par l'interruption, l'homme âgé se tourna et la couronne tomba de sa tête, ce qui redoubla son irritation. Un malabar blanc et chauve d'une trentaine d'années se tenait sur le seuil, s'efforçant de dissimuler son amusement.

— Est-ce que ça peut attendre, Meeks ? Nous prenons le thé, Lizzie et moi.

— C'est ce que je vois, patron, mais vous avez un appel, répondit Meeks. C'est urgent.

— Grand-papa, tu n'as pas encore eu ton thé et ton cookie, protesta la fillette.

— Je reviens dès que j'ai fini, lui promit-il, et il déplia avec un gémissement ses jambes ankylosées.

— Et ce sera quand ? insista-t-elle, bras croisés, avec une moue boudeuse.

— Aussi vite que possible.

Le grand-père s'approcha de Meeks, qui affichait toujours un sourire narquois.

— Remplace-moi ici.

Le sourire s'effaça.

— Pardon ?

— Installe-toi, bois du thé et mange un gâteau avec ma petite-fille. Mais tu ne peux pas porter la couronne.

— C'est une blague, hein ?

— Est-ce que j'ai l'air de plaisanter ?

À contrecœur, comme s'il eût préféré se planter un hameçon dans le pouce, Meeks se dirigea vers la table basse où l'accueillit une Lizzie ravie.

— Asseyez-vous, monsieur Meeks, l'invita-t-elle gracieusement. Prenez une tasse de thé pendant que vous attendez que grand-papa revienne.

Ledit grand-papa souriait pour toutes sortes de raisons tandis qu'il suivait un long corridor jusqu'à un bureau-bibliothèque richement meublé. Il n'accorda pas un regard aux livres qui garnissaient les étagères. C'était l'idée de sa femme de les exposer. Lui-même n'en avait pas lu un dixième, mais ils faisaient bonne impression sur les invités de marque.

Il saisit un téléphone jetable posé sur la table de travail.

— Je vous écoute.

— Nous avons des problèmes, annonça un homme à la voix rocailleuse.

— Racontez.

— Elle refuse d'entendre raison. Elle va tout déballer.

Les yeux plissés, le grand-père de Lizzie évalua les conséquences.

— En êtes-vous certain ? demanda-t-il.

— Oui.

— Comment voulez-vous régler ça ?

— On va s'en occuper nous-mêmes.

Cette réponse le surprit.

— Vous êtes sûr ? On pourrait en charger quelqu'un d'autre.

— C'est notre merdier. À nous de le gérer.

Le grand-père accepta la décision et changea de sujet :

— D'autres problèmes ?

— Naomi Cross a sorti un joker. Elle va être assistée par son oncle, Alex Cross. Faites une recherche sur lui dans Google. Ex-profiler pour le FBI, aujourd'hui inspecteur à Washington DC.

— Réputation ?

— Redoutable.

L'homme âgé prit cet élément en compte dans sa réflexion.

— Sinon, nous sommes tranquilles ? s'enquit-il.

— Pour le moment, oui.

— Alors, nous n'avons pas le choix. Réglez cette situation comme bon vous semble.

Son interlocuteur laissa planer un silence avant de répondre :

— Entendu.

— Prévenez-moi dès que ce sera fait.

Après avoir raccroché, le grand-père détruisit le téléphone. Puis il quitta le bureau-bibliothèque et longea le corridor, impatient de prendre son thé avec la petite Lizzie.

DEUXIÈME PARTIE

Gravure de mode

13

Palm Beach, Floride

— *I feel pretty, Oh so pretty !* chantonnait Coco à mi-voix tout en s'admirant dans le miroir.

Derrière lui se balançait la morte en nuisette noire pendue au lustre, mais il était bien plus intéressé par sa nouvelle tenue.

La jupe en lin couleur mandarine dessinait ses hanches à la perfection, et la longue veste cintrée assortie était juste aux épaules, mais portable. Les escarpins Dries Van Noten à talons découverts lui comprimaient un peu les orteils. Quant au chemisier en taffetas de soie Carolina Herrera, il était, en un mot, remarquable. Et ces boucles d'oreilles avec ce tour de cou ? L'ultime touche de sophistication.

Ne manquait plus que la coiffure appropriée.

Coco sortit de sa boîte une perruque luxuriante, longue jusqu'aux épaules, d'un blond vénitien éclatant. Elle était ancienne, début des années soixante-dix si sa mémoire ne le trompait pas. Sa mère aurait su la date exacte, bien sûr, mais peu importait. Une fois fixée au ruban adhésif double face, et les mèches rebelles soigneusement peignées, la perruque transforma Coco en une tout autre personne.

Sexy. Mystérieuse. Attirante. Inaccessible.

— Je te baptise « Chimère Mandarine, reine de la garden-party », roucoula Coco à la sublime créature qui lui renvoyait son regard dans le miroir. Tu ressembles à…

Il se tourna pour considérer la femme menue pendue au lustre par une corde à rideaux.

— Ruth ? Qu'en penses-tu ? Moi, je dirais un mélange de Julianne Moore dans *Boogie Nights* et de Ginger dans *L'Île aux naufragés*, en tout cas pour la coiffure. Ai-je raison ou suis-je seulement une petite fille fofolle ?

Coco gloussa doucement avant d'attraper le sac de courses Prada rempli des autres merveilles chapardées dans la garde-robe de Ruth. Au moment de quitter la suite, il hésita, l'oreille aux aguets. Le personnel était en congé et le mari de Ruth, le chirurgien esthétique Stanley Abrams alias « le roi des nichons de West Palm », se trouvait à Zurich pour un symposium médical, mais la prudence se révélait toujours payante.

Rassuré par le silence, Coco s'engagea dans un long corridor surchargé d'œuvres d'art comme une galerie, dont la seule qui le fit s'arrêter était un portrait à l'huile de la morte. *Te voilà*, songea-t-il en détaillant les traits de Ruth. *Ta beauté a été saisie en pleine maturité, ma chère, une offrande à l'univers*.

La demeure de Ruth et Stanley était gigantesque et bien trop moderne pour le goût de Coco, mais que fallait-il attendre d'une maison édifiée grâce à de faux seins ? Il estimait quant à lui que rien ne valait la sobriété classique.

Sa mère aimait à dire : « Lorsque tu t'adonnes à ton art, Coco, et la mode en est un, développe ton motif à l'extrême puis atténue-le de plusieurs degrés. »

Coco traversa une cuisine assez grande pour servir de décor à l'émission culinaire *Iron Chef*, puis suivit un couloir jusqu'à une porte en acier défendue par un système de sécurité. Il sortit de son sac un chiffon à poussière blanc et s'en couvrit les doigts pour taper le code. Cinq secondes plus tard, il refermait le battant derrière lui et attendait que la voix de synthèse l'informe que l'alarme était branchée.

Le garage comportait quatre places de stationnement. La plus proche était vide. Sur la deuxième était garée la Mercedes de Ruth et sur la troisième la Maserati du chirurgien. L'Aston Martin chérie de Coco occupait la quatrième. Avant d'y monter, il récupéra dans la Mercedes la télécommande de la porte basculante du garage.

Il sortit en marche arrière l'Aston Martin sur la rampe en béton teinté, descendit de voiture, activa la télécommande, l'essuya et dès que la porte commença à s'abaisser, il la lança à l'intérieur du garage, satisfait lorsqu'elle s'arrêta après quelques ricochets à un mètre de la Mercedes.

Quelqu'un qui a l'intention de se suicider ne s'embêterait pas à la ramasser.

Coco en était convaincu. Il se remit au volant et franchit le portail de l'énorme propriété de Ruth et Stanley Abrams située en front de mer. Les dames de Palm Beach devaient déjà être en train de se retrouver pour des cocktails, songea-t-il soudain. Peut-être irait-il faire une petite balade du côté d'Oli's Fashion Cuisine.

Est-ce qu'on le reconnaîtrait au restaurant ? Il était galvanisé par son audace, par son goût à jouer gros jeu.

C'est parti, ma fille ! Allons les secouer un peu là-bas.

Le trajet prit dix minutes. Coco se gara à quelques rues de la zone ciblée parce que la voiture de sport de collection, trop repérable, présentait un risque. Mais il l'adorait et elle l'incitait souvent à des actes impulsifs nécessitant une prudence accrue, alors que la Lexus aurait été parfaite.

La prochaine fois, toi, tu restes à la maison.

Il chaussa une paire de lunettes de soleil rétro à monture blanche et ovale. Une fois sur le trottoir, il s'appliqua à marcher de la façon inculquée par sa mère : épaules en arrière, tête haute, hanches se balançant comme un pendule.

Le premier homme qu'il croisa était un joggeur aux cinquante ans bien sonnés. Coco sentit son regard lubrique courir sur la chimère mandarine. Le deuxième, de style européen en tenue de yachtman, retira ses lunettes de soleil pour la reluquer ouvertement.

C'est ça, ma fille, se dit Coco en accentuant un brin le tortillement de sa croupe au bénéfice de l'admirateur qui, sans nul doute, regardait s'éloigner ce rêve. Un peu plus loin, les tables jaunes à la terrasse d'Oli's étaient déjà toutes occupées par une clientèle chic en train de prendre l'apéritif.

Coco respira à fond, se répéta : *sexy, mystérieuse, attirante, inaccessible.*

C'est bien, Coco. Tu as tout compris.

Et maintenant, épate-les.

Sa démarche se fit encore plus provocante, ses hanches se balançant de gauche à droite.

Menton relevé, il passa devant le restaurant, sans un regard vers la terrasse mais conscient que les consommateurs se tordaient le cou pour l'observer. Il faillit éclater de rire à l'idée de susciter tant de désir et de jalousie mal placés.

14

Starksville, Caroline du Nord

L'ordre du juge de faire diligence avait beau avoir été clairement entendu par tout le monde, l'après-midi était bien entamé lorsque deux gardiens amenèrent mon cousin dans le parloir ; il avait des chaînes aux chevilles et des menottes fixées à une ceinture en cuir autour de sa taille. Malgré les ecchymoses et les boursouflures de son visage, on voyait que Stefan Tate tenait du côté maternel de la famille. Âgé d'une petite trentaine d'années, il était grand et charpenté comme Damon et moi. Nous avions aussi tous la même mâchoire.

Une image de Stefan me revint dans un flash, ce gamin en train de courir dans le jardin de Nana Mama lors d'un de ses séjours épisodiques à Washington avec sa mère, tante Hattie. Il avait un rire contagieux, et pour lui tout n'était que mystère et aventure.

— Alex, me salua-t-il d'une voix pâteuse en s'asseyant. Je suis content que tu sois là.

Je hochai la tête, sans rien dire.

— Laissez-lui les menottes, mais détachez-les de la ceinture, ordonna Naomi. Il aura peut-être besoin de se servir de ses mains. Et éteignez la caméra et le micro.

— Pour les enregistrements audio et vidéo, c'est déjà fait, répliqua l'un des gardiens. Mais pas question qu'il ait les mains libres.

Indifférents aux protestations de Naomi, les deux hommes enchaînèrent les jambes de Stefan et la ceinture à un solide anneau vissé dans le sol en ciment avant de quitter la pièce.

Penché vers nous, Stefan chuchota :

— Il vaudrait mieux vérifier qu'ils n'ont pas mis des mouchards ici.

Je me demandai s'il était sérieux ou seulement mélodramatique. Naomi prit toutefois la précaution d'activer sur son iPhone une application de bruit blanc dont elle haussa le volume.

— Ça devrait suffire, approuva Stefan. Et merci encore, Alex, d'être venu. Tu ne sais pas à quel point c'est important pour moi que tu ne me croies pas coupable.

— Mon opinion n'est pas formée, ni dans un sens ni dans un autre, répliquai-je sur un ton neutre.

Je scrutai son expression à la recherche de signes indiquant qu'il était capable de commettre ce dont on l'accusait.

— C'est un coup monté contre moi, insista-t-il.

— Écoute-moi bien. Tu es de ma famille, mais je ne te représente pas. En définitive, seul Rashawn Turnbull m'importe. Si je trouve la moindre preuve que tu as assassiné ce garçon, j'aiderai le ministère public à te mettre sur la chaise électrique, ou ce qu'ils utilisent ici pour la peine de mort.

— Injection létale, précisa Stefan. Je ne te mens pas. Je n'ai pas tué Rashawn.

— Pourquoi as-tu attaqué les gardiens ? demanda Naomi.

— C'est l'inverse, chère avocate. Ce sont eux qui s'en sont pris à moi.

— On y reviendra plus tard, intervins-je. As-tu lu l'acte d'accusation ?

— Oh, je ne compte plus le nombre de fois. Je te le répète, Alex. Ces pièces à conviction, ces circonstances, tout est fabriqué.

— Donc, tu n'as rien fait du tout ?

— Si, admit-il. Mais rien d'illégal. Ils ont déformé les choses, en les sortant complètement du contexte.

Je croisai les bras.

— Alors, essaye de me convaincre aussi bien que tu as convaincu Naomi. Commence par le début.

— *A very good place to start*[1], fredonna Stefan, avec un faible sourire.

Selon les rapports du dossier à charge, deux mois plus tôt Rashawn Turnbull avait été découvert mort dans une carrière de calcaire abandonnée – une parcelle en cours d'annexion par la municipalité de Starksville. Le collégien avait été drogué puis sodomisé de force, et sa gorge tranchée à l'aide d'une scie. Du sperme ainsi que d'autres indices relevés sur les lieux incriminaient Stefan Tate, son professeur d'éducation physique et

1. « Un très bon point de départ. » (Référence à l'un des airs de la comédie musicale *Sound of Music*.)

sportive. Des preuves ADN impliquaient également Stefan dans le viol, après l'avoir droguée, de Sharon Lawrence, dix-sept ans et lycéenne dans le même établissement scolaire, qui avait accepté de témoigner contre lui.

Aussi n'eus-je quant à moi aucune envie de sourire lorsque mon cousin chantonna cet extrait de *Do-Re-Mi*.

Pendant l'heure et demie qui suivit, j'écoutai attentivement sa version des terribles crimes décrits dans l'acte d'accusation. Hormis quelques interruptions pour lui faire préciser les faits, noms, dates et heures vérifiables, je mis en pratique le vieil adage : si l'on veut connaître une personne, on se tait et on la laisse parler.

15

— Dès le lendemain de la mort de Rashawn, ils m'ont passé les menottes, Alex, conclut mon cousin à la fin de son récit. Depuis, je suis en détention préventive. Pas de liberté sous caution. Visites restreintes, même pour Patty et Naomi. Je te le dis, Alex, quelqu'un m'a piégé.

Je gardai le silence, occupé à étudier sa version des faits à la lumière des informations fournies dans le dossier à charge.

Il se pencha en avant et insista :

— Tu me crois, hein ?

— Beaucoup d'éléments restent à confirmer.

— Ils le seront, je te le jure sur la bible de ma mère.

— Bon, admettons que ton histoire soit vraie. Qui est derrière tout ça ? m'enquis-je.

Stefan hésita avant de répondre :

— Je n'en suis pas sûr. En fait, j'espère que tu vas le découvrir.

— Tu as donc des soupçons ?

— Oui, mais je préfère ne pas en parler.

— Stefan, c'est ta vie qui est en jeu, là ! intervint Naomi. Tu dois tout nous dire !

— Il vous faut autre chose que des conjectures, répliqua-t-il. C'est bien ça le mot ?

— En effet, mais…

Stefan me désigna de ses mains menottées.

— Il vaut mieux qu'Alex fasse son enquête sans idées préconçues. Les faits concrets que je lui ai donnés le mèneront où ils doivent le conduire. De cette façon, lorsqu'il dira qu'il me croit, je saurai qu'il est sincère.

— Ça marche, approuvai-je.

Je regardai ma montre : 18 heures passées. Naomi frappa deux coups à la porte. Les gardiens entrèrent pour ramener Stefan en cellule. Il s'adressa à ma nièce :

— Dis à Patty, à ma mère et à mon père que je les aime et que je suis innocent.

— Promis.

— Quand est-ce que je vous revois ? nous demanda-t-il, pendant que les gardiens le mettaient debout et le libéraient de l'anneau dans le sol.

— Demain, répondit Naomi.

— Quand j'aurai du nouveau, fis-je.

— Ça marche, me renvoya-t-il, et il fut emmené hors de la pièce.

Ce n'est qu'une fois à l'extérieur de la prison, en chemin vers sa voiture, que Naomi m'interrogea :

— Qu'est-ce que tu ne crois pas dans sa version ?

— Pour moi, elle est crédible jusqu'à preuve du contraire.

— Pourtant, tu paraissais sceptique là-bas.

— Je mets tout en doute lorsqu'il est question de viol, torture et meurtre d'un enfant innocent, répliquai-je, terre à terre.

Ma réponse la contraria.

— Ai-je tort de raisonner ainsi ? lui demandai-je.

— Non, c'est seulement que Stefan a besoin de gens de son côté. Moi aussi j'en ai besoin pour sa défense.

— Bien sûr mais, je le répète, je suis du côté de Rashawn Turnbull, la victime. C'est ma seule et unique façon de travailler.

16

Le crépuscule était déjà descendu quand Naomi gara la voiture dans Dogwood Road, trois rues seulement à l'est de Loupe Street. Nous nous dirigeâmes vers une maison jumelée de deux niveaux, à la peinture écaillée mais dont la pelouse venait d'être tondue. Une odeur d'herbe fraîchement coupée embaumait l'air.

La lumière au-dessus de la porte de droite s'alluma en grésillant au moment où sortait une femme blanche d'âge moyen, blonde décolorée, vêtue d'un short de jogging et d'un tee-shirt au logo des Charlotte Bobcats[1]. Elle nous jaugea du regard pendant que nous montions sur le perron.

— Amis ou ennemis ?

— Amis, la rassura ma nièce. Je suis l'avocate de Stefan.

— Sydney Fox. Sa voisine et la propriétaire des lieux, dit la femme en serrant la main de Naomi.

Je me présentai à mon tour et précisai mes liens familiaux avec Stefan.

— Quelle histoire horrible, soupira Sydney, la mine attristée. J'adore votre cousin. Vraiment. Stefan respire la gentillesse et la passion, vous savez ? Je prie pour que ce qu'on raconte ne soit pas vrai. Ça me briserait le cœur, et je n'imagine même pas ce que ça ferait à Patty. Bon, mon jogging m'attend. J'aime courir à la fraîche. Ravie d'avoir fait votre connaissance, et si je peux apporter mon aide, n'hésitez pas à m'appeler. Patty a mon numéro.

L'ampoule clignotante finit par mourir, plongeant dans l'ombre la portion de perron de Sidney.

— Et merde ! jura celle-ci. (Elle introduisit à tâtons sa clef dans la serrure.) Mon jogging va devoir attendre quelques minutes de plus.

Naomi pressa la sonnette d'à côté. Le rideau de la porte vitrée s'écarta au bout d'un moment.

— Patty, c'est moi et mon oncle ! cria ma nièce.

Le battant s'entrouvrit pour nous permettre de nous glisser dans une salle de séjour simple et en ordre. Un

---

1. Équipe professionnelle de basket-ball de Charlotte (Caroline du Nord) qui fait partie de la National Basketball Association.

futon en guise de canapé, un coffre servant de table basse, un écran plat de télévision au mur. La porte se referma derrière une jolie blonde au corps musclé, proche de la trentaine, les traits tirés par l'épuisement.

Elle me dévisagea avant de me tendre la main.

— Patty Converse. J'ai beaucoup entendu parler de vous, docteur Cross.

Remarquant sa petite bague de fiançailles en diamant, je répondis :

— Et moi, je ne sais pas grand-chose de vous hormis ce que Stefan m'a raconté.

Ses sourcils se haussèrent, et sa voix prit une note ardente :

— Vous avez vu Stefan ? On ne me laisse pas lui rendre visite depuis des jours. Comment va-t-il ?

— Il a le visage bien amoché, mais rien de grave, lui assura Naomi. Il s'est fait agresser, sans provocation de sa part, d'abord par des détenus et ensuite par les gardiens.

L'inquiétude de Patty vira à la colère.

— Il doit y avoir des enregistrements des caméras de surveillance !

— Je vais les réclamer, promit ma nièce.

Je notai dans un coin de ma tête de chercher si la mixité raciale dans le couple de Patty et Stefan avait une quelconque incidence sur l'affaire. La jeune femme nous proposa du café, que Naomi déclina et que j'acceptai. Nous la suivîmes dans une cuisinette où elle s'affaira avec une cafetière à piston pendant que je l'interrogeais.

— Stefan dit que vous vous êtes rencontrés dès votre premier jour à l'école comme nouveaux profs.

— C’est exact, confirma-t-elle, en prenant des cuillérées de café moulu dans une boîte en fer.

— Le coup de foudre ?

Patty rougit.

— Eh bien, oui, pour moi. Il faudrait demander à Stefan.

— Pour lui aussi, affirma ma nièce.

Les yeux de Patty se mouillèrent, et sa main tremblait quand elle s’en couvrit la bouche.

— Il n’a pas fait ça. Il aimait beaucoup Rashawn. Moi aussi, d’ailleurs.

— Je sais, l’apaisa Naomi.

Je changeai de sujet :

— Pourquoi êtes-vous venue travailler à Starksville ?

Patty me raconta qu’elle avait grandi dans une petite ville du Kansas, puis obtenu grâce à son talent au softball[1] une bourse pour l’université d’État de l’Oklahoma. Elle y avait étudié les sciences et techniques des activités physiques et sportives, ainsi que la pédagogie. Une fois ses diplômes en poche, elle s’était installée en Caroline du Nord dans la région de Raleigh, où vivait sa sœur aînée, et avait cherché du travail.

— Les offres d’emploi les plus proches étaient ici, à l’école publique, conclut-elle. On demandait deux profs de gym pour couvrir les classes de collège et de lycée.

Je remarquai :

— On dirait que c’est le destin qui vous a fait prendre ces postes, Stefan et vous.

En larmes, elle souffla d’une voix cassée :

— C’est ce que j’aime à croire.

---

1. Variante du baseball.

17

J'attendis qu'elle se calme et poursuivis :

— Parlez-moi de la relation entre Rashawn Turnbull et Stefan.

— Il y a eu entre eux une complicité immédiate, dit-elle en me servant du café. Et j'avoue que ça m'agaçait parce que notre propre relation commençait juste à s'épanouir et Stefan accordait autant de temps à Rashawn et aux autres élèves qui l'intéressaient qu'à moi.

Le troisième ou quatrième jour de la rentrée scolaire, continua Patty, Stefan trouva Rashawn réfugié dans les vestiaires et qui refusait de se changer pour le cours de gymnastique. Petit pour son âge, il était renfermé. Les garçons de sa classe, noirs comme blancs, s'en prenaient à lui parce que sa mère était blanche et en cure de désintoxication, tandis que son père, afro-américain, avait une réputation d'escroc.

— Rashawn se sentait isolé, il ne s'intégrait nulle part, expliqua-t-elle. Stefan avait éprouvé la même solitude dans sa jeunesse, d'où son empathie, vous comprenez ?

— Bien sûr, fis-je. Stefan se droguait-il en votre présence ?

— Jamais. Il savait que je ne le tolérerais pas.

— Mais vous connaissiez son passé ?

Elle acquiesça de la tête.

— Oui, mais il ne dealait pas. La drogue lui a fait manquer tant de choses, il craignait que des gamins aient leur vie bousillée à cause de cette saloperie.

— En avez-vous déjà vu dans la maison ?

— Jamais.

— Est-il arrivé que Stefan disparaisse pendant des heures sans vous dire où il allait ?

Elle regarda fixement ses genoux.

— On s'aime mais on n'est pas collés l'un à l'autre.

— Ça ne répond pas à ma question, insistai-je.

— Je ne sais plus. Oui, parfois, reconnut-elle, mal à l'aise. Il sortait en disant qu'il avait des trucs à faire.

— Et à son retour, vous racontait-il ce qu'il avait fait ?

Après un temps de réflexion, elle répondit :

— De la randonnée ou du jogging en général. Il y a un sentier pédestre parallèle à la voie ferrée qu'il aime bien. C'est trop bruyant pour moi. D'autres fois, il surveillait des endroits en ville où les ados traînent en bandes.

— Pourquoi faisait-il ça ?

Patty m'expliqua qu'à la fin de l'année précédente, une vague d'incidents graves liés à l'héroïne et à la méthamphétamine s'étaient produits à l'école publique de Starksville, dont les deux overdoses mentionnées dans le dossier d'accusation.

— Le proviseur et le conseil d'administration ont vraiment mis la pression pour savoir d'où venaient les drogues, continua-t-elle. Aucun autre prof n'a pris ce problème plus au sérieux que Stefan. C'est devenu une obsession chez lui, de remonter jusqu'à la source.

— Il affirme qu'il était parti à la recherche de Rashawn le soir où il a été tué.

Patty hocha la tête.

— La mère de Rashawn, Cece, nous a téléphoné vers 20 heures, son fils n'était pas rentré et elle espérait qu'il était ici.

Naomi enchaîna :

— De nombreux soucis obnubilaient Stefan ce soir-là, d'après ce qu'il nous a dit. Il a acheté une bouteille d'alcool pour la première fois depuis des années, l'a bue près de la voie de chemin de fer et s'est endormi là-bas, ivre mort.

La fiancée de mon cousin confirma :

— Ça le mettait sur les nerfs de ne pas trouver qui dealait la drogue et il était aussi très triste parce que Rashawn lui avait balancé dans l'après-midi qu'il ne voulait plus de son amitié. Alors, il a pris une cuite.

— Pourquoi Rashawn l'a-t-il rejeté comme ça ? demandai-je.

— Il ne lui a pas donné d'explication, et Stefan était…

Une porte claqua dehors, puis une voix masculine se mit à brailler :

— Salope ! Baiseuse de nègre ! J'espère que tu pourriras en enfer comme cet assassin !

Deux puissants coups de feu déchirèrent la nuit.

J'étais déjà debout et en mouvement à la première détonation, mon Glock dégainé. Quand trois nouveaux tirs rapprochés fracassèrent les fenêtres de la salle de séjour, une pluie de verre cassé s'abattit sur moi.

Il y eut un crissement de pneus. J'ouvris la porte à la volée et sortis accroupi sur le perron. Les phares de la voiture avaient beau être éteints, je vis qu'il s'agissait d'une Impala blanche, une épave équipée d'énormes silencieux. Une silhouette tout en noir, cagoule, blouson et gants, était penchée à la vitre, pointant sur moi une carabine de chasse avec lunette. L'individu tira.

La sixième balle atteignit le parement en cèdre de la façade, à un mètre de moi. Je tentai de viser le tireur, mais la voiture filait déjà sur les chapeaux de roue.

Le souffle court sous l'effet de l'adrénaline, je me remettais debout lorsque j'aperçus une femme blonde en tenue de jogging affalée au pied des marches du perron, du sang jaillissant à flot d'une blessure à la tête. Ce n'était même plus la peine de me précipiter pour chercher son pouls. Je n'avais pas le moindre doute que…

— Sydney ! hurla Patty derrière moi. Non ! Non !

Elle fondit en larmes. Je me retournai et la serrai dans mes bras.

— Pourquoi ? sanglota-t-elle contre ma poitrine. Pourquoi Sydney ?

Sur le moment, je n'eus pas le cœur de lui dire qu'à mon avis il y avait eu erreur sur l'identité de la cible.

18

Un quart d'heure plus tard, Dogwood Road était barrée par des cônes de circulation et la maison entourée de ruban jaune. Des techniciens de scène de crime photographiaient le cadavre de Sydney Fox. Les voisins s'attroupaient. Une voiture de police banalisée s'arrêta devant le périmètre de protection, et les inspecteurs Frost et Carmichael en descendirent.

— Super, marmonna Naomi près de moi.

— Tu les connais aussi ?

— Frost et Carmichael. Ils ont mené les investigations sur le meurtre de Rashawn Turnbull.

— Ce sont des bons flics ? lui demandai-je, résolu à mettre de côté la première impression que j'avais eue d'eux.

— Des enquêteurs de petite ville raisonnablement intelligents et correctement formés. Bien qu'ils affirment suivre la procédure à la lettre, je les soupçonne de contourner parfois les règles, d'arranger les faits à leur sauce. Et ils ont une fâcheuse tendance à tirer des conclusions hâtives.

— Je garderai ça à l'esprit, fis-je, et j'attendis qu'ils examinent le cadavre.

Frost gratta son nez grêlé par l'acné, salua Naomi de la tête.

— Maître.

— Inspecteur Frost, voici Alex Cross, mon oncle, me présenta Naomi.

— Nous avons déjà fait connaissance, dit-il d'un ton rogue, et il se tourna vers moi. Ce meurtre est mon affaire.

— Je suis en vacances, lui rappelai-je.

— Je vous préviens seulement de ne pas vous en mêler, vous n'êtes qu'un témoin, insista-t-il. Soyons clairs là-dessus dès maintenant, OK ?

— Votre ville, votre terrain de jeu, inspecteur.

Carmichael prit la parole :

— Que s'est-il passé ?

Naomi, Patty et moi fîmes un rapport circonstancié de la soirée, sans oublier l'ampoule du perron qui s'était opportunément éteinte et les insultes racistes entendues juste avant la fusillade.

L'expression de Frost s'aigrit.

— Sydney avait-elle comme vous une relation interraciale, mademoiselle Converse ?

Patty fronça les sourcils.

— Pas que je sache, fit-elle sèchement.

— Alors, c'est vous qu'il voulait tuer et il a tiré sur Sydney par erreur, lui dit Carmichael, m'ôtant ainsi le fardeau de le lui annoncer. Deux blondes, faciles à confondre.

Cette révélation frappa durement la fiancée de Stefan, dont le teint vira au verdâtre.

— Oh, mon Dieu ! Comme j'aimerais ne jamais être venue dans cette ville !

— Présentez-vous au poste demain matin, il nous faut vos dépositions signées, nous intima Frost. En attendant, vous devez quitter les lieux. D'autres membres de l'équipe technique et scientifique sont en route.

— Je ne peux pas rester ici ? Chez moi ? protesta Patty.

— Vous ne dormirez pas beaucoup avec le raffut.

Je proposai :

— Ma tante Connie vous hébergera. Elle a deux chambres de libres.

La fiancée de Stefan était trop lasse pour discuter.

— D'accord, laissez-moi prendre quelques affaires.

— Le domicile de ma tante sera-t-il mis sous protection ? m'enquis-je auprès des inspecteurs dès que Patty fut rentrée chez elle avec Naomi.

Frost répondit :

— Je peux le réclamer, mais c'est pas sûr qu'on l'obtienne.

— Restrictions de budget, expliqua Carmichael.

En d'autres termes, Bree et moi allions devoir surveiller le cul-de-sac à tour de rôle. Lorsque Patty eut fini de préparer un petit sac de voyage, nous partîmes en contournant le cadavre de Sydney Fox. Un médecin légiste l'éclairait avec un projecteur pendant qu'un technicien en prenait des photographies. Je constatai alors qu'elle avait été touchée au front en deux endroits, distants de huit centimètres environ.

Je me souvins du rythme des tirs, combien ils étaient rapides, précis et…

Une voix masculine me héla :

— Docteur Cross ?

Je m'arrêtai près de la voiture de Naomi, et vis sauter d'un pick-up Dodge gris un homme grand, d'allure athlétique, en jean et sweat-shirt noir à capuche, avec un insigne suspendu à son cou par une chaîne. Il nous rejoignit au pas de course.

— Guy Pedelini, enquêteur pour le shérif du comté, se présenta-t-il, sourire aux lèvres et main tendue. C'est un honneur de faire votre connaissance, monsieur.

— De même, monsieur Pedelini, dis-je en lui serrant la main.

— Ce n'est pas votre territoire, Guy, alors qu'est-ce qui vous amène ? demanda froidement ma nièce.

Pedelini se fit sérieux.

— Je suis simplement venu saluer votre célèbre oncle, maître. Mais maintenant que je suis là, voudriez-vous me raconter ce qui s'est passé ?

— Un tireur hautement qualifié, qui roule dans une vieille Impala blanche, a abattu une femme en se trompant de cible, répondis-je.

Puis je répétai les hurlements haineux qui avaient précédé la fusillade. L'enquêteur du shérif arborait un air grave, toute son attention centrée sur mes propos.

— Pourquoi dites-vous qu'il est qualifié ?

— Il se servait d'une carabine à verrou, pas une semi-automatique ni à pompe, et il a réussi à loger deux balles dans le front de Mme Fox avant qu'elle tombe, expliquai-je.

— Un chasseur, supputa Pedelini.

— Ou un militaire entraîné, répliquai-je. Connaissez-vous un raciste qui correspond à ça et possède une vieille Impala blanche ?

Pedelini réfléchit avant de secouer la tête négativement.

— Il y a bien dans le coin quelques racistes notoires qui conduisent des bagnoles déglinguées, ainsi qu'un bon nombre de chasseurs et d'ex-militaires, de braves types ceux-là, mais aucun d'eux n'est capable d'une telle précision. Je veux dire, il faudrait que le gars ait une formation de sniper, non ?

— Ce serait logique, confirmai-je.

— Pourquoi cela vous intéresse-t-il autant, Guy ? l'interrogea Naomi.

— Lorsque quelqu'un tente d'éliminer un témoin essentiel dans l'affaire d'un meurtre commis dans ma juridiction, je suis intéressé, maître, rétorqua Pedelini.

— Qu'est-ce que ça peut vous faire si on me tue ? intervint Patty Converse. Je suis témoin pour la défense. Or vous croyez Stefan coupable.

— En effet, admit-il, j'en suis même certain. Mais je me soucie malgré tout de la sécurité des autres personnes concernées. Voyez-vous, mademoiselle Converse, je ne veux pas qu'il subsiste de doute raisonnable dans ce procès. Je tiens à ce que le juge et les jurés entendent toutes les parties, puis délibèrent et condamnent votre fiancé à être mis derrière les barreaux dans la centrale de Raleigh, en attente de l'injection létale.

19

Il était plus de 23 heures lorsque Naomi se gara devant le pavillon de Connie. Je sortis de la voiture, comptant rejoindre ma famille dans mon ancienne maison. Mais toutes les lumières y étaient éteintes, et Bree apparut à la porte d'entrée de ma tante.

J'avais téléphoné à Bree quelques minutes après la mort de Sydney Fox, et nous étions convenus qu'elle attendrait chez nous que j'en aie fini avec la police.

Ma femme m'étreignit, m'embrassa, et expliqua :

— Ta tante s'est dit que vous seriez tous affamés, alors elle s'est mise aux fourneaux tout en réconfortant son amie.

— Quelle amie ? m'étonnai-je.

— Ethel Fox, la maman de Sydney. Connie et elle sont très proches.

— Comment réagit-elle ?

— Elle n'arrive pas à y croire. Elle est dévastée. Sous le choc. Sydney était sa seule fille. Son mari est mort depuis dix ans et son fils vit en Californie. Je ne sais pas ce qu'elle deviendrait si tes tantes n'étaient pas là.

Je passai un bras autour des épaules de Bree et nous suivîmes Naomi et Patty dans le pavillon. Bien qu'entretenu avec un soin maniaque, il ne donnait nulle impression de stérilité ou de froideur. Un mobilier confortable, chaleureux, et partout des portraits de Connie avec ses amis et ses enfants, Pinkie et Karen ; il n'y en avait aucun où ma tante n'affichait pas un sourire joyeux ou n'enlaçait pas quelqu'un.

Comme je le disais, elle a le don de se faire aimer.

Je l'aperçus dans sa cuisine, en peignoir rose et chaussons de même couleur à tête de lapin, qui battait des œufs dans un bol en inox. Un mélange d'arômes – bacon, ail, oignon et café – me chatouilla les narines. Brusquement, une faim de loup me prit, malgré ma fatigue. Je ne souhaitais rien de plus que manger, puis regagner la maison voisine et dormir.

Patty, Naomi et Bree me précédèrent dans la cuisine. Tante Hattie y était aussi, assise à la table, tenant les deux mains d'une femme blanche âgée aux fins cheveux gris et aux joues striées de traces de larmes ; les yeux perdus dans le vide, celle-ci ne remarqua pas notre arrivée.

— Sydney était une enfant si gentille, Connie, dit-elle dans un filet de voix. Elle aimait tant faire plaisir.

— Je me souviens, confirma tante Connie, avec un salut de la tête à notre intention.

— Je crois qu'elle s'était enfin trouvée, après son divorce, continua Ethel Fox. Elle était heureuse, confiante en l'avenir.

— C'est vrai, renchérit tante Hattie. Elle se débrouillait bien. C'était une fille dont sa maman pouvait être fière.

Patty déglutit vaillamment et s'avança.

— Je vous présente mes sincères condoléances, madame Fox. Sydney était une femme formidable, je…

La mère de la victime parut soudain sortir de sa transe. Elle tourna lentement la tête pour dévisager la fiancée de Stefan, laquelle retenait ses larmes.

— La police dit qu'elle a été tuée à cause de vous, annonça Ethel Fox sur un ton morne, éploré.

Patty se couvrit la bouche des mains et balbutia :

— J'aurais préféré que ce soit moi. Je vous jure que je n'ai jamais… J'adorais votre fille. Elle était ma meilleure amie dans cette ville. Ma seule véritable amie.

Mme Fox se leva avec peine, le regard rivé à Patty, et je craignis une seconde qu'elle ne la frappe. Au contraire, elle ouvrit grand les bras et étreignit la fiancée de Stefan, qui éclata en sanglots sur son épaule.

— Je sais que vous l'aimiez aussi, affirma la mère en deuil, tout en frottant le dos de Patty. Je le sais bien.

— Vous ne m'en voulez pas ? Ni à Stefan ?

La vieille dame se rassit et secoua la tête.

— Tout comme vous, Sydney le croyait innocent. Nous en parlions justement ensemble l'autre jour. Elle disait que Stefan avait trop bon cœur pour faire des choses si horribles à qui que ce soit, encore moins à un garçon pour qui il avait tant d'affection.

Émue, tante Hattie s'efforçait de ne pas pleurer.

Tante Connie essuya ses larmes avec son avant-bras, puis se racla la gorge.

— Ethel, écoute-moi bien. Notre neveu Alex va attraper non seulement le tueur de Rashawn mais aussi celui de Sydney. Tu vas voir, il les fera payer cher. Hein, Alex ?

Tous les yeux dans la pièce se fixèrent sur moi. Durant le peu de temps que je venais d'y passer, Starksville avait révélé une dimension plus sinistre que je n'en avais le souvenir. En toute franchise, je n'étais pas certain d'être de taille à découvrir qui avait assassiné le fils Turnbull et, à présent, Sydney Fox. Néanmoins, elles me regardaient toutes avec tant d'espoir que je répondis :

— Je vous promets que quelqu'un va payer.

Tante Connie arbora son sourire tout en dents et versa les œufs battus dans une poêle à frire noire qui se mit à grésiller.

— À table, maintenant, c'est bientôt prêt.

— Sydney avait raison, dit tante Hattie. Celui qui a tué ce garçon a le cœur mauvais, contrairement à mon Stefan.

Je compris que ce commentaire m'était destiné. Naomi lui avait-elle rapporté les propos que j'avais tenus sur mon allégeance aux victimes ?

Je cherchais à m'en sortir avec délicatesse quand Ethel Fox déclara :

— Si vous voulez mon avis, il n'y a qu'une seule âme assez noire dans les environs pour assassiner comme ça un adolescent. Pour moi, ce Marvin Bell est impliqué d'une manière ou d'une autre.

Ce nom me disait quelque chose, mais je ne voyais pas de qui il s'agissait.

Mes tantes, elles, le connaissaient à l'évidence.

D'un air affligé, Hattie détourna la tête.

Connie tapa sèchement sur le bord de la poêle avec sa cuillère en bois, me jeta un coup d'œil, constata ma perplexité, puis s'adressa à la mère de Sydney Fox en l'avertissant à voix basse :

— Ethel, tu sais que tu ne peux accuser Marvin Bell de rien à moins d'avoir derrière toi cinquante bons chrétiens qui affirmeront avoir vu la même chose, en plein jour et de leurs propres yeux.

— Qui est Marvin Bell ? s'enquit Bree.

Mes tantes restèrent muettes.

— C'est une anguille celui-là, toujours à agir dans l'ombre, sans jamais se montrer, expliqua Ethel Fox, qui pointa vers moi un doigt osseux. Et savez-vous pourquoi vos tantes ne vous parlent pas de lui ?

Celles-ci fuyaient mon regard. Je secouai la tête négativement.

— Marvin Bell ? reprit Ethel Fox. Autrefois, avant de devenir un monsieur bien comme il faut, il avait tous les droits sur votre père. Votre papa était l'un de ses nègres.

20

À ce mot, un silence s'abattit sur la pièce, et l'expression de Bree se durcit. De même que celle de Patty et de Naomi.

Ce terme injurieux s'emploie tous les jours dans les rues de Washington, entre personnes de couleur. Mais l'entendre dans la bouche d'une vieille dame blanche du Sud en allusion à mon défunt père, ce fut comme si elle m'avait giflé en pleine figure avec quelque chose d'innommable.

Sa fille venait de mourir. Elle n'avait plus tous ses esprits. Elle ne le pensait pas. Telle fut ma réaction immédiate. Mais bizarrement, mes tantes n'étaient pas aussi choquées que le reste d'entre nous.

— Tante Hattie ? l'interpellai-je.

Toujours sans me regarder, elle répondit :

— Ethel ne voulait pas déshonorer le nom de ton papa ou le tien, Alex. Elle rapporte simplement les faits comme ils étaient.

Tante Connie enchaîna tristement :

— À l'époque, ton père était vraiment l'esclave de Marvin Bell. Il lui appartenait. Ta mère aussi. Ils faisaient tout ce que leur ordonnait cette ordure.

— À cause de la drogue, précisa Ethel Fox.

J'avais tellement faim que la tête me tournait.

— Tu ne te rappelles pas que Bell venait chez vous quand tu étais petit pour apporter des choses à tes parents ? me demanda tante Connie en mettant les œufs brouillés sur un plat. Un grand type blanc, les traits anguleux, insaisissable comme dit Ethel ?

Hattie ajouta :

— Tout sucre et tout miel, et la seconde d'après plus méchant qu'un chien enragé ?

Une vague impression, troublante, se réveilla dans ma mémoire, mais je répondis :

— Non, je ne me souviens pas de cet homme.

— Et la fois où… commença tante Hattie, puis elle se tut.

Tout juste sortis du four qui les gardait au chaud, des galettes de pommes de terre, du bacon croustillant caramélisé au sirop d'érable et une montagne de toasts accompagnaient les œufs brouillés. Je me jetai sur la nourriture, imité par Naomi. La fiancée de Stefan se contenta de jouer avec le contenu de son assiette et d'émietter un toast.

Je mangeai en silence, tandis que Bree enchaînait les questions au sujet de Marvin Bell, et le temps que je repose ma fourchette, plein comme une outre, courbatures et vertige disparus, une esquisse de la biographie de l'individu s'était dessinée dans mon esprit : hormis quelques faits précis, opinions, rumeurs, conjectures et suppositions en composaient l'essentiel.

« Insaisissable » décrivait Bell à la perfection.

Aucune des personnes à cette table n'aurait su dire quand exactement Marvin Bell avait pris le contrôle de la vie de mes parents. Il s'était glissé dans Starksville tel un cancer latent peu après le vingtième anniversaire de ma mère. Il arriva avec un stock d'héroïne et de cocaïne, qu'il donnait à goûter gratuitement. Il rendit ma mère, ainsi qu'une douzaine de jeunes femmes aussi fragiles qu'elle, accro et prête à tout pour une dose. Mon père devint lui aussi dépendant, mais pas uniquement de la drogue.

— Ton papa avait besoin d'argent pour tes frères et toi, m'expliqua tante Connie. Dealer et faire des livraisons pour le compte de Bell lui en procurait. Comme l'a dit Ethel, cet homme l'avait si bien mis sous sa coupe qu'il était vraiment son esclave.

Ethel Fox ajouta :

— Une fois, Bell a même fait sortir par la force votre père de la maison, il l'a attaché avec une corde à l'arrière de sa voiture et l'a traîné dans la rue. Personne n'a bougé le petit doigt pour l'en empêcher.

Repensant aux deux garçons de la veille tirés par une corde, je restai pantois d'horreur.

— Tu ne te rappelles pas, Alex ? insista doucement tante Hattie. Tu étais là, pourtant.

— Non, affirmai-je aussitôt sur un ton sans équivoque. Je n'en ai aucun souvenir. Je n'aurais pas pu oublier… ça.

Rien que l'idée d'une scène pareille me causa un violent mal de crâne, et je n'eus qu'une envie, me réfugier dans l'obscurité et dormir. Inquiètes, mes tantes et Ethel Fox me dévisagèrent.

— Quoi ? fis-je. Je ne me rappelle tout simplement pas que c'était aussi terrible.

Tante Connie déclara avec tristesse :

— Alex, leur situation était devenue si invivable que la seule issue pour tes parents, c'était de mourir.

Apprendre cela au terme d'une si longue journée me fit courber la tête d'accablement.

Bree me caressa le dos et la nuque.

— Bell est-il toujours dealer ? s'enquit-elle.

Les trois femmes différaient sur ce point. Selon tante Hattie, peu après le décès de mon père, Bell avait ramassé son argent sale et s'était fait construire une grande maison au bord de Pleasant Lake, à trente kilomètres au nord. Il avait racheté des commerces locaux et donnait depuis toutes les apparences d'un homme qui a repris le droit chemin.

— Je n'y crois pas une seconde, s'énerva Ethel Fox. Chassez le naturel, il revient au galop, surtout quand il y a de l'argent facile à se faire. Je parie qu'il est aux commandes de la pègre d'ici et des villes alentour. Peut-être même jusqu'à Raleigh.

Je relevai la tête, intéressé.

— La police a-t-elle déjà enquêté sur ses agissements ?

— Oh, je suis sûre que quelqu'un s'en est chargé, affirma Connie.

— Sauf que Marvin Bell n'a jamais été arrêté pour quoi que ce soit, à ma connaissance, ajouta Hattie. On le croise à Starksville de temps à autre, et c'est comme si on était transparentes pour lui.

— Que voulez-vous dire par là ? demanda Bree.

Hattie se tortilla sur sa chaise.

— Il nous met mal à l'aise par sa seule présence, on le sent dangereux même quand il nous sourit.

— Il vous connaît donc ? Il sait ce que vous avez vu ? insista ma femme.

— Oh, j'imagine que oui, répondit Connie. Mais il s'en fiche totalement. Dans le royaume de Bell, nous ne sommes rien. Exactement comme les parents d'Alex ne représentaient rien pour lui.

— Y a-t-il dans le dossier un élément qui lierait Bell à Rashawn Turnbull ? demanda Bree à Naomi.

Celle-ci secoua la tête négativement.

Patty Converse semblait perdue dans ses pensées.

Je l'interrogeai :

— Stefan a-t-il parfois mentionné son nom ?

La fiancée de mon cousin tressaillit quand elle comprit que je m'adressais à elle.

— Je vous jure que je n'ai jamais entendu parler de Marvin Bell.

21

Le lendemain matin, je fus tiré du sommeil par Jannie qui me secouait l'épaule. Elle avait enfilé son survêtement d'athlétisme bleu et tenait un sac de sport.

— Il est 6 heures, chuchota-t-elle. On doit y aller.

Les yeux chassieux, j'acquiesçai et me glissai doucement hors du lit afin de ne pas réveiller ma femme. J'attrapai un short, des baskets, un tee-shirt au logo Georgetown Hoyas[1], un vieux sweat de Johns Hopkins, et m'engouffrai dans la salle de bains.

Je m'aspergeai le visage d'eau froide puis m'habillai, en m'interdisant de ressasser les informations apprises la veille sur Marvin Bell et ce qu'il avait fait à mes parents. Nana Mama savait-elle tout cela ? Je mis cette question de côté parmi d'autres. Durant au moins quelques heures, mon attention serait réservée exclusivement à ma fille et à ses rêves d'avenir.

Nana Mama était déjà debout. Elle me tendit une bouteille Thermos et une petite glacière souple.

— Café-chicorée pour toi. Bananes, eau et boissons protéinées pour Jannie. Et il y a ces muffins au pavot que tu aimes tant.

— Tu veux m'engraisser, Nana ?

— Seulement mettre un peu de chair sur tes os, me corrigea-t-elle avec un rire entendu.

Je m'esclaffai de même.

— Ça me rappelle quelque chose !

1. Club ommisports de Georgetown University.

Adolescent, à l'âge de Jannie environ, j'avais déjà atteint ma taille définitive mais ne pesais que soixante-douze kilos tout mouillé. Or j'ambitionnais d'intégrer une équipe universitaire de basket-ball ou de football américain. Du coup, pendant deux ans, Nana Mama m'a préparé des plats bien riches, pour « mettre un peu de chair sur mes os ». À mon entrée à Johns Hopkins, mon poids approchait les quatre-vingt-dix kilos.

— Papa ! s'impatienta Jannie.

— Dis à Bree qu'on devrait être de retour avant 10 heures, lançai-je à ma grand-mère, et je partis en hâte avec ma fille.

Jannie resta silencieuse pendant le trajet en voiture jusqu'à l'école publique de Starksville, ce qui ne me surprit pas outre mesure. Lorsqu'il est question de courir, elle est incroyablement compétitive et concentrée. Il lui arrive de se montrer irritable avant de relever un défi sur la piste. Le plus souvent, comme ce matin-là, elle se tait, retirée en elle-même.

— Cette coach a une excellente réputation, dis-je.

Ma fille approuva de la tête.

— Elle enseigne à Duke, me rappela-t-elle.

Ses méninges devaient carburer à plein régime. En plus de faire partie des entraîneurs sportifs de Duke University, la coach encadrait l'équipe amateur de Raleigh en été. Certains de ses athlètes seraient certainement aussi au stade. Jannie était résolue à les impressionner tous.

Je garai la voiture sur le parking quasiment vide de l'école. À 6 h 15 ce samedi, il n'y avait là qu'une poignée de véhicules, dont deux minibus blancs. Derrière le grillage et les gradins, des jeunes gens s'échauffaient en petites foulées.

— Tu es ici seulement pour t'entraîner, hein ? dis-je à ma fille tandis qu'elle débouclait sa ceinture de sécurité.

Elle secoua la tête et sourit.

— Non, papa, je suis ici pour courir.

Nous suivîmes le passage sous les tribunes jusqu'à la piste, où se trouvaient déjà quinze, peut-être vingt athlètes, certains en train de faire des étirements dans la fraîcheur matinale, d'autres commençant tout juste leurs tours d'échauffement.

— Jannie Cross ?

Une femme en short, chaussures de course et coupe-vent turquoise trottinait vers nous, un porte-bloc à pince sous le bras. Avec un grand sourire, elle me tendit la main.

— Melanie Greene.

— Enchanté, professeur Greene, dis-je en lui serrant la main, séduit par son enthousiasme sincère.

— Tout le plaisir est pour moi, docteur Cross.

Puis la coach fit opérer son charme sur Jannie.

— Et toi, jeune fille, tu as fait sensation !

Jannie sourit et inclina la tête.

— Vous avez vu la vidéo du meeting interlycées ? demanda-t-elle.

— Comme tous les autres entraîneurs de première division du pays ! Et voilà que tu viens t'exercer avec moi.

— Oui, madame.

— Juste une vérification, tu n'as que quinze ans, c'est ça ?

— Oui, madame.

Melanie Greene secoua la tête d'étonnement, puis me tendit le porte-bloc.

— J'ai besoin que vous me signiez ces formulaires, dont l'un stipule que nous ne sommes pas ici pour un test de recrutement sous quelque forme que ce soit. Il s'agit d'un stage d'été où l'on ne fait que de l'entraînement. Et vous trouverez à la fin une autorisation de pratiquer l'athlétisme dans ce stade, délivrée par l'administration scolaire de Starksville.

Je feuilletai les documents, commençai à parapher.

— Jannie, échauffe-toi donc en faisant un tour de piste, suggéra Greene, maintenant toute à son métier. Nous allons travailler le 200 mètres ce matin.

— Bien, coach, répondit Jannie.

La mine sérieuse, ma fille déposa son sac de sport sur une rangée basse des gradins et partit à petites foulées.

Je signai le dernier formulaire et rendis le porte-bloc.

— Combien de temps resterez-vous dans la région ? s'enquit la coach.

— Ce n'est pas encore fixé. Nous sommes là à cause d'un problème familial.

— Je suis à la fois navrée et ravie de l'apprendre, répliqua-t-elle.

Puis elle me serra de nouveau la main, avant de rejoindre plusieurs jeunes femmes en vestes de survêtements aux logos de l'AAU ou de Duke.

D'autres sportifs venaient d'arriver, des filles et des garçons plus jeunes que le groupe universitaire déjà sur la piste, certains à peu près de l'âge de Jannie. Trois lycéennes portaient des sweat-shirts du club d'athlétisme de Starksville. Installé dans les tribunes, je sirotai mon café et dévorai les muffins au pavot pendant que Jannie effectuait sa préparation routinière : un tour à faible allure, puis une série de bonds et d'étirements dynamiques, augmentant en intensité et visant à réveiller les muscles à contraction rapide.

Durant tout ce temps, les autres athlètes la regardaient pour la jauger, en particulier les lycéennes, et surtout les trois de Starksville. Si Jannie le remarqua, elle n'en montra rien. Elle avait sa tête des jours de compétition.

Melanie Greene rassembla tous les coureurs et les divisa en groupes d'entraînement. Jannie fut placée avec les filles de Starksville. Si cela l'ennuya, elle ne le fit pas voir. Seul comptait le chronomètre.

22

Après avoir limité à soixante pour cent l'intensité de l'effort, Greene fit partir en premier les garçons, qui sprintèrent sur le long virage du 200 mètres et finirent au trot. Greene envoyait les groupes par vagues. Les sept étudiantes d'université étaient des athlètes accomplies, robustes et légères. Elles semblaient flotter sur la piste, leurs pieds effleurant à peine le sol sous la cadence rapide et puissante de leurs jambes.

Jannie les observait attentivement, le visage impénétrable. Lorsque ce fut le tour de son groupe, celui des lycéennes, elle choisit le couloir extérieur, laissant les meilleurs aux autres. Greene lui dit quelque chose que je n'entendis pas. Jannie acquiesça et se mit en position de départ.

Placées en décalé sans starting-blocks, elles s'élancèrent au coup de sifflet de la coach. Plusieurs filles se montraient étonnamment battantes, en particulier les trois de Starksville, qui restèrent à la hauteur de Jannie jusqu'à la zone de relâchement. On voyait toutefois qu'elles ne possédaient ni sa fluidité ni sa foulée naturelles.

La différence fut plus évidente deux séries plus tard, quand Greene monta l'effort à quatre-vingts pour cent.

Au coup de sifflet, Jannie attaqua à un rythme souple et court, bientôt remplacé par les amples foulées explosives d'une coureuse de 400 mètres pendant qu'elle bouclait le virage. Elle ralentit dix mètres avant la fin et battit quand même de trois longueurs les filles de Starksville.

— Hé ! l'interpella avec colère l'une d'elles, hors d'haleine. Quatre-vingts pour cent !

Jannie sourit.

— J'étais à soixante-dix.

Son ton était neutre, mais l'autre sembla le trouver condescendant ; vexée, elle tourna le dos à Jannie et rejoignit ses camarades.

La coach avait dû entendre ma fille dire qu'elle ne s'était donnée qu'à soixante-dix pour cent, car elle s'approcha pour lui parler à voix basse. Jannie acquiesça puis se dirigea en hâte vers les étudiantes plus âgées.

— Mettez-vous en groupes de quatre, mesdemoiselles ! leur cria Greene.

Les coureuses universitaires saluèrent Jannie d'un signe de tête à son arrivée, mais c'étaient déjà des athlètes de première division, et après ce geste d'accueil leur esprit de compétition prit le dessus.

— Entre quatre-vingt-cinq et quatre-vingt-dix pour cent, maintenant, décréta Greene tandis qu'elles prenaient position dans les couloirs.

Malgré ses quinze ans et demi, ma fille était au moins aussi grande que ses nouvelles partenaires. Mais elle ne possédait ni leur puissance ni leur carrure, et paraissait frêle en comparaison.

Jannie courut au coude à coude avec les deux meilleures jusqu'à cent cinquante mètres. Puis le conditionnement ainsi que l'expérience de celles-ci firent leurs preuves. Elles distancèrent ma fille et franchirent la marque de relâchement un mètre devant elle.

— Quatre-vingt-dix, annonça Greene.

Dans la chaleur de plomb, toutes les filles acquiescèrent de la tête, essoufflées, la poitrine palpitante.

Elles répétèrent deux fois l'exercice, dans lequel Jannie termina chaque fois troisième. Puis ce fut le moment de la récupération et des étirements. Les deux étudiantes les plus rapides entamèrent une conversation avec Jannie ; les lycéennes l'ignorèrent ostensiblement.

Comme la coach s'approchait de la barrière, je descendis lui parler.

— Est-ce qu'elle a déjà couru le 200 mètres en compétition ? me demanda-t-elle.

— Non, seulement le 400 mètres. Pourquoi ?

— Les deux qui l'ont battue, Layla et Nichole, sont de pures sprinteuses. Le 200, c'est leur distance de prédilection. Layla a été finaliste aux championnats de la zone Atlantique, douzième au classement national de la NCAA[1].

Pris au dépourvu, je répondis :

— Je pense qu'elle préfère le 400 mètres.

— Oui, je sais, fit Greene. C'est un talent brut, mais très impressionnant, docteur Cross.

— Elle sera flattée, j'imagine.

— C'est un grand compliment de ma part ! Je… (Greene marqua une pause.) Pourriez-vous la conduire à Duke samedi prochain, 11 heures ?

— Pour quoi faire ?

— J'ai un groupe d'athlètes de Duke, Chapel Hill et Auburn, toutes spécialistes du 400 mètres, qui s'entraînent là-bas le samedi. De plus, j'aimerais que ma boss à la fac voie Jannie à l'œuvre sur la piste.

— Vous disiez qu'il n'était pas question de recrutement, m'étonnai-je.

— C'est juste une suggestion amicale. Jannie va finir par s'ennuyer à courir avec les filles d'ici, alors qu'il y a des partenaires d'entraînement plus adaptées à son niveau à une heure de route.

— Je lui en parlerai. Et ça va dépendre de notre problème familial.

— Bon, mais sachez que la porte lui est ouverte, conclut la coach, avant de s'éloigner au pas de course.

Les lycéennes de Starksville traversaient la piste et Greene leur tapa dans la main en les croisant.

— Mardi après-midi, leur rappela-t-elle.

---

1. La National Collegiate Athletic Association organise des compétitions interuniversitaires aux États-Unis dans vingt-cinq disciplines sportives.

Le trio me décocha des regards hostiles au passage, et se remit à bavarder avec animation. J'observai Jannie en train d'enfiler ses sandales en caoutchouc, puis de balancer son sac de sport sur l'épaule. Chacun de ses gestes était aussi efficace que naturel ; même nonchalante, sa démarche restait fluide, épaules, hanches, genoux, chevilles en parfaite synchronisation.

D'accord, je plaçais ma fille sur un piédestal, mais, indépendamment de ma fierté de père, j'en savais assez sur l'athlétisme pour comprendre que ce que Jannie possédait ne s'apprend pas. C'était génétique, un don de Dieu, un degré d'aptitude physique tellement éloigné de mon entendement que je contemplai le ciel en quête d'un signe pour me guider.

Jannie arriva près de moi, s'abrita les yeux du soleil, et scruta elle aussi l'azur.

— Qu'est-ce qu'il y a, là-haut ?

Je la pris par la taille et répondis :

— Absolument tout.

23

À notre retour à 8 h 20, Ali était levé mais encore en pyjama, blotti sur le canapé devant une émission sur la pêche en eau profonde diffusée par Outdoor Channel, l'une des rares chaînes que la télévision captait bien.

— C'est trop cool, papa ! s'exclama Ali. Ils accrochent avec un hameçon ces espadons énormes et ça prend carrément des heures pour les remonter sur le bateau, et là ils leur mettent un traceur qui sert à les pister à distance.

— C'est effectivement très cool, dis-je, l'œil attiré par les eaux turquoise. Où cela se passe-t-il ?

— Les îles Canaries. C'est où ?

— Au large de l'Afrique, je crois.

Je trouvai Bree et Nana Mama dans la cuisine en train de préparer le petit déjeuner.

— Pourquoi ne m'as-tu pas réveillée tout à l'heure ? me reprocha Bree. Je comptais aller avec vous.

— Ah, pardon, je voulais te laisser dormir.

— La grasse matinée, ce sera en Jamaïque, répliqua-t-elle fermement.

Je me mis au garde-à-vous.

— Bien, chef Stone.

— Repos, dit-elle avec un doux sourire. Quand tu auras fini de manger, si on faisait une balade en voiture ? Dans les environs ?

— Pour que je te montre la ville ? Bien sûr, excellente idée.

— Emmène-moi aussi, intervint Nana Mama. Je vais devenir chèvre à rester dans cette maison où la télé ne passe que des émissions de chasse et de pêche. Et même si Connie répète que Starksville a beaucoup changé, je m'en moque. Dès que je ferme les yeux, je la vois comme elle était avant.

Curieusement, ce n'était pas mon cas. Je pris conscience que depuis mon retour ici, ce pavillon ne m'évoquait pas le foyer de mon enfance ou celui de mes parents. Le psychologue en moi se demanda quelle en était la raison. Et cette scène où, d'après mes tantes, mon père s'était fait traîner par une corde sous mes yeux ? En bloquais-je le souvenir ? Si oui, pourquoi ?

— Ça va, Alex ? s'inquiéta Bree, qui me tendait une assiette pleine.

— Hein ?

— Tu rumines à propos de quelque chose.

— C'est un jour à ruminer, éludai-je avec un haussement d'épaules, puis je m'assis à table et entamai mon repas.

Naomi entra dans la cuisine en s'exclamant :

— Tu manges encore après ce qu'on a avalé hier soir, Alex ?

— Il n'y a rien de mal à prendre deux petits déjeuners en huit heures, répliqua Nana Mama. Je te sers quelque chose, ma chérie ?

— Je peux à peine bouger depuis le festin hypercalorique de cette nuit, déclina ma nièce, avant de s'adresser à moi. Tu veux voir où a été trouvé Rashawn ?

— D'accord, tant qu'on fait un peu de tourisme en chemin.

Une heure plus tard, la température atteignait les trente degrés, une chaleur de plus en plus moite. Dans l'Explorer, je mis la climatisation sur froid arctique ; Naomi et Nana Mama prirent place à l'arrière, Bree à côté de moi.

Je conduisis lentement vers le nord en zigzaguant à travers Birney, qui restait dans l'ensemble conforme à mes souvenirs : plus ou moins miteux, une population de Noirs mêlée de quelques Blancs pauvres.

À la limite est du faubourg, Naomi me désigna une maisonnette suintant la tristesse.

— Rashawn habitait là. Avec sa mère, Cece Caine Turnbull.

— Quand l'a-t-elle vu en vie pour la dernière fois ? demanda Bree.

— Le matin de sa mort, à son départ pour le collège, répondit Naomi. Comme il participait après les cours à des activités extrascolaires au centre YMCA, ça ne l'a pas inquiétée qu'il ne soit pas rentré à 18 heures. Mais au bout d'une heure, elle a essayé de le joindre sur son portable à plusieurs reprises. Pas de réponse. Et aucun copain de Rashawn ne l'avait vu. Elle a donc appelé Stefan, avant de prévenir la police.

— Les flics l'ont-ils cherché ?

— Oui, mais sans trop de zèle. Ils ont dit à Cece qu'il était probablement avec une petite amie ou en train de fumer de l'herbe.

— À treize ans ? s'étonna Bree.

— Parfois même plus jeune que ça, soupira ma nièce. C'est courant par ici.

Je traversai la voie ferrée et le pont en arc, puis les quartiers résidentiels jusqu'au centre-ville. En passant devant un caviste, je remarquai l'enseigne BELL BEVERAGES et me demandai s'il s'agissait de l'un de ces commerces d'apparence honnête acquis par Marvin Bell grâce à ses profits tirés de la drogue.

Nous étions arrivés au cœur de Starksville, la partie chic de l'agglomération. Sans être riche au sens où on l'entend à New York ou Washington, la classe moyenne aisée qui s'y regroupait vivait néanmoins dans des demeures bien plus vastes que les pavillons ou les maisons jumelées de Birney, et aux jardins plus grands et mieux entretenus.

— C'était exactement pareil dans mon enfance, déclara ma grand-mère. Les Noirs pauvres à Birney et les Blancs ici, au nord, avec tous les emplois.

— Qui est le plus gros employeur aujourd'hui ? demanda Bree.

Ma nièce pointa le doigt vers une colline au milieu des quartiers cossus, entourée d'un mur en briques et fer forgé. Derrière cette enceinte, une longue pelouse en pente, tondue comme un parcours de golf et d'un vert éclatant sous le soleil, montait jusqu'à la seule bâtisse de Starksville que l'on pouvait appeler à juste titre un manoir. Version contemporaine de l'architecture néoclassique sudiste, façade en briques percée de nombreuses fenêtres blanches cintrées, portique pompeux. La maison occupait tout le sommet de la colline et était sertie dans un écrin de massifs en fleurs et d'arbres fruitiers.

— C'est la propriété des Caine, dit ma nièce. Ceux qui possèdent l'usine d'engrais.

Bree demanda :

— Les grands-parents de Rashawn ?

— Harold et Virginia Caine, confirma Naomi.

— Sacrée dégringolade pour Cece, fis-je remarquer. Étant donné l'endroit où elle vit maintenant.

— Ses parents prétendent qu'ils ont dû appliquer le principe de « qui aime bien châtie bien » à cause de ses problèmes d'alcool et de drogue.

Nana Mama lança d'un ton irrité :

— Ainsi, Rashawn était déjà une innocente victime avant même de mourir. Je ne supportais pas cette ville il y a cinquante ans, et les mentalités n'y ont évolué en rien, on dirait. C'est pour cette raison que j'en suis partie après avoir quitté Reggie. Je voulais à tout prix sortir Jason de là.

D'un coup d'œil dans le rétroviseur intérieur, je vis ma grand-mère se tordre les mains en regardant fixement dehors. « Reggie ». Il était rare qu'elle prononce le prénom de mon grand-père. Elle parlait peu de sa jeunesse, de son mariage raté, ou de mon père, d'ailleurs. Son passé semblait toujours débuter à son installation à Washington et ses études à Howard. Mais elle évitait de mentionner son fils, comme s'il était la croûte d'une plaie qu'il ne fallait surtout pas gratter.

— Prends à droite, m'indiqua Naomi.

Je contournai la propriété des Caine, puis bifurquai vers le secteur ouest, moins résidentiel. Notre itinéraire nous fit passer devant une église catholique, dont un jardinier tondait la pelouse.

— Saint-John, dit Nana Mama d'une voix attendrie. J'y ai fait ma première communion.

Je la regardai à nouveau dans le miroir. L'évocation d'un meilleur souvenir de Starksville l'avait détendue. Après l'église, la route montait dans la forêt.

— Il y a un endroit pour stationner un peu plus haut à gauche, derrière le cimetière, dit Naomi. On aura une vue panoramique.

24

Alors que nous dépassions le portail ouvert du cimetière catholique Saint-John, j'aperçus l'aire de dégagement au sommet de la colline.

— Quel endroit magnifique ! lança Nana Mama. (Je lui jetai un coup d'œil une troisième fois et vis qu'elle contemplait le cimetière.) Ton oncle Brock est enterré ici, Alex. Il avait sa place à Arlington en tant que militaire, mais Connie Lou le voulait avec la famille.

— Il est mort dans la guerre du Golfe, c'est ça ? l'interrogea Bree.

— Il était béret vert, confirma Naomi. On lui a décerné à titre posthume la Silver Star pour sa bravoure à Falloujah. Elle est sur une étagère dans le salon.

— Et Connie ne s'est jamais remariée ? demanda encore ma femme.

Ce fut Nana Mama qui répondit :

— Elle n'en a jamais éprouvé le besoin. Brock était son âme sœur, et aucun des amis masculins qu'elle a eus par la suite ne soutenait la comparaison.

— Des amis masculins ? répétai-je.

— Ce ne sont pas tes oignons.

Comprenant qu'il valait mieux ne pas approfondir le sujet, je continuai de rouler, jusqu'à l'aire de stationnement. À trois cents mètres environ se profilait la crête irrégulière blanc pâle. Érables, noyers et autres essences au bois dur poussaient plus loin au-dessus de la falaise, mais de ce côté les arbres les plus gros avaient été abattus pour servir de bois de construction ; il n'en restait que les souches, englouties par les framboisiers sauvages et les fourrés de ronces.

Je descendis de voiture avec Bree et Naomi sous la chaleur de plus en plus forte et le crissement entêtant des insectes. Ma grand-mère baissa sa vitre sans bouger de son siège.

— Je vous attends ici, annonça-t-elle. J'ai eu tellement de garçons de treize ans comme élèves que ce serait trop dur d'entendre toutes ces horreurs.

— Nous ne serons pas longs, lui promit Naomi, puis elle se tourna vers moi. Tu n'aurais pas des jumelles, par hasard ?

— Si, j'en ai apporté.

D'un compartiment de l'Explorer, je sortis les jumelles Leupold qui dataient de mes années au FBI.

Naomi nous précéda jusqu'à un haut garde-fou. De là, nous surplombions une vaste et profonde carrière de calcaire abandonnée, dont la vue affola immédiatement mon rythme cardiaque. Une fois de plus me revint cette image de moi, enfant, en train de courir en pleine nuit sous une pluie battante. Je ne savais ni vers où ni pourquoi. Je n'arrivais pas à m'en souvenir.

Ou mon cerveau s'y refusait.

Néanmoins, je me forçai à reprendre mon calme pour bien observer la carrière avant que Naomi nous parle du meurtre. L'excavation faisait vingt-cinq ou trente mètres de profondeur ; à certains endroits, le sol était envahi par des broussailles, à d'autres, la pierre était nue. Un ruisseau la traversait puis disparaissait dans un trou de la muraille à notre gauche.

Des graffitis de gangs maculaient le bas lisse des parois calcaires. Au-dessus, elles étaient irrégulièrement creusées là où les mineurs avaient extrait d'énormes blocs de roche. Dans la falaise s'ouvraient plusieurs cavités béantes aux bords déchiquetés : des grottes. Des filets d'eau en sortaient et coulaient le long du versant pour alimenter le ruisseau.

Naomi tendit le doigt vers une très large zone au fond de la carrière, un champ de gravats pâles et desséchés par le soleil qui me rappela des images de ruines grecques. Partout des morceaux de calcaire, les mieux taillés empilés n'importe comment, le reste disséminé en vrac.

— Vous voyez le tas le plus haut ? demanda ma nièce. Tout au bout, un peu à droite ? Maintenant, regardez à sa gauche, vers le milieu, cette pile basse la plus proche de nous.

— Je la vois, dis-je.

Je braquai mes jumelles sur cinq blocs de roche de la taille d'une porte. Il n'y avait presque pas de débris autour. Une sorte de chemin en partait, jusqu'au trou à notre gauche.

— C'est là que Rashawn a été découvert, annonça Naomi. Je vous montrerai plus tard les photos prises par la police, mais il était sur le bloc supérieur, à plat ventre, son jean descendu sur sa cheville droite, sa jambe gauche pendant dans le vide. Je ne sais pas si vous pouvez voir d'ici la coloration de la pierre, mais quand Pedelini l'a trouvé, il avait plu à peine une heure, et…

— Attends une seconde, l'interrompis-je en abaissant mes jumelles. Le Pedelini qui bosse pour le shérif ?

— Exact, confirma Naomi. C'est lui qui a repéré le corps, d'ici même. Lorsqu'il est arrivé en bas, il y avait encore, malgré la pluie, une pâle auréole de sang tout autour de Rashawn.

— Le dossier d'accusation indique que la gorge a été tranchée avec une scie, dis-je.

Naomi acquiesça.

— Tu pourras lire le rapport complet d'autopsie.

— Ils ont l'arme du crime ? s'enquit Bree.

Ma nièce s'éclaircit la voix.

— Une scie d'élagage pliante, qui était cachée dans le sous-sol commun de la maison où vivent Stefan, Patty et Sydney Fox.

— Elle appartient à Stefan ?

— Oui, répondit Naomi. Il dit se l'être procurée parce qu'il comptait chasser le dindon sauvage et qu'un prof de l'école, lui-même chasseur, lui avait conseillé d'en avoir toujours une avec lui en forêt.

— Ses empreintes sont évidemment dessus ? demanda Bree.

— Ainsi que l'ADN de Rashawn, soupira Naomi.

Bree nous considéra d'un air sceptique.

— Et comment Stefan l'explique-t-il ?

— Il ne comprend pas, répondit ma nièce. Il affirme avoir acheté la scie, l'avoir sortie de son emballage chez lui et rangée dans le sous-sol avec le reste de son matériel pour la chasse.

— Combien y a-t-il d'accès à ce sous-sol ? s'enquit ma femme.

— Trois. Par le logement de Stefan, par celui de Sydney, et de l'extérieur par une porte dans le mur du fond. Aucun signe d'effraction nulle part.

Je relevai les jumelles et les braquai à nouveau sur la carrière désaffectée, à l'endroit où un garçon de treize ans était mort après avoir subi d'affreux sévices.

— Je veux y descendre, annonçai-je. Pour voir ça de près.

— La vieille piste carrossable en face de l'église est barrée par une chaîne, expliqua Naomi. C'est une bonne marche, au moins vingt minutes à partir de la route. Il te faut de l'anti-moustiques, un pantalon et des manches longues à cause des aoûtats. Et il y a du sumac vénéneux dans la végétation.

— Nous ne pouvons pas laisser aussi longtemps une personne de quatre-vingt-dix ans dans la voiture par cette chaleur, décréta Bree. Alors, on va ramener Nana Mama, nous équiper en conséquence, et revenir ici.

Pour la deuxième fois ce matin-là, je me mis au garde-à-vous devant ma femme.

25

Quinze minutes plus tard, nous étions de retour dans Loupe Street. Ali regardait toujours la télévision, cette fois une émission d'aventures de chasse animée par un grand gaillard sympathique coiffé d'un chapeau de cow-boy.

— C'est Jim Shockey, tu connais ? me demanda Ali.

— Je dois avouer que non.

— Il va partout dans des endroits inconnus pour chasser, genre l'ibex en Turquie ou le mouton sauvage en Mongolie.

— En Mongolie ? répétai-je, ma curiosité attisée.

Le documentaire montrait une file de gens avec des sacs à dos, sans doute des Mongols, en train de gravir une montagne éloignée de tout en compagnie de Shockey, le type au chapeau de cow-boy.

— Ouais, c'est génial ! fit Ali, les yeux rivés à l'écran. Je savais pas qu'on pouvait faire des trucs comme ça.

— La Mongolie t'intéresse ?

— Ben oui, pourquoi pas ?

— Pourquoi pas, en effet ? dis-je, et je montai me changer dans ma chambre.

Naomi décida de rester là afin de peaufiner sa plaidoirie. Nana Mama préparait des sandwichs à la tomate verte et au fromage grillé pour Ali et elle lorsque je partis avec Bree en voiture.

Munis des rapports et photographies de la scène de crime, nous arrivâmes devant l'église Saint-John. Le jardinier avait terminé et chargeait sa tondeuse sur une remorque. Je cherchai la piste broussailleuse et barrée par une chaîne que nous avait indiquée Naomi.

— Nana Mama a raison, déclara Bree. Ce cimetière est un bel endroit.

Je levai les yeux vers la petite colline derrière l'église où s'alignaient des rangées de pierres tombales et autres monuments funéraires. Mon esprit fit soudain le lien entre une remarque que le mari de tante Hattie avait faite deux jours plus tôt et quelque chose que ma grand-mère avait dit ce matin même.

J'arrêtai l'Explorer sans couper le moteur.

— Attends-moi ici une seconde, chérie.

J'allai me présenter au jardinier et lui posai quelques questions. Ses réponses firent courir des frissons le long de mon échine.

De retour dans le SUV, j'annonçai :

— On fait un détour rapide avant de descendre à la carrière.

— Où va-t-on ?

— Au cimetière, répondis-je en dissimulant mon émotion. Je crois que mes parents y sont enterrés.

Après quelques secondes, Bree me demanda :

— Tu crois seulement ?

— L'autre soir, oncle Clifford a dit « Christina est à côté de Brock », et Nana Mama nous a expliqué tout à l'heure que Brock, le mari décédé de Connie, a sa tombe là-haut. Comme c'était le frère de ma mère, il serait logique qu'elle soit près de lui. En plus, d'après ce jardinier, il y a une concession au nom de Cross.

Je franchis le portail du cimetière et conduisis lentement sur l'allée pentue, à la recherche du monument décrit par l'homme de maintenance.

— Alex, m'interrogea Bree avec douceur, tu n'as jamais été sur la tombe de tes parents ?

Je fis non de la tête.

— La famille m'estimait trop jeune pour assister aux obsèques de maman. Et j'ai été envoyé avec mes frangins chez Nana Mama aussitôt après la mort de papa. Vu tout ce que nous avions déjà traversé, elle voulait nous épargner l'épreuve d'un enterrement.

Bree resta pensive un instant puis demanda :

— Donc tes parents sont morts peu de temps l'un après l'autre ?

— À un an d'intervalle. Après le décès de ma mère, mon père s'est mis à noyer son chagrin dans l'alcool et à se droguer de plus en plus.

— C'est terrible, Alex ! s'exclama-t-elle, le front plissé. Comment se fait-il que tu ne m'en aies jamais parlé avant ?

Je haussai les épaules.

— Au moment de notre rencontre, mon passé était déjà… le passé.

— Et qui s'occupait de toi et de tes frères pendant cette année difficile ?

J'y réfléchis tout en continuant à rouler au pas pour inspecter cette partie du cimetière.

— Je ne me rappelle pas vraiment. Sans doute tante Hattie. On se réfugiait toujours chez elle quand les choses devenaient…

Le monument en granit gris se dressait au bout d'une rangée de pierres tombales similaires. Avec CROSS gravé dessus.

Je stoppai la voiture, laissai tourner le moteur pour la climatisation, et regardai ma femme. Ses traits étaient empreints de tristesse et de sollicitude.

— Va voir, souffla-t-elle. Je suis ici si tu as besoin de moi.

Je l'embrassai puis sortis dans la chaleur. Assourdi par le vacarme des insectes nichés sur les arbres, je contournai l'Explorer et longeai les tombes, mon attention fixée sur celle qui portait mon nom de famille.

Une sorte de torpeur me prit lorsque j'atteignis le monument, qui n'était guère entretenu. Des herbes folles poussaient à son pied, et je dus m'accroupir et les écarter pour découvrir trois petites stèles en granit gravées d'initiales. De gauche à droite, on y lisait :

A. C. G. C. R. C.

Je fouillai l'herbe à la droite de R. C. et ne trouvai que des brins secs et de la terre. Il n'y avait pas de quatrième stèle. Pas de J. C.

Me relevant, j'allai voir le dos de la pierre tombale, qui en disait plus sur les personnes enterrées là. Le premier nom me fit tressaillir de surprise.

ALEXANDER CROSS
FORGERON
NÉ LE 12 JANVIER 1890
MORT LE 8 SEPTEMBRE 1947

Les deux autres inscriptions indiquaient :

GLORIA CROSS
MÈRE ET ÉPOUSE
NÉE LE 23 JUIN 1897
MORTE LE 12 OCTOBRE 1967

REGINALD CROSS
MEMBRE DE LA MARINE MARCHANDE
NÉ LE 6 NOVEMBRE 1919
MORT LE 12 MARS 1993

Troublé, je remontai en voiture.

— Qu'est-ce qui ne va pas ? s'inquiéta Bree.

— Mon père n'est pas là-bas. Il y a mon grand-père, l'ex-mari de Nana Mama, et ses parents. On a dû me donner ce prénom en mémoire de mon arrière-grand-père, Alexander, qui était forgeron.

— Tu ne l'as jamais su ?

Je secouai la tête.

— Il existe peut-être une autre concession Cross ailleurs, suggéra Bree.

— Possible, répondis-je en démarrant.

Neuf rangées plus haut je repérai un monument blanc sur lequel était gravé PARKS au-dessous d'un drapeau américain. Proche de l'allée principale, à quatre pierres tombales de distance, il était impeccable, avec des fleurs fraîches disposées dans un vase. Comme à la concession Cross, il y avait à sa base de petites stèles, deux en tout à un mètre l'une de l'autre. Celles-ci portaient les initiales B. W. P. et C. P. C.

Brock William Parks et Christina Parks Cross.

Le chagrin me balaya tel un brouillard glacé, lourd de regrets et de remords. Mes joues se mouillèrent de larmes pendant que je chuchotais :

— Pardon de n'être jamais venu ici, maman. Je suis désolé pour… tout.

Je restai là, immobile, à essayer de me souvenir de la dernière fois que j'avais vu ma mère, mais en vain. Elle avait été alitée puis mourante à la maison. De cela j'étais sûr parce que mes tantes se relayaient pour s'occuper d'elle. Pourtant, je ne parvins pas à la visualiser à cette période.

Perturbé par ce blanc dans ma mémoire, je m'essuyai les yeux, fis le tour de la pierre tombale et lus les inscriptions :

BROCK WILLIAM PARKS
BÉRET VERT
HÉROS DE LA NATION

CHRISTINA PARKS CROSS
MÈRE AIMANTE

L'émotion me submergea alors ainsi qu'un flot d'images de ma mère dans ses meilleurs jours, quand elle était tendre, affectueuse, et de si joyeuse compagnie. J'aurais juré l'entendre chanter à ce moment, et il me fallut faire appel à toute ma volonté pour regagner la voiture.

Bree me considéra, les yeux embués.

— Elle est là ?

J'acquiesçai de la tête, avant d'éclater en sanglots.

— Elle était là toutes ces années, Bree. Et je ne suis… jamais… venu. Pas une seule fois. Tout ce temps, je ne me suis même jamais demandé où se trouvait sa tombe. Mon Dieu, tu te rends compte ? Mais quel genre de fils suis-je donc ?

26

Palm Beach, Floride

À midi, ce même samedi, les enquêteurs Peter Drummond et Richard S. Johnson du comté de Palm

Beach furent dépêchés par le shérif dans une résidence de North Ocean Boulevard.

La trentaine, grand et musculeux, Johnson était un ex-Marine et une nouvelle recrue débauchée du comté de Miami-Dade. Le sergent Drummond, soixante ans bien sonnés, afro-américain, avait un physique imposant avec un visage presque dénué d'expression en raison de nerfs faciaux endommagés et d'une cicatrice de brûlure qui partait de sous l'œil droit et lui dévorait la majeure partie de la joue jusqu'à la mâchoire.

Johnson appréciait sa chance d'avoir Drummond comme coéquipier. Le sergent était une légende dans le service, une de ces personnes qui ont le don de se mettre dans la tête des criminels, en particulier des meurtriers.

Drummond quitta North Ocean Boulevard pour franchir le portail grand ouvert d'une énorme bâtisse de style italien et stationna dans la cour, où deux véhicules de patrouille, la camionnette du médecin légiste et une Rolls-Royce bleu nuit étaient déjà garés.

— La vache, qui a les moyens de se payer une baraque pareille ? s'exclama Johnson.

— Par ici, beaucoup de gens, répliqua Drummond. Et pour sûr le Dr Stanley Abrams. Il possède une grosse clinique de chirurgie esthétique. On le surnomme « le roi des nichons ».

Ils descendirent de leur voiture de fonction banalisée. La chaleur était infernale malgré la proximité de l'océan.

— Je croyais que tous les super-riches de ce boulevard partaient dans le nord en été, fit remarquer le plus jeune du binôme.

— C'est vrai pour la plupart, confirma le sergent. Mais les types comme Abrams restent là, même en pleine canicule.

Un planton en tenue les guida dans la maison – un château en réalité, avec tant de couloirs et de pièces que Johnson se sentit vite perdu. Ils gravirent un escalier monumental, passèrent devant un portrait à l'huile d'une très jolie femme en robe de bal. Quelqu'un pleurait non loin.

Dans le boudoir de la suite de maître, ils découvrirent un homme fluet avachi, tête basse, sur une banquette capitonnée.

— Docteur Abrams ? fit Drummond.

Le chirurgien esthétique leva les yeux, dévoilant un visage sans une ride et une chevelure fournie que Johnson attribua à de multiples interventions, dont des implants capillaires.

Drummond déclina son identité et exprima ses condoléances.

— Je ne réalise pas encore, se lamenta Abrams qui s'était ressaisi. Il n'y avait pas plus épanoui que Ruth. Pourquoi aurait-elle fait ça ?

— Rien dans son attitude n'indiquait qu'elle avait des idées de suicide ? lui demanda Drummond.

— Absolument rien.

— Quelque chose l'aurait bouleversée récemment ? s'enquit Johnson.

Le chirurgien commença par faire non de la tête puis s'arrêta.

— Eh bien oui, la mort de Lisa Martin la semaine dernière. Elles étaient proches, elles fréquentaient les mêmes cercles.

Les deux enquêteurs échangèrent un regard, ils avaient été saisis de cette affaire-là aussi. Mais le décès de Lisa Martin, une autre résidente d'Ocean Boulevard, avait été classé accidentel. Pendant qu'elle prenait un bain, elle avait fait tomber dans l'eau une radio Bose branchée sur secteur.

— Donc, votre épouse était triste à cause de Mme Martin, insista Drummond.

— Oui, triste et chamboulée, confirma Abrams. Mais pas au point de… Ruth avait tout pour être heureuse, et elle adorait la vie. Bon sang, c'est la seule personne de cette ville qui n'a jamais été sous antidépresseurs, même moi j'en prends !

— C'est vous qui l'avez trouvée, monsieur ? s'enquit Johnson.

Les yeux du chirurgien se mouillèrent, et il acquiesça :

— Ruth avait donné congé au personnel pour le week-end. J'étais à Zurich, mon avion a atterri tout à l'heure.

— Nous allons jeter un coup d'œil, annonça Drummond. Avez-vous touché quoi que ce soit ?

— Je voulais couper la corde pour la descendre, répondit Abrams en regardant ses mains. Mais au lieu de ça, je… je vous ai juste appelés.

Il semblait perdu et très seul. Johnson lui demanda :

— Avez-vous de la famille, monsieur ?

Abrams hocha la tête.

— Mes filles. Sara est à Londres et Judy à New York. Elles vont être complètement…

Il soupira, avant de fondre à nouveau en larmes.

Drummond entra dans la chambre, Johnson sur ses talons. Le sergent marqua un temps d'arrêt pour observer le corps en l'état.

Ruth Abrams était pendue par le cou à une corde à rideaux nouée au lustre surplombant le lit. Petite, l'ossature fine, elle ne devait pas peser plus de cinquante kilos, et portait une nuisette noire. Son visage était boursouflé avec des marbrures pourpres. Ses jambes et ses pieds montraient une teinte lie-de-vin plus sombre là où s'était figé le sang.

— Vous avez une estimation de l'heure de la mort ? demanda Drummond au médecin légiste, une jeune femme de type asiatique qui prenait des notes.

— Il s'est écoulé entre dix-huit et vingt heures depuis le décès, je ne peux rien conclure de mieux pour l'instant car la climatisation fausse un peu les données. Mais ça me paraît clair : suicide par pendaison.

Drummond hocha la tête sans commentaire, les yeux fixés sur le cadavre. Puis il avança dans la pièce et stoppa à une trentaine de centimètres du lit. Johnson fit de même de l'autre côté.

Pour ce dernier également, la scène était claire. La femme avait vraisemblablement posé une corbeille à papier à l'envers sur le lit pour se tenir dessus pendant qu'elle se passait le nœud coulant, puis l'avait écartée d'un coup de pied. La corbeille était bien là, sur le tapis à droite du lit. Ruth Abrams s'était pendue. Fin de l'histoire.

Sauf que le sergent avait chaussé ses lunettes et examinait le drap et la couverture, qui étaient en boule sur la partie gauche du matelas. Il observa le cou de la femme, livide et éraflé par la corde, puis ôta ses lunettes pour étudier les nœuds qui attachaient la corde au lustre.

— Mets la baraque sous scellés, Johnson, finit-il par dire. C'est pas un suicide.

— Quoi ? s'exclama le jeune enquêteur. Qu'est-ce qui vous fait penser ça ?

Le sergent montra le drap bouchonné et les alentours du lit.

— Pour moi, ce sont des signes de lutte.

— Ben, les gens se débattent quand ils se pendent.

— Exact, mais le drap est en boule à gauche, ce qui signifie que le corps a été traîné sur le côté droit, et la corbeille placée ensuite aussi à droite pour faire croire à un suicide, expliqua Drummond.

Johnson avait beau saisir ce que voulait démontrer le sergent, il n'était pas convaincu. Drummond désigna les mains de la morte.

— Ongles cassés et tordus. Il y a un éclat de vernis dans la tresse de la corde à rideaux. Si on ajoute les éraflures verticales du cou, tous ces indices suggèrent qu'elle tirait sur le nœud coulant durant la lutte, laquelle s'est déroulée au sol, pas en l'air. Et tu vois comme les lignes de lividité se croisent au-dessus et en dessous de la corde ?

Johnson fronça les sourcils.

— Oui.

— Elles ne devraient pas se trouver là, continua le sergent. Si elle avait écarté la corbeille du pied, son corps aurait pesé de tout son poids sur la corde quasi instantanément. Il y aurait dans le cou une seule ligne de lividité et peut-être une éraflure faite par le nœud coulant lorsqu'il s'est bloqué en position.

» Or ces deux lignes nettes indiquent que quelqu'un a passé la corde autour de la tête de Mme Abrams par derrière pour l'étrangler. Imagine, elle se débat, essaie de libérer sa gorge, donne peut-être des coups à son agresseur. En tout cas, elle réussit à détendre le nœud coulant ; il glisse, l'assassin le resserre. Et voilà, elle était déjà morte avant d'être pendue là-haut. Tu vois aussi les sillons dans la corde à l'endroit où elle est attachée au lustre ? Ça s'est produit quand le corps a été hissé.

Le jeune enquêteur en resta baba. Drummond se montrait digne de sa légende, les preuves du crime devenaient tellement évidentes une fois qu'il les avait présentées ainsi.

— Voulez-vous que je fasse venir une équipe de la scientifique ? proposa Johnson.

— Ça me semble une très bonne idée.

27

Starksville, Caroline du Nord

Les bois en face de l'église étaient infestés de moustiques et de mouches voraces qui nous harcelèrent Bree et moi dès nos premiers pas vers l'ancienne carrière. Malgré la chaleur et l'humidité ambiantes, nous nous félicitions d'avoir suivi le conseil de Naomi en nous équipant de pantalons, manches longues et lotion anti-insectes.

Nos sacs à dos contenaient à eux deux plusieurs bouteilles d'eau, un mètre à ruban, un appareil photo, des sachets hermétiques vides, ainsi que le rapport de police établi après la découverte du cadavre de Rashawn Turnbull : clichés et schémas de la scène de crime, notes prises sur place par les inspecteurs Frost et Carmichael.

La piste revenue à l'état sauvage serpentait à travers des fourrés d'orties et de broussailles envahis par le kudzu. Pas la moindre brise. L'air moite était oppressant et le vrombissement ininterrompu des insectes faillit nous rendre fous le temps d'atteindre le ruisseau. Creusé par la main de l'homme dans la roche calcaire, un passage de quatre, peut-être cinq mètres de largeur avec un dénivelé d'une douzaine de mètres suivait le cours d'eau, qui débordait à cet endroit sur ses rives. Le sol mousseux et glissant nous obligea à nous soutenir l'un l'autre jusqu'à notre sortie dans la carrière écrasée de soleil.

Bree se retourna pour observer le tunnel.

— Le tueur a logiquement amené le garçon par là, mais je ne le vois pas l'entraîner de force.

J'approuvai :

— Il aurait perdu l'équilibre, ils seraient tombés tous les deux.

— Le rapport mentionne-t-il de la mousse arrachée ou des traces bizarres ?

— Je n'ai rien lu de tel. Mais bon, il y a eu une grosse averse cette nuit-là.

— Ça n'aurait pas altéré grand-chose, insista Bree. Je ne pense pas que Rashawn a été traîné jusqu'ici. Il est venu de son plein gré, ce qui signifie qu'il connaissait son assassin.

La police avait fait le même raisonnement, comme le précisait l'acte d'accusation.

— OK pour cette théorie, déclarai-je. Quoi d'autre ?

Bree eut un fin sourire.

— Je te le ferai savoir quand je le verrai.

Elle me précéda vers la pile de blocs de calcaire, s'arrêtant assez loin pour en avoir une bonne perspective. Je sortis les photographies du dossier, regardai le ciel pour y puiser du courage, et cessai provisoirement d'être un père, un mari, un être humain. C'est la seule façon pour moi de me distancer des horreurs dont je suis témoin et de faire mon métier.

Pourtant, le premier cliché me donna des frissons. De petite taille, presque entièrement nu, le corps était à plat ventre sur le bloc supérieur, une jambe pendante, les poignets ligotés dans le dos par une ceinture en toile. Les bras paraissaient disloqués. Un jean était descendu sur la cheville droite, et un os fracturé perçait la peau du tibia gauche. La tête était si tuméfiée, si meurtrie, qu'on n'en distinguait plus les traits juvéniles.

— Oh, mon Dieu ! s'exclama Bree avant de détourner le regard. Qui peut infliger ça à un pauvre gamin aussi chétif ?

— Quelqu'un qui a une bonne dose de rage refoulée, suggérai-je.

— D'après l'accusation, ce serait la réaction de Stefan au rejet de Rashawn.

— Je ne suis pas d'accord. Ce degré de brutalité révèle une haine pathologique ou de la démence sadique, pas une vengeance dans un accès de colère.

Nous restâmes là, à une douzaine de mètres des blocs macabres, pour étudier à contrecœur les autres photographies. Celles-ci couvraient toute la gamme : depuis les gros plans des pièces à conviction dans l'ordre où elles avaient été découvertes, jusqu'à une dizaine de clichés détaillant le corps martyrisé de Rashawn, y compris sa gorge tranchée à la scie.

Autour du garçon, la pierre était rosâtre de sang dilué par la pluie. Dégoulinant le long de la pile, des filets sanglants avaient couru sur le fond de la carrière et, deux mètres plus loin, disparu sous un tapis de débris calcaires de grosseur variable (entre balle de baseball et ballon de football) qui s'étendait jusqu'au ruisseau.

Les baskets, chaussettes et tee-shirt Duke Blue Devils[1] déchiré de Rashawn avaient été trouvés dans un rayon de sept mètres cinquante de la pile de blocs. Ainsi que la preuve à charge la plus accablante. Un premier cliché montrait un petit carton blanc boueux et ensanglanté coincé entre des morceaux de calcaire à quatre mètres à l'est du cadavre ; sur le second, on le voyait côté face : c'était un badge de l'administration scolaire de Starksville, avec la photo de mon cousin Stefan Tate.

28

Au cours de notre entretien de la veille à la prison, Stefan m'avait dit que la dernière fois qu'il se souvenait distinctement avoir eu son badge sur lui, c'était trois

1. Club omnisports réputé de Duke University.

jours avant le meurtre. Pendant qu'il entraînait une classe de seconde dans le stade, il l'avait fourré dans la poche de son coupe-vent, lequel était posé sur un gradin. Il n'y avait plus pensé jusqu'au lendemain. Or le badge n'était plus dans sa poche.

Comme sa fiancée, Patty Converse, donnait un cours de gymnastique au même moment au même endroit, soixante élèves avaient été à proximité du coupe-vent. Sauf que non seulement Stefan avait négligé de signaler la perte de son badge, mais les seules empreintes digitales identifiables relevées dessus étaient les siennes.

Les empreintes de mon cousin se trouvaient également sur un sachet à sandwich en plastique découvert dans la carrière à cinq mètres à l'est du badge. Le sachet, enroulé dans un autre sac hermétique, contenait de la drogue sous cellophane conditionnée en doses individuelles pour la vente : six grammes d'héroïne « black-tar », trois grammes de cocaïne, et neuf grammes de cristaux écrasés de méthamphétamine.

Mon cousin niait toute implication ; quant à ses empreintes, il avançait l'hypothèse que quelqu'un avait très bien pu fouiller sa corbeille à l'école et y récupérer un emballage de sandwich jeté après un déjeuner.

C'était tout à fait possible, mais peu solide comme défense. Contrairement au faisceau de preuves qui établissaient la présence de Stefan sur les lieux du crime cette nuit-là.

— Approchons-nous pour tout vérifier, suggérai-je à Bree. Emplacement des pièces à conviction, mesures, distances, angles des photographies, le moindre détail.

— Les choses changent en deux mois, Alex, objecta ma femme sur un ton dubitatif alors que nous atteignions l'endroit où Rashawn avait été torturé et tué. Il n'y a rien ici qui ressemble même vaguement à du sang. En fait, c'est comme si ça avait été nettoyé.

Je vis de quoi elle parlait. Des traces en spirale et de légers creux sur le dessus et les côtés de la pile de blocs donnaient l'impression que quelqu'un l'avait décapée avec une brosse en fer et un détergent abrasif. Observant les alentours, je me demandai quoi d'autre avait été récuré ainsi une fois que la police avait collecté les indices.

Pour brouiller davantage les apparences, le sol plus loin était jonché de détritus : bouteilles cassées de bière et de whisky, cartouches de fusil, douilles de carabine calibre 22, emballages de fast-food, ustensiles tordus en plastique, et plusieurs canettes vides de soda Mountain Dew.

— Toutes ces saletés ont été balancées ici après la mort de Rashawn ? demanda Bree.

Je fis un geste d'ignorance.

— Il faudra qu'on pointe sur les photographies ce qu'il y avait déjà.

— Mais ils n'ont pas mitraillé toute la zone sur chaque centimètre, si ?

— Pas d'après ce que j'ai vu, répondis-je. On va devoir faire de notre mieux avec ce qui nous a été fourni.

Je commençai à contrôler les mesures et à comparer les images avec l'état actuel des lieux. Les schémas de la scène de crime plaçaient l'entrée du passage à vingt mètres trente des blocs. À l'aide d'un petit télémètre laser, je notai qu'elle était plus proche des vingt et un mètres. Bien que sans grande importance en soi, cette différence m'avertit que la partie technique avait peut-être été bâclée.

Le télémètre me servit ensuite à vérifier où le badge et les drogues avaient été découverts. Par rapport aux clichés des pièces à conviction, les distances étaient également erronées, d'au moins trente centimètres. En outre, de nombreuses roches avaient été retournées ou légèrement bougées de leur position initiale.

Puis je remarquai sur un schéma la ligne de direction créée par les emplacements des blocs, du badge et des drogues. Elle donnait à penser que le tueur était parti à l'est, vers le ruisseau. Ce qui collait avec la théorie de la police, selon laquelle il se serait enfui du côté des débris de calcaire et aurait pataugé dans l'eau pour sortir de la carrière.

Je suivis cette direction. À en juger par les images, tout avait été retourné au sens propre sur les sept mètres entre les drogues et le cours d'eau. D'après le rapport, les policiers n'avaient pas déniché de nouvel indice par là-bas, mais j'allai quand même jusqu'au ruisseau.

Avec son lit tapissé de rocailles et d'algues, il ne faisait pas plus de vingt centimètres de profondeur pour quarante de largeur, et coulait paresseusement de ma gauche à ma droite vers l'enchevêtrement d'arbustes et de broussailles que j'avais aperçu depuis l'aire panoramique ce matin.

J'entrai dans le ruisseau et le suivis, bientôt gêné par le feuillage des saules qui le bordaient. À moins que la végétation n'ait poussé considérablement ces derniers mois, un homme aurait été obligé de ramper pour continuer. Une femme aussi.

Pourquoi t'embêter comme ça ? D'ailleurs, pourquoi passer par le ruisseau ? C'est le milieu de la nuit. Pourquoi ne pas repartir tout simplement par où tu es venu ?

Bien sûr, on pouvait m'opposer que Stefan avait choisi l'eau afin de masquer son odeur aux chiens policiers. Mais il pleuvait quand l'assassin s'était enfui. Et comment Stefan avait-il perdu son badge et les drogues ? Une poche déchirée au cours de la lutte avec la victime ?

Je m'accroupis pour regarder entre les tiges de saule et les broussailles, et vis que le ruisseau était dégagé à une douzaine de mètres de là, près du trou dans la muraille où il disparaissait. Sur la rive, au milieu des arbres, il y avait d'autres déchets : des canettes de bière, un bidon de lait en plastique qui semblait avoir servi de cible pour le tir au fusil, et du fil orange entortillé autour des racines comme dans une figure du jeu de ficelle.

Tout au bout traînait ce qui ressemblait à un guidon rouillé de vélo, et…

Derrière moi, vers Bree, une balle ricocha sur de la roche une seconde avant que résonne la lointaine déflagration d'une carabine puissante.

29

Je m'accroupis plus bas dans le ruisseau et dégainai mon arme, tout en hurlant :

— Bree !

J'entendis la deuxième balle frapper le calcaire avant la détonation, puis Bree cria :

— Je n'ai rien, Alex ! Tireur sur la crête, nord-est, à gauche de l'aire panoramique !

Mon pistolet brandi, je levai la tête, trouvai la corniche en question, et perçus un scintillement dans les arbres au moment où partait le troisième coup. Celui-là m'était destiné.

Une roche explosa un mètre devant moi, projetant des éclats de pierre sur mon visage que je n'eus pas le temps de protéger.

Bree ouvrit le feu avec son neuf millimètres, trois tirs rapides, puis deux de plus, tous au petit bonheur la chance à une portée de deux cents mètres. Cette contre-attaque sembla pourtant dissuader le sniper de poursuivre la fusillade.

Durant près d'une minute, le calme régna. Je plongeai ma figure dans l'eau pour me laver les yeux. Comme je ressortais la tête en battant des paupières, un moteur qui démarrait brisa le silence, suivi d'un crissement de pneus sur des cailloux.

Je me redressai, la vue trouble, et ne saisis qu'un éclair blanc lorsque la voiture passa en trombe là-haut.

— C'était une Impala ? criai-je à Bree.

— Sais pas, elle allait trop vite ! hurla-t-elle en retour. Tu n'as rien ?

— Ç'aurait pu être pire.

Je clignai des yeux et les essuyai jusqu'à retrouver une vue relativement bonne. Debout près de la pile de blocs, Bree surveillait la crête au cas où il y aurait d'autres tireurs en embuscade. Je la rejoignis et lui demandai :

— Où sont arrivées les deux premières balles ?

— Pour la première, alors que j'avais le haut du corps exposé, elle a frappé là. (Bree me montrait un trou dans le sol calcaire à un mètre sur sa droite ; puis elle désigna une entaille à la surface du bloc de dessus, cinquante centimètres devant elle.) Et pour celle-ci, je m'étais déjà accroupie derrière la pile.

Je m'abritai les yeux de la main pour scruter l'endroit où j'avais aperçu le scintillement du soleil sur une lunette de visée.

— Ça fait une portée d'au moins deux cent cinquante mètres, supputai-je. Mais il n'y a pas de vent.

— À quoi penses-tu ?

— Celui qui a descendu Sydney Fox est un excellent tireur à courte distance, expliquai-je. S'il s'agit du même homme, il a une formation militaire ou l'expérience de la chasse, donc avec un support d'arme adéquat, il aurait dû nous atteindre facilement.

Bree objecta :

— À moins que ce soit un chasseur qui n'est bon que sur les cibles proches, un type à la gâchette facile qui perd ses moyens à longue distance.

— Ou bien sa lunette était déréglée, insistai-je. Ou encore, il nous a ratés délibérément.

— Pour nous faire peur ?

— Et nous avertir qu'on est surveillés, et filés partout où on va.

Bree jeta un coup d'œil inquiet alentour.

— Je me sens comme un pigeon d'argile dans un concours de tir.

J'éprouvais la même sensation désagréable. Nous prîmes donc la décision de partir, de prévenir le shérif, et de chercher où s'était tenu le tireur. Mais c'est à regret que je suivis Bree le long du tunnel glissant creusé dans la roche, pressentant qu'il restait des indices à découvrir dans cette carrière. Je me promis d'y retourner le lendemain.

Dès qu'il y eut du réseau sur la piste, je téléphonai au seul flic qui me semblait compétent parmi tous ceux rencontrés depuis mon retour à Starksville. Guy Pedelini décrocha à la deuxième sonnerie. Je lui rapportai l'incident. Il n'était qu'à vingt minutes de là en voiture, me dit-il, et nous retrouverait sur l'aire panoramique.

— N'allez pas fureter dans ces bois sans moi, ordonna-t-il.

Je le lui assurai. Il arriva cinq minutes après nous au point de rendez-vous dans une Jeep Cherokee blanche banalisée. Tandis que nous marchions vers la corniche touffue, je lui indiquai les endroits où nous nous trouvions pendant la fusillade, et lui donnai une grossière estimation de la position du tireur.

Pedelini hocha la tête sombrement.

— Restez derrière moi.

Il nous fraya un chemin à travers le kudzu à l'aide d'une machette qu'il avait prise dans le coffre de sa Jeep. Alors que d'en bas le tireur nous avait paru posté tout au bord de la crête, la pente était en fait trop forte pour qu'on puisse s'en approcher à moins de deux mètres sans danger.

Pedelini stoppa là où le sol devenait traître et nous dûmes tous nous tenir à un arbre pour garder l'équilibre.

— Voilà où était votre tireur, annonça-t-il en pointant sa machette vers des plantes écrasées. Ça, c'est les marques faites par le bipied de sa carabine.

J'avançai d'un pas, vis les deux trous ronds dans l'humus, et montrai à Bree les fougères aplaties.

— Il était assis, les pieds calés contre ces racines d'arbre, donc bien stable, ajoutai-je.

Pedelini écouta notre thèse selon laquelle un bon tireur muni d'un bipied n'aurait pas raté de telles cibles à découvert, sauf délibérément, puis il objecta qu'elle n'était pas concluante bien qu'intéressante. Malgré une inspection minutieuse de la zone, aucun de nous ne trouva la moindre douille ; l'homme à la carabine avait pris le temps de faire le ménage derrière lui, ce qui indiquait seulement qu'il était malin, rien de plus.

Pedelini ouvrit la marche pour sortir des bois. Nous étions tous en nage en montant dans sa Jeep climatisée.

— Qu'est-ce que vous faisiez dans la carrière ? demanda-t-il.

— Du zèle, répondis-je. J'aime bien visiter les scènes de crime si je peux.

— Vous avez découvert quelque chose ?

— Certaines des mesures sur les schémas sont fausses, dis-je.

L'enquêteur fit une moue dédaigneuse.

— Évidemment. C'est le boulot de Frost et Carmichael. D'autres erreurs ?

À son ton, il n'était pas sur la défensive, mais au contraire preneur de tout tuyau de la part d'inspecteurs plus expérimentés.

Bree répondit :

— La pile de blocs calcaires, on dirait que quelqu'un l'a récurée avec une brosse en fer et un produit abrasif.

Pedelini afficha de la tristesse.

— Cece Turnbull a fait ça environ six semaines après la mort de Rashawn. Elle avait appris que les gosses du coin venaient voir l'endroit où son fils avait été violé et tué. Comme pour un putain de pèlerinage. Vous imaginez un peu ?

Sa joue se contracta et sa bouche se tordit vers la gauche avant qu'il ajoute :

— Bref, comme Cece s'était remise à boire et à se droguer, elle a disjoncté. Elle a apporté une bouteille de Jack Daniel's et de la meth, puis elle s'est attaquée aux blocs avec une brosse à barbecue et du décapant pour graffitis. J'ai trouvé la pauvre femme là-bas le lendemain matin, ivre morte, défoncée et en larmes.

30

Pedelini nous invita à le suivre jusqu'aux bureaux du shérif pour faire une déposition. Le temps d'y arriver, il était 15 heures ce samedi, le moment de la relève pour les équipes en uniforme.

Il nous fit entrer dans la salle commune des enquêteurs et nous indiqua des chaises devant son bureau, où trônait une photographie récente de lui dans un gros hors-bord customisé pour la pêche, en train de poser joyeusement avec deux adorables petites filles.

— Ce sont vos enfants ? demanda Bree.

Pedelini sourit jusqu'aux oreilles.

— Deux des joies de ma vie.

— Elles sont très mignonnes, dis-je. Quand votre femme est-elle morte ?

Bree me foudroya du regard, mais Pedelini inclina la tête.

— Comment avez-vous su ? s'étonna-t-il.

— À la façon dont vous vous frottez l'annulaire de la main gauche. Je me suis souvent surpris à faire ça après le décès de ma première épouse.

Pedelini observa sa main.

— Rappelez-moi de ne jamais jouer au poker avec vous, docteur Cross. En septembre, ça fera sept ans que mon Ellen est morte. En couches.

— Je suis navré de l'apprendre, compatis-je. C'est dur.

— Merci, c'est très gentil à vous. Mais les filles et mon boulot m'aident à continuer. Puis-je vous offrir quelque chose à boire ? Café ? Thé ? Coca-Cola ? Mr Pibb ?

— Je prendrai un café, accepta Bree. Avec du lait, sans sucre.

— Un Mr Pibb, dis-je. Il y a des années que je n'en ai pas bu.

— J'ai moi-même un petit faible pour cette boisson, fit Pedelini, avant de disparaître dans un couloir.

— Je l'aime bien, décréta ma femme.

— Moi aussi. Il est solide.

Une adjointe au shérif entra dans la salle les bras chargés de dossiers et de courrier qu'elle distribua sur les différents bureaux. Arrivée à celui de Pedelini, elle nous demanda :

— Guy est ici ?

— Il est parti nous chercher à boire, répondit Bree.

La femme étala plusieurs dossiers poussiéreux.

— Dites-lui qu'ils viennent des archives. C'est ceux qu'il a réclamés.

— Comptez sur nous, promis-je, et l'adjointe s'éloigna.

À cause d'une crampe dans le dos, je me mis debout pour m'étirer. Mes yeux se posèrent sur les chemises en carton ; je lus machinalement les étiquettes pâlies par le temps, et ma tête eut un brusque mouvement de recul.

Sur l'étiquette du premier dossier était inscrit : *Cross, Christina.*

Sur celle du deuxième : *Cross, Jason.*

Je saisis la chemise concernant ma mère et m'apprêtais à l'ouvrir quand Bree me chapitra :

— Alex, tu ne vas quand même…

— Oh, bon sang ! jura Pedelini.

Je levai les yeux. L'enquêteur tenait en équilibre instable un petit plateau contenant un mug de café et deux canettes de Mr Pibb. Sa peau était devenue grise.

— Je suis vraiment confus, docteur Cross, bredouilla-t-il, piteux. J'ai… j'ai entré votre nom dans notre base de données, et ces numéros de dossiers sont apparus. Alors, je les ai… réclamés aux archives.

— Comment ça, mon nom ? C'est quoi ces dossiers ?

Pedelini déglutit, posa le plateau, puis répondit à contrecœur :

— De vieux rapports d'investigation.

— Sur quelle affaire ? l'interrogea Bree en se levant elle aussi pour regarder.

Après une hésitation, il marmonna :

— Le meurtre de votre mère, docteur Cross.

Je crus d'abord l'avoir mal entendu. Battant des paupières, j'insistai :

— Vous voulez dire la mort *naturelle* de ma mère ?

— Pas exactement, répliqua Pedelini. Ces rapports sont enregistrés dans la catégorie « homicides ».

— Maman est décédée d'un cancer, affirmai-je.

L'enquêteur fut décontenancé.

— Non, c'est faux. Le résumé informatique dit : meurtre par asphyxie, affaire classée sans suite en raison de la mort du principal suspect, touché par balle durant sa tentative de fuite et tombé dans la rivière.

Totalement abasourdi, je demandai :

— Qui était ce suspect ?

— Votre père, docteur Cross. Vous ne le saviez donc pas ?

TROISIÈME PARTIE

Apparences trompeuses

31

Trois heures plus tard, nous roulions dans les rues de Birney, Bree au volant. La peine éprouvée à la lecture de ces dossiers restait vive, déchirante.

Ma femme posa sa main sur la mienne.

— Je n'imagine même pas l'enfer que tu traverses en ce moment, Alex. Mais je suis avec toi, mon cœur. Si tu as besoin de moi, je suis là.

— Merci. Je… cette histoire, ça change tout, tu comprends ?

— Bien sûr, mon chéri.

Elle arrêta le SUV devant le pavillon où, selon les rapports d'enquête, mon père avait étouffé ma mère avec un oreiller.

Je descendis de voiture, faible et mal assuré sur mes jambes comme quelqu'un qui sort de l'hôpital après une très grave maladie. Tandis que j'avançais vers le perron, mon esprit se mit à me jouer des tours avec des flashs de souvenirs fragmentés, décousus : moi, enfant, en train de courir le long de la voie ferrée sous la pluie ; de regarder mon père que l'on traîne par une corde ; et enfin, de contempler la dépouille de ma mère qui paraît si frêle, toute petite, vide.

Je ne me rappelle pas avoir perdu l'équilibre, mais en tout cas ma chute fut assez brutale pour me couper le souffle et me donner le tournis.

— Alex ! cria ma femme, accourant à mon côté.

— Ça va, haletai-je. J'ai dû trébucher ou bien… Où est Nana ?

— Probablement à l'intérieur, répondit Bree.

— Il faut que je lui parle.

— Je sais bien, Alex, mais…

— Papa ! s'écria Ali, qui poussa la porte-moustiquaire et sauta d'un bond du haut des marches.

— Pas de bobo, fiston, le rassurai-je en me relevant. Je n'ai pas assez mangé, c'est tout.

La porte claqua de nouveau. Naomi sortit, inquiète.

— Il a eu un vertige, expliqua Bree.

— Où est Nana ? demandai-je à ma nièce.

— Chez tante Hattie. Elles préparent le dîner.

— Je pense que tu devrais t'allonger un peu, Alex, décréta Bree.

— Pas maintenant, dis-je, les yeux fixés sur le pavillon de ma tante comme sur un phare dans la nuit.

Je fis les premiers mètres d'un pas hésitant, encore bouleversé, et avec le seul désir de chercher du réconfort auprès de ma grand-mère. Mais le temps d'atteindre le perron de Hattie, je marchais vite, furieux et en quête de réponses.

Je m'engouffrai dans le pavillon. Hattie, Connie et oncle Cliff se trouvaient dans la cuisine. Mes tantes farinaient des filets de tilapia pour les frire, lorsque j'entrai et demandai :

— Où est Nana ?

— Ici ! répondit ma grand-mère.

Elle était blottie dans un fauteuil à ma gauche, un livre à la main.

Je m'approchai et me dressai au-dessus d'elle, les poings serrés.

— Pourquoi m'as-tu menti ? aboyai-je.

Nana Mama rétorqua :

— Un pas en arrière, mon garçon ! Et sur quoi t'aurais-je menti ?

— Ma mère ! criai-je. Mon père ! Sur absolument tout !

Ma grand-mère se recroquevilla, les bras levés dans un geste de défense comme si elle craignait que je ne la frappe. En vérité, j'avais bel et bien été à deux doigts de le faire.

Cela me secoua. Je reculai, jetai un coup d'œil à la ronde. Mes tantes me dévisageaient, les yeux agrandis de peur ; Bree, Jannie, Ali et Naomi venaient d'entrer et me regardaient avec l'air de penser que j'étais devenu fou.

— Ça suffit, maintenant ! rugit oncle Cliff, qui se tenait à son déambulateur en me menaçant du doigt. On n'agresse pas les vieilles dames dans mon train. Posez vos fesses quelque part et montrez-moi votre billet, sinon je vous fais descendre à la prochaine station. C'est compris ?

Mon oncle tremblait de colère, et brusquement je me retrouvai petit garçon, faible et pris de vertige. J'attrapai une chaise et m'assis, la tête dans les mains.

— Alex, que se passe-t-il ? m'interrogea Nana Mama.

— Dis-moi seulement pourquoi vous m'avez tous menti, grognai-je. C'est tout ce qui m'importe.

32

— Je te jure que je n'en savais rien ! s'écria Nana Mama après que Bree lui eut raconté ce que nous avions lu dans les rapports.

Puis elle se tourna vers mes tantes.

— Est-ce que tout cela est vrai ? Vous le saviez ?

La manière dont Hattie et Connie s'accrochaient l'une à l'autre était assez éloquente pour rendre toute parole superflue.

— Mais pourquoi ? demanda Bree.

— Parce que, répondit Hattie d'une voix chevrotante, ces choses affreuses qui se passaient chez vous, Alex, elles étaient si traumatisantes, si horribles, que tu as fait un blocage mental. Comme si tu n'avais jamais vu ce qui était arrivé à votre père. On s'est dit que la nature t'aidait à surmonter tout ça, et qu'il valait mieux te laisser croire que votre maman était morte d'un cancer et votre papa de l'abus d'alcool et de drogue.

— Mais pourquoi me mentir à moi ?! se révolta ma grand-mère, aussi bouleversée que je l'avais été moi-même.

— Tu en avais déjà tellement bavé, Regina, et ta vie s'était si bien reconstruite, expliqua tante Connie, en larmes. Nous ne voulions pas te faire souffrir davantage. L'alcool et les drogues, tu pouvais comprendre, car Jason se détruisait depuis longtemps. Mais qu'il ait tué Christina, et la façon dont il est mort ensuite… c'était trop dur. Nous pensions que ça te briserait le cœur alors que tu avais besoin de toute ta force pour Alex et ses frères.

Les yeux de Nana Mama se fixèrent sur un point dans le vide, sa lèvre inférieure se mit à trembler, puis elle me regarda et éclata en sanglots.

Je me précipitai vers elle, m'agenouillai et posai la tête sur sa cuisse minuscule, ressentant son tourment comme le mien. Ses larmes coulèrent sur mon visage quand je lui dis :

— Je m'en veux de t'avoir traitée de menteuse.

— Et moi je suis désolée pour tout, Alex, chuchota-t-elle en me caressant les cheveux comme elle le faisait souvent dans mon enfance. Je suis tellement navrée de tout ça.

C'est dans une atmosphère pesante que tout le monde s'attabla enfin pour dîner. Personne ne parla ou presque durant le repas. Du moins, je ne me souviens de rien de précis jusqu'au moment, après le dessert, où j'ai pardonné à mes tantes. Nous pleurions tous les trois en nous étreignant.

Tante Connie s'excusa :

— Nous ne pensions pas que ça ressortirait un jour.

— Je sais, dis-je. Ce n'est pas grave.

— Tu es sûr ? insista tante Hattie.

— Vous avez essayé de me protéger, je le comprends.

Connie demanda alors :

— Mais tu ne te rappelles toujours rien ?

— Quelques images me sont revenues, admis-je. Mais pas grand-chose.

— Peut-être que c'est tout ce dont Dieu veut que tu te souviennes, déclara Hattie.

Je fis un vague signe de tête, les embrassai toutes les deux, puis sortis rejoindre ma famille qui venait de partir. Jannie montait déjà les marches de notre pavillon avec Nana Mama. Bree marchait en compagnie de Naomi et d'Ali. Celui-ci m'aperçut et rebroussa chemin en courant.

Je mis un bras autour de ses épaules.

— Tu vois les lucioles, bonhomme ?

— Ouais, lâcha-t-il avec indifférence.

— Hé, qu'est-ce qui te turlupine ? l'interrogeai-je.

— Papa ? fit-il, sans me regarder. On peut rentrer chez nous, à Washington ?

— Quoi ? Non.

— Mais j'aime pas cet endroit, protesta-t-il. J'ai aucun copain, et j'aime pas que ça te fasse de la peine d'être ici. Et de la peine aussi à Nana.

Je soulevai de terre mon dernier-né et le serrai fort contre ma poitrine.

— Moi non plus, ça ne me plaît pas de souffrir, fiston. Mais j'ai promis d'aider Stefan. Et dans la vie, un homme doit tenir sa parole.

33

Après la messe, ce dimanche matin, je déposai Bree et les enfants au pavillon mais Nana Mama resta avec moi. Je roulai jusqu'au pont en arc, me garai à côté. Ma grand-mère prit mon bras et nous gagnâmes lentement la travée en surplomb de la gorge.

Dans un grondement furieux, la Stark River projetait en l'air des meules d'écume blanche, creusait des tourbillons somb[illegible]écrasait contre les parois aussi loin que l'œil po[illegible] suivre. Je me souvins que mes parents nous interdisaient toujours à mes frères et à moi de nous approcher du pont ou de la rivière.

— Papa disait que la noyade est la pire façon de mourir, racontai-je à Nana Mama. En fait, je crois qu'il avait lui-même peur de cette gorge.

— Parce que je lui avais appris à la craindre, confirma ma grand-mère à voix basse. Mon petit frère, Wayne, s'est noyé là en bas à six ans. On n'a jamais retrouvé son corps.

Elle resta silencieuse un long moment à scruter l'eau qui bouillonnait quinze mètres en dessous de nous, comme si la rivière renfermait de terribles secrets.

Puis elle secoua tristement la tête.

— Ton père a dû être terrifié en tombant, cette idée m'est insupportable.

— D'après le rapport de police, il était sans doute déjà mort avant de toucher l'eau.

— Et tu ne te rappelles absolument rien ? demanda-t-elle.

— J'ai fait un cauchemar, cette nuit. Il pleuvait fort avec des éclairs, je courais dans le noir le long des rails en direction du pont. J'ai vu clignoter des gyrophares puis j'ai entendu des coups de feu. Ensuite, il y avait des hommes ici même, en train de regarder en bas comme nous.

— Quel gâchis, soupira ma grand-mère. Une vie tragiquement gâchée.

Elle fondit en larmes, et je l'étreignis jusqu'à ce qu'elle se calme.

Tout en s'essuyant les yeux avec un mouchoir, elle insista :

— Crois-tu que ce rapport soit complet et fiable sur ce qui s'est passé ?

— Je ne sais pas. Il y a une ou deux personnes que j'aimerais interroger à ce sujet.

— Tu me tiendras informée ?

— Si je découvre quelque chose, tu seras la première à l'apprendre, promis-je.

Sur le trajet du retour, je poussai jusqu'à la limite est de Birney pour permettre à Nana Mama de revoir le pavillon de son enfance. Je m'arrêtai devant la bâtisse délabrée, située à deux rues de la rivière.

— Jamais je n'oublierai ce jour, dit-elle en me désignant la véranda. J'avais huit ans et je jouais là avec une amie quand ma mère est sortie de la maison et m'a demandé où était Wayne. J'ai répondu qu'il était allé voir son copain Leon, au bout de la rue.

» Elle est partie le récupérer chez Leon, qui habitait au coin de South Street, juste en face de la gorge. En arrivant, maman a aperçu les deux garçons sur les rochers au-dessus de la rivière. Elle a vu Wayne tomber. On pouvait entendre les hurlements de ma mère jusqu'ici. Elle ne s'en est jamais remise. Le fait que le corps n'ait jamais été retrouvé la rongeait. Chaque printemps, elle obligeait mon père à l'emmener en bas des chutes d'eau, dans l'espoir que le courant ait rejeté le corps de Wayne sur la berge. Ils l'ont cherché pendant vingt ans.

— Je commence à comprendre pourquoi tu voulais quitter cette ville, dis-je.

— Oh, c'est surtout à cause de ton grand-père, répliqua-t-elle.

— Comment était-il ? Reggie.

— Hmm, fit-elle d'abord, puis elle surmonta sa réticence à aborder ce sujet. Je n'avais jamais rencontré un homme comme lui. C'était un charmeur, je dois lui reconnaître ça. Il avait le don de séduire avec de belles paroles, et quand il racontait ses aventures en mer, on aurait pu l'écouter sans fin. Il m'a fait tourner la tête avec ces histoires. Et il était beau, bon danseur, et il gagnait beaucoup d'argent pour quelqu'un de Starksville.

— Mais ?

Ma grand-mère soupira.

— Mais il était parti cinq, six mois par an. Je suis sûre qu'il continuait à courir les filles dans les ports étrangers, parce qu'il ne se cachait pas pour le faire de retour ici. C'en est arrivé au point où nous ne faisions plus que nous quereller. Il ne se gênait pas pour boire pendant nos disputes, et n'hésitait pas non plus à se servir de ses poings. Un jour, j'ai compris que, malgré les vœux sacrés du mariage, ce n'était pas la vie que je souhaitais ou méritais. J'ai donc divorcé de Reggie et obtenu suffisamment d'argent pour m'installer à Washington et recommencer de zéro. Au bout du compte, ce fut la meilleure décision de mon existence.

Elle marqua une pause.

— Tu as vu la tombe de Reggie ?

— Oui, il est enterré avec ses parents, répondis-je.

— J'ai toujours apprécié Alexander et Gloria. Ils me traitaient avec gentillesse et ils adoraient ton père, Alexander tout particulièrement.

— On m'a donné ce prénom en mémoire de lui ?

— En effet.

— Il était forgeron.

— Le meilleur du comté. Il n'a jamais manqué de travail, précisa-t-elle, avant de soupirer à nouveau. J'ai besoin d'une petite sieste.

— Je connais ça ! dis-je en démarrant.

Nous roulions tranquillement vers Loupe Street, toutes les vitres descendues, lorsque le chemin nous fit passer par la rue de Cece Turnbull. Une Cadillac Escalade étincelante, couleur crème, était garée devant sa maison.

Trois personnes se tenaient sur le perron. Un homme de haute taille aux cheveux gris acier vêtu d'un costume bleu et une femme blonde d'une cinquantaine d'années à l'allure très chic, qui se disputaient violemment avec une jeune femme aux cheveux blond-roux en tee-shirt rouge et short en jean.

À sa voix stridente, cette dernière semblait ivre. Elle criait :

— Arrêtez ce cinéma ! Vous en avez jamais rien eu à foutre de lui quand il était vivant ! Barrez-vous de chez moi et restez en dehors de ma vie !

34

Je patientai une heure, le temps de déjeuner en famille et de m'assurer que Nana Mama faisait sa sieste, avant de repartir chez la mère de Rashawn Turnbull, cette fois en compagnie de Bree.

— Alors, c'était bien Cece ? me demanda-t-elle quand je me garai à l'emplacement libéré par la Cadillac.

— Elle correspond tout à fait à la description de Naomi, confirmai-je en descendant de voiture.

Nous gravîmes le perron. Autour d'une poubelle renversée s'éparpillaient des bouteilles de bière cassées et de vieux cartons à pizza. Dans la maison, la télévision braillait le thème musical de Dark Vador dans la saga *Star Wars*.

Je frappai à la porte. Pas de réponse. Je recommençai, beaucoup plus fort.

— Foutez le camp, bordel ! hurla une femme. Je ne veux plus jamais vous revoir !

Je criai pour me faire entendre :

— Madame Turnbull ? Pouvez-vous sortir, s'il vous plaît ?

Un bruit de verre brisé à l'intérieur, puis le son de la télévision fut coupé. Un rideau jaune miteux derrière une fenêtre proche s'écarta, et la mère de Rashawn nous scruta d'un regard trouble à travers la moustiquaire. Même si l'on voyait au premier abord qu'elle avait été belle, à présent ses cheveux avaient la consistance et la couleur de la paille sèche, ses dents jaunies étaient abîmées, son teint cireux.

Ses yeux noisette, chassieux et creusés, étaient vagues lorsqu'elle grommela :

— Putain, vous êtes qui, vous ?

— Je m'appelle Alex Cross. Voici ma femme, Bree.

Cece porta une cigarette à ses lèvres, tira une bouffée avec une moue dédaigneuse.

— Vos conneries de Témoins de Jehovah m'intéressent pas, dégagez vos culs de ma porte.

Bree intervint :

— Nous sommes de la police.

Plissant les yeux, la mère de Rashawn Turnbull nous dévisagea.

— Je connais tous les flics de Starksville et des trois autres bleds du coin, et je vous ai jamais vus ni l'un ni l'autre.

— Nous travaillons à Washington, expliquai-je. MPD, section homicides, et j'ai aussi fait partie du FBI.

— Qu'est-ce que vous faites là, alors ?

Après une hésitation, je lui dis la vérité :

— Nous enquêtons sur le meurtre de votre fils.

— Ah ouais, pourquoi ?

— Parce que Stefan Tate est mon cousin.

On aurait cru que je lui avais donné un coup de poing. Sa tête recula brusquement, puis se redressa avec rage.

— Ce fils de pute va crever pour ce qu'il a fait, cracha-t-elle. Et je serai au premier rang pour voir ça. Maintenant, cassez-vous avant que je trouve le fusil de mon grand-père.

Le rideau fut refermé brutalement.

— Madame Turnbull ! criai-je. Nous ne représentons pas Stefan. Si mon cousin a tué votre fils, je serai assis à vos côtés pour son exécution. Je lui ai dit la même chose. Une seule personne nous importe : Rashawn. Point final.

Il n'y eut pas de réponse, et je me demandai si elle était vraiment allée chercher le fusil de son grand-père.

Bree insista à son tour :

— Cece, acceptez de nous parler, s'il vous plaît ! Je vous assure que nous n'avons aucun intérêt personnel dans cette affaire. Nous voulons seulement vous offrir notre aide.

Le silence régna pendant de longues secondes.

Puis s'éleva une voix pitoyable :

— Y a pas moyen d'arranger les choses pour Rashawn, ni pour moi, ou même pour Stefan. Personne ne peut plus rien y changer.

— Non, en effet, il n'est pas en notre pouvoir de changer ce qui s'est passé, admis-je. Mais nous pouvons faire en sorte que le vrai coupable paye pour les horreurs qu'il a infligées à votre fils. S'il vous plaît, je vous promets que nous n'abuserons pas de votre temps.

Une minute plus tard, un verrou était tiré, et la porte s'ouvrit vers l'intérieur avec un grincement.

35

Au cours de ma carrière, je me suis rendu au domicile d'un bon nombre de mères en deuil, où se dressait souvent un mausolée à la mémoire de l'enfant perdu. Pourtant, je n'avais encore jamais rien vu de tel.

Des meubles renversés. Des bouteilles d'alcool brisées. Des assiettes et des tasses en morceaux. La petite salle de séjour était dans une incroyable pagaille, à l'exception d'une table basse ovale où trônait une urne funéraire en marbre vert au milieu d'une collection de portraits sous cadres de Rashawn, depuis nourrisson jusqu'à l'adolescence.

Les plus récents étaient des photographies scolaires annuelles, et sur chacune Rashawn arborait un sourire immense, magnétique. Sincèrement, il était impossible de détacher les yeux de ce sourire.

Sur tout le pourtour de la table, encerclant les portraits tels les rayons d'une roue de médecine amérindienne, étaient disposés des jouets qui allaient du pistolet à billes aux figurines de super-héros, en passant par les peluches et les petites voitures. Mais il y avait aussi plusieurs objets incongrus, sans aucun rapport avec Rashawn : une bouteille de vodka Smirnoff à moitié vide, deux pipes en verre noircies, un chalumeau à gaz butane, et un sachet rempli d'une substance blanche.

Accroché à un mur, un écran plat de soixante pouces divisé à l'horizontale diffusait deux films différents. Dans la partie inférieure, *L'Empire contre-attaque*. Au-dessus, une vidéo amateur montrait Rashawn à quatre ou cinq ans. Il portait une cape de Jedi et sautait en rond en faisant tournoyer un sabre laser.

— Il aimait beaucoup *Star Wars*, remarqua Bree avec compassion.

Cece se frotta le nez, renifla, et sa bouche s'adoucit dans une ébauche de sourire.

— Il n'arrêtait pas de revoir ces films. Comme s'ils étaient nouveaux chaque fois. On les regardait ensemble de temps en temps. Il connaissait toutes les répliques. Je veux dire, absolument toutes. Qui est capable de ça ?

— Un garçon très intelligent, répondis-je.

— Pour ça, il l'était, confirma-t-elle, en écrasant sa cigarette.

Elle se gratta le bras avec un regard d'envie sur les pipes et la drogue.

— Parlez-nous de Stefan Tate, lui demandai-je.

Les traits de Cece se durcirent.

— C'est un sadique en plus d'être un assassin sans pitié.

— Pensiez-vous déjà cela de lui avant le meurtre de Rashawn ?

— Y avait pas écrit sadique sur son front !

— Bien sûr, admis-je, mais rien ne vous a alertée ?

— Si j'avais eu le moindre soupçon, il n'aurait pas passé une seconde avec mon fils, se défendit Cece.

Elle contourna le canapé et tendit une main vers les pipes, puis suspendit son geste, l'air de se rendre compte subitement que la drogue se trouvait bien en évidence devant nos yeux, et elle poussa le sachet sous un ours en peluche.

Elle alluma une autre cigarette. À nos questions sur la relation entre Rashawn et Stefan, elle corrobora les dires de mon cousin : ils avaient sympathisé dès leur première rencontre à l'école, Stefan était devenu comme un grand frère ou un père pour le garçon, mais dans les jours précédant la mort de Rashawn il s'était produit quelque chose qui avait incité l'adolescent à mettre un terme à ses rapports avec mon cousin.

— Stefan affirme ignorer quel était le problème, dis-je.

Cece recracha la fumée, pointa le menton vers l'urne et lâcha amèrement :

— Il a dragué Rashawn et Rashawn l'a repoussé.

— C'est votre fils qui vous l'a dit ? demandai-je.

— Je le devine à la façon dont Rashawn s'est comporté la dernière fois que je l'ai vu.

— De quelle façon ? insista Bree.

— Comme s'il avait découvert quelque chose qui lui faisait peur, répondit Cece, les yeux rivés à l'écran où Luke Skywalker se préparait à combattre son père. Je me suis demandé des millions de fois pourquoi j'ai pas obligé Rashawn à me parler ce matin-là. Mais j'étais en retard pour une réunion des Alcooliques anonymes. J'essayais de rester sobre. Et de faire au mieux pour lui.

Elle se tut, puis un frémissement la parcourut et elle éclata en sanglots.

— Il était là à fixer son bol de céréales comme s'il voyait des trucs bizarres dans le lait, hoqueta-t-elle. C'est mon dernier souvenir de mon petit garçon. Oh, mon Dieu !

Cece sortit le sachet, attrapa une pipe et de ses mains tremblantes la remplit de drogue. Bree s'approcha d'elle et lui prit le bras.

— Cela ne va pas vous aider, lui dit-elle sur un ton apaisant.

La mère de Rashawn dégagea brutalement son bras, tourna le dos à Bree pour protéger la pipe et ricana :

— C'est la seule chose qui m'aide.

— Comptez-vous aller au tribunal demain ? lui demandai-je alors.

Elle saisit le petit chalumeau et se réfugia de l'autre côté de la table en nous foudroyant du regard.

— Vous n'allez pas vous y mettre aussi, hein ? On m'a assez cassé les oreilles là-dessus aujourd'hui.

Elle alluma le chalumeau et contempla avec avidité le fourneau de la pipe pendant qu'elle y passait la flamme tout en aspirant. Elle s'emplit les poumons d'une longue bouffée, retint son souffle, puis rejeta la tête en arrière et expira très lentement. Je la croyais déjà en train de planer, mais elle cligna plusieurs fois des paupières d'un air idiot et reposa la pipe.

— Quelqu'un vous a parlé de votre présence au tribunal demain ? m'enquis-je sur un ton neutre.

La colère avait quitté Cece, remplacée par le mépris.

— Harold et Virginia, papa et maman chéris, railla-t-elle.

Elle se laissa tomber sur un fauteuil à l'assise défoncée, et parodia une belle du Sud et un homme à la voix de basse :

— « Ressaisis-toi pour le procès, Cece. Tu ne voudrais pas être vue dans cet état. » « Tu dois faire un effort en l'honneur de ton cher Rashawn, Cynthia Claire. »

Elle se pencha vers la table, attrapa la bouteille de vodka dont elle but une gorgée au goulot, et partit dans une tirade :

— Putains d'hypocrites ! Pleins d'égards pour mon fils, maintenant qu'il est mort. Mais quand il était vivant, ils avaient honte de son sang noir !

Cece mit les bras autour de ses genoux et secoua la tête avec fureur.

— Ils en ont toujours rien à foutre de nous. Tout ce qui intéresse ces deux-là, c'est leur fric et leur précieuse image dans la société.

Elle prit une grosse voix grave :

— « Il ne faut surtout pas que Cece cause plus de dégâts qu'il y en a déjà eu. Nous devons faire notre possible pour minimiser nos liens avec le petit mulâtre mort. Avec l'aide de Dieu, aucun de nos amis snobs à Hilton Head n'aura vent de ce scandale. »

Sur ce, elle avala une nouvelle rasade de vodka, et continua à fulminer dans son coin pendant une bonne minute avant de baisser la tête, abattue.

— Si je ne vais pas au tribunal demain, c'est comme si moi aussi j'avais honte de lui, honte d'être sa mère, hein ?

Bree confirma :

— Votre absence donnera l'impression que vous le laissez tomber, qu'il ne compte plus pour vous.

— Mais c'est faux ! sanglota Cece. Rashawn était tout pour moi. La seule chose bien et respectable que j'ai faite de toute mon existence. Et regardez ce qui lui est arrivé ! Mon Dieu, il ne méritait pas ça !

Bree rejoignit la pauvre femme et passa un bras autour de ses épaules tremblantes.

— Je sais que cela paraît impossible, mais vous devez être forte maintenant.

— J'en ai pas le courage, gémit Cece. J'en ai jamais eu ! C'est l'histoire de ma vie.

— Jusqu'à présent, dit Bree en lui frottant le dos. Mais cette histoire va changer, parce que vous avez touché le fond aujourd'hui, Cece. Vous êtes au plus bas, et des profondeurs de votre désespoir, vous implorez de l'aide. Et là, l'esprit de Rashawn vous entend, vous prend la main et vous donne la force d'aller dans cette salle d'audience demain matin, sobre et lucide, car vous êtes la seule qui puisse le représenter à ce procès. Seule sa mère peut parler en son nom et s'assurer que justice soit faite.

La nuque toujours ployée, ses cheveux paille devant le visage, Cece se tendit, comme prête à se battre de nouveau. Puis un long frisson la saisit tout entière. Une fois le tremblement passé, quelque chose sembla lâcher prise dans la mère en deuil. Elle s'avachit contre Bree, et s'endormit d'un coup.

Ma femme me jeta un coup d'œil en chuchotant :

— Je vais rester avec elle. Toute la nuit si nécessaire.

L'émotion me nouait la gorge.

— Tu es d'accord ? me demanda-t-elle.

Je souris, et répondis d'une voix rauque :

— Plus que d'accord.

— Alors pourquoi es-tu contrarié ?

— Je ne le suis pas. Ce que tu viens de faire avec elle, c'était… tout simplement…

— Quoi ?

— Je n'ai jamais été aussi fier que tu sois ma femme, Bree Stone.

36

Palm Beach, Floride

La propriété, dessinée sur le modèle d'une villa de la côte amalfitaine, avait été somptueuse à une époque. À présent elle affichait son âge. Les plantations n'étaient plus aussi soignées qu'autrefois. Le portail comme la porte d'entrée avaient besoin d'une bonne couche de vernis. La plupart des briques réclamaient des joints neufs. Et depuis quand les vitres n'avaient-elles pas été correctement nettoyées ?

Coco était conscient des nombreuses carences et exigences de la maison. Sa chambre à elle seule suffisait à le mettre de mauvaise humeur. Le papier peint en soie jauni par le temps était décollé par endroits et s'enroulait sur lui-même. Des éraflures et des marques d'usure dégradaient presque tout le mobilier. Et les tapis persans commençaient à paraître miteux.

Coco refusa de s'appesantir sur le sujet, préférant oublier le manque d'entretien des lieux, exactement comme il avait choisi d'ignorer l'article du *Palm Beach Post* sur le décès de Ruth Abrams.

Il continua donc d'accessoiriser les trois tenues étalées sur le lit. Il raffolait de cette occupation, qui le calmait tout autant que se travestir en femme.

Depuis une heure, après avoir lu que la police qualifiait d'homicide la mort de Ruth, Coco peaufinait le style de chaque ensemble avec des pièces de joaillerie puisées dans un grand coffret.

N'était-il pas fascinant de créer un changement d'effet aussi radical grâce à de si petits ajouts ? *Mère disait toujours que l'image est dans le détail, et elle avait raison…*

La ligne fixe sonna.

Coco n'y prêta pas attention. Il y avait sans cesse des gens qui l'appelaient, qui le harcelaient, exigeant ceci ou cela, et il avait besoin de rester coupé de la réalité un peu plus longtemps.

Est-ce vraiment trop demander ? Non. Bien sûr que non.

Coco avait réduit le choix de sa tenue à deux sur les trois lorsque la sonnette carillonna à l'entrée.

Ils viennent même chez moi maintenant ?

Il ravala à grand-peine son indignation. Rien ne devait interrompre ce moment de répit. Pas aujourd'hui.

Ils n'avaient qu'à attendre. Une fête n'en est pas une tant que la reine de la soirée n'est pas arrivée. *N'est-ce pas vrai, mère ?*

Coco se décida enfin pour un ensemble : jupe en taffetas noir de style argentin, corsage en mousseline lavande au décolleté osé, bas soyeux, escarpins noirs. Il alla à une porte close et à l'aide d'une clef cachée sur le rebord de l'encadrement, déverrouilla la serrure.

Les peignoirs et kimonos suspendus derrière la porte voletèrent quand il l'ouvrit, puis retombèrent. L'immense dressing-room était rempli à craquer de toutes sortes de modèles haute couture sous des housses en plastique transparent. Des décennies de vêtements féminins. Aussi dut-il avancer bien au-delà de la coiffeuse et du miroir pour trouver de la place.

Il accrocha en premier Chimère Mandarine, puis la robe Elie Saab indigo. Nul doute que ces deux-là serviraient encore à l'occasion. Il disposa dessous à même le sol les escarpins orange et les sandales aux lanières gladiateur.

Coco rapporta le coffret à bijoux, qu'il rangea sur une tablette de la coiffeuse avant de passer aux choses sérieuses. Il dissimula son sexe sous une bande serrée, étala du fond de teint Lancôme et colla ses faux cils. Se sentant un peu fébrile, comme chaque fois que la transformation était en cours, il remit à plus tard la séance de maquillage.

Il dénicha un string noir coquin acheté lors d'un voyage à Paris quelques années auparavant. Puis enfila le porte-jarretelles et les bas noirs, savourant la sensation de la ceinture de tissu sur ses reins.

Tellement sexy !

À présent, Coco savait qui il allait être ce soir, et il examina une étagère pleine de vieilles boîtes à perruques parmi lesquelles une bleue attira son attention. Il la descendit. Il ne scotcherait pas le postiche avant d'être entièrement vêtu, mais il ne pouvait résister à l'envie de l'essayer tout de suite.

Noir corbeau, la chevelure était rassemblée en un chignon sévère. Coco la fit glisser sur son crâne lisse, l'ajusta, et chaussa ensuite les souliers noirs.

Il se planta devant la glace, les lèvres arrondies dans une moue de satisfaction.

Ce soir, tu seras Dahlia Noir, se dit Coco. *Une latino sulfureuse, un brin dominatrice, et...*

Un hoquet de stupeur le fit sursauter. Sa tête emperruquée pivota brusquement à gauche.

Une femme noire trapue, d'âge moyen, portant un jean, un sweat-shirt à capuche marron et des gants de vaisselle en caoutchouc jaune, se tenait sur le seuil du dressing, la bouche grande ouverte.

— Oh, Jésus, non ! chuchota-t-elle avec un fort accent exotique.

Puis elle tourna les talons et prit la fuite.

37

Coco envoya valser ses escarpins, arracha sa perruque, et fonça derrière l'intruse.

Comme elle n'était ni sportive ni même en bonne condition physique, il la rattrapa dès la porte de la chambre. Il la saisit par l'épaule, la retourna face à lui et la plaqua contre le mur.

— Qu'est-ce que vous fabriquez chez moi, Francie ?

— Je... j'oublie quelque chose important, monsieur Mize, balbutia-t-elle, terrifiée. Je sais pas que vous êtes ici.

— À l'évidence. Quelle est donc cette chose importante au point de vous introduire sans permission dans ma maison avec des gants en caoutchouc, Francie ?

Elle fondit en larmes.

— Je cherche... ma carte de banque. Celle pour les distributeurs.

— Vous avez découvert la perte de votre carte bancaire trois mois après que je vous ai renvoyée ?

Francie hocha frénétiquement la tête.

— Oui. Juste hier. Je regarde partout. Je me dis, elle doit être chez M. Jeffrey Mize. Alors, je viens. Je vous téléphone de dehors. Je sonne à la porte.

— Pour vérifier que je n'étais pas là, conclut Mize.

— Non ! Mais pas de réponse. Vous entendez pas ?

— J'étais occupé.

Le regard de son ancienne employée de maison descendit furtivement sur le string noir, le porte-jarretelles et les bas, remonta jusqu'aux faux cils et au fond de teint.

— Pardon, bredouilla-t-elle. Je vois maintenant.

— Ma vie secrète ? Ce qu'il y a dans mon placard ?

— Je fais pas exprès ! Je cherche seulement...

— Quelque chose à voler, hein ?

— Non, monsieur Mize, protesta la femme en faisant un signe de croix.

Le cerveau de Mize se remit à fonctionner en mode Coco.

— Je me demandais pourquoi il me manquait des bijoux de ma mère de moindre valeur. Je ne vous ai jamais soupçonnée, Francie, à cause de ma nature trop confiante.

L'employée de maison fut prise de panique.

— Non, c'est pas moi…

— Bien sûr que si, la coupa-t-il. Vous êtes dans la misère, Francie. Alors vous volez. C'est normal. Je ferais pareil à votre place.

Les mâchoires serrées d'obstination, elle lutta pour se libérer, mais il la plaqua de nouveau contre le mur.

— S'il vous plaît, monsieur Mize, geignit-elle. Faut pas appeler la police. Je fais tout ce que vous voulez, mais pas ça !

Mize réfléchit un instant.

— Êtes-vous capable de garder un secret, Francie ?

Elle parut ne pas comprendre tout de suite, puis sa tête se balança de haut en bas comme un jouet.

— C'est promis, je dis à personne que vous vous habillez en lady-boy, monsieur Mize.

Il éclata de rire.

— Lady-boy ? C'est comme ça qu'on m'appellerait à Haïti ?

Les yeux de Francie s'affolèrent, tandis que sa tête dodelinait de plus belle.

— Mes excuses, monsieur Mize. C'est une mauvaise chose ? Lady-boy ?

— À vous de me le dire, Francie.

— Non, monsieur Mize, bafouilla-t-elle aussitôt. Je m'en fiche de vos secrets de lady-boy.

— Dans ce cas, ça m'est aussi égal que vous soyez une voleuse, Francie.

Ne sachant quoi répondre, elle acquiesça avec résignation.

— *Merci*[1], monsieur Mize. S'il vous plaît, je suis désolée.

— Comment êtes-vous entrée, au fait ? l'interrogea Mize.

La femme contempla ses pieds.

— Si nous devons partager des secrets, il vaudrait mieux commencer par être honnêtes l'un envers l'autre, vous ne croyez pas ? insista Mize sur un ton plus cordial.

Les joues inondées de larmes, Francie avoua :

— Je fais une clef l'année dernière.

— Montrez-la-moi.

Elle retira l'un des gants en caoutchouc, plongea la main dans la poche arrière de son jean d'où elle sortit la clef.

Il la prit en demandant :

— Et le code de l'alarme ?

Francie battit des paupières.

— Vous me le donnez, monsieur Mize. Vous vous rappelez pas ?

C'est vrai. Quel idiot !

— Si, je m'en souviens.

— Qu'est-ce que je fais pour vous ? supplia-t-elle. Encore le ménage dans la maison ? Elle a l'air pas propre depuis longtemps, monsieur Mize.

— C'est une proposition intéressante.

1. En français dans le texte.

— Oui, oui ! Tout ce que vous voulez, monsieur Mize.

— Qui est au courant que vous alliez venir ici pour voler ?

— Personne ! Je jure sur les esprits.

— La discrétion est préférable, j'imagine.

Elle acquiesça vigoureusement.

— Personne sait, je pense que c'est mieux.

— Logique, approuva Mize. Que m'avez-vous déjà volé avant ?

Francie baissa la tête.

— Quelque chose en argent dans la salle à manger, et peut-être aussi des bracelets et un collier dans l'autre chambre.

— Des bracelets fins en or ? Des joncs ?

— Mes excuses.

— Vous étiez dans une situation désespérée, admit-il. Je sais ce que c'est.

Francie lui saisit une main, qu'elle embrassa.

— Dieu vous bénisse, monsieur Mize.

Celui-ci sourit.

— Bon, maintenant que je connais vos secrets, voudriez-vous voir les miens ?

La femme de ménage parut tiraillée.

— Allons, puisque nous partageons des secrets, nous sommes amis, insista-t-il. Je vais vous montrer le placard et toutes ses merveilles.

Francie se passa la langue sur les lèvres, puis haussa une épaule.

— OK.

— Les vraies dames d'abord, dit Mize avec un geste théâtral en direction de la porte ouverte du dressing.

Hésitante, elle traversa la pièce et stoppa après le seuil. Elle regardait autour d'elle, les yeux comme des soucoupes.

— N'est-ce pas magnifique ? s'enquit Mize.

La voix de Francie exprimait un émerveillement sincère :

— Je vois jamais des robes comme ça avant. Ou peut-être dans les films.

— C'est ma mère qui a commencé la collection, expliqua Mize, tout en décrochant de la porte un kimono blanc pour le mettre sur ses épaules. Elle adorait les vêtements, et m'a transmis sa passion.

Les traits de la femme se crispèrent.

— C'est bien. Je crois.

— Cela nous a rapprochés. Vous voyez ce coffret sur la coiffeuse ? Il appartenait à mère. Elle était terriblement dépensière mais avait un goût exquis pour les bijoux. Ouvrez-le. Elle aurait voulu vous le montrer.

Francie coula un regard à Mize en train de nouer la ceinture du kimono. S'interrompant, il l'encouragea avec un sourire :

— Allez-y.

La femme s'approcha de la coiffeuse. Autour du miroir, les spots encastrés étincelaient. Elle souleva le couvercle du coffret. Resta bouche bée.

— Alors, c'est ce que vous espériez trouver, hein ? chuchota Mize.

Il s'était glissé derrière elle. Dans la glace, ce fut Coco et non Mize qu'elle découvrit. Les yeux de l'homme étaient devenus vides, son sourire froid.

Sans laisser à Francie le temps de répondre, ni même d'afficher de l'appréhension, Coco lui passa la ceinture du kimono par-dessus la tête.

Puis il la serra brutalement autour de son cou, dans les règles de l'art.

38

Starksville, Caroline du Nord

À en juger par l'affluence à la veillée funèbre ce dimanche soir, Sydney Fox avait été très appréciée à Starksville. Nana Mama et moi étions allés offrir notre sympathie à sa mère, tandis que Naomi fignolait son argumentation pour le procès tout en surveillant les enfants, et que Bree aidait Cece Turnbull à recouvrer à grand-peine un semblant de sobriété.

— Quelle tragédie, soupira ma grand-mère qui se cramponnait à mon avant-bras. Une femme comme elle, dans la fleur de l'âge, abattue devant sa porte. Il y avait certes de la violence à Starksville durant mon enfance, mais jamais rien de tel.

— Je te crois sur parole en ce qui concerne ton époque, dis-je. Mais, oui, c'est tragique, et ce n'est qu'un aspect de la malveillance qui règne dans cette ville. Tu la ressens aussi ?

— Chaque jour depuis notre arrivée, confirma Nana Mama. Je serai heureuse de rentrer chez nous dès que possible.

— Pareil pour moi. Et dire que nous ne sommes ici que depuis jeudi !

Nous entrâmes dans le funérarium à la suite d'un couple courbé sous le chagrin. Parmi les quarante ou cinquante personnes venues présenter leurs respects, rares étaient les yeux secs. La longue file avança, et nous pûmes enfin adresser nos condoléances à Ethel Fox, vêtue d'une robe noire démodée mais impeccable achetée au décès de son mari.

— Je pensais ne la reporter que pour mon propre enterrement, nous dit Ethel. Et maintenant, me voilà ici, et c'est ma fille chérie qui est enfermée dans une boîte.

La tête basse, elle pleura doucement.

— C'est trop injuste !

Pleine de compassion, Nana Mama lui tapota l'épaule.

— Si vous avez besoin de quoi que ce soit, appelez Hattie, Connie ou bien moi. Et je vous verrai à l'église, demain.

Ethel essuya ses larmes avec un mouchoir.

— La messe est à 10 heures, précisa-t-elle.

Je soutins ma grand-mère jusqu'à la chapelle où la dépouille de Sydney Fox reposait dans un cercueil scellé très simple. L'endroit était comble, rempli par des gens sincèrement en deuil, des proches de la morte ou qui lui avaient été suffisamment attachés pour exprimer sans retenue leur peine en public.

Nana Mama prit un siège gardé pour elle près de mes tantes et d'oncle Cliff, lequel agrippait la main de Hattie avec un air vaguement apeuré. De ma place debout derrière la porte, je regardai quelques personnes s'approcher du cercueil pour un dernier hommage à la défunte. Puis je les suivis dans une salle où du café et des plateaux de cookies et brownies faits par tante Hattie étaient mis à disposition.

En discutant avec les uns et les autres, j'en appris davantage au sujet de Sydney Fox. Elle avait toujours vécu à Starksville. Elle avait épousé son petit ami du lycée, qui était devenu un salopard fini après la découverte de la stérilité de sa femme. Durant des années, elle avait enduré ses mauvais traitements tout en enseignant à l'école primaire publique, où tout le monde l'aimait. Un bon nombre de mes interlocuteurs étaient les parents d'enfants ayant eu la chance d'avoir Sydney Fox pour institutrice.

Au bout d'un moment, la colère me saisit. Je n'avais échangé que quelques mots avec cette femme et son meurtre m'avait volé l'occasion de la connaître, ce qui me semblait un crime de plus.

Je bus une tasse de café, engloutis beaucoup trop de cookies au beurre de cacahuète et aux M&M's, puis retournai dans la chapelle voir si ma grand-mère était prête à partir. Il y avait de nouveaux arrivants. Je les observai un à un, cherchant un visage familier. Avais-je grandi avec certains d'entre eux ? Serais-je capable de les reconnaître après toutes ces années ?

La réponse fut non, jusqu'à ce que je récupère Nana Mama et l'emmène à l'arrière prendre une collation. Au fond de la salle, un Afro-Américain imposant en costume sombre sirotait un café en dévorant un brownie. Quelque chose dans ses traits me poussa à le regarder attentivement.

Une armoire à glace, comme mon meilleur ami, John Sampson. Plus grand que moi. Plus lourd aussi. Mon cadet de dix ou quinze ans. Sous le costume coûteux se devinait un corps habitué au dur travail physique. Puis l'homme passa sa tasse de café dans l'autre main, et je sus aussitôt qui c'était.

Après m'être assuré que ma grand-mère n'avait besoin de rien, je le rejoignis et le saluai :

— Comment vas-tu, Pinkie ? Ça fait un bail.

39

Le fils de ma tante Connie, Brock Parks junior, dit « Pinkie », se rembrunit à l'emploi de son surnom, puis il me reconnut et un grand sourire illumina son visage.

— Alex ! s'exclama-t-il en me broyant la main dans sa patte calleuse. La dernière fois qu'on s'est vus, tu me faisais faire un tour à cheval sur ton dos devant la maison de Nana Mama à Washington.

Un vague souvenir de cela me revint.

— Oh, il y a longtemps ! Je crois que tu me briserais le dos aujourd'hui si on recommençait. J'ai entendu dire que tout allait bien pour toi.

— Jusqu'à ce que j'apprenne la mort de Sydney, répliqua-t-il, l'œil soudain larmoyant. La vérité ? Je suis amoureux d'elle depuis que j'ai huit ans et elle dix. Il y avait un truc chez elle, tu sais, comme si le monde se mettait en orbite quand elle était là.

— Tu t'étais déclaré ? demandai-je.

— Nan, on était juste amis, et beaucoup moins proches après son mariage avec Finn Davis. Il préférait que je garde mes distances.

— Il la traitait mal, paraît-il.

— J'ai chauffé les oreilles de ce connard une fois, mais qu'est-ce que je pouvais faire d'autre ? J'avais une bonne vie avec mon boulot sur les plateformes pétrolières et je n'étais pas là assez souvent pour la protéger, surtout à l'époque où elle ne voulait pas se protéger elle-même.

— Mais elle a fini par divorcer, remarquai-je.

— Elle me l'a dit, fit-il d'un ton lourd de regrets. On échangeait des messages sur Facebook, et j'avais prévu de la revoir.

— Oh, je suis désolé.

— Et moi donc, soupira Pinkie. On a une idée du coupable ?

— À mon avis, elle a été tuée par erreur.

Et je lui parlai de la fiancée de Stefan, blonde elle aussi. Il parut sceptique.

— Personne n'enquête du côté de Finn Davis ?

— Nous avons entendu des insultes racistes avant les coups de feu, précisai-je. Elles s'adressaient manifestement à Patty.

— Possible. Mais Davis est assez malin pour se servir de ça comme couverture. D'autant qu'il a été formé par le meilleur.

— Et c'est qui ?

— Un vieil ami de ton père, annonça sombrement Pinkie. Marvin Bell.

Mes questions durent attendre, car Hattie arriva en poussant oncle Cliff qui se déplaçait en fauteuil roulant ce jour-là. Le visage triste de ma tante s'éclaira à notre vue. Après avoir embrassé mon cousin, elle s'excusa pour aller discuter avec Nana Mama et tante Connie.

Pinkie s'accroupit à la hauteur de notre oncle.

— Comment vas-tu, tonton ?

— Les vacances se passent bien. Je reprends le service la semaine prochaine. Je serai tout le mois sur le même train, le City of New Orleans. Jason me retrouvera un soir dans le Quartier français, on va s'écouter du blues de derrière les fagots et parler du bon vieux temps.

— Mon père est décédé, oncle Cliff, lui rappelai-je.

Il fronça les sourcils, puis regarda mon cousin avec anxiété.

— C'est vrai, ça, Pinkie ? Pourquoi personne m'a rien dit ? Quand est-ce que Jason est mort ?

— Il y a très longtemps, Cliff, continuai-je. Quand j'étais encore gamin. On lui a tiré dessus et il est tombé du pont, dans la gorge.

Mon oncle s'agita, de plus en plus angoissé.

— Pinkie, c'est pas possible. Jason est mort ?

Me jetant un coup d'œil, mon cousin s'humecta les lèvres et tapota le bras de notre oncle.

— Comme te l'a expliqué Alex. Tu le sais bien. Nous savons tous que…

Des cris éclatèrent dehors. À la voix, il s'agissait d'Ethel Fox.

Je sortis en hâte du funérarium avec Pinkie. Au bas de l'escalier, la mère en deuil affrontait de toute sa petite taille un homme d'une bonne tête de plus qu'elle. Élancé, les traits ciselés et durs, à peu près de l'âge de Sydney, il était vêtu pour l'occasion d'un costume anthracite.

— Tu devras me passer sur le corps pour entrer là, disait Ethel.

L'homme sourit.

— Elle a été ma femme pendant des années, Ethel. Permettez-moi au moins de lui présenter mes respects.

— Tu ne l'as jamais respectée dans la vie, Finn Davis ! vociféra Ethel Fox. Pourquoi le ferais-tu dans la mort ?

Davis se pencha sur son ex-belle-mère, lui enfonça un doigt dans la poitrine, et répondit d'une voix basse, menaçante :

— Parce que c'est mon devoir, Ethel.

Pinkie dévala les marches comme une fusée, moi sur ses talons.

— Recule, Finn ! aboya mon cousin. Laisse-la tranquille, ou je te démolis le portrait !

Tout à coup, surgis de l'ombre entre les voitures garées, apparurent quatre hommes. Ils avaient tous une mine patibulaire.

— Pinkie Parks, dit lentement Davis, amusé, tout en s'écartant d'un pas d'Ethel Fox. Je me doutais bien que tu serais ici, alors j'ai amené des potes, juste au cas où. Qui c'est lui, ton baby-sitter ?

— Mon cousin, rétorqua Pinkie. C'est un flic célèbre, il travaille avec le FBI.

Si Davis fut impressionné ou intimidé, il n'en montra rien.

— À ce qu'on raconte, il est venu essayer de sortir Stefan Tate de la merde, cet enfoiré de pervers qui a tué un gosse. C'est ça qui coule dans les veines de vous tous, les cousins dégénérés de Loupe Street ? Du sang d'enfoiré de pervers ?

— Continuez comme ça et vous allez vite le découvrir, intervins-je d'une voix calme.

Le sourire de Davis devint glacial.

— Vous, continuez comme ça, et on éjectera toute votre tribu de cette ville.

— Pars, lui ordonna Pinkie. Tu n'as aucun droit légal d'être ici et encore moins de droit moral. Alors va-t'en.

Après une hésitation, Davis fit un autre pas en arrière, mains écartées, paumes bien visibles.

— C'est bon, Ethel, je m'incline, cracha-t-il à son ex-belle-mère. Veillez-la donc, votre Sydney chérie. Enterrez-la, votre Sydney. Moi, j'irai bientôt au cimetière rendre hommage à cette chère Sydney en pissant sur sa tombe.

40

À 8 heures précises, le lendemain matin, le procès de Stefan Tate s'ouvrit dans l'effervescence. Le jury composé de huit femmes et quatre hommes avait été constitué la semaine précédente, le juge Erasmus P. Varney faisant honneur à sa réputation de mener les affaires au trot.

Dans le tribunal bondé pour ce premier jour d'audience, notre famille était présente en force. Il y avait Pinkie avec sa mère. J'étais assis à côté de tante Hattie et Patty Converse, juste derrière Naomi et Stefan, lequel affichait un grand désarroi depuis son arrivée.

Il semblait notamment perturbé par les personnes placées derrière les représentants du ministère public, surtout par Cece Turnbull, affaiblie, les traits tirés, qui s'accrochait à la main de ma femme. Bree avait passé toute la nuit avec elle, veillant à ce qu'elle soit sobre ce matin.

Le chef de la police Randy Sherman, installé de l'autre côté de Cece, jetait des coups d'œil inquisiteurs à Bree, se demandant à l'évidence comment elle s'intégrait dans l'équation. Derrière eux se trouvaient plusieurs reporters de Raleigh et de Winston-Salem, ainsi qu'un journaliste de l'Associated Press.

Harry et Virginia Caine, ce couple bon chic bon genre que j'avais vu le jour précédent sur le perron de Cece, avaient pris place au troisième rang. Guindés dans leurs vêtements stricts, ils étaient visiblement soulagés par l'attitude correcte de leur fille.

Guy Pedelini, du bureau du shérif, arriva pile au moment où commençait l'audience et s'assit dans le fond près des inspecteurs municipaux Joe Frost et Lou Carmichael.

Delilah Strong, la procureure, énonça les faits reprochés au prévenu, assistée par Matt Brady. Sa présentation des éléments à charge contre mon cousin fut claire, précise et accablante.

Elle décrivit Stefan Tate comme un individu instable, renvoyé de plusieurs établissements scolaires et de divers emplois à cause de sa consommation de substances illicites, puis comme un menteur puisqu'il avait délibérément dissimulé son passé dans sa lettre de candidature à l'école publique de Starksville, et enfin comme un enseignant repris par ses vices, qui vendait de la drogue à ses élèves et avait violé l'une d'elles avant d'agresser sexuellement et de massacrer Rashawn Turnbull après que le jeune garçon eut repoussé ses avances.

À la fin de l'exposé de Strong, les jurés décochaient des regards assassins à mon cousin. Cece Turnbull, prise d'hystérie, se mit à hurler :

— Tu iras en enfer pour ce que tu as fait à mon fils, Stefan Tate !

Il fallut Bree et un huissier pour faire sortir la mère de la victime. Quand ils passèrent à la hauteur de ses parents, elle était courbée en deux, secouée de sanglots, tandis que Harry et Virginia paraissaient au supplice et complètement désemparés.

Naomi pria le juge Varney de suspendre la séance, ainsi que d'ordonner aux jurés de ne pas tenir compte de la réaction émotive de Cece. Le magistrat donna au jury des instructions en ce sens, mais refusa la suspension et exigea que la défense présente son argumentation à décharge.

Ma nièce se leva, mal assurée sur ses jambes.

— La procureure a dépeint Stefan Tate comme une espèce de psychopathe constamment sous l'empire de la drogue. Rien ne pourrait être plus éloigné de la vérité.

Reprenant confiance en elle, Naomi décrivit un tout autre personnage : Stefan s'était certes écarté du droit chemin, mais avait combattu ses démons, et il n'avait pas mentionné ses anciens problèmes de dépendance dans sa lettre de candidature parce que c'était son droit selon la loi ; depuis son retour à Starksville, berceau de son enfance, il avait retrouvé sa vocation pour l'enseignement et se dévouait désormais à ses élèves. Elle évoqua en outre les overdoses qui s'étaient produites à l'école et la détermination de mon cousin à découvrir les dealers pour les faire arrêter.

— Mesdames et messieurs les jurés, la défense soutient que Stefan Tate était sur le point de démontrer la présence à Starksville et dans la région d'un important réseau de stupéfiants, poursuivit Naomi. En conséquence, mon client a été l'objet d'une machination visant à le faire passer pour un dealer lui-même, un violeur, et le meurtrier sadique d'un garçon qu'il aimait comme un fils.

» Une fois que l'on vous aura montré les preuves matérielles, vous constaterez que, soumises à un examen attentif, elles semblent toutes avoir été fabriquées, et vous vous rendrez à l'évidence sans l'ombre d'un doute : Stefan Tate n'est ni un revendeur de drogue, ni un violeur, et certainement pas un assassin.

41

Le juge Varney décréta une suspension de séance à midi.

Mes pauvres tantes et Nana Mama étaient épuisées. Patty Converse les ramena à Loupe Street en voiture. Après avoir raccompagné Cece Turnbull chez elle, Bree nous rejoignit Pinkie et moi pour déjeuner au Bench, un restaurant de grillades fréquenté par les gens du tribunal.

Nous trouvâmes un box libre.

— Tu as réfléchi au sujet de Finn Davis ? me demanda Pinkie dès que la serveuse eut pris notre commande.

— Un peu, admis-je.

— Qui est Finn Davis ? s'enquit Bree.

Pinkie lui répéta ce qu'il m'avait raconté la veille au soir sur l'ex-mari de Sydney Fox. Né à Starksville, Finn Davis se retrouva orphelin très jeune, à la mort de ses parents dans un accident de voiture. Marvin Bell, l'homme qui avait rendu mes propres parents dépendants de la drogue, le recueillit alors et s'occupa de lui comme d'un fils.

— Marvin a gâté Finn, l'a éduqué, conclut Pinkie, mais lui a probablement aussi fait subir des mauvais traitements. Si vous voulez mon avis, Finn est devenu la copie conforme de son père adoptif. Ils savent tous les deux jouer de leur charme, vous faire oublier ce qu'ils sont vraiment au fond.

— Mais encore ? insista Bree.

Pinkie ouvrit la bouche, puis s'interrompit, son attention attirée par quelque chose derrière mon épaule. Il marmonna :

— En parlant du diable, le voici qui vient d'entrer en personne.

Mince, dégingandé, Marvin Bell s'approchait de notre box et il me rappela l'acteur Bruce Dern au même âge. Cheveux gris acier un peu trop longs. Visage étroit, émacié. Nez pointu. Et des yeux d'un vert opaque qui, comme dirait Bree plus tard, vous fouillaient de fond en comble.

Marvin Bell promena son étrange regard impénétrable d'abord sur moi puis sur ma femme, sans un mot. Enfin, il le tourna vers Pinkie.

— Je peux mettre mon grain de sel, Parks ? lança-t-il. La rancune n'a pas sa place à des funérailles. Mon garçon avait tous les droits de veiller Sydney et de lui rendre un dernier hommage.

— Sauf si votre garçon lui a tiré dessus, le rembarra mon cousin. Ce qui, à mon sens, s'accorde à sa menace d'aller pisser sur sa tombe.

Les muscles des joues de Bell tressautèrent sous la tension, mais sa voix demeura calme quand il répondit :

— Finn a signé les papiers de divorce. Il avait tourné la page. Il n'y a aucune raison qu'il ait tué son ex-femme.

— Oh, je crois qu'on pourrait parler d'obsession dans son cas, railla Pinkie. Mais je pense plutôt à du dépit. Vous et votre fils n'avez jamais aimé perdre la face.

Bell resta figé un moment, comme s'il se contrôlait pour ne pas envoyer son poing dans la figure de mon cousin.

— Finn n'est pas un meurtrier.

Puis il partit s'asseoir dans un box à l'autre bout de la salle.

— J'ai bien envie d'aller me présenter à ce monsieur, dis-je.

Bree intervint :

— Tu es sûr que c'est sage ?

— Il faut titiller le serpent à sonnettes pour qu'il fasse du bruit, répondis-je en me levant.

La serveuse déposa une tasse de café devant Bell et s'éloigna. Je me glissai en face de lui. Si ma présence le troubla, il n'en montra rien. S'il avait été déstabilisé par les accusations de Pinkie, cela ne se voyait pas davantage.

— Je ne savais pas que j'avais invité un parfait inconnu à ma table, lâcha Bell, avant de déchirer un sachet de sucre en poudre qu'il versa dans la tasse.

— Nous nous sommes déjà rencontrés, monsieur Bell, répliquai-je. Ça remonte à longtemps.

— Ah bon ? (Tout en remuant son café, il braqua sur moi son regard verdâtre.) Je ne me souviens pas de vous.

— Alex Cross. Jason Cross était mon père.

Bell me considéra avec plus d'intérêt, tapa sa cuillère sur le rebord de la tasse, et fit un petit sourire.

— Mais oui, maintenant je vois la ressemblance.

— Je suis inspecteur à Washington DC, section homicides.

Il reposa sa cuillère.

— Vous êtes loin de chez vous, inspecteur Cross. Et c'est drôle, mais je ne me rappelle pas vous avoir rencontré.

— J'étais très jeune, précisai-je. C'était environ un an après la mort de ma mère.

— Vous voulez dire après son assassinat ? déclara-t-il sur un ton direct, son expression ne trahissant absolument rien.

— Je n'ai pas oublié ce soir-là. Vous avez attaché mon père à votre voiture avec une corde, vous l'avez traîné dans la rue.

Bell sirota son café, sans jamais détacher ses yeux des miens.

— C'était une autre époque. C'est ce qu'on faisait à un homme capable de tuer de sang-froid et sans remords sa propre épouse.

Pris au dépourvu par cette réponse, je me tus pendant que Bell continuait :

— J'ai donc donné à votre père une partie de la punition qu'il méritait. Puis j'ai fait mon devoir en le dénonçant à la police. Ce qui est arrivé après est bien triste, mais probablement mieux pour tout le monde. Même pour vos frères et vous.

Je ne m'attendais pas à cela non plus, et il me fallut quelques secondes pour me ressaisir.

— Vous vendiez de la drogue à ma mère et mon père. Vous les avez rendus accros.

Le regard toujours imperturbable, Bell afficha un sourire composé. Il corrigea d'un quart de tour la position de la tasse dans la soucoupe.

— Cette allégation est fausse. Je n'ai jamais été mêlé à des histoires de drogue. En ce qui concerne vos parents, j'ai fait mon possible pour qu'ils décrochent, et si quelqu'un dit le contraire, c'est un menteur.

— Vous n'avez donc jamais fait le commerce de stupéfiants ? insistai-je.

— Je ne fais que du commerce légal, répliqua Bell en prenant une gorgée de café. Je possède plusieurs magasins, tous prospères. Pourquoi m'embarquerais-je dans une entreprise aussi risquée que le trafic de drogue ?

— Je ne sais pas. Mais chaque fois que votre nom vient dans une conversation, on me conseille de m'intéresser de plus près à vous.

Bell parut amusé.

— Et en quoi pourrais-je vous intéresser au juste ?

— En tant que cerveau d'une organisation criminelle, assenai-je.

Avec un éclat de rire, Bell attrapa un autre sachet de sucre.

— C'est une petite ville, avec beaucoup de gens pauvres, dit-il.

— Qu'est-ce que la pauvreté a à voir avec ça ?

— Tout. La plupart des pauvres pensent que ceux qui deviennent riches ne peuvent pas y être arrivés de façon honnête, en travaillant d'arrache-pied avec un esprit d'initiative. Cela ne colle pas avec le mythe auquel ces pouilleux préfèrent croire. Alors, ils ne bougent pas leurs fesses et inventent des histoires pour expliquer la réussite de quelqu'un.

— C'est donc une accusation sans fondement ?

— Aucun, *nada*, martela Bell en soutenant mon regard. Comment se fait-il que vous soyez de retour dans notre bonne ville, inspecteur Cross ?

J'aurais parié qu'il le savait déjà, mais je jouai le jeu et lui révélai que Stefan Tate était mon cousin.

— Ce boucher ! siffla Bell, les traits durcis. Dommage qu'il soit de votre famille, parce que si je me base sur ce que racontent les journaux, j'espère qu'il va écoper de la peine de mort.

— C'est un sentiment général par ici.

— Vous voyez !

— Avez-vous entendu les arguments de la défense ?

— Je dois dire que non, répondit Bell, tout en décollant du bout de sa langue un grain de café moulu.

— Stefan avait des raisons de penser qu'il existe un vaste et complexe réseau clandestin qui opère depuis Starksville, déclarai-je.

— S'il y en a un, je ne suis pas au courant.

— Il s'agit de trafic de drogue. Voire pire encore.

— Pire ? répéta Bell. À mon avis, tout ça c'est bidon. Une pure affabulation pour embrouiller les faits, qui, à ce que j'ai cru comprendre, sont concluants au-delà du doute raisonnable. Votre cousin a tué ce pauvre gosse, et il va payer pour ça. Si ça ne tenait qu'à moi, je le ferais attacher à une corde pour le traîner dans les rues jusqu'à la salle d'exécution.

— Si vous dirigiez une organisation criminelle, c'est ce que vous feriez, j'imagine.

Bell jeta le grain de café d'une pichenette, me toisa de ses yeux verts et m'avertit :

— Si j'étais vous, inspecteur, je ne rapporterais pas de telles calomnies. C'est pathétique. Ça donne l'impression que vous vous raccrochez à n'importe quoi. À votre place, je m'inclinerais devant la culpabilité flagrante de Tate, je ferais mes bagages et j'abandonnerais le salaud à son sort.

— Il n'en est pas question, rétorquai-je en me levant. Excusez-moi d'avoir abusé de votre temps.

— J'en ai toujours pour le fils d'un vieil ami. Mais prévenez votre nièce là-bas que si elle s'avise de mêler mon nom à quoi que ce soit dans ce procès, je poursuivrai son petit cul pour diffamation jusqu'à Raleigh, parole d'honneur.

42

Je repensais aux propos de Bell sur mon cousin, lorsque le maillet du juge annonça la clôture de séance ce lundi après-midi à 17 h 30, après quatre heures de témoignages qui avaient fait passer Stefan pour un monstre.

Guy Pedelini était allé à la barre en premier. Il confirma avoir découvert le corps et identifia les preuves que la procureure souhaitait faire entériner. La principale étant l'échantillon de sperme recueilli sur le cadavre de Rashawn Turnbull : il correspondait à l'ADN de Stefan. Et, tout aussi accablant, le sang de Rashawn qui avait été trouvé sur la scie d'élagage rangée dans le sous-sol de mon cousin.

Pendant le contre-interrogatoire, Naomi fit de son mieux pour amener l'enquêteur du shérif à admettre que ces deux pièces à conviction avaient pu être fabriquées pour incriminer Stefan, mais il se montra si sceptique que le jury en prit bonne note.

Plus préjudiciable encore pour la défense fut le témoignage de Sharon Lawrence, que je reconnus comme l'une des lycéennes de Starksville avec lesquelles Jannie s'était entraînée samedi. Une jolie fille qui fit à la barre une déposition aussi précise que dévastatrice.

Delilah Strong démarra l'audition de Sharon Lawrence en incitant celle-ci à exprimer sa résolution à dire la vérité « pour faire justice à Rashawn » malgré sa honte à comparaître en public.

Ce qui éveilla inévitablement la bienveillance du jury. Ainsi que la mienne.

Sharon Lawrence suivait les cours de gymnastique de Stefan au lycée. Elle déclara qu'il y avait eu dès le début « quelque chose » entre mon cousin et elle.

— Le professeur Tate me regardait tout le temps.

— Cela vous flattait-il ? demanda Strong.

Lawrence contempla ses genoux et acquiesça d'un hochement de tête.

— Le professeur Tate vous a-t-il fait des avances ?

Les joues empourprées, la jeune fille fit de nouveau un signe affirmatif, en se tordant les mains.

— Je me rendais bien compte que c'était mal, mais il était… je sais pas.

— Intelligent ? Séduisant ?

— Oui. Et il paraissait s'intéresser vraiment aux élèves.

Durant tout cet échange, Stefan garda les yeux rivés à un bloc-notes, sur lequel il griffonnait avec un crayon en secouant la tête d'incrédulité.

— Il s'intéressait donc aux élèves ? répéta Strong.

— Oui.

— Mais surtout à vous ?

Lawrence répondit :

— Je crois. Oui.

— Que s'est-il passé ?

— Rien pendant un moment. On faisait que flirter un peu ensemble.

— Et ensuite ?

— Les choses sont allées plus loin, dit-elle à voix basse.

— Quand était-ce ?

— Quelques mois après que Billy Jameson et Tyler Marin sont morts d'une overdose, et juste une semaine avant que Stefan tue Rashawn.

— Objection ! protesta Naomi.

— Retenue, accorda le juge. Le jury ne tiendra pas compte des derniers mots du témoin.

— Racontez-nous ce qui est arrivé, reprit Strong.

Il était visible que Sharon Lawrence aurait préféré être n'importe où plutôt que dans la salle d'audience. Mais elle rassembla son énergie pour expliquer que, à la suite de ces deux overdoses, découvrir l'identité des dealers était devenu une obsession pour mon cousin.

— Il en a discuté avec nous en classe. Il a demandé que ceux qui étaient au courant de quelque chose viennent lui en parler.

— L'ont-ils fait ?

— Je ne sais pas. Et ça n'aurait servi à rien de toute façon, c'était que des bobards.

— Objection ! intervint Naomi.

— Rejetée, dit le juge Varney.

Strong poursuivit :

— Voulez-vous bien nous dire pourquoi vous pensez qu'il s'agissait de mensonges ?

— Parce que c'était le professeur Tate lui-même qui dealait, déclara Lawrence.

— Objection !

— Votre Honneur, si la cour le permet, mademoiselle Lawrence va nous expliquer sur quoi se fonde son assertion.

— Continuez, mais n'abusez pas de ma patience, madame la procureure.

— Qu'est-ce qui vous fait croire que le professeur Tate vendait de la drogue ? enchaîna Strong.

— Il me l'a dit, affirma Lawrence. Il m'en a même montré.

— Où vous trouviez-vous à cette occasion ?

— Chez lui.

— Comment se fait-il que vous étiez dans sa maison ?

— Ce matin-là, à l'école, il m'a proposé de passer, répondit la jeune fille. Il m'a dit que Mlle Converse serait à Raleigh pour un rendez-vous médical.

Je jetai un coup d'œil à Patty Converse, elle avait l'air anéantie.

Strong demanda :

— Donc, le professeur Tate vous a montré des drogues ?

— Oui.

— En avez-vous consommé ensemble ?

— Oui.

— Quels types de drogues ? insista Strong.

Lawrence se mordit la lèvre inférieure, qui tremblait un peu.

— Je ne les connais pas toutes. De la cocaïne, c'est sûr. Et peut-être de la meth, sauf qu'il appelait ça du speedball. Mais je crois qu'il a aussi mis un truc dans mon verre.

— Pourquoi le pensez-vous ?

— Je me suis réveillée deux heures après dans son lit, avoua-t-elle en fixant à nouveau ses genoux. Sans me rappeler comment j'étais arrivée là. Mais j'étais toute nue et… j'avais mal.

— Mal où ?

— Là où vous savez, lâcha-t-elle, avant de fondre en larmes.

Strong s'approcha de la barre, donna un mouchoir au témoin et lui dit :

— Vous vous en sortez très bien.

Lawrence hocha le menton, mais sans lever les yeux.

— L'accusé était-il présent à votre réveil ?

— Il est venu dans la chambre.

— A-t-il reconnu avoir eu des rapports sexuels avec vous ?

— Plus ou moins.

— Pourriez-vous être plus précise ?

— Il a dit qu'on avait un petit secret entre nous, maintenant. Et que si j'en parlais à quelqu'un, je risquais de finir comme Billy et Tyler.

— Les jeunes qui ont fait une overdose ?

Lawrence opina du chef et éclata en sanglots.

Une fois qu'elle se fut ressaisie, Strong l'interrogea :

— Ces rapports sexuels étaient-ils consentis de votre part ?

— Non ! affirma énergiquement la jeune fille.

— Pourtant, vous vous êtes rendue au domicile du professeur Tate. Vous avez consommé de la drogue avec lui. Vous aviez flirté auparavant avec lui. Vous devez forcément avoir envisagé une proposition de cet ordre.

— Peut-être bien. Mais je n'ai jamais eu la possibilité de faire marche arrière ou de dire non.

— Parce qu'il vous a droguée.

— Oui, souffla Lawrence, les épaules tremblantes.

— Puis il vous a violée ?

— Oui.

— Quel âge aviez-vous au moment des faits ?

— Dix-sept ans.

— Avez-vous prévenu la police ?

Elle baissa la tête.

— Pas tout de suite.

— Combien de temps avez-vous attendu avant de porter plainte ?

— Euh, jusqu'au lendemain de l'arrestation de Stefan.

— Une semaine, donc, précisa Strong.

— Je m'en veux de ne pas être allée voir la police avant, reconnut Sharon Lawrence, l'image même de la sincérité et du remords. Si je l'avais fait, peut-être que Rashawn serait toujours vivant, vous comprenez ? Mais à cause des menaces du professeur Tate, j'avais peur pour ma vie.

43

Ce soir-là au dîner, l'atmosphère dans notre pavillon fut sombre et pesante. Nous étions tous réunis à l'exception de Naomi qui préparait son contre-interrogatoire, et de Patty Converse, tellement bouleversée par l'audience qu'elle avait préféré la solitude de sa maison.

Tout aussi dévastée, tante Hattie gardait le silence, assise entre oncle Cliff et Ethel Fox. Celle-ci, malgré son épuisement après une journée passée à organiser les funérailles de sa fille, était venue offrir à son amie un soutien moral.

Tante Hattie en avait bien besoin. Sur toutes les stations de Raleigh, les animateurs radio rapportaient le témoignage de Sharon Lawrence contre Stefan, s'intéressant autant à son histoire qu'à sa culotte, celle du viol présumé. Au tribunal, Lawrence avait prétendu ne pas l'avoir lavée au cas où elle se déciderait finalement à dénoncer Stefan.

Naomi avait protesté quant à l'admission de ladite culotte comme pièce à conviction, au motif qu'elle était

« au mieux, altérée », mais le juge Varney avait rejeté son objection après que Strong eut annoncé qu'un analyste d'ADN, agréé par l'État, attesterait devant la cour que le sperme et les fluides vaginaux résiduels sur le sous-vêtement provenaient de mon cousin et de Sharon Lawrence.

Les choses se présentaient mal pour notre camp.

— Dis, papa ? me lança Ali quand j'arrivai pour le border dans son lit. Est-ce qu'on pourra aller pêcher pendant qu'on est ici ?

— Pêcher ? répétai-je, et j'eus soudain de vagues réminiscences d'expéditions en bateau avec mon père et oncle Cliff.

Ali insista, enthousiaste :

— J'ai regardé un tas de documentaires sur Outdoor Channel. Et aujourd'hui, je me suis fait un copain, Tommy. Il va souvent avec son père à Stark Lake, où y a plein de poissons. Il dit que c'est trop génial.

— Eh bien, je ne connais rien de rien à la pêche, mais si ça te fait vraiment envie, on trouvera un moment.

Le visage de mon fils s'illumina.

— Demain ?

— Demain, ce sera difficile, répondis-je à regret. Laisse-moi d'abord me renseigner sur ce qu'il nous faut comme matériel et les meilleurs endroits où aller.

— T'as qu'à demander au papa de Tom, suggéra-t-il en bâillant.

— Si je le croise, je n'y manquerai pas. (Je remontai le drap jusqu'à son menton.) Bonne nuit, mon pote. Dors bien.

— Bonne nuit, p'pa, marmonna-t-il, les yeux déjà fermés.

Alors que je sortais de la chambre, tante Hattie m'intercepta.

— Veux-tu bien ramener Cliff chez nous ? Je vous rejoins dans une minute.

— Oh, bien sûr ! Tu es prêt, oncle Cliff ?

Celui-ci ne me répondit pas, le regard lointain. Bree me tint la porte ouverte, et je poussai le fauteuil roulant dans la courte allée en pente, jusqu'au trottoir.

— Besoin d'un coup de main ? proposa Bree.

— Pas de souci, je gère. À tout à l'heure.

Elle me souffla un baiser et rentra. Tout en faisant rouler mon oncle le long de la rue, je lui demandai :

— Tu aimes toujours la pêche, tonton ?

Ce fut comme si une ampoule s'allumait. Il passa de l'égarement à la lucidité en deux secondes chrono.

— J'adore ça ! s'exclama-t-il.

— Il paraît que ça mord, au lac.

— Tôt le matin, confirma mon oncle en branlant du chef. Il faut se mettre là où se jette la rivière, sur la rive ouest. Pas loin de mon cabanon. Tu le connais ?

— Je crois m'en souvenir. À part le lac, où sont les bons coins pour la pêche ?

— Les grands bassins en bas de la gorge grouillent de truites, à n'importe quelle heure.

— Quels bassins ? demandai-je.

— Tu sais bien, là où nageait ton père.

Je stoppai net et contournai le fauteuil pour faire face à Cliff.

— De quoi parles-tu ? Mon père nageait où, exactement ?

Mon oncle me regarda, l'esprit de nouveau troublé, et répéta :

— Dans ces bassins. Tout le temps, quand on était mômes. Où il est, au fait ? Jason ?

Tante Hattie et Pinkie venaient de nous rattraper. Mon cousin transportait les restes d'une tourte et Hattie deux sacs de cuisses de poulet.

— Jason est mort, Clifford, dit Hattie.

Les traits de mon oncle se tordirent sous le choc.

— Mort ? Mais quand ?

Hattie répondit avec patience :

— Il y a très longtemps. Dans la gorge.

Son mari se mit à pleurer.

— Il était comme mon frère, Hattie.

— Je sais, Cliff, soupira-t-elle en lui caressant le bras. (Puis elle s'adressa à nous, surtout à Pinkie qui était chamboulé par la scène.) Je ne comprends pas ce qui déclenche ça. Il a parfois des épisodes de confusion totale. Il faut l'excuser.

— Il n'y a pas de quoi, voyons, lui assurai-je.

Elle se plaça derrière le fauteuil roulant.

— Il vaut sans doute mieux que je l'emmène moi-même, maintenant. Pinkie, tu apportes les restes à la maison ?

Mon cousin la suivit, et je demeurai seul dans la rue à les regarder jusqu'à ce qu'ils entrent dans le pavillon, où les lumières s'allumèrent.

Dans l'espoir de m'éclaircir les idées, de prendre du recul par rapport à cette journée au tribunal, je décidai de faire une promenade et prévins Bree par SMS. Tout en descendant Loupe Street, j'arrivai à la conclusion que les preuves contre Stefan semblaient écrasantes. Ma nièce devait penser la même chose, car elle était allée s'entretenir avec lui directement après la levée de séance.

Comment allait-elle expliquer la présence du sperme ? Comment se déroulerait le contre-interrogatoire de Sharon Lawrence ?

Marvin Bell disait-il vrai ? Me démenais-je pour une cause perdue ? Ou étaient-ce mes tantes et Ethel Fox qui voyaient juste ? Bell et son fils adoptif, Finn Davis, seraient-ils impliqués dans tout cela ? L'un d'eux avait-il tué Sydney Fox ? Étaient-ils aux commandes de l'organisation criminelle que Stefan soupçonnait de sévir à Starksville ? Par quel moyen allais-je trouver ne serait-ce qu'une seule réponse à ces questions ?

Mes idées n'étaient toujours pas plus claires lorsque je me rendis compte que j'avais marché jusqu'au pont en arc qui enjambait Stark River. Immobile dans le noir, assourdi par les rugissements de l'eau, me revint ce cauchemar que j'avais fait récemment : la nuit de la mort de mon père, ma course éperdue sous la pluie le long de la voie ferrée, les voitures de police et le clignotement de leurs gyrophares. Et aussi ce que je n'avais pas raconté à Nana Mama, ce que j'avais oublié jusqu'à aujourd'hui : mon père sur la rambarde du pont, les coups de feu, sa chute.

Je parcourus la travée vers l'endroit approximatif où mon père se tenait dans mon rêve, puis je scrutai les ténèbres en bas, entendant la rivière au fond de la gorge mais incapable de la voir.

Un véhicule s'engagea sur le pont sombre. Ses phares me balayèrent. Je n'y prêtai pas attention, continuant à contempler le vide en dessous, et…

La voiture venait de piler sec juste derrière moi. Je fis volte-face, à l'instant où trois hommes jaillissaient d'une vieille Impala blanche.

La capuche rabattue sur le front, deux d'entre eux étaient munis de pieds-de-biche, le troisième d'une batte de baseball Louisville Slugger.

44

Je n'eus pas le temps de dégainer mon Ruger de l'étui fixé à ma cheville. Ils m'attaquèrent trop vite.

Dans pareille situation, il est primordial d'évaluer l'espace libre, plutôt que les assaillants ou leurs armes. Car plus vous en avez ou pouvez en créer, plus grandes sont vos chances de vous en sortir.

Il y avait dans mon dos la rambarde du pont, et devant moi trois hommes avançant en éventail pour limiter mon espace. Je me décalai brusquement à droite, le long du grillage, sur le flanc de l'un des types aux pieds-de-biche.

Celui-ci émit un ricanement rauque, brandit son arme et s'apprêta à me matraquer. Je descendis du trottoir du pied droit, et pivotai sur le gauche en arrière, exposant ainsi non plus le haut de mon dos mais mon visage.

Avant que le pied-de-biche ne s'abatte, je levai les bras pour attraper le poignet qui le tenait, le tordis de la main gauche et détournai l'outil de moi. En même temps, j'enfonçai ma paume droite sous la mâchoire de mon agresseur.

Il perdit l'équilibre.

Je le frappai encore, cette fois avec mon poing, au milieu de la gorge. Un craquement sinistre s'entendit ;

il tomba à genoux, cherchant de l'air. Je lui arrachai le pied-de-biche et reculai de quatre pas afin de me créer un nouvel espace ouvert.

L'un des deux autres, celui à la batte de baseball, comprit aussitôt ma manœuvre. D'un coup d'œil derrière lui, je découvris la présence d'un quatrième larron, au volant de l'Impala. Il démarra la voiture et les pneus hurlèrent dans ma direction au moment où son acolyte bondissait en avant, la batte dressée au-dessus de sa tête comme une hache.

L'Impala allait me faucher. Je sautai sur le capot, atterris en roulé-boulé. Le conducteur écrasa le frein. L'arrêt brutal me fit percuter le pare-brise puis rouler dans l'autre sens.

La batte me cueillit durement au creux des reins et je fus projeté du capot sur la chaussée. L'impact me coupa le souffle. Les phares m'aveuglaient.

Malgré tout, je n'avais pas lâché le pied-de-biche, et un instinct de survie me souffla de détourner les yeux des lumières trop vives et de regarder le sol.

— Enfoiré ! grogna une voix.

J'aperçus l'ombre d'une silhouette sur le bitume, une seconde avant qu'une lourde botte shoote dans mes côtes.

Mes os craquèrent, j'en hoquetai de douleur.

— Défonce-lui le crâne et qu'on en finisse, putain ! lança une deuxième voix hargneuse derrière les phares.

Je gardai la tête baissée, me forçant à occulter la souffrance, surveillant la chaussée. Dès que l'ombre se remit en mouvement, je cinglai l'air d'un revers de main avec le pied-de-biche.

Je sentis l'outil entrer en contact avec un corps avant de voir le genou se dérober. La batte dévia sur le côté de ma tête. Même si le coup n'était pas direct, il fut suffisamment fort pour m'étourdir au point que je ne différenciais plus le haut et le bas.

L'homme que j'avais touché jurait et sautillait sur une jambe. Il tituba et s'affala contre le capot de la voiture, hurlant à présent, les mains serrées autour de son genou.

Avec des grognements de douleur, ayant toujours du mal à respirer, je comptai mentalement : *encore deux, celui qui a l'autre pied-de-biche et le conducteur*.

— Descends-le !

Je tournai la tête, vis l'homme au volant sortir de l'Impala. Il tenait une carabine de chasse équipée d'une lunette. À l'instant où il braquait l'arme dans ma direction, je lançai le pied-de-biche vers lui. L'outil vola en tourbillonnant et fracassa la vitre côté conducteur. Le tireur reçut une gerbe d'éclats de verre.

Le coup partit ; la balle ricocha sur l'acier de la rambarde.

Un crissement de pneus résonna au loin. Sous le châssis de l'Impala, je distinguai la lueur de phares en approche du pont

— On se barre ! cria le conducteur, qui s'engouffra dans la voiture.

De peur qu'il ne m'écrase en prenant la fuite, je rampai vers le trottoir. Le blessé au genou clopina jusqu'à la portière et sauta sur le siège avant. Le type qui avait l'autre pied-de-biche tira sur la banquette arrière le premier homme que j'avais fait tomber. Assis contre la rambarde, je ravalai ma souffrance et me penchai sur ma cheville pour sortir le Ruger de son étui.

Les portières claquèrent. Le moteur rugit. Un pistolet apparut à la fenêtre passager.

Je dégainai le mien et le déchargeai à l'aveuglette sur l'Impala, étoilant sa vitre arrière comme elle commençait à accélérer. L'éclopé me tira dessus quand ils me dépassèrent. La balle tinta sur la rambarde à quelques centimètres de ma tête.

— Fous le camp de notre ville, Cross ! beugla l'un d'eux pendant qu'ils s'éloignaient. Sinon tu finiras comme ton crétin de cousin !

45

Un pick-up Dodge Ram bleu avec des plaques d'immatriculation de Floride stoppa près de moi dans un dérapage contrôlé.

— Alex ! s'écria Pinkie en sautant de la cabine.

— Aide-moi à me relever, haletai-je. Emmène-moi ailleurs.

— Il y a eu des coups de feu !

— C'est pour ça que je dois dégager d'ici au plus vite, répliquai-je en essayant de me remettre debout. Je ne veux pas avoir à m'expliquer avec les flics de Starksville.

Des mains puissantes me saisirent par les aisselles. Les dents serrées sous la douleur dans mes côtes, je me traînai jusqu'à la portière. Pinkie me hissa dans le pick-up et nous fit sortir du pont avant même qu'on entende les sirènes de la police.

Tous phares éteints, mon cousin bifurqua dans une route parallèle à la gorge. Nous avions roulé quatre cents mètres quand je vis au loin des gyrophares bleus filer à toute allure en direction du pont.

— On va où ? me demanda Pinkie.

— Quelque part où on peut attendre tranquillement qu'ils repartent. Puis on fera une boucle pour revenir à Birney par le pont d'Eight Street.

Mon téléphone portable sonna. Bree.

— Où es-tu ? me demanda-t-elle.

— Avec Pinkie.

— Tu as entendu la fusillade ?

— Oui.

Je lui rapportai ce qui s'était passé.

— Tu ne crois pas que tu devrais aller à l'hôpital ? suggéra-t-elle.

— Non. Je veux rester en dessous du radar de la police dans cette histoire.

— Pourquoi ?

— Je t'expliquerai en rentrant, promis-je. Donne-moi trois quarts d'heure.

— Tu es vraiment sûr que ça va ?

— Oui, ne t'inquiète pas. Je t'aime.

— Moi aussi, Alex.

Je raccrochai.

Nous avions quitté les faubourgs est de la ville et descendions une longue côte en pente douce sur une route de campagne tortueuse, lorsque Pinkie ralluma enfin ses phares.

— Au fait, qu'est-ce que tu fabriquais sur le pont ? s'enquit-il.

Je commençai à lui raconter mon rêve, mais m'interrompis en prenant conscience que ce n'était pas ce qui m'avait mené là-bas.

— C'est quelque chose que Cliff a dit à propos de mon père.

Pinkie me lança un coup d'œil aigu.

— Ah oui, quoi donc ?

— Il parlait de bassins en bas de la gorge, et quand je lui ai dit que je ne les connaissais pas, il m'a appris que mon père nageait souvent dedans.

— Et… ?

— Je ne sais pas. Cette conversation m'a inconsciemment donné envie d'aller au pont et de regarder la rivière, tu comprends ?

— Oui, je crois, fit Pinkie.

Nous étions maintenant au pied de la colline et traversions une forêt dense.

— Sais-tu où se trouvent ces bassins ? demandai-je en contemplant le paysage derrière ma vitre.

Une lune presque pleine, comme suspendue dans le ciel, auréolait les arbres d'une lueur bleu sombre.

Mon cousin paraissait songeur, mais il ralentit le pick-up et répondit :

— Bien sûr.

Une minute plus tard, il s'arrêtait et me montrait un chemin boueux qui partait de la route.

— C'est par là.

— Ton pick-up peut rouler là-dessus ?

Pinkie hésita, puis il s'engagea sur la piste qui serpentait dans une plaine boisée de pins. On voyait aux ornières qu'elle était souvent empruntée, mais la forêt l'enserrait des deux côtés et des branches basses et des épineux griffèrent la carrosserie.

Il nous fallut dix minutes pour arriver au bout. Pinkie coupa le moteur, éteignit les phares. Ici, à la lisière de la pinède, la lune répandait une clarté encore plus brillante.

— Où sont les bassins ? insistai-je.

Mon cousin pointa le doigt vers un sentier caillouteux.

— Pas loin. Beaucoup de gens vont s'y baigner.

— Tu as une lampe électrique ?

— Qu'est-ce que tu cherches au juste, Alex ?

— Rien de spécial. Je veux seulement les voir.

Pinkie garda le silence un instant.

— Es-tu sûr d'être en état de marcher ? s'inquiéta-t-il.

— Je crois que oui, si tu me donnes un coup de main quand c'est trop dur.

Avec un soupir, il finit par céder.

— Puisque tu y tiens.

Mon cousin vint ouvrir ma portière et m'aida à descendre. Il fourragea dans une boîte à outils sur le plateau du pick-up et en sortit un projecteur portatif. Il l'alluma. Les ombres s'enfuirent.

À pas lents, ménageant mes côtes, je le suivis le long du sentier rocailleux jusqu'à la rive plate et herbeuse de la Stark River. Le clair de lune baignait les lieux, où s'étendaient deux larges bassins formés par un affleurement de granite qui faisait penser à un fou de jeu d'échecs couché sur le flanc.

Pinkie éteignit le projecteur une fois sur la berge. Là où la rivière se rétrécissait et bouillonnait autour de la tête du fou de granite, le courant était fort. Mais les piscines naturelles, elles, étaient calmes, et la lune s'y reflétait sans rides. À quelques centaines de mètres en amont, on distinguait les parois de la gorge et le grondement des flots se déversant de sa bouche.

— Est-ce que quelqu'un a déjà survécu à une chute dans la gorge ? demandai-je à mon cousin.

Il demeura muet quelques secondes avant de répondre :

— Il y a tout le temps des gens qui font du kayak là-bas.

— Je parlais de nageurs. N'as-tu jamais entendu dire que quelqu'un s'en serait sorti après être tombé du pont ?

Pinkie se tut encore, beaucoup plus longtemps cette fois. Je me tournai vers lui pour l'observer à la lueur de la lune. Il contemplait l'eau à nos pieds.

— Une seule personne, Alex, souffla-t-il à voix basse. Ton père.

46

Je fus certain d'avoir mal compris à cause de la souffrance dans mes côtes et du coup de batte que j'avais reçu sur la tête.

— Tu as dit mon père ?

Pinkie s'obstinait à éviter mon regard, mais il fit un signe affirmatif.

Mon ventre se crispa. Un goût de bile remplit ma bouche. Des points étincelèrent devant mes rétines, et je me sentis près de m'évanouir. Puis une colère irrationnelle s'empara de moi. Je saisis mon cousin par le col de sa chemise.

— Mais de quoi parles-tu, bordel ?

— Excuse-moi, Alex, répondit Pinkie d'un air coupable. Oncle Cliff m'a fait jurer de garder le secret, il y a des années de ça.

Je le dévisageai avec incrédulité.

— Tu es en train de me dire que mon père n'est pas mort cette nuit-là ? Qu'il a réchappé à sa chute dans la gorge ?

— Il a rampé hors de l'eau quelque part dans le coin. Cliff l'a découvert évanoui sur cette berge bien avant l'aube, longtemps avant que la police débarque à la recherche de son corps. Ton père était dans un sale état.

» Cliff l'a caché dans son cabanon de pêche au bord du lac, continua mon cousin. Il l'a soigné jusqu'à sa guérison.

— Et il n'en a jamais parlé à personne ? demandai-je, sceptique.

— Seulement à moi.

— Pourquoi à toi ?

— Des années plus tard, je me trouvais un jour avec Cliff dans son cabanon. Il s'était disputé avec tante Hattie, et s'enfilait des rasades de whisky. À un moment, il est devenu tout triste. Puis il s'est mis à pleurer et à parler de Jason. Une fois lancé, c'était comme si un barrage avait cédé brusquement. Il m'a tout sorti d'une traite.

Oncle Cliff avait donc raconté à Pinkie avoir découvert mon père à moitié mort et l'avoir emmené dans son cabanon pour le remettre sur pied. Mais mon père tenait à ce que personne d'autre que Cliff ne sache qu'il était en vie. Ni Nana Mama, ni mes frères, ni moi ne devions jamais l'apprendre.

— Mais pourquoi ? m'écriai-je, abasourdi et troublé par les émotions contradictoires qui me submergeaient l'une après l'autre.

— Parce qu'il avait tué sa femme. C'était un acte de pitié, mais il l'a assassinée en l'étouffant. Peu importaient les circonstances, en tout cas dans la Caroline du Nord rurale de cette époque, ton père aurait été accusé de meurtre. Une fois guéri, il a décidé de partir vers le sud, de disparaître sous une nouvelle identité.

— C'est ce qu'il a fait ? demandai-je.

— Oui, confirma Pinkie.

Mon cœur se mit à battre la chamade. Mon père ? Vivant ?

— Où est-il allé, selon oncle Cliff ?

— En Floride.

— Mais où, exactement ?

— Cliff savait seulement qu'il habitait quelque part près de Belle Glade, qu'il bossait dans le secteur agricole, et aussi qu'il avait fréquenté une église pendant un temps, répondit Pinkie.

— Donc, tu m'assures qu'il est encore en vie ?

Mon cousin soupira en secouant la tête.

— Non, pas du tout. Je suis navré, Alex. À ce que j'ai compris, il s'est suicidé deux ans après son départ de Starksville.

Cette nouvelle m'assomma davantage que le coup reçu plus tôt dans la soirée. En une seconde, de l'homme adulte au cœur soudain rempli de l'espoir étrange mais réel de retrouver son père, j'étais redevenu le petit garçon au cœur brisé de chagrin.

Un suicide ?

— Il y a trente-trois ans… constatai-je, entendant l'amertume dans ma voix.

Pinkie hocha la tête.

— Oncle Cliff m'a raconté qu'une femme lui a téléphoné un soir. Elle avait trouvé son numéro dans les affaires d'un homme du nom de Paul Brown, qui s'était suicidé derrière l'église de sa paroisse. À Belle Glade, d'après ce qu'elle a dit.

— Comment s'appelait cette femme ? m'enquis-je.

— Je ne sais pas. Je crois qu'oncle Cliff ne le lui a même pas demandé. Il était tellement abattu que ton père se soit tué après tout ce qu'il avait souffert.

Pris d'une faiblesse subite, je m'appuyai contre Pinkie. Il m'attrapa sous le bras, inquiet.

— Ça va, Alex ?

— Pas trop, non.

— Cela fait beaucoup à digérer, compatit mon cousin.

— Effectivement.

— Rentrons, maintenant, qu'on examine un peu tes côtes.

— OK, bonne idée.

Tout en le suivant sur la rive, je ne cessais pourtant de me retourner pour regarder le reflet de la lune miroitant sur la surface de l'eau, et je me sentais vide, dépouillé de quelque chose que j'avais possédé sans même le savoir.

47

— C'est l'heure du bain et du lit, ma puce.

Avec une serviette, il nettoya le glaçage au chocolat resté aux coins de la bouche de la fillette.

— Tu me raconteras une histoire, grand-papa ? le pria-t-elle.

— Une très belle, Lizzie, promit-il. Va voir mamie et prends ton bain. Quand tu seras en pyjama, grand-papa viendra te border et te raconter une histoire que tu n'as jamais entendue, la meilleure de toutes.

— Avec des princesses magiciennes ? se réjouit-elle en claquant des mains. Et aussi des fées ?

— Évidemment !

Elle lui planta un baiser sur la joue, puis galopa hors du bureau et le long du couloir. Existe-t-il de plus doux moments que ceux-ci ? se demanda-t-il. Un lien plus fort entre deux êtres ? Il en doutait. Ils étaient bien plus père et fille que grand-père et petite-fille. Leur fusion émotionnelle était telle qu'elle le sidérait parfois.

Un téléphone sonna dans un tiroir de la table, l'arrachant à ses pensées.

Il sortit le combiné, décrocha.

— Attendez, dit-il.

Il alla jusqu'au seuil de la pièce, d'où il entendit des voix rieuses et l'eau qui coulait dans la salle de bains au bout du couloir. Fermant la porte, il ordonna :

— Racontez-moi.

— Ils avaient Cross à leur merci, sans défense, et ils l'ont laissé filer.

Le grand-père de Lizzie se massa le front, avec l'envie de briser quelque chose.

— Quels abrutis ! rugit-il. Ce n'était pourtant pas si difficile ?

— Il est coriace.

— Cross est un danger pour tout ce que nous avons construit, bon sang !

— Je suis d'accord.

Il réfléchit un moment, puis déclara :

— Il va falloir la jouer pro.

— Vous avez un joueur précis en tête ?

— Contactez la femme dont nous avons employé les services l'année dernière. Elle fera ça bien.

— Elle est chère.

— Pour une bonne raison. Tenez-moi au courant.

Le vieil homme détruisit le téléphone jetable et le balança dans la corbeille à papiers. Puis il quitta son bureau et prit la direction de la salle de bains. À chaque pas, son esprit se tournait un peu plus vers des princesses magiciennes et des fées.

48

Belle Glade, Floride

Tôt le lendemain matin, à bord d'un véhicule banalisé, le sergent Pete Drummond se rendit avec Richard Johnson dans l'est du comté, bien loin des villas gigantesques et du profond océan saphir.

À Belle Glade, son coéquipier remarqua au passage un hôpital désaffecté, une ancienne épicerie, une boutique de vêtements condamnée par des planches. Dans certaines rues, il y avait tellement de bâtiments abandonnés aux vitrines brisées, aux façades criblées de balles, que Johnson se serait cru en Afghanistan aux endroits où il avait été déployé durant son service dans le corps des Marines.

Ils franchirent un canal à la sortie du bourg et suivirent Torry Island Road qui traverse les terres agricoles de l'île au sud de Pelican Bay sur le lac Okeechobee. Des champs de canne à sucre, principalement, mais aussi de maïs et de céleri, où l'on voyait des journaliers faire les récoltes par cette chaleur infernale.

Drummond prit à gauche une voie sans issue. Un véhicule de la flotte du shérif stationnait au bout, gyrophares allumés. Devant était garée la camionnette du médecin légiste. Le sergent s'arrêta et descendit de voiture, suivi par Johnson.

Une adjointe au shérif, Gabrielle Holland, les accueillit.

— Je vous ai établi un périmètre de protection autour de la morte, chef. On a du bol qu'un alligator ne l'ait pas bouffée avant que j'arrive.

— Vous l'avez identifiée ? demanda Drummond.

— Francie Letourneau. Demeurant à Belle Glade. Immigrée haïtienne. Vous la connaissez ?

Drummond fit un signe négatif.

— Je ne connais plus autant de monde qu'avant par ici.

— Une femme correcte, dans l'ensemble. Elle faisait des ménages à Palm Beach, chez les gens riches.

Johnson intervint :

— Aviez-vous déjà eu affaire à la défunte, sur le plan professionnel ?

— On a quelquefois ramassé Francie pour ivresse sur la voie publique, mais rien de méchant, elle criait juste toute seule pour se défouler.

— Avez-vous l'adresse de cette dame ? demanda Drummond.

— Je peux vous la chercher, répondit Holland.

— S'il vous plaît, dit le sergent. Bon, nous allons descendre voir ça.

— Vous devriez mettre des bottes ! leur conseilla l'adjointe en montant dans son véhicule de patrouille.

Drummond regagna la voiture banalisée et sortit du coffre une haute paire de bottes en caoutchouc vert. Après un regard aux chaussures noires lustrées de Johnson, il déclara :

— Il va te falloir les mêmes que moi pour travailler dans cette région du comté.

— On les achète où ?

— Le meilleur prix, c'est par correspondance dans le catalogue de Cabela, dit le sergent en les enfilant. Mais tu pourras en trouver au Bass Pro Shop à Dania Beach.

Drummond ouvrit la marche. Il dépassa la voiture de patrouille et la camionnette du légiste pour se diriger vers un large fossé d'irrigation en contrebas. Holland avait entouré avec de la Rubalise le sentier bourbeux qui descendait jusqu'à l'eau.

— Je n'ai jamais vu une boue aussi noire, s'étonna Johnson.

— C'est un des terreaux les plus fertiles au monde, l'informa Drummond.

Il contourna le ruban en se frayant un chemin à travers les joncs de marais qui lui arrivaient à mi-cuisse. Johnson l'imita. À peine avait-il fait trois pas qu'il s'enfonçait dans la boue et perdait une chaussure.

— Cabela ! lança le sergent sans se retourner.

Le jeune enquêteur poussa un juron, récupéra sa chaussure et l'essuya sur l'herbe avant de la renfiler et de rejoindre le sergent devant le fossé. Francie Letourneau gisait sur le dos, tête au bord de l'eau, pieds orientés vers le talus. Elle avait les yeux ouverts, exorbités. Son visage paraissait curieusement bouffi. Ses pieds étaient nus et maculés de boue.

— Cause de la mort ? Heure estimée ? demanda Drummond à l'assistant du médecin légiste.

Le jeune homme, dénommé Kraft, portait lui aussi des bottes vertes en caoutchouc et se tenait sur une bâche pliée en plastique bleue, à côté du cadavre. Il remonta sur son front ses lunettes de soleil.

— Mort par strangulation, il y a entre trente-six et quarante heures. La marque de ligature est profonde, et on distingue des fibres dans la plaie.

— Elle est là dans cette chaleur depuis tout ce temps ? s'enquit Johnson.

— Je ne crois pas, répondit Kraft. On l'a tuée à un autre endroit et amenée ici, probablement hier soir. C'est un pêcheur qui l'a découverte à l'aube.

Le sergent fit un hochement de tête entendu.

— Avait-elle un téléphone sur elle ?

— Non, fit l'assistant du légiste.

Drummond balaya les abords du regard avant de s'accroupir à deux mètres du corps pour l'examiner. Puis il remonta le talus en suivant le ruban et en observant les traces et les empreintes de pas dans la boue du sentier, remplies d'eau trouble pour la plupart.

Il pointa le doigt vers des sillons peu profonds.

— Ces marques ont été faites par les talons des chaussures de Francie, déclara-t-il. Elle est traînée en bas par les aisselles. Ici, où les sillons sont moins creusés, ses chaussures tombent. L'assassin dépose le corps pour retourner les chercher. Pourquoi n'a-t-il pas ensuite poussé le cadavre dans l'eau ?

Johnson suggéra :

— Il en avait peut-être l'intention, mais quelque chose l'aura fait fuir. Une voiture qui passait sur la route, par exemple. Mais pour quelle raison a-t-il gardé les chaussures ? C'est un fétichiste ou quoi ?

— Il ne les a pas prises, le corrigea Drummond avec un geste vers le fossé. Il les a balancées. Il y en a une là-bas, accrochée à une branche.

Johnson plissa les yeux, aperçut le soulier, et s'exclama :

— Comment avez-vous pu voir ça ?

— J'ai regardé, c'est tout, répliqua le sergent. Ils ne t'ont pas appris à le faire, à Miami ?

49

Une heure plus tard, de retour à Belle Glade, Drummond et Johnson se garaient en face du Big O où Francie Letourneau aimait venir lever le coude, selon l'adjointe Holland.

Ce rade avait connu des jours meilleurs. Au sol, le ciment était craquelé et inégal. La peinture bleue des murs s'écaillait par endroits. La plupart des chaises, tables et tabourets étaient balafrés d'inscriptions au couteau. La seule note accueillante des lieux se trouvait derrière le comptoir : sur des photographies collées au mur, des centaines d'heureux pêcheurs brandissaient des perches noires en souriant au barman et à ses quatre clients en tenue pour taquiner le poisson eux aussi.

— Salut, Cecil ! lança le sergent.

Le barman, un homme vieillissant affligé d'une bedaine proéminente, eut un rire ravi.

— Drummond ! Tu veux un verre ?

— Tu te fais un malin plaisir d'être mon démon tentateur.

— Ben ouais, dit Cecil en venant serrer la main du sergent. Chacun son boulot, hein ?

— Amen, mon frère. Cecil Jones, je te présente mon nouveau coéquipier, Richard Johnson. Il arrive de Miami.

Le barman broya la main de Johnson.

— Sacrée promotion pour vous !

Le jeune enquêteur sourit et répliqua :

— Je crois bien, oui.

Jones se tourna vers Drummond.

— Tu vas le dégrossir un peu ?

— J'essaie en tout cas, fit le sergent.

— Il paraît qu'on a trouvé un cadavre sur l'île, dit le barman.

— C'est pour ça que je suis ici, confirma Drummond. Francie Letourneau.

Le visage de Jones s'allongea.

— Merde ! C'est vrai ? Merde alors !

— Elle était donc une habituée ?

— Ce n'était pas un pilier de bar, mais elle passait assez souvent.

— Elle est venue récemment ?

— Ce dimanche, à midi, répondit Jones avec un coup d'œil vers l'horloge. Elle s'est pris un petit verre pour démarrer la journée, un bloody mary avec double dose de vodka, et puis un autre pour se donner du courage.

— Du courage ?

— Elle se rendait à Palm Beach, où elle avait un entretien d'embauche pour un nouveau boulot qui payait quatre fois plus que l'ancien. Je lui ai demandé pourquoi elle voulait bosser si vite après avoir gagné deux coups de suite en un mois à la loterie.

— Ah, combien ? s'enquit Drummond.

— Cinq mille avec un ticket à gratter et sept avec sa grille de loto hebdomadaire.

— Douze mille dollars, ça fait un joli paquet, remarqua Johnson.

— C'est sûr. Mais elle m'a dit avoir quand même besoin de ce job, continua le barman. Elle venait de perdre deux ou trois ménages réguliers. Ce n'était pas sa faute. Une de ses patronnes s'est électrocutée dans son bain.

Drummond enchaîna :

— Laisse-moi deviner : une autre a été assassinée.

— Ouais, exact, confirma Jones. La femme de ce chirurgien qu'on voit tout le temps faire de la pub à la télé. Tu sais, le roi des nichons.

Vingt minutes après, les enquêteurs arrivaient devant l'immeuble de Francie Letourneau, leur intérêt décuplé par l'équation : une femme de ménage assassinée, deux femmes riches d'Ocean Boulevard qui l'employaient, décédées. La mort de Ruth Abrams était sans conteste un meurtre par strangulation. Aussi Drummond et Johnson remettaient-ils maintenant en question l'accident où Lisa Martin aurait fait tomber la radio Bose dans son bain. L'avait-on tuée elle aussi ?

La gardienne leur ouvrit le petit appartement de Letourneau. Dès l'entrée Johnson eut un haut-le-cœur, à cause de l'odeur pestilentielle provenant d'un autel primitif érigé dans un coin.

Une tête de coq tranchée était placée au centre d'un moule à gâteau en fer-blanc. Elle baignait dans cinq centimètres de sang coagulé en train de pourrir. Les pattes de l'oiseau s'y trouvaient également, ses serres positionnées face à une poupée faite de roseaux tressés, de toile de jute et de feuilles de maïs.

Une longue épine sortait de l'entrejambe de la poupée. Deux autres étaient plantées dans le cœur. Une quatrième perforait le sommet de sa tête.

— Santeria, grommela Drummond. Elle n'avait pas laissé ses pratiques vaudoues à Port-au-Prince.

— Cette poupée, elle est censée représenter qui ? demanda Johnson.

— Tâchons de le découvrir.

Ils fouillèrent les lieux de fond en comble durant près d'une heure.

Sur le petit bureau, dans une enveloppe en papier kraft, Johnson trouva des factures datées du mois précédent pour un canapé, un téléviseur et un robot ménager Cuisinart. Et dans le tiroir du haut, la facture de l'Apple MacBook Pro qui était encore dans son emballage sur le plancher, à côté d'un classeur vertical. Tous ces achats avaient été réglés en liquide.

Le compartiment inférieur du classeur était partiellement tiré. Un dossier avait dû y être fourré à la hâte car il dépassait des autres. Johnson le sortit et constata que, la veille de sa mort, Letourneau s'était offert un Smartphone et avait augmenté son forfait de communications chez Verizon.

Il composa le numéro, mais fut directement transféré à la messagerie. Il lui faudrait réclamer à l'opérateur les relevés téléphoniques.

Drummond revint après avoir fouillé la chambre.

— Tu as quelque chose ? demanda-t-il.

— Elle a beaucoup dépensé le mois dernier. Que du cash. Dans les quatre mille dollars à vue de nez. J'ai regardé ses comptes bancaires. Pas de trace des huit mille dollars restants, et aucune mention d'un coffre.

— Eh bien, elle ne les gardait pas sous son matelas, dit Drummond. J'ai aussi inspecté chaque centimètre de la chambre d'amis, de la cuisine, partout, et…

Johnson leva les yeux vers le sergent, qui s'était interrompu et fixait l'autel avec la poupée.

— Peut-être que miss Francie était plus rusée qu'on le pense, déclara Drummond en s'approchant de l'autel. Elle a pu laisser là exprès ce sang de coq, sachant que ça puerait et que le rite vaudou ficherait les jetons à quiconque s'introduirait chez elle en son absence pour y chercher de l'argent.

Il releva la nappe bordeaux qui descendait jusqu'au sol. Elle dissimulait les pieds d'une table pliante, la moquette… et rien d'autre.

— Dommage, c'était une bonne idée, dit Johnson.

Drummond se mit à genoux, la tête sous la table, et lança :

— Tu abandonnes trop vite, Miami boy.

Le sergent enfonça ses doigts dans la moquette et en arracha une section de trente centimètres par soixante maintenue en place par des bandes Velcro. À l'aide d'un canif tiré de sa poche, il souleva une latte du plancher.

Il tâtonna dans la cavité, en sortit un sac à main en cuir noir, et s'extirpa de sous l'autel vaudou. Il apporta le sac sur le bureau pour l'ouvrir.

En découvrant son contenu, Drummond lâcha un sifflement et secoua la tête.

— Francie, Francie, dans quoi t'étais-tu fourrée ?

Johnson regarda à son tour.

— S'ils sont vrais, chef, il y en a pour beaucoup plus que huit mille balles là-dedans.

50

Starksville, Caroline du Nord

Sharon Lawrence tint bon sous le premier contre-interrogatoire de Naomi. Elle ne démordit pas de son histoire : Stefan l'avait droguée puis violée, et elle avait eu trop peur de lui pour porter plainte, jusqu'à ce qu'il se fasse arrêter pour le meurtre de Rashawn Turnbull.

— Avez-vous beaucoup de copines, Sharon ? demanda Naomi.

La jeune fille hocha la tête.

— Assez, oui.

— Et des amies très proches ?

— Bien sûr. Deux.

— Avez-vous dit à l'une d'elles que vous alliez chez le professeur Tate l'après-midi où vous affirmez qu'il vous a violée ?

— Non. Je devais rester discrète.

— Quelqu'un vous a vue près de sa maison ?

— Je ne crois pas, répondit Lawrence. Il m'a fait entrer par le sous-sol, il y a une porte qui donne sur la ruelle derrière.

Assis au premier rang avec Bree qui me tenait la main, je me forçais à me concentrer sur le témoignage pour y détecter des divergences, mais mes côtes me faisaient un mal de chien et mon esprit dérivait constamment vers mon agression de la veille au soir.

Jannie et ma grand-mère étaient déjà au lit lorsque Pinkie m'avait ramené.

Bree et moi sommes en osmose. Elle avait immédiatement perçu que quelque chose n'allait pas, en dehors de mes blessures. Je lui avais répété les révélations de Pinkie, qui la bouleversèrent autant que moi.

— Vas-tu en parler à Nana Mama ? m'avait-elle demandé.

Cette question m'avait gardé éveillé la plus grande partie de la nuit. Et elle me turlupinait toujours ce matin au tribunal. De même que l'absence de Patty Converse dans la salle d'audience, absence notée également par plusieurs jurés.

Ma nièce poursuivit :

— Mademoiselle Lawrence, avez-vous vu Rashawn Turnbull au domicile du professeur Tate ce fameux après-midi ?

J'oubliai aussitôt mes soucis personnels et la fiancée de Stefan, et me reconcentrai. C'était la première fois que j'entendais parler de la présence de la victime sur les lieux du viol présumé. Je jetai un coup d'œil à Cece, assise à côté d'une jolie blonde proche de la quarantaine. Deux rangs derrière elles se trouvaient les parents de Cece en compagnie d'une jeune femme qui m'était inconnue. Ils semblaient tous aussi intéressés que moi par la question.

Lawrence répondit :

— Non, je n'ai pas vu Rashawn. Pourquoi ?

— Parce que, selon le professeur Tate, la seule personne qui est venue chez lui après les cours ce jour-là, c'est Rashawn Turnbull.

La lycéenne parut prise de court.

— Je ne suis pas au courant de ça.

— À quelle heure êtes-vous partie ?

Lawrence fit un geste vague.

— Je ne suis pas sûre. À 16 heures ? 17 peut-être ? J'étais encore un peu dans les vapes.

— Vous êtes sortie par le sous-sol, dans la ruelle ?

— C'est ça.

— Étrange, répliqua Naomi en consultant ses papiers. J'ai ici une déposition sous serment de Sydney Fox, où elle affirme avoir vu Rashawn Turnbull frapper à la porte du professeur Tate aux alentours de 16 heures ce même jour. Et, dans son souvenir, il est bien entré.

Delilah Strong bondit.

— Objection, votre Honneur ! Sydney Fox est décédée et ne peut donc être interrogée. Je propose que sa déposition soit déclarée irrecevable.

— Ceci concerne la crédibilité du témoin à la barre, monsieur le juge, insista Naomi.

Varney y réfléchit un instant, puis décréta :

— Rejetée.

— Votre Honneur ! s'indigna Strong.

— J'ai dit, rejetée. Maître Cross, pourriez-vous formuler une question précise ?

Naomi acquiesça et demanda à Lawrence :

— Êtes-vous bien certaine de ne pas avoir vu Rashawn ?

Le front plissé, la jeune fille regarda à la ronde, l'air de chercher quelqu'un dans le public.

— Je me rappelle pas tout. J'étais groggy. Peut-être qu'il était là en fait.

— Ou peut-être que vous, vous n'y étiez pas, assena Naomi.

— Bien sûr que si ! Pourquoi je mentirais sur une chose aussi grave ?

— C'est justement ce que j'ai essayé de découvrir, rétorqua Naomi. Vos parents sont-ils ici aujourd'hui, Sharon ?

Lawrence balaya de nouveau la salle des yeux avant de répondre :

— Seulement ma mère. Mon père ne vit plus avec nous.

La jolie femme blonde assise près de Cece Turnbull tendit alors le cou pour mieux voir.

— Comment s'appelle votre mère ?

— Ann Lawrence.

— Quel est son nom de jeune fille ?

— Objection ! lança Strong. En quoi cette question est-elle pertinente ?

Naomi riposta :

— Je suis sur le point de le démontrer, Votre Honneur.

Varney lui donna son accord d'un signe de tête, mais je remarquai qu'il était beaucoup plus pâle qu'au début de l'audience.

— Le nom de jeune fille de votre mère ?

— King. Ann King.

— A-t-elle une sœur ?

Lawrence parut mal à l'aise.

— Je vois pas…

— Répondez par oui ou par non.

— Oui. Louise. Mais elle est morte.

— Et avec qui Louise était-elle mariée, jusqu'à sa mort ?

La mâchoire de la lycéenne se crispa légèrement. Puis elle souffla :

— Marvin Bell.

Redoublant d'attention, je me redressai sur mon siège. Imité par Bree.

— Ainsi, Marvin Bell est votre oncle ? insista Naomi.

— Oui.

— Vous apporte-t-il un soutien financier à votre mère et vous depuis le départ de votre père ?

— Objection ! s'écria la procureure. Encore une fois, quelle est la pertinence de tout ceci ? M. Bell n'a aucun lien avec cette affaire.

— Avec la permission de la cour, je m'efforce justement d'établir ce lien, rétorqua Naomi.

— N'abusez pas de ma patience, maître, la prévint Varney, qui transpirait maintenant en dépit de la fraîcheur dans la salle.

Ma nièce poursuivit :

— Marvin Bell donne de l'argent à votre famille, exact ?

Lawrence releva le menton pour répondre :

— Oui.

— La vie serait dure sans son argent, n'est-ce pas ?

La mère de Sharon était tendue comme un ressort ; elle s'avança sur son siège, les mains agrippées au dossier du banc devant elle.

— Oui, admit Lawrence à voix basse.

— Dure au point que vous mentiriez à propos d'un viol s'il vous le demandait ?

— Non, affirma-t-elle. Puis elle se gratta l'épaule de la main gauche, couvrant son cœur par ce geste.

— Vous avez bien compris que vous témoignez sous serment, lui rappela Naomi. Et vous connaissez la peine encourue pour parjure dans un procès sur un crime capital ?

— Non… Je veux dire, oui.

— Objection, Votre Honneur, intervint Strong. La défense harcèle le témoin.

— Retenue, dit Varney, tout en s'épongeant le front avec un mouchoir.

Naomi marqua un temps avant de reprendre.

— Le professeur Tate vous a-t-il déjà posé des questions au sujet de votre oncle, Marvin Bell ?

Lawrence fut décontenancée.

— S'il l'a fait, je ne m'en souviens pas.

— C'est curieux, répliqua Naomi, qui retourna à la table de la défense. Nous nous sommes entretenus avec Lacey Dahl. Une de vos amies proches, exact ?

— Oui.

— Mlle Dahl attestera avoir entendu le professeur Tate vous interroger sur Marvin Bell quelques jours avant le viol que vous prétendez avoir subi. Cette conversation a eu lieu à l'école, devant le vestiaire des filles où elle-même se trouvait. Vous en souvenez-vous, maintenant ?

Lawrence se tortilla nerveusement.

— Je suis pas sûre. Peut-être.

— Que vous a-t-il demandé ?

— Je me rappelle pas.

— Cherchait-il à savoir si votre oncle est impliqué dans le trafic de drogue de Starksville ?

— Quoi ? s'exclama la jeune fille sur un ton outragé. Non, il n'a jamais…

Avant qu'elle n'ait pu finir sa phrase, le juge Varney lâcha un hurlement comme s'il avait été poignardé. Son visage tordu de douleur vira au rouge betterave, tout son corps se raidit. Puis il gémit tel un animal blessé et s'écroula sur sa table.

51

— Trois jours ? répétai-je quelques heures plus tard, en fin d'après-midi.

Nous étions Bree et moi devant le stade de l'école publique de Starksville, au téléphone avec Naomi sur mon portable dont j'avais branché le haut-parleur.

— Ou même cinq, soupira ma nièce. Le juge Varney est bourré de calculs rénaux, il est en train d'en évacuer deux d'un coup. Strong dit que le procès reprendra vendredi au mieux, mais plus certainement lundi.

— Ça tombe plutôt bien en fait, intervint Bree.

— Pourquoi ça ? s'étonna Naomi.

J'enchaînai :

— J'ai épluché avec Bree les rapports sur l'affaire, et à part les soupçons de Stefan, nous ne voyons rien qui relie Marvin Bell à un trafic de stupéfiants, à moins que Stefan et toi ne m'ayez pas tout dit.

— Il existe un faisceau de présomptions, affirma Naomi.

— Cela ne suffira pas, dit Bree. Il nous faut des preuves.

J'ajoutai :

— Si nous pouvons démontrer que Bell est un baron de la drogue qui craignait d'être démasqué, l'histoire de sa nièce Sharon devient alors sujette à caution, et il a un mobile solide pour avoir piégé Stefan.

— Il reste quand même les preuves par ADN, remarqua Bree.

— Je pense avoir réglé ce problème, dit Naomi. Stefan et Patty se servent de préservatifs. J'ai un expert prêt à témoigner qu'il est tout à fait possible que le sperme trouvé sur Rashawn et sur la culotte de Lawrence ait été récupéré dans la poubelle pour incriminer Stefan.

— En combinant ces deux éléments, tu obtiens ton doute raisonnable, assurai-je.

— Sauf que nous ne tenons pas encore Bell, rappela Bree. Et la défection de Patty Converse au tribunal aujourd'hui a fait mauvaise impression.

— Je suis en route pour aller chez elle, dit Naomi. Elle ne répond pas au téléphone.

— Tiens-nous au courant.

Je raccrochai, puis entrai avec Bree dans le stade. Nous nous installâmes sur les gradins. Un bon nombre des athlètes de samedi étaient là, dont Sharon Lawrence, qui nous fusilla du regard au moment où elle passait à petites foulées devant nous avec des camarades.

Bree déclara :

— L'autre soir, Cece Turnbull a dit que Rashawn était très perturbé par quelque chose la semaine précédant sa mort.

— Je m'en souviens, oui.

— Ne serait-ce pas perturbant d'assister à un viol, par exemple ? suggéra-t-elle d'un ton neutre.

Je la considérai. Elle était sérieuse.

— Si, ça le serait.

La version de Stefan n'était-elle qu'un ramassis de mensonges ? Rashawn l'avait-il surpris avec Lawrence ? Mon cousin l'avait-il tué pour le faire taire ?

Cette fois encore, Jannie était dans le groupe des filles les plus âgées. Greene, la coach, leur donna à travailler le skipping, ou griffé de sol, sur des séries de deux cents mètres. À ma connaissance, Jannie n'avait jamais pratiqué cet exercice, et elle peinait à rivaliser avec les autres coureuses.

Lorsque la séance fut terminée, Jannie alla à son sac de sport, enfila un sweat-shirt, puis s'approcha de la barrière, la mine maussade.

— Je suis nulle au skipping, se lamenta-t-elle. Je ne sais pas pourquoi on en fait.

— As-tu demandé à la coach ?

Avec un haussement d'épaules, ma fille me répondit :

— Ça sert à dynamiser la foulée.

— Eh bien voilà ! dit Bree.

— Je suis bien assez dynamique quand il faut.

— Ça ne peut pas faire de mal de l'être encore plus, assurai-je.

À ce moment, j'aperçus Melanie Greene qui traversait la piste dans notre direction, le sac de Jannie à la main, l'air grave.

— Docteur Cross, m'annonça-t-elle sans un regard pour Jannie. Nous avons un gros problème.

— Comment ça ? m'inquiétai-je en me mettant debout.

Elle leva le sac de sport par les poignées. Il était ouvert.

Les sourcils froncés, Jannie essaya de voir ce que montrait la coach pendant que je descendais des gradins. Mais Greene l'en empêcha.

— Je veux que ton père le constate d'abord.

Je m'approchai pour regarder dans le sac. Là, nichée dans un pli du survêtement de ma fille, se trouvait une petite fiole en verre pleine de poudre blanche.

52

— Ce n'est pas à moi ! s'écria Jannie à la seconde où elle vit la fiole. Papa, y a pas de risque que ce truc soit à moi. Tu le sais, hein ?

Je hochai la tête, songeur.

— Quelqu'un a mis ça dans son sac.

— Qui ferait une chose pareille ? dit Greene. Et surtout pourquoi ?

Je regardai du côté de Sharon Lawrence, qui s'étirait et bavardait avec ses camarades, apparemment indifférente à ce qui se passait près de la barrière.

— Je pense bien à quelqu'un, mais je vais laisser mes collègues d'ici s'en occuper, répondis-je.

— Vous voulez vraiment que j'avertisse la police ?

— Avez-vous touché la fiole ?

Greene fit un signe négatif.

— Alors oui, appelez la police. Il sera facile de déterminer si elle appartient ou non à ma fille. Soit ses empreintes digitales sont dessus, soit elles n'y sont pas.

La coach se tourna vers Jannie.

— Y sont-elles ?

— Sûr que non !

— Ton sac était-il ouvert ? demandai-je à mon tour.

— Oui, il l'était, répondit Jannie. J'ai sorti mon sweat et je suis venue ici.

— C'est comme ça que vous avez vu la fiole, professeur ? m'enquis-je.

— En fait, c'est Eliza Foster, une de mes athlètes de Duke, qui l'a remarquée et m'a alertée.

— Donc elle a été placée dans le sac juste avant la séance d'entraînement, ou pendant que Jannie parlait avec nous après avoir pris son sweat-shirt.

— Eliza n'aurait aucune raison de lui jouer un si mauvais tour, affirma Greene.

— Je veux une preuve concrète que ma fille n'a jamais été en possession de cette drogue. Elle fournira même un échantillon de sang pour que vous le fassiez analyser. D'accord, Jannie ?

Celle-ci hocha vigoureusement la tête.

— Pas de problème, papa.

Je sortis de mon portefeuille une carte de visite que je tendis à la coach.

— Appelez cet homme, Guy Pedelini, il est enquêteur pour le shérif. Il gérera la situation au mieux.

Après une hésitation, Greene accepta. Elle s'éloigna avec le sac de Jannie tout en composant le numéro sur son portable.

Ma fille était au bord des larmes lorsqu'elle s'assit dans les gradins entre Bree et moi.

— Ne t'inquiète pas, tout va s'arranger, la rassurai-je en lui serrant les épaules.

— Mais pourquoi on a planqué de la drogue dans mes affaires ? se lamenta-t-elle, totalement abattue.

— Pour m'atteindre à travers toi, expliquai-je. Mais ça ne marchera pas.

Pedelini arriva dix minutes plus tard. Je le laissai s'entretenir d'abord avec Melanie Greene, patientant avec Jannie et Bree. L'enquêteur enfila des gants et scella la fiole dans un sachet de pièces à conviction. Puis il me salua de loin et s'en fut interroger Eliza Foster.

La discussion terminée, il nous rejoignit dans le crépuscule et me serra la main.

— La coach me dit que vous souhaitez un prélèvement d'empreintes sur la fiole.

— En effet, confirmai-je.

Il s'adressa à Jannie :

— Tu es d'accord aussi ?

— Carrément.

— Soupçonnez-vous quelqu'un en particulier d'avoir fait le coup ? nous demanda-t-il ensuite.

— À votre place, je commencerais par la nièce de Marvin Bell, déclara Bree. Si Sharon Lawrence a menti au sujet d'un viol pour lui, elle ira jusqu'à placer de la drogue dans un sac pour lui.

L'enquêteur du shérif pinça les lèvres.

— J'interrogerai Sharon. En attendant, amenez Jannie au bureau. Je vais prévenir là-bas pour qu'on lui prenne ses empreintes et du sang.

Pedelini alla voir les autres filles, qui affichaient leur mécontentement de ne pas être autorisées à partir.

— Papa ? fit Jannie, au moment où nous nous apprêtions à quitter le stade. Peux-tu vérifier avec la coach que j'ai toujours le droit de m'entraîner au 400 mètres à Duke samedi ?

— OK. Je vous retrouve à la voiture.

Quand je posai la question à Melanie Greene, elle eut l'air tiraillée.

— Jannie est présumée innocente jusqu'à preuve du contraire, professeur, lui rappelai-je.

— Vous avez raison, excusez-moi, docteur Cross. Cela fait des années que j'entraîne des jeunes, et je n'ai jamais eu ce genre de problème. À moins que les analyses démontrent sa culpabilité, Jannie pourra bien sûr courir avec nous à Duke samedi prochain ou n'importe quel autre jour.

Je tournai les talons, et me dirigeai vers le couloir sous les tribunes.

Marvin Bell et son fils adoptif, Finn Davis, bloquaient le chemin.

— Pour un flic aussi fortiche, vous n'écoutez pas bien ce qu'on vous dit, railla Marvin Bell.

— Ah ouais ? Qu'est-ce que j'ai loupé ?

— Votre nièce a mentionné mon nom au tribunal aujourd'hui, répondit Bell.

— Votre nièce a témoigné au tribunal aujourd'hui, lui renvoyai-je du tac au tac.

— C'est n'importe quoi ! lança Finn Davis.

— Vous parlez de sa déposition ou du fait qu'elle est la nièce de M. Bell ?

Bell eut un sourire menaçant.

— Je vous avais dit de ne pas salir mon nom en public.

— Salir ?

— Calomnier, diffamer, peu importe le mot.

— C'est de la calomnie ou de la diffamation seulement si les allégations sont fausses, rétorquai-je.

Davis intervint :

— Écoutez, inspecteur de mes fesses. Cette pauvre gamine a été violée par ce psychopervers de Tate. Il lui en a fallu, des tripes, pour venir à la barre et confronter son violeur.

— Rien à redire là-dessus, concédai-je.

— Alors, arrêtez de la persécuter, fit Bell. Pensez de moi ce qui vous plaît, mais laissez Sharon en dehors de ça. C'est une victime dans toute cette histoire, et je ne permettrai pas qu'elle serve de punching-ball.

— Et moi, je ne permettrai pas qu'on fasse accuser faussement ma fille en représailles.

— Qu'est-ce que vous me chantez là ?

— Quelqu'un vient de mettre une fiole de poudre blanche dans son sac de sport, répondis-je. Un homme du shérif est en train de mener son enquête. À mon avis, Sharon est la candidate idéale.

— Quelles conneries ! protesta Bell.

J'avançai d'un pas vers eux pour un face-à-face.

— Non, messieurs, les conneries c'est vous qui les faites en essayant de m'éliminer et de piéger ma famille. Vous êtes prévenus : nous sommes désormais officiellement en guerre.

53

Bree resta étrangement silencieuse sur le trajet du retour après notre passage au bureau du shérif, où Jannie avait fourni du sang et de l'urine pour les analyses. J'avais réclamé des échantillons de ces prélèvements, simple mesure de précaution.

Dès notre arrivée au pavillon, je mis les tubes dans un sac en papier kraft, au fond du réfrigérateur. Jannie commença à raconter à Nana Mama tout ce qui s'était passé au stade. Ali, étendu sur le canapé du salon, était captivé par un nouvel épisode d'*Uncharted* avec Jim Shockey.

— Où est-il maintenant ? lui demandai-je.

Shockey avait troqué son chapeau de cowboy contre un bandana sur le front, et il traversait un gué d'eau boueuse au beau milieu d'une jungle.

— Au Congo, tu le crois, ça ?

— Ce Jim Shockey se balade décidément partout, dis-je. Tu as vu Bree ?

— Je suis dehors ! cria-t-elle depuis la véranda.

Je sortis et la trouvai installée dans un fauteuil à bascule, le regard errant à travers la moustiquaire. Elle avait le visage fermé.

— Tout va bien entre nous ? m'inquiétai-je.

— Pas vraiment, admit-elle d'un ton calme.

— Pourquoi ?

— Avais-tu besoin de balancer ça à Bell et Davis ? Que tu leur déclarais la guerre ?

— Cela venait du fond du cœur.

— Je m'en doute, Alex. Mais maintenant, tu es encore plus dans leur collimateur.

— Tant mieux. Qu'ils m'attaquent, et nous pourrons les démasquer.

Elle me considéra avec colère.

— Pourquoi te mets-tu toujours en danger ?

J'eus un mouvement de recul.

— Bree, tu es bien placée pour savoir que ça fait partie…

— Du boulot ? me coupa-t-elle. Je ne pense pas, non. Moi, je ne provoque pas exprès les criminels, contrairement à toi qui le fais tout le temps. As-tu déjà pris une minute pour réfléchir et te rendre compte que c'est d'un égoïsme fini, cette fichue habitude ?

— Égoïsme ? répétai-je, interloqué.

— Exactement. Tu as charge de famille. Tu as une femme qui tient à toi. Et pourtant, tu n'hésites pas une seconde à risquer notre bonheur et notre bien-être.

J'en restai coi quelques instants. Jamais elle ne m'avait parlé de cette façon. Ma défunte première épouse, et aussi la mère d'Ali, oui. Mais pas Bree.

La tête basse, je lui demandai :

— Qu'est-ce que j'aurais dû faire, alors ?

— Calmer le jeu. Leur faire croire que tu n'es pas une menace, jusqu'à ce qu'on ait des preuves irréfutables contre eux. Mais c'est trop tard, ça va être l'escalade, Alex, et…

— Bree, l'interrompis-je, les mains levées en signe de paix. J'ai compris, et je suis désolé. Pour ma défense, c'est parce qu'ils se sont servis de Jannie que j'ai vu rouge. Cela ne se reproduira pas.

— Contente de l'entendre, dit-elle en s'extirpant du fauteuil à bascule pour rentrer dans la maison. Mais tu n'en restes pas moins une cible.

Je ne la suivis pas immédiatement, écrasé par un poids qui n'existait pas dix minutes plus tôt. Elle avait raison. Je les avais asticotés au lieu d'être plus malin qu'eux et de faire profil bas.

Dans la cuisine, Jannie finissait ses côtes de porc à la mode du Sud en compagnie de Nana Mama.

Ma grand-mère me scruta d'un œil inquisiteur.

— Tu t'es encore mis dans le pétrin jusqu'au cou ?

— J'essaie d'en sortir, la rassurai-je.

J'empilai sur une assiette une montagne de riz et des côtes de porc qui embaumaient et dont la chair se détachait toute seule des os.

— Merci Nana, c'était super bon, dit Jannie et elle débarrassa son assiette.

— Oh, c'est une recette facile ! répliqua ma grand-mère, rejetant le compliment d'un geste. Tu les fais mariner dans du jus d'orange et de la sauce barbecue, puis tu les mets au four à deux cent cinquante degrés pendant quatre heures.

— Quand même, c'est délicieux, confirmai-je après avoir goûté.

Je m'assis à table et mangeai, tout en guettant chez ma fille un signe d'anxiété à propos des événements des dernières heures. Elle paraissait toutefois confiante quand elle quitta la cuisine.

— Jannie m'a tout raconté, dit Nana Mama.

— On va régler ça, la rassurai-je.

— Et toi, qu'est-ce qui te minait tant ce matin ?

Je fus tenté de lui apprendre ce que m'avait révélé Pinkie, que son fils avait survécu à sa chute du pont et à la traversée de la gorge, puis qu'il avait vécu deux ans en cavale avant de se suicider. Mais je me réfrénai.

— La nuit a été difficile, c'est tout.

— Hmm, hmm, marmonna ma grand-mère, peu convaincue.

Mais elle me laissa savourer mon dîner, lequel était remarquablement bon même selon les critères exigeants de cette fine cuisinière.

Une fois mon assiette vide, je gagnai la chambre que Bree et moi occupions. La porte était close. J'y toquai doucement.

— C'est ouvert, lança ma femme.

J'entrai et refermai derrière moi. Bree était assise sur le lit, en train de consulter son ordinateur portable.

D'une voix contrite, je lui répétai :

— Je suis désolé.

Elle leva les yeux et m'offrit un demi-sourire.

— Je sais que tu l'es, Alex.

— Ton repas t'attend. Des côtes de porc divines.

— J'irai manger dans une minute.

— Je ne peux pas dire à Nana Mama ce que m'a avoué Pinkie, déclarai-je calmement.

— Pourquoi ? s'étonna Bree.

— Parce que… commençai-je, puis je me frottai les tempes. Eh bien, je ne veux pas qu'elle apprenne quoi que ce soit tant que je n'ai pas la certitude que tout est vrai.

— Ton oncle Cliff n'est pas mentalement en état de corroborer l'histoire.

— Je sais, soupirai-je, avant de voir soudain comment résoudre deux problèmes à la fois. Alors, je vais me lever tôt, conduire jusqu'à Raleigh et attraper un avion pour Palm Beach.

— D'accord, fit Bree, perplexe. Mais pourquoi aller là-bas ?

— C'est l'aéroport le plus proche de l'endroit où mon père s'est suicidé. En plus, ce voyage m'éloigne de Starksville un jour ou deux, pendant lesquels je ne suis plus une cible.

— Et que fait-on pour Stefan ? Malgré ce que je t'ai dit au stade, il peut être vraiment victime d'un coup monté. Par Bell, d'ailleurs.

— Ou par Finn Davis, ajoutai-je. Tu vas donc te montrer très prudente durant mon absence. Reste en retrait, mais renseigne-toi au mieux sur ces deux lascars en consultant les registres publics.

Bree y réfléchit.

— Ça, je peux le faire.

54

Comté de Palm Beach, Floride

Alimentées par un vent chaud, les flammes rugissaient et crachaient de la fumée sombre dans le ciel de cette fin de matinée. Des aigrettes blanches volaient en cercle sous les bouffées noires, se repaissant de nuées d'insectes en fuite.

De chaque côté de la route 441, on récoltait et brûlait la canne à sucre tandis que je me dirigeais à l'est vers le lac Okeechobee, et à deux reprises il me fallut ralentir jusqu'à rouler au pas tant la fumée était épaisse.

Je finis par dépasser les feux et le brouillard noir disparut. Devant moi surgit le panneau me souhaitant la bienvenue à Belle Glade. C'était là que mon père s'était ôté la vie, et je n'avais jamais vu d'endroit plus déserté par la chance. J'avais bien sûr entendu parler de cette ville. Qui, dans les forces de l'ordre, ne connaissait pas sa triste réputation ? Belle Glade fut un temps affligée d'un taux de meurtre équivalent à celui d'une métropole comme Washington ou Chicago. Cinq minutes dans le centre m'en montraient déjà les raisons ainsi que les conséquences.

N'étant toutefois pas là dans le but de diagnostiquer ni de guérir ces maux sociaux, j'ignorai les bâtiments désaffectés, les vitrines de magasins criblées de balles, et me fiai à Google Maps pour m'indiquer les diverses églises des environs. Je tenais à découvrir comment mon père en était venu à se tuer derrière l'une d'elles.

Il y en avait un bon nombre dans Belle Glade même. Aux deux premières, l'une baptiste et l'autre adventiste, je ne recueillis aucun renseignement utile. À l'église catholique Saint-Christopher, j'interrogeai le curé, occupé à repeindre la porte du presbytère. Le père Richard Lane, quinquagénaire, venait d'être affecté à cette paroisse.

— Il y a trente-trois ans ? répéta-t-il, les yeux plissés de doute. Je ne sais pas si vous allez retrouver la trace de cet homme avec seulement un nom.

— Je crois aux miracles, mon père.

— Ma foi, je peux vérifier si une messe funéraire a été dite pour M. Brown, mais si les vieux registres sont aussi mal tenus que les récents, ne vous bercez pas trop d'espoir, inspecteur.

Je donnai au curé ma carte de visite en le priant de m'appeler au cas où il trouverait quelque chose.

Durant deux heures, je frappai à la porte de tous les lieux de culte de la ville. On m'ouvrit à chacun d'eux, mais personne n'était au courant d'un suicide commis là des décennies auparavant par un certain Paul Brown.

Un pasteur évangéliste m'encouragea à tenter ma chance auprès des églises des bourgades limitrophes au nord. Un autre me suggéra la consultation des certificats de décès dans les archives du comté. Ces deux conseils étaient bons, et en quittant le second pasteur, je réfléchis au meilleur moyen de les mettre en pratique.

Par cette chaleur abominable saturée d'humidité, j'avais hâte de me rafraîchir dans l'air conditionné de ma voiture de location. C'est alors que je remarquai une camionnette des services du shérif stationnée plus haut dans la rue devant une résidence miteuse à deux niveaux et escaliers extérieurs.

Je m'approchai à pied, jetai un coup d'œil dans la cour. Un petit groupe de gens observaient l'étage supérieur où de la Rubalise jaune bloquait l'accès à l'un des appartements. Un jeune homme de l'unité scientifique descendit l'escalier et me dépassa.

Mon insigne à la main, je m'identifiai avant de lui demander à quelle antenne du shérif me rendre pour que l'on m'exhume certaines archives à titre de faveur professionnelle.

— Honnêtement, je n'en sais rien, répondit-il. Voyez plutôt avec le sergent Drummond.

— Où puis-je le trouver ?

— C'est lui, là, fit le technicien en me désignant deux hommes en civil qui sortaient de l'appartement. Celui avec une cicatrice sur la figure.

Le plus âgé, dans les soixante-cinq ans, était un Afro-Américain à la carrure imposante. Son compagnon avait la trentaine, une allure de beau ténébreux, et à en juger par sa musculature, c'était un adepte du culturisme. Je pariai sur le bodybuilder pour la cicatrice, bien qu'incapable de dire pourquoi. Mais lorsque l'autre s'engagea dans l'escalier, je vis la large portion de peau abîmée qui s'étendait de son œil droit à sa mâchoire et remontait vers son oreille.

— Sergent Drummond ? l'interpellai-je, mon insigne en évidence. Alex Cross, inspecteur au Metropolitan Police Department de Washington DC, section homicides.

Le visage inexpressif, Drummond examina ma pièce d'identité.

— OK… ? fit-il.

Le plus jeune m'adressa un grand sourire et tendit la main.

— Richard S. Johnson, son coéquipier. Je sais qui vous êtes, docteur Cross. Vous avez travaillé pour le FBI, c'est bien ça ? J'ai vu une de vos conférences de Quantico en vidéo. Sergent, vous devez avoir entendu parler d'Alex Cross ?

Drummond me rendit mon insigne.

— J'espère ne pas blesser votre ego, mais votre nom ne me dit rien.

— Aucun risque, sergent, lui assurai-je avec un clin d'œil. Mon ego est en béton armé.

— Vous avez besoin d'aide ? me demanda Johnson. Êtes-vous ici pour traquer un criminel, comme un tueur en série ?

— Non, rien de ce genre.

Je leur expliquai que je suivais la trace d'un membre de ma famille perdu de vue, censément mort à Belle Glade des décennies auparavant.

— On va faire une recherche pour vous au bureau, proposa Johnson.

— Ah oui ? s'interposa Drummond. Nous ne devrions pas plutôt essayer de découvrir qui a tué Francie Letourneau et deux dames de la haute société de Palm Beach ?

— Je ne veux surtout pas interrompre vos investigations, m'empressai-je de dire. Indiquez-moi juste où aller, je me débrouillerai ensuite.

Drummond haussa les épaules.

— Bon, accompagnez-nous au bureau ; on verra ce qu'on peut faire.

— Et vous aurez peut-être envie de jeter un œil sur notre affaire de meurtres ? suggéra son coéquipier.

— Johnson ! gronda Drummond.

— Quoi, sergent ? le rembarra le jeune homme. C'est l'expert des experts ! Il forme des agents du FBI, bon sang !

— Dans le passé, précisai-je. Et je serais content de vous donner un coup de main. Mais si cela doit blesser votre ego, sergent…

Celui-ci ne put réprimer un sourire.

— Pourquoi pas, après tout, vous apprendrez peut-être à un vieux singe de nouvelles grimaces, docteur Cross.

55

Je les suivis dans ma voiture jusqu'au poste de West Palm Beach, à l'aménagement standard : un espace ouvert rempli de boxes et entouré de cubes avec portes et fenêtres. Ces derniers étaient attribués aux officiers en commande dont faisait partie Drummond.

— Johnson, aide-le avec les archives, ordonna-t-il. Désolé de ne pas vous offrir le traitement royal que vous semblez mériter, Cross, mais le devoir m'appelle. J'ai plusieurs coups de fil à passer, et je vous montrerai les dossiers de notre affaire ensuite.

— Très bien, sergent, dis-je.

Il disparut dans son bureau et ferma la porte derrière lui.

Pendant que Johnson allait nous chercher un café, je m'installai dans son box pour écouter les bruits familiers d'une brigade criminelle, certains des enquêteurs au téléphone, d'autres en pleine discussion. Il n'y avait pas une semaine que j'avais quitté la mienne et elle me manquait déjà.

Johnson revint avec deux tasses de café à l'odeur alléchante.

— Je n'arrive pas à croire qu'Alex Cross est assis à mon bureau.

Je sautai sur mes pieds.

— Oh pardon !

— Quoi ? Non, non, rasseyez-vous. C'est un honneur. Bon, nous cherchons quoi ou qui, au juste ?

— Individu de sexe masculin. Afro-américain. Décédé il y a à peu près trente-trois ans.

Johnson attrapa une autre chaise et sortit son ordinateur portable avec un air professionnel.

— Nom ?

— Paul Brown. Il se serait suicidé derrière une église de Belle Glade.

— Je vais consulter les listes de décès du comté et voir s'il avait une fiche d'état civil chez nous.

— Elles étaient déjà numérisées à l'époque ?

— Et pour toute la Floride, confirma Johnson tout en tapant sur son clavier. C'est l'État qui a financé ça. Une vraie vision de l'avenir !

Ce jeune enquêteur me plaisait. Vif d'esprit et plein d'énergie. Par contre, je ne savais trop quoi penser de Drummond et de son humour caustique.

— Comment Drummond a-t-il eu cette cicatrice ? m'enquis-je.

Johnson leva les yeux de l'ordinateur.

— Première guerre du Golfe. Un puits de pétrole dont il assurait la garde a explosé sous un tir d'obus. Deux de ses hommes sont morts. Un éclat de shrapnel a ouvert sa joue en deux et a brûlé l'intérieur. Nerfs faciaux gravement endommagés. C'est pour ça qu'il n'a pas vraiment d'expression. Son visage est plus ou moins figé, vous avez vu ?

— Vous l'aimez bien ?

Il sourit.

— L'aimer ? Je n'en suis pas encore sûr. Mais je l'admire. Pour moi, Drummond est carrément un modèle de flic.

— Ça me suffit, dis-je.

— Donc, Paul Brown ?

— Exact.

— Et décédé il y a trente-trois ans, enchaîna Johnson, qui se remit à pianoter, le regard rivé à l'écran. Ajoutons une année avant et après par précaution. On a une date de naissance ?

Je lui communiquai celle de mon père.

Johnson appuya sur la touche « Entrée ». Presque immédiatement, il secoua la tête.

— Aucune concordance.

— Laissez la case de la date de naissance vide, suggérai-je, pensant que mon père avait dû être assez futé pour modifier toutes les composantes de son ancienne identité.

L'enquêteur obtempéra et enfonça de nouveau la touche « Entrée ».

— Bingo ! s'exclama-t-il. Il y en a trois.

— Trois ?

Je me levai pour regarder l'écran. En effet, trois individus du nom de Paul Brown étaient morts en Floride trente-trois ans auparavant.

— Pouvez-vous afficher les certificats de décès ? priai-je Johnson.

À ce moment-là, le sergent Drummond émergea de son bureau, les bras chargés de gros classeurs noirs.

— Un résultat ?

— Nous avons trois Paul Brown, lui répondit Johnson. Y a-t-il moyen d'accéder à un certificat de décès à partir d'une fiche d'état civil, chef ?

— Miami boy, tu as quoi, trente ans de moins que moi ? En principe, c'est toi l'élément technologiquement avancé de l'équipe.

Le jeune homme fit une moue de frustration.

— Je n'arrive pas à…

— Clique donc sur le nom, dit Drummond.

— Oh ! fit Johnson, qui s'exécuta pour le premier.

L'écran montra le scan en PDF d'un certificat de décès pour Paul L. Brown de Pensacola, âgé de vingt-deux ans. Cause de la mort : traumatisme crânien occasionné par un objet contondant.

— Trop jeune, déclarai-je. Essayez le suivant.

Johnson cliqua dessus. Un nouveau certificat de décès s'afficha, concernant un certain Paul Brown de Fort Lauderdale, âgé de soixante-dix ans. Cause de la mort : crise cardiaque.

— Trop vieux, annonçai-je aussitôt, impatient de découvrir la réponse derrière la dernière porte.

Le troisième certificat correspondait au profil. Paul Brown, de Pahokee. Trente-deux ans. Indigent. Cause de la mort : suicide par arme à feu.

— C'est lui, dis-je, le ventre noué. Où est Pahokee ?

Drummond répondit :

— À vingt-cinq kilomètres au nord de Belle Glade.

— C'est bien lui alors, répétai-je en étudiant le document officiel avec un détachement étrange. L'église doit être là-bas. Il est écrit que le corps a été remis à l'entreprise de pompes funèbres Belcher Brothers pour l'enterrement.

— Un enterrement ? s'étonna Johnson. En Floride, la plupart des indigents sont incinérés.

— Pas cette fois, manifestement, remarquai-je.

Le sergent intervint :

— Je connais les types à qui appartient cette boîte de pompes funèbres, les Belcher. Ils ont aussi des ambulances. À l'époque où je patrouillais dans l'ouest du comté, ils se pointaient dès qu'il y avait un mort. Je vais leur passer un coup de fil.

— Merci beaucoup, sergent.

Drummond me montra alors les classeurs.

— Voici les meurtres sur lesquels nous travaillons. Nous apprécierions un troisième œil si vous avez le temps.

Puis il retourna dans son bureau. Je commençai à parcourir les rapports sur les décès de deux femmes du monde, Lisa Martin et Ruth Abrams, et de leur employée de maison, Francie Letourneau. Deux heures plus tard, ma lecture achevée, je feuilletais des documents annexes relatifs à Letourneau lorsque Drummond revint.

— Ça m'a pris un moment pour réussir à le joindre, mais Ramon Belcher est de permanence cette nuit et il m'a promis qu'il consulterait ses archives pour vous, m'annonça-t-il.

— Merci encore.

Johnson rapporta du café frais. Je le refusai d'un geste.

— Si je continue à en boire l'estomac vide, je vais attraper un ulcère !

Drummond me demanda :

— Bon, et ces dossiers, rien d'intéressant ?

— Si, j'ai noté deux ou trois choses.

— Qu'est-ce que vous aimez manger ?

— Tout. Du poisson, par exemple.

Le sergent hocha la tête.

— Je connais l'endroit parfait pour ça, à Lake Worth. Tu nous accompagnes, Johnson ? On pourra parler de notre affaire en dînant.

— Avec plaisir, accepta son coéquipier. Laissez-moi juste prévenir ma femme. Elle est enceinte.

— Enceinte ? répéta Drummond. Tu ne m'as rien dit.

— C'est encore tôt, chef, répondit Johnson en s'éloignant avec son téléphone. Fin du premier trimestre. Des jumeaux !

Le sergent fronça les sourcils.

— J'aurais préféré l'apprendre avant.

— Ça a de l'importance ? lui demandai-je.

— Bien sûr que ça en a, grommela-t-il. À partir d'aujourd'hui, je ferai mon possible pour que Johnson n'aille pas se foutre en danger et priver ces gosses de leur père.

— Vous cachez bien votre bonté, sergent, le taquinai-je.

Son visage défiguré, impassible, se tourna vers moi.

— Ce n'est pas de la bonté, Cross, juste du bon sens. De mon côté, il n'y a que moi et mon épouse, et elle a un chouette boulot mieux payé que le mien. Alors que Johnson a trois personnes qui dépendent de lui, maintenant. Faites le calcul. Et dites-moi quelles doivent être mes priorités si ça se met à chier.

Aussi bourru fût-il, le sergent Drummond commençait à gagner ma sympathie.

56

Pleasant Lake, Caroline du Nord

Pinkie Parks désigna à travers le pare-brise une route gravillonnée qui partait de la nationale et descendait en pente abrupte vers le lac.

— C'est par là.

Bree arrêta sur le bas-côté la Ford Taurus bleue qu'elle avait louée le matin même et coupa le moteur.

— On ne voit pas grand-chose d'ici, dit Pinkie. Il faut être dans la forêt.

Elle attrapa des jumelles.

— Eh bien, allons-y !

Dès que Pinkie avait appris le départ d'Alex pour la Floride et la mission de Bree d'en découvrir plus sur Marvin Bell et Finn Davis, il avait tenu à aider la femme de son cousin. Mais là, il haussa les sourcils.

— Ça t'amuse de déranger un nid de frelons ?

Elle parut perplexe.

— Il y a beaucoup de frelons dans cette forêt ?

— Il y a Marvin Bell et Finn Davis, ce qui pour moi est exactement pareil.

— Alors, reste ici, lâcha Bree en ouvrant sa portière. Je reviens vite.

Pinkie grogna mais sortit aussi. Il faisait chaud, avec de la brume et de l'humidité. Ils profitèrent d'un creux dans la circulation pour traverser, puis s'enfoncèrent dans une épaisse haie de framboisiers sauvages. Pinkie ouvrait la marche, leur frayant un passage jusqu'à ce qu'ils émergent dans la pinède sous la stridulation des criquets.

Au bas de la colline, à quelques centaines de mètres, scintillaient les eaux claires de Pleasant Lake. On entendait des moteurs de hors-bord et des cris joyeux d'enfants.

Pinkie s'engagea dans un sentier de chasse qui descendait entre les arbres touffus sur le versant surplombant la rive est du lac. Bree le suivait, l'esprit occupé par tout ce qu'ils avaient appris dans la matinée au sujet de Marvin Bell et Finn Davis.

Après avoir loué la voiture, Pinkie et elle étaient allés au siège administratif du comté de Stark, où ils avaient consulté en ligne les registres du commerce de Caroline du Nord, à la recherche de renseignements d'ordre professionnel sur les deux hommes. Ensemble ou individuellement, Bell et Davis possédaient en tout cinq entreprises dans l'agglomération de Starksville : un caviste, un pressing, deux stations de lavage automobile, et une société de prêt sur gage.

Pinkie avait judicieusement fait observer que ces cinq affaires généraient à coup sûr beaucoup de transactions en liquide. Fort pratique pour blanchir de l'argent si l'on trempait par ailleurs dans des activités illégales.

Le hic, c'était que Bree n'avait aucune autorité dans cet État, donc nul droit d'accéder aux déclarations fiscales ni aux comptes bancaires des commerces en question.

Suivant une intuition, elle avait épluché aussi les registres du commerce du Nevada et du Delaware, parce que les lois sur la constitution de société et les taxes légères de ces deux États sont connues pour attirer ceux qui souhaitent créer une société-écran. S'il n'y avait rien au Nevada, elle avait par contre eu la satisfaction de découvrir que Marvin Bell et Finn Davis étaient répertoriés comme agents agréés de six firmes dans le Delaware, trois pour chacun. Toutes ces entreprises se donnaient pour activité officielle « l'achat et le développement immobiliers ».

Ce qui, par association d'idées, avait amené Bree à rechercher les biens immobiliers des deux hommes dans le comté de Stark. À sa surprise et à celle plus grande encore de Pinkie, aucun d'eux n'en possédait dans la région.

Selon Pinkie, c'était tout bonnement faux, vu que Bell avait acquis toutes sortes de terrains et de maisons par ici, dont une propriété sur Pleasant Lake. Une simple consultation du cadastre leur avait appris que celle-ci était au nom de l'une des firmes du Delaware où apparaissait Marvin Bell, avec une valeur estimée à trois millions et cent mille dollars. Bree avait tenu à voir l'endroit.

Alex lui avait certes recommandé la prudence et la discrétion, mais elle ne prévoyait pas d'escalader la clôture protégeant la résidence de Bell. Elle voulait simplement jeter un coup d'œil, se donner une idée de la façon dont vivait cet homme.

Pinkie lui fit soudain signe de s'arrêter. Elle se figea derrière un jeune pin au tronc large qui sentait la résine et lui bloquait la vue du lac.

Tournant la tête vers elle, Pinkie chuchota :

— Si tu te baisses et que tu te glisses devant moi en restant dans l'ombre, tu pourras avoir une bonne perspective sans être repérée.

Bree se mit à quatre pattes. Pinkie s'enfonça dans la rangée de pins pour la laisser passer. Puis elle s'assit par terre et poussa sur ses pieds pour se décaler dans un creux entre les arbres.

Trente mètres au-dessous d'elle et une centaine de mètres plus près du lac se dressait un portail au bout de la route gravillonnée ; il mesurait au moins trois mètres de haut. La clôture était en grillage plastifié vert. En la balayant de ses jumelles, Bree constata qu'elle était surmontée de rouleaux de barbelé tranchant entortillé lui aussi dans du plastique vert.

De minuscules caméras coiffaient les montants du portail et étaient également placées sur des poteaux tous les quarante mètres environ avant que la clôture se fonde dans la végétation dense. Bree en déduisit qu'il y avait des caméras sur tout le périmètre du terrain de deux hectares et demi, et reporta son attention vers la propriété.

À l'intérieur, le long du grillage, une haie de rhododendrons avait été plantée pour bloquer les regards indiscrets depuis la route. Mais de sa position en hauteur, Bree jouissait d'une vue quasiment aérienne sur le domaine de Marvin Bell. À gauche, une petite lagune lacustre ; devant, un terrain plat à la pointe arrondie surplombant le lac lui-même. Et en retrait sur une éminence, faisant face au lac, trônait la demeure, un immense chalet en rondins de neuf cents mètres carrés à la toiture et aux volets en métal rouge.

Sur le flanc du chalet, un superbe patio en pierre et un jardin dominaient la lagune. D'une terrasse en façade partaient trois chemins dallés, l'un tout droit jusqu'à la pointe, un autre à gauche vers un hangar à bateaux, et le troisième à droite menait à un quai de six emplacements équipé d'élévateurs contenant une véritable flotte : jet-skis, hors-bord, canoës et voiliers. Il y avait aussi un bar pourvu d'un énorme barbecue construit sur le quai ; à côté, des chaises longues et des tables avec des parasols.

Au bout de la pointe se dressait une version miniature de la demeure principale, d'où le panorama devait être à couper le souffle, s'imagina Bree. À travers plusieurs larges fenêtres du chalet, elle vit que l'on n'avait pas regardé à la dépense pour aménager l'intérieur. Il y avait en outre une profusion d'œuvres d'art – tableaux, sculptures et mobiles.

Le domaine valait incontestablement ses trois millions et cent mille dollars, ce qui augmenta d'autant plus les soupçons de Bree. À sa connaissance, quelques commerces à Starksville en Caroline du Nord ne rapportaient pas de quoi s'offrir une propriété de ce prix. Bien sûr, Bell avait pu gagner cet argent en Bourse, ou encore l'une de ces sociétés d'investissement immobilier du Delaware avait peut-être pris de l'ampleur.

Mais dans ce cas, pourquoi Marvin Bell serait-il resté ici ? Certes, cet endroit était un vrai petit coin de paradis, devait-elle admettre, mais les parvenus n'aimaient-ils pas plutôt afficher leur richesse dans des lieux à la mode ?

Ou alors, Marvin Bell était tout simplement du genre casanier, comme le célèbre homme d'affaires Warren Buffett. À moins qu'il n'ait une bonne raison de demeurer dans la région en dépit de sa fortune. Peut-être une source de revenus cruciale sur laquelle il devait veiller.

Avant d'avoir pu peser ces hypothèses, Bree saisit un mouvement en bas et braqua ses jumelles. Finn Davis sortait du chalet. Le reste du domaine semblait tranquille, voire désert. Les seuls bruits (des rires d'enfants, un moteur de bateau) provenaient de beaucoup plus loin sur le lac.

Portant des lunettes de soleil foncées, une casquette de baseball sale, une chemise de travail verte, un jean et de grosses bottes, Davis suivit d'un pas nonchalant l'allée circulaire jusqu'à un garage en rondins à cinq boxes. Il appuya sur une télécommande. L'une des portes se leva, dévoilant un vieux 4 x 4 Ford Bronco orange et blanc.

Où se rendait-il donc dans ce tas de ferraille ? Totalement déplacé à côté de…

Bree se remit à quatre pattes, se faufila derrière les pins et bondit sur ses pieds.

— Il faut retourner à la voiture, chuchota-t-elle à Pinkie. Vite !

57

Lake Worth, Floride

Le sergent Drummond se gara devant le Kersmon Caribbean Restaurant, et je le suivis à l'intérieur avec Johnson. Dès qu'Althea, la patronne et cuisinière, vit le sergent, elle se précipita de derrière le comptoir pour l'étreindre tout en riant.

— Tu as enfin quitté ta bonne femme pour moi, Pete ? le taquina-t-elle avec un accent jamaïquain.

— Tu sais bien que c'est une perle rare, lui renvoya-t-il.

— Mais oui. C'était juste un test pour m'assurer que t'avais pas perdu la tête depuis ta dernière visite.

Drummond nous présenta, et elle nous trouva une table dans son restaurant exigu.

— Je vous sers quelque chose à boire ? De la bière Red Stripe ?

Johnson lança un regard interrogateur à son chef, qui bougonna :

— Tu n'es pas en service. Ne me demande pas la permission.

— Une Red Stripe, commanda Johnson.

— Mettez-en deux, dis-je.

Drummond ajouta :

— Ne t'embête pas avec les menus, Althea. Apporte-nous ce que tu as de mieux. Mais il faut qu'il y ait du poisson.

Réjouie par cette marque de confiance, elle partit dans la cuisine.

— Vous ne pourrez plus jamais manger jamaïcain ailleurs qu'ici, affirma Drummond. Je ne plaisante pas. La moitié de la clientèle est des Caraïbes.

— J'éviterai donc d'en parler à ma femme. Bree adore la Jamaïque. Comme moi, d'ailleurs.

— Ah ouais ? J'aime beaucoup cette île moi aussi.

Je regardai Johnson pour l'inclure dans la conversation.

— Alors, Richard, prêt à être papa ?

— Je ne sais pas, honnêtement.

— Vous l'étiez, vous ? me demanda Drummond. Prêt ?

— Non. Je n'étais sûr que d'une chose, je ne voulais pas ressembler à mon père.

— Et ça a marché ?

— Assez bien, oui, fis-je, évasif, avant de me retourner vers Johnson. Ne vous inquiétez pas, ça s'apprend par la pratique, jour après jour.

Les bières arrivèrent. Ainsi que des petits bols remplis d'une soupe épicée de poisson et légumes (qu'Althea appelait *fish tea*) absolument délicieuse, accompagnée d'une corbeille de pain frais à la courgette, moelleux à souhait. Pas question que je parle à Bree de ce restaurant.

— Alors, avez-vous repéré quelque chose qu'on aurait loupé, docteur Cross ? s'enquit Johnson.

— Appelez-moi Alex. Non, vous n'avez rien manqué à mon avis, mais il y a deux ou trois points qui ne sont pas clairs pour moi et une ou deux pistes à considérer éventuellement.

— Mais encore… fit Drummond.

— Je résume, histoire d'être sûr que nous sommes tous en phase. Vous avez Lisa Martin et Ruth Abrams, deux femmes du monde assassinées à une semaine d'intervalle, et leurs meurtres déguisés en suicides.

— C'est ça, confirma Johnson.

— Étaient-elles amies ?

— Il semblerait, répondit le sergent.

— D'autre part, elles employaient la même femme de ménage, Francie Letourneau, laquelle a volé des bijoux à ses deux patronnes avant d'être tuée à son tour.

— Exact. Nous en avons eu confirmation par les maris en leur montrant les photos de plusieurs pièces de joaillerie découvertes dans l'appartement de Francie, précisa Johnson.

— Et celle-ci a dit au patron du bar de Belle Glade…

Je fus interrompu par l'arrivée d'Althea avec un plateau : bananes plantain frites ; riz et haricots noirs ; ragoût de queue de bœuf ; enfin, un mérou entier mariné dans des épices et cuit à la vapeur. Décidément impossible d'en parler à Bree.

Tout le monde attaqua les plats. La queue de bœuf était, en un mot, incroyable. De même que le mérou. Et que la deuxième puis la troisième Red Stripe. J'avais oublié que cette bière se boit comme du petit-lait.

Nous nous étions déjà resservis une fois quand je repris la discussion :

— Donc, le jour de sa mort, Francie a raconté à ce barman qu'elle se rendait à Palm Beach pour un entretien d'embauche.

— Effectivement, enchaîna Drummond. Seulement, on n'a rien de rien qui prouve qu'elle soit même arrivée à Palm. Pas une trace de ce qu'elle a fait.

— Aucun appel téléphonique ?

— Son portable a disparu, mais on a trouvé l'abonnement, intervint Johnson. J'ai réclamé à l'opérateur les relevés des trois derniers mois. On les aura demain, en principe.

— D'autres idées ? me demanda Drummond.

— Oui. Je pense que vous devriez concentrer votre enquête sur les maillons et les chaînes que représentent les victimes, et extrapoler à partir de là.

Johnson paraissant perplexe, je précisai :

— Vous isolez chaque élément qui relie les victimes entre elles. Disons que vous prenez Francie comme dénominateur commun, ou comme premier maillon dans ce que nous appellerons la chaîne des mondaines. Dans ce scénario, la femme de ménage pourrait les avoir tuées toutes les deux pour leur faucher des bijoux, puis s'être fait assassiner elle-même par un tiers ayant eu vent du butin caché chez elle.

— Je verrais bien les choses ainsi, approuva Drummond qui mettait dans son assiette une nouvelle portion de queue de bœuf.

— OK, et le deuxième maillon ? demanda Johnson. Ou la deuxième chaîne ?

— La haute société de Palm Beach, répondis-je. Peut-être que Francie travaillait pour une troisième mondaine, que quelqu'un l'a surprise dans la maison en train de voler, l'a étranglée et s'est débarrassé du cadavre.

Johnson secoua la tête.

— D'après les documents que j'ai trouvés dans son appart, Francie connaissait une période difficile, elle avait perdu tous ses boulots de ménage.

— Avant de gagner à la loterie ?

— Oui.

— Alors, son histoire de loto était peut-être une invention, supputai-je. Cette subite rentrée d'argent lui serait venue des bijoux. Et le jour de sa mort, elle ne se rendait pas à Palm Beach pour un entretien d'embauche ; elle y allait en fait pour tuer une autre personne riche et lui dérober des objets de valeur.

58

Drummond médita sur ma théorie, puis annonça :

— Nous vérifierons auprès de l'organisme du loto.

— Je contacterais aussi ses anciens employeurs, dis-je. Pour leur demander s'il leur manque des bijoux. Parce qu'il me semble qu'Abrams et Martin ne les ont pas tous reconnus sur les photos, si ?

— C'est vrai ! lança Johnson entre deux bouchées.

Le téléphone du sergent retentit. Il le tira de sa poche, regarda le numéro et s'excusa :

— Désolé, messieurs, il faut que je prenne cet appel.

Il sortit du restaurant, me laissant avec son coéquipier, qui déclara soudain :

— Il y a une autre possibilité, vous savez.

— Allez-y.

— Et si Francie était bien une voleuse, mais pas une meurtrière ? suggéra le jeune homme. Elle serait effectivement allée piquer des trucs chez quelqu'un et aurait surpris le tueur.

— Vous voulez dire, pendant qu'il essayait d'assassiner une troisième femme du monde ?

— Oui, pourquoi pas ?

— A-t-on signalé l'agression d'une personne de ce milieu, récemment ?

— Pas que je sache, admit Johnson.

— Un dessert ? nous proposa Althea, qui s'approchait de notre table.

— Je suis plein, refusai-je.

Froissée, elle insista :

— Ils sont faits maison.

Je levai les mains en signe de reddition.

— Alors, je trouverai de la place.

— Pudding aux patates douces, annonça-t-elle, tout sourire. Café ? Thé ?

— Un café, merci, dis-je.

— Je prendrai la même chose, Althea, commanda Drummond en se rasseyant.

— Je dois partir, s'excusa Johnson. Pourrions-nous avoir l'addition ?

— Ne t'inquiète pas de ça, dit Drummond. Vous êtes tous les deux mes invités.

— Laissez-moi régler ma part, protestai-je.

— Un dignitaire en visite, certainement pas, répliqua le sergent avec un reniflement.

Johnson recula sa chaise.

— Encore une fois, ce fut un grand plaisir de faire votre connaissance, Alex.

— De même pour moi, lui assurai-je en me levant aussi pour lui serrer la main.

— À demain matin, chef.

— Frais et dispos, grommela Drummond.

Nos cafés et desserts furent servis. Je n'aurais jamais imaginé que le pudding aux patates douces puisse être décadent, mais il l'était.

Le sergent prit une gorgée de café.

— Bon, on n'a fait que discuter de notre affaire à nous. Sur quoi travaille un expert comme vous ces temps-ci ?

J'hésitai d'abord, mais finis par lui raconter les démêlés de mon cousin Stefan avec la justice, ainsi que les étranges rebondissements de cette histoire depuis notre arrivée à Starksville, quelques jours plus tôt. Drummond me prêta une oreille attentive sans m'interrompre, tout en mangeant et buvant.

Il me fallut près d'une heure pour faire le tour du problème ; les trois bières aidant, je parlai beaucoup trop. Comme Drummond savait écouter, il semblait naturel de se confier à lui.

— Et voilà où nous en sommes, conclus-je.

Après quelques secondes de réflexion, le sergent déclara :

— Vous voyez bien ce Marvin Bell dans le rôle du meurtrier du gosse, mais rien de ce que j'ai entendu n'indique qu'il soit impliqué.

— Parce que nous n'avons aucune preuve de son implication, admis-je. Tout le monde le dit à Starksville, ce type est glissant comme une anguille.

Drummond fit jouer sa mâchoire en hochant la tête, perdu dans ses pensées. Puis il reprit :

— J'en ai connu pas mal de ces anguilles. Le truc, c'est de les laisser vous glisser entre les mains jusqu'à ce qu'un excès de confiance les fasse…

Son téléphone sonna de nouveau. Il consulta l'écran.

— Encore désolé.

Il retourna dehors. Je finis mon café, tout en m'avisant qu'il me fallait trouver un hôtel pour la nuit. Althea apporta l'addition, étonnamment raisonnable vu la qualité du repas.

— Je me charge du pourboire, dis-je fermement à Drummond lorsqu'il revint à la table.

Il eut un sourire en coin.

— Je parie que vous allez vouloir régler toute la note une fois que vous en saurez plus sur ces deux appels que j'ai reçus.

— Ah oui ?

— Le premier était des Belcher, les pompes funèbres. Ils ont procédé à l'embaumement de votre Paul Brown, et ont livré le corps dans un cercueil pour indigents à une église de Pahokee qui n'existe plus. Elle a fermé il y a quinze ans.

Je fronçai les sourcils.

— Et le second ?

— C'était le pasteur de cette église à l'époque, une femme. Les Belcher l'ont contactée. Elle connaissait manifestement bien Paul Brown et propose de vous rencontrer à Pahokee demain vers 18 heures pour vous parler de lui, annonça triomphalement Drummond.

Avec un grand sourire, j'attrapai l'addition sur la table.

59

Starksville, Caroline du Nord

Bree éteignit les phares, ralentit la Taurus et l'arrêta face au caviste Bell Beverages, de l'autre côté de la place du centre-ville. Le 4 x 4 Bronco stationnait devant la boutique, où Finn Davis venait d'entrer. Elle commençait à douter de son instinct.

En voyant Davis en tenue négligée sur le point de quitter la propriété de Marvin Bell au volant de l'épave, elle s'était dit qu'il s'agissait d'une sorte de déguisement, ou en tout cas d'un moyen de se déplacer en toute discrétion. Pinkie et elle avaient regagné leur propre voiture deux minutes avant qu'il débouche de la route gravillonnée.

À la connaissance de Bree, Finn Davis n'avait jamais vu son visage. Tandis que Pinkie s'enfonçait dans son siège, elle avait mimé une conversation au téléphone jusqu'à ce que Davis les dépasse, en direction de Starksville. Elle avait fait demi-tour dès qu'il avait disparu après un virage, pour le suivre à distance.

— On dirait qu'il vaque à ses affaires, tout simplement. Il doit collecter la recette du jour, ce qui explique ses fringues d'ouvrier, dit Pinkie. Il ne veut pas attirer l'attention.

C'était en effet l'impression que donnait Davis. Il avait fait un saut chez le prêteur sur gages, au pressing, aux deux stations de lavage automobile, et fini par le caviste. L'intuition de Bree l'avait peut-être trompée.

Elle regarda sa montre : 20 h 30. Une heure plus tôt, elle avait envoyé un SMS à Alex, l'interrogeant sur sa journée, mais sans réponse de lui pour l'instant. De plus, la faim la tenaillait. Nana Mama lui avait promis de garder son repas au…

— À ton avis, Alex va-t-il trouver ce qu'il cherche en Floride ? lui demanda Pinkie.

Bree jeta un coup d'œil à l'homme baraqué, qui affichait un intérêt sincère.

— Je l'espère pour lui. Mais pour être honnête, Pinkie, je ne crois pas qu'il sache précisément ce qu'il cherche. À tourner la page, j'imagine.

— Est-ce que c'est possible ? Je veux dire, moi je n'ai jamais vraiment connu mon père. Il est mort quand j'étais très jeune. Pourtant, je pense beaucoup à lui, cette page n'est absolument pas tournée.

L'ex-mari de Sydney Fox émergea du magasin. Bree démarra la Taurus. Elle laissa de l'avance à Davis dans la circulation fluide, puis accéléra et le suivit vers le sud, à la sortie de Starksville. Trois kilomètres après la limite de la ville, le Bronco prit à droite une route en terre qui montait à travers les bois.

— Elle mène à Stark Lake, dit Pinkie. Peu de voitures l'empruntent le soir, pas assez pour nous cacher.

— Mais là-bas, il y aura du monde ? s'enquit-elle.

— Bien sûr, les estivants, qui ont une résidence secondaire ou qui campent dans la réserve naturelle.

— Des gens de couleur parmi eux ?

— Aussi, oui.

— Alors, on prend le risque, décréta Bree.

Elle attendit de voir disparaître dans les bois les feux arrière de Davis pour continuer la filature.

Contrairement à son nom, le lac n'avait rien de désolé, niché comme il l'était au milieu d'une forêt luxuriante. Des maisonnettes parsemaient ses rives ; en rien comparables au somptueux chalet de Marvin Bell, elles n'en étaient pas moins charmantes et soignées. Bree les longea à faible allure comme quelqu'un qui suivrait des indications routières, et scruta chaque allée, à la recherche du Bronco.

Devant à droite, une route partait en épingle à cheveux autour d'une anse étroite.

— Stop ! s'écria Pinkie. Recule et fais demi-tour comme si tu étais perdue.

— Tu l'as repéré ? demanda Bree en freinant.

— Il s'arrêtait devant une villa de l'autre côté de cette anse, dit Pinkie pendant qu'elle repartait en sens inverse et prenait un virage. Tiens, rentre la bagnole là et éteins tes phares.

Bree se gara en marche arrière dans l'allée d'un bungalow aux fenêtres sombres. Ils descendirent de voiture, puis coururent jusqu'à une rangée d'arbres faisant face à l'anse. L'eau clapotait à une quarantaine de mètres à peine, et Bree avait une bonne vue sur la villa et le Bronco. Aucun mouvement. Aucun bruit.

La maison était ravissante, plus neuve et plus moderne que toutes celles qui bordaient le lac. Certes beaucoup moins prétentieuse que le palais de Marvin Bell, elle se voulait quand même un symbole de réussite selon les critères de la plupart des gens, Bree comprise.

Une fillette de neuf ou dix ans sortit sur une longue galerie qui donnait sur l'anse. Finn Davis apparut à son tour. Il était suivi par un homme que Bree distinguait mal. Elle braqua ses jumelles sur lui au moment où il se tournait pour serrer la main de Davis, et elle le reconnut aussitôt.

— Le fumier ! murmura-t-elle.

— Quoi ? fit Pinkie.

— Attends, lui intima Bree, en plissant les yeux derrière les jumelles afin de s'assurer que la lumière tamisée de la galerie ne lui jouait pas un tour.

Pas d'erreur. C'était bel et bien l'enquêteur Guy Pedelini, sourire aux lèvres, en train de prendre une enveloppe que lui tendait Finn Davis. Il l'enfonça nonchalamment dans la poche arrière de son pantalon, avant de mettre un bras autour des épaules de l'enfant, que Bree devina être l'une de ses filles. Davis se dirigea vers le Bronco.

Bree, l'attention fixée sur Pedelini, vit son sourire s'effacer à la seconde où Finn Davis grimpait dans le véhicule. L'enquêteur et sa fille rentrèrent dans la villa.

— Et merde ! jura Bree, qui partit au galop vers la voiture.

— Qu'est-ce qui se passe ? demanda Pinkie, soufflant comme un bœuf pour rester à sa hauteur.

— Cette villa cossue appartient à Guy Pedelini, le seul homme à Starksville qu'Alex et moi considérions comme réglo, et le voilà apparemment à la solde de Finn Davis et sans doute de Marvin Bell, expliqua Bree. C'est le flic qui a découvert le cadavre de Rashawn Turnbull et c'est lui aussi qui enquête sur la drogue mise dans le sac de Jannie par la nièce de Bell.

— Putain ! Décidément, il y a des choses qui ne changent jamais ici, lâcha Pinkie hors d'haleine, au moment où des phares brillèrent le long de l'anse. On ne peut y faire confiance à personne à part la famille.

Les faisceaux lumineux approchaient. Bree et Pinkie se tapirent derrière un gros pin à quinze mètres de la voiture de location. Finn Davis les dépassa dans son 4 × 4.

Ils coururent à la Taurus, sautèrent dedans. Bree démarra tous phares éteints et fonça hors de l'allée à la poursuite de Davis.

Ils ne rattrapèrent pas le Bronco avant la jonction avec la nationale. Du haut de la côte, ils repérèrent ses feux arrière qui tournaient en direction de la ville. Bree alluma ses phares et accéléra. Grâce à la circulation assez dense, elle put rester à trois véhicules du 4 x 4 tandis qu'il longeait la manufacture en briques décrépite où la mère d'Alex avait cousu des draps et des taies d'oreiller. Bree conserva cette position presque jusqu'au vieux supermarché Piggly Wiggly.

Juste avant le passage à niveau, Finn Davis bifurqua à gauche, le long des rails, et disparut de leur vue.

— Elle va où, cette route ? demanda Bree.

— Je crois qu'elle sert à la maintenance de la voie ferrée.

La voie ferrée. Stefan Tate ne l'avait-il pas mentionnée à propos d'allées et venues louches dont il cherchait à découvrir les raisons ?

Se décidant en un quart de seconde, Bree se gara dans le parking du supermarché et bondit de la voiture. Elle courut sur le trottoir vers les rails. Le feu du passage à niveau se mit à clignoter. Une cloche carillonna. Les barrières de sécurité s'abaissèrent et elle entendit le grondement du train en approche.

Celui-ci lâcha un long sifflement pendant que Bree inspectait la zone du regard. Un bâtiment abandonné sur sa gauche. Un terrain vacant bordé par une rangée d'arbres le séparant de la voie ferrée. Elle le traversa en diagonale et se retrouva sur un remblai au-dessus des rails. Elle écarta des buissons.

Les phares du train et ceux du Bronco éclairaient Finn Davis, posté à cent mètres de là sur la voie de maintenance, à trois pas des rails. Bree braqua ses jumelles sur lui. Il ne se souciait pas le moins du monde de la locomotive, trop intéressé par le train qu'elle tractait et qui débouchait du tournant.

Déplaçant ses jumelles vers les wagons de marchandises, Bree vit les silhouettes de deux hommes sur le toit du premier, deux autres quatre wagons derrière, et un dernier tandem six wagons plus loin. Au fur et à mesure qu'ils passaient devant Davis, ils levèrent tous la main dans une sorte de salut qu'elle ne distingua pas dans l'obscurité.

Par contre, le fils adoptif de Marvin Bell était lui parfaitement visible lorsque, en réponse à leur salut, il leva sa main droite, trois doigts dressés en l'air.

60

West Palm Beach, Floride

Une heure plus tard, dans mon lit au Hampton Inn, je m'assis, bien réveillé maintenant, et dis dans mon téléphone portable :

— Tu te rappelles ces types sur le train le jour de notre arrivée à Starksville, ils ont fait le même signe de reconnaissance.

— Absolument, me confirma ma femme depuis la Caroline du Nord.

Je chassai les dernières brumes du sommeil.

— Combien en as-tu vu, cette fois ?

— Six en tout.

— Étaient-ils sur des wagons spécifiques ou comme répartis au hasard ?

— Un mélange de wagons-citernes et de marchandises.

— Qu'a fait Davis après ça ?

— Il est remonté dans son Bronco, a fait demi-tour et il est parti vers le nord, sans doute pour rentrer à Pleasant Lake, répondit Bree. J'ai abandonné la filature à ce moment-là.

— Je suis quand même surpris pour Guy Pedelini. Je le prenais pour un mec bien.

— Moi aussi, soupira Bree. Mais je commence à rejoindre le point de vue de Pinkie.

— Qui est ?

— De ne faire confiance à personne à Starksville, sauf à la famille.

— C'est une attitude cynique, mais la meilleure à adopter pour l'instant.

— Bon, j'ai assez monopolisé la conversation. As-tu eu de la chance de ton côté, là-bas ?

— En fait, j'ai été carrément verni, dis-je, et je lui racontai ma journée.

— Waouh, ça a été rapide ! s'exclama-t-elle quand j'eus fini. Qui est cette femme pasteur que tu vas voir demain ?

— On l'appelle la révérende Maya, et elle a apparemment connu Paul Brown. Les types des pompes funèbres se souviennent bien d'elle.

— C'est génial que tu puisses parler de ton père avec quelqu'un qui l'a fréquenté à l'époque.

— Je crois, oui. Ça me permettra de clore enfin ce chapitre et de revenir dans tes bras. On cherchera ensemble la signification de ce salut bizarre à trois doigts.

— Tu rentres demain soir ?

— Plutôt après-demain matin, par le premier avion. (Il y eut un silence entre nous.) Ça va, chérie ?

— Je me demandais juste quoi faire de plus en attendant. Que me conseilles-tu ?

— Essaie de voir Stefan si on t'y autorise. Pour savoir exactement ce qui a éveillé ses soupçons au sujet de la zone autour de la voie ferrée. Il ne l'a pas précisé, me semble-t-il.

— J'en ai déjà parlé à Naomi, répondit ma femme. Nous allons lui rendre visite dans la matinée. Quels sont tes projets jusqu'à ce que tu rencontres la révérende ?

— J'ai promis à Drummond et Johnson de leur filer un coup de main. C'est le moins que je puisse faire en échange de l'aide considérable qu'ils m'ont apportée.

— Tu me manques, Alex, souffla-t-elle d'une voix douce.

— Toi aussi, tu me manques. Et merci.

— De quoi ?

— De te mouiller pour ma famille.

— Je suis la femme d'Alex Cross, me taquina-t-elle. Est-ce que j'ai le choix ?

— Très drôle, répliquai-je, amusé. Je t'aime, Bree.

— Je t'aime aussi, Alex. Dors bien.

— Bonne nuit, dis-je, avant de raccrocher.

Il était alors presque 23 heures, et je m'étais levé aux aurores. J'aurais dû éteindre la lumière pour essayer de me rendormir. Mais je me sentais comme après un café bien serré, nerveux, impatient d'agir. Mon attention finit par se focaliser sur les trois classeurs qui contenaient une copie des investigations couvrant les meurtres des deux mondaines et de leur femme de ménage.

Quelque chose m'avait-il échappé lors de ma première consultation ?

M'avisant que je ferais mieux de répondre à cette question au lieu de rester allongé dans le noir à me demander ce que cette révérende Maya allait m'apprendre sur mon père, j'ouvris le premier classeur et commençai à relire tous les rapports.

Minuit avait sonné depuis un moment quand l'épuisement eut raison de moi, et je glissai dans les ténèbres vers un rêve confus, un méli-mélo de ce que j'avais vu à Starksville et en Floride : Sydney Fox gisant morte devant sa porte ; la canne à sucre en train de brûler, projetant de la fumée et des insectes dans le ciel ; le cadavre de Rashawn Turnbull sur les photographies de scène de crime ; et un homme sous une cape sombre à la capuche relevée qui me tournait le dos dans une rue de Belle Glade.

Il dressait haut sa main droite gantée, trois doigts tendus.

61

Starksville, Caroline du Nord

Chère, adorable Lizzie, songea le grand-père tandis qu'il plongeait une rame dans l'eau calme. Encore en chemise de nuit blanche et robe de chambre, sa précieuse petite fille était à genoux sur le fond du canot devant le banc de nage, ses bras par-dessus les plats-bords, son regard ensommeillé suivant les nénuphars qui scintillaient sous le soleil levant.

Il mania la rame avec adresse et douceur afin de faire tourner le skiff en un lent cercle autour des nénuphars. L'enfant se cramponna aux bords et pouffa de rire. Elle cria :

— Ouiiii !

— Je t'avais bien dit que ce serait amusant.

— C'est vraiment comme ça qu'on les attrape, grand-papa ? Les fées ? demanda Lizzie en écartant les boucles blondes qui retombaient dans ses yeux innocents d'un bleu si pur.

Le vieil homme sentit son cœur fondre pour la énième fois et répondit :

— Les plus grands savants sur le sujet affirment que le meilleur moyen de trouver des princesses-fées, c'est de sortir à l'aube un jour où il fait beau et chaud, car elles aiment prendre des bains de soleil sur les feuilles de nénuphars. Tu les encercles en bateau pour les désorienter, et hop ! tu les ramasses.

L'enfant écarquilla les yeux.

— Mais pourquoi ?

— Parce que si tu attrapes une princesse-fée, elle doit exaucer trois de tes vœux.

— Trois ? répéta la fillette avec émerveillement, tout en observant l'eau et les nénuphars qui dérivaient. Comment elle s'appelle ? Elle a un nom ?

— La princesse ? (Il réfléchit en vitesse.) Guinevere.

— Princesse Guinevere, articula Lizzie, séduite.

Elle leva la tête et lui adressa un sourire qui se transforma en une grimace d'inquiétude et de trouble.

— C'est qui, eux, grand-papa ?

Il se rendit compte qu'elle regardait derrière lui, vers la rive. Il se retourna et vit trois hommes descendre de la maison située en hauteur et traverser la pelouse en direction du lac.

— C'est qui, les messieurs ? insista-t-elle, agitée.

— Des amis, Lizzie, la rassura-t-il en faisant pivoter le canot pour regagner le quai. De vieux amis à moi. Personne de méchant.

— Et la princesse Guinevere, alors ? se lamenta-t-elle.

— Elle sera là demain aussi.

Il s'accota au ponton, lança une amarre au chef de la police de Starksville, Randy Sherman. Puis il tendit sa petite fille au shérif du comté de Stark, Nathan Bean, avant de grimper sur le quai.

— Lizzie, monte à la maison prendre ton petit déjeuner, lui ordonna-t-il gentiment.

Elle embrassa son grand-père et courut pieds nus sur le gazon, exécutant quelques pirouettes en chemin pour l'enchanter.

— J'adore cette petite. (Il se tourna vers le troisième homme.) Eh bien, cher juge, ces calculs rénaux ?

— Très chiants, répondit Varney avec une moue pincée. Mais je vais survivre.

— Content de l'entendre, parce que c'est justement pour une question de survie que je vous ai tous fait venir ici ce matin.

Le chef de la police et le shérif considérèrent attentivement le vieil homme. Quant au magistrat, malgré ses efforts pour se concentrer, il donnait l'impression d'avoir la bougeotte à cause de la douleur.

— Vous avez une belle vie, tous autant que vous êtes, hein ? demanda le grand-père de Lizzie.

Sans hésiter, les trois représentants de l'autorité firent un signe affirmatif de la tête.

— Il est donc important pour vous qu'elle continue comme ça ?

Nouveaux hochements de tête, encore plus vigoureux.

— Excellente réponse, plaisanta leur hôte, puis il devint sérieux. Je commence à craindre que la survie de notre belle vie soit menacée.

— Par qui ? demanda Varney.

— Par cet Alex Cross et les siens. Toute sa famille. Sa femme. Sa nièce, l'avocate. Ses tantes, oncles et cousins aussi.

Le chef de la police réagit en premier :

— Qu'attendez-vous de nous ?

— Je me suis arrangé, en passant par un intermédiaire, pour engager une professionnelle qui fait dans la dentelle et qu'on ne peut relier à aucun de nous. Il faudra lui donner tous les moyens de réussir sa mission durant son séjour à Starksville.

— Une femme ? s'étonna le shérif.

— Exact.

— Est-elle déjà venue par ici ? voulut savoir Sherman.

— Une fois.

— Sa visite est prévue pour quand ? demanda Bean.

— Elle arrive aujourd'hui. Bon, ce plan ne pose de problème à personne ?

Le juge Varney objecta :

— Il est impératif de procéder tout en finesse avec quelqu'un comme Cross. Il a une solide réputation. Et des amis haut placés.

— Nous sommes au courant, Erasmus, rétorqua le grand-père de Lizzie. C'est bien pour ça que j'ai fait appel à une « dentellière ». Les décès seront cousus main de sorte à passer pour de funestes coups du sort.

QUATRIÈME PARTIE

La côte dorée

62

Palm Beach, Floride

— Oh, Maggie, quelle fin tragique ! roucoula Coco. Mais de nos jours, le suicide est acceptable dans notre milieu social, pas vrai ? Ou du moins, ce n'est plus honteux comme autrefois.

Vêtu d'un pantalon en lin blanc Stéphanie Coudert, d'un sous-pull couleur sable et chaussé de ballerines, Jeffrey Mize, crâne nu, était assis au pied du lit. Sous l'emprise de son alter ego, Coco, il analysait la position fœtale du corps de Maggie, le drap remonté avec soin sous son menton, comme si la pauvre chérie s'était cherché un coin douillet où expirer.

Sur la table de nuit, la bouteille de tequila Patrón parachevait à merveille le tableau. De même que les flacons vides ayant contenu les antalgiques, antidépresseurs et somnifères dont abusait notoirement la défunte.

Un simple cocktail du tout avait suffi, se félicita Coco en se levant du lit. Maggie n'avait guère eu le temps de comprendre ce qui lui arrivait. Pas comme Lisa Martin, devenue l'incarnation de la fiancée de Frankenstein, yeux exorbités et hurlant à pleins poumons lorsque la radio avait touché l'eau du bain. Sans parler de Ruth

Abrams, qui avait desserré le nœud coulant avec une force étonnante.

Coco prit la pose devant le miroir de la chambre pour admirer sa tenue, son maquillage, cette toute nouvelle apparence, avant de se tourner vers la boîte rouge. Il l'ouvrit et en sortit la perruque. Blond cuivré, mi-longue, la chevelure retomba gracieusement sur ses épaules.

Quelques légers ajustements et l'effet qu'il souhaitait fut obtenu : Faye Dunaway dans *L'Affaire Thomas Crown*, avec sa coiffure décontractée, pas celle de la partie d'échecs contre Steve McQueen où Faye n'est qu'élégance et glamour.

C'est en tout cas ainsi que sa mère avait décrit cette perruque : décontractée et pourtant audacieuse, sportive et énergique. Pour une femme à la mesure de McQueen.

Coco gloussa en repensant au film car sa mère avait mis dans le mille. Après avoir enfilé une paire de lunettes en écaille pour parfaire le look Dunaway, il se sentit aventureux, culotté et très sexy lorsqu'il s'adressa une moue espiègle dans le miroir. Coco abandonna à regret son reflet, attrapa le sac en toile et sortit tranquillement de la chambre. Il fit un tour par la bibliothèque, où était exposé un portrait.

Maggie avait été peinte assise nu-pieds sur une dune au coucher du soleil, le visage de trois quarts. En jean et chemisette rose, les cheveux balayés par le vent, elle contemplait l'océan avec une expression mélancolique, comme consciente du caractère éphémère de sa beauté. *Tu resteras éternellement ainsi*, la salua-t-il en son for intérieur. *Assise sur une côte dorée, en train de songer aux ravages du temps*.

Coco tourna les talons, quittant Maggie mais la gardant pour toujours dans sa mémoire grâce à ce tableau. Dans l'office contigüe à la cuisine, il examina le système de sécurité du garage, rassuré de voir l'alarme désactivée.

Qu'avait dit Maggie, déjà ? Qu'il y avait un intervalle de quinze minutes après chaque réinitialisation ?

Bien plus qu'il me faut, estima Coco, et il enfonça le bouton qui relançait l'alarme. Accélérant l'allure, il pénétra dans le garage et enclencha la porte basculante derrière son Aston Martin bien-aimée.

Coco monta en voiture, noua négligemment un foulard bleu sur sa perruque, comme l'avait fait Dunaway dans la fameuse scène de la folle virée sur les dunes en buggy avec McQueen au volant. Il démarra l'Aston et sortit en marche arrière sous les premières lueurs de l'aube.

Le portail de la propriété coulissa. La capote baissée, Coco s'engagea dans South Ocean Boulevard en direction du nord. L'air était piquant de sel. Agité par le vent, le foulard flottait à la limite de sa vision périphérique. La naissance du jour. Le soleil levant.

C'était comme un tournage de film, avec Coco en star jumelle de Faye Dunaway, tandis qu'il longeait l'une après l'autre les maisons de maître baignées de lumière dorée. Son rêve habituel le reprit. *Tout cela sera à moi un jour. Mère l'a toujours dit : « Tu n'as qu'à en rêver, Coco, et le monde entier t'appartiendra. »*

Au centre-ville, il fit une halte pour un petit déjeuner et joua avec brio le rôle de Coco, se gorgeant de l'attention qu'il suscitait et les faisait rayonner, lui et son public. C'est ça, le véritable glamour, répétait sa mère. La beauté est une expérience qui se partage.

En remontant dans le roadster, Coco, enivré par son succès, ne savait plus où il devait se rendre. Aussi, tel un pigeon voyageur, il se fia à son instinct pour se guider. Il roula un moment, se gara dans une rue et marcha jusqu'à la devanture de Mize Fine Arts.

Après avoir passé toute la nuit en transe dans sa personnalité de Coco, ce ne fut que devant la galerie que Mize se rappela qui et où il était. Pris d'une faiblesse subite, il farfouilla maladroitement dans la serrure avec sa clef avant de parvenir à ouvrir la porte.

Une fois à l'intérieur, il mit le verrou et débrancha l'alarme. Il se dirigea vers son bureau, mais au bout de quelques pas un vertige le força à s'asseoir dans l'une des alcôves sur une pile de tapis persans authentiques. Cela faisait combien d'heures qu'il n'avait pas fermé l'œil ? Vingt-quatre ? Trente-six ? Coco s'était-il approprié tout ce temps ?

Mize s'allongea, roula lentement sur le côté et sombra aussitôt dans le sommeil.

Il n'avait pas la moindre idée du nombre d'heures qu'il avait passées là à dormir lorsque des coups secs à la porte le réveillèrent en sursaut. Il regarda autour de lui, hébété, puis aperçut dans le miroir mural du magasin le sosie de Dunaway, dont pas un seul cheveu n'était de travers.

On frappa encore, avec insistance.

Malgré les cognements en écho dans son crâne, Mize se leva et émergea de l'alcôve pour aller à la porte, derrière laquelle un homme musclé en chemise blanche et cravate collait son nez à la vitre tout en y pressant un insigne de police.

63

Lorsque Richard S. Johnson, la nouvelle recrue du shérif du comté, vit à l'intérieur de Mize Fine Arts une silhouette s'approcher de la porte, il recula d'un pas.

Le verrou fut tiré. Le battant vitré s'ouvrit, laissant apparaître une femme incroyablement séduisante à la coiffure impeccable d'un blond vénitien aux reflets cuivrés.

Tout sourire, elle lui demanda avec un doux accent du Sud :

— Vous désirez ?

Jamais de toute sa vie Johnson n'avait abandonné la bataille. Il avait combattu six fois en Afghanistan, sans jamais se dérober. En revanche, il perdait toujours ses moyens face aux dames de cette classe.

— Je suis, euh, l'enquêteur Johnson, euh, bureau du shérif de Palm Beach.

— Oui ? fit-elle.

Manifestement consciente de son effet sur lui, elle glissa la main le long du montant de la porte dans une pose de star de cinéma.

— Je cherche Jeffrey Mize, expliqua Johnson.

— Il n'est pas là. En général, il arrive un peu plus tard.

— Ah ! Je suis passé chez lui, mais il n'y était pas non plus.

— Il prend toujours son petit déjeuner dehors. Revenez donc dans une heure, et je suis sûre qu'il sera disposé à vous recevoir. Puis-je lui dire de quoi il retourne ?

— Oh, la routine, quelques questions à propos d'une affaire dont je m'occupe. Et vous êtes ?

— Coco, répondit-elle. Je suis consultante, je procède à des estimations pour M. Mize.

— Puis-je l'attendre à l'intérieur, Coco ?

Elle lâcha un soupir de gêne.

— Monsieur Johnson, je ne suis pas une employée de la galerie. Je travaille en free-lance et je viens tôt afin d'effectuer ma tâche dans le calme. Pouvez-vous m'accorder ce moment ? Il y a un coffee-shop sympathique en bas de la rue.

— À dans une heure, alors, fit Johnson.

— Malheureusement, je serai déjà partie, minauda Coco. Mais merci de votre compréhension, monsieur l'enquêteur.

— Je vous en prie, Coco.

Sur ce, Johnson emprunta le trottoir mécaniquement, avec la sensation d'avoir été plus ou moins hypnotisé par cette Coco.

Il secoua la tête à l'entrée du coffee-shop. Son enfance s'était déroulée au sein d'un quartier chaud de Miami. Engagé dans les Marines, il avait été déployé à deux reprises en Afghanistan, et il continuait à être mal à l'aise en présence de ce genre de femmes. Un petit rire lui échappa au souvenir de sa première rencontre avec Angela, son épouse, quand la timidité lui avait fait avaler sa langue.

Son téléphone sonna : le sergent Drummond.

— Quoi de neuf ? demanda celui-ci.

— Je devrais pouvoir interroger Mize dans une heure. Et vous ?

— J'ai eu une petite discussion avec l'intendante de Marie Purcell. Elle a viré Francie il y a quatre mois. Pour suspicion de vol de pièces de monnaie rares.

— Une plainte a été déposée chez nous ?

— Non, grommela le sergent. Les gens comme les Purcell n'aiment pas que la police se mêle de leurs affaires. Ils ont leur propre service de sécurité et gèrent ces problèmes discrètement.

— Ça arrive souvent par ici ? demanda Johnson, pendant qu'il faisait la queue pour un café dans cet endroit à l'ambiance conviviale.

— Je dirais que oui.

— Vous avez des nouvelles de Cross ?

— Je suis en route pour le prendre à son hôtel.

Le jeune homme était un brin jaloux. Il avait espéré passer plus de temps avec le Dr Alex Cross, profiter de son savoir et de son expérience.

— Qui as-tu ensuite sur ta liste ? s'enquit Drummond.

Johnson sortit de sa poche une feuille de papier, parcourut les noms et répondit :

— Les Crawford.

— Je me charge des Schultz.

Johnson accepta et raccrocha. Il commanda un espresso et un robusta kenyan qu'il mélangea dans un mug avec des glaçons. Il lut le *Palm Beach Post* de la première à la dernière page, appela les Crawford chez eux, puis d'autres personnes sur sa liste, mais n'obtint chaque fois qu'un répondeur l'invitant à laisser un message.

Il retourna à la galerie quinze minutes en avance et frappa énergiquement à la porte toujours close. Un homme ne tarda pas à arriver. Grand, les épaules tombantes, complètement chauve, il portait des mocassins blancs, un ample pantalon noir, une tunique noire, et des gants blancs en coton.

— Enquêteur Johnson, je présume ? dit-il d'une voix de basse. Coco m'a prévenu de votre visite. Mais entrez donc. Désolé de ne pas avoir été là plus tôt, et excusez-moi aussi pour les gants, je fais une vilaine réaction allergique à un dissolvant de laque que j'ai testé l'autre jour.

Johnson pénétra dans la boutique, regarda à la ronde avec admiration.

— Tout ce qu'il y a ici est superbe ! Quelle est votre profession, monsieur ?

— J'achète et vends de belles choses. Des objets d'art, des bijoux, des tapis et des meubles. En quoi puis-je vous être utile ?

— Je suis ici au sujet de Francie Letourneau.

Mize fronça les sourcils, sauf qu'il n'en avait pas, remarqua alors Johnson. Aucun poil nulle part. Comment appelait-on cette affection, déjà ?

— Quel est le problème avec Francie ? s'enquit le galeriste.

— Elle est morte, lui annonça Johnson.

Mize se raidit, porta une main gantée à sa bouche béante de stupeur et répéta :

— Morte ?

— Assassinée. On a trouvé son corps non loin de Belle Glade.

— Mon Dieu, mais c'est horrible ! Je l'aimais bien. Enfin, jusqu'à ce que je la mette à la porte.

— À cause de… ?

— Elle n'arrivait jamais à l'heure, et le ménage était fait n'importe comment. En plus, bien que je ne puisse pas le prouver, je crois qu'elle me volait.

— Vous croyez ?

Mize fit un geste circulaire.

— Le catalogage de mon stock est un art plus qu'une science exacte. Je ne me souviens pas de tous les bijoux que je conserve ici, par exemple.

— C'est ça qu'elle aurait volé ? demanda Johnson. Des bijoux ?

— Oui. Plusieurs pièces qui appartenaient à ma mère et qui ont tout bonnement disparu un jour.

— Comment avez-vous engagé Francie ?

— Par l'intermédiaire d'une société de services, répondit-il avec un reniflement de dédain. On m'a affirmé qu'elle était chaudement recommandée.

— Quand l'avez-vous vue pour la dernière fois ?

— Vue ? Je ne sais pas au juste, cela doit faire cinq mois, mais j'ai eu de ses nouvelles il y a quelques jours. Elle a laissé un message sur le répondeur de mon domicile. Vous imaginez ce culot ?

— Que disait-elle ?

— Elle prétendait être désolée pour le malentendu que nous avions eu et espérait que je la rembauche.

— Vous l'avez rappelée ?

— Bien sûr que non, et j'ai même effacé le message.

— C'était quel jour ?

— Samedi ? Dimanche ?

— Où vous trouviez-vous, dimanche ?

Mize prit le temps de réfléchir.

— J'ai travaillé ici tout l'après-midi. J'ai dîné tôt avec Coco et sa sœur dans un restaurant de sushis, puis je suis rentré chez moi vers 20 heures, j'ai regardé un vieux film sur Netflix. *L'Affaire Thomas Crown*, vous l'avez vu ?

— Non.

— Vous devriez, il est excellent. L'original, pas le remake. Bref, après m'être repu de Faye Dunaway et Steve McQueen, je suis allé au lit à 22 heures environ. J'aime me coucher et me lever tôt. Pas vous ?

— Pareil, fit Johnson. Connaissiez-vous Ruth Abrams ou Lisa Martin ?

— En lisant ces histoires dans le journal, j'ai fouillé ma mémoire. Je suis certain de les avoir croisées à une réception ou une autre. Quelle horreur !

— Francie Letourneau travaillait aussi pour ces deux femmes.

— Ah oui ? Pensez-vous qu'elle était complice de leur meurtre ? Et suite à ça, qu'elle s'est fait tuer à son tour ?

— C'est possible, admit Johnson.

Il sentit son téléphone vibrer. C'était à nouveau Drummond.

— Ramène tes fesses chez les Crawford, grogna le sergent. La madame est morte.

64

Johnson descendait de sa voiture au moment où le sergent Drummond se gara à côté de lui dans Ocean Boulevard entre deux véhicules de patrouille aux gyrophares bleus allumés.

À West Palm, la chaleur était suffocante lorsque j'avais retrouvé Drummond sur le parking du Hampton Inn, alors qu'ici, près de la plage, une brise marine rafraîchissait délicieusement l'air. Rien d'étonnant à ce que les riches prennent leurs quartiers d'hiver sur cette côte depuis plus d'un siècle. N'est-ce pas ce qu'avait raconté le sergent la veille au soir ?

Je n'eus guère le temps de m'assurer que les trois bières du dîner n'avaient pas altéré mes souvenirs, car Johnson entama le rapport de sa visite à la galerie Mize Fine Arts tandis que nous pénétrions dans la propriété des Crawford. Une villa méditerranéenne blanche à ailes multiples, coiffée de tuiles rouges ; un jardin époustouflant qui aboutissait à une cascade sertie dans un écrin végétal à la japonaise.

L'intérieur de la demeure était… en fait, je n'avais jamais mis le pied dans un endroit pareil. Mais bon, je n'ai pas souvent l'occasion de fréquenter les résidences de Palm Beach. Disons simplement que chaque pièce avait été conçue pour figurer dans *Architectural Digest*.

La cuisine était le fin du fin, avec des appareils ménagers suédois et finlandais qui étincelaient comme s'ils avaient été installés la veille, et un magnifique carrelage italien. La bibliothèque semblait avoir été volée à une abbaye du sud de la France. Et la chambre où se trouvait

Maggie Crawford était aussi lumineuse qu'une journée de Floride.

D'un œil exercé, je notai les flacons de pilules, la bouteille de Patrón et la timbale sur la table de nuit près de la femme cyanosée blottie sous les couvertures. Elle avait dû être très belle. Abstraction faite de son teint bleuâtre, on aurait pu la croire endormie.

— Personne touche à rien, surtout, ordonna Drummond. On va passer la main au légiste et à la scientifique.

Je ne lui donnais pas tort. Il n'y avait aucun signe de lutte. Ce serait aux experts de découvrir les circonstances du décès.

Un adjoint au shérif apparut à la porte.

— L'assistante personnelle de la défunte est en bas. C'est elle qui nous a prévenus.

La mine défaite, Candace Layne attendait dans la superbe bibliothèque.

— Tout le monde craignait que ça en arrive là, déclara-t-elle. C'est pour cette raison que John, son mari, l'a quittée. Il ne supportait plus de la regarder se détruire.

— Elle avait des problèmes de drogue et d'alcool ? demandai-je.

Layne acquiesça sombrement de la tête.

— En dépit de sa fortune, de sa beauté, de tous ses privilèges, c'était au fond une femme rongée par l'anxiété, qui n'avait aucune confiance en elle.

— Quand l'avez-vous vue pour la dernière fois ? l'interrogea Johnson.

— Hier, aux environs de 17 h 30, répondit l'assistante.

— Seriez-vous la dernière personne à l'avoir vue vivante ?

— Je pense, oui, dit Layne. Elle n'avait pas de projets pour la soirée. Elle comptait lire et regarder un film.

Drummond voulut alors savoir si Layne connaissait les trois autres femmes mortes récemment, les deux mondaines et Francie Letourneau. Lorsque, au lieu de répondre à la question, elle lui demanda si Maggie Crawford avait pu être elle aussi assassinée, il éluda en disant que rien n'était exclu à ce stade. Layne déclara avoir renvoyé Francie Letourneau après que Maggie l'eut surprise en train de voler des couverts en argent. Quant à Ruth Abrams et Lisa Martin, elle avait échangé des e-mails avec leurs assistantes, mais ne les avait jamais rencontrées.

— Donc Mme Crawford fréquentait les mêmes cercles qu'elles ? insista Drummond.

— Des galas de charité, ce genre de choses, admit Layne.

Malgré l'absence de preuves visibles du meurtre de Maggie Crawford, le lien entre les quatre affaires était évident pour moi. Trois dames de la haute société, qui avaient employé la même femme de ménage haïtienne. Toutes les quatre à présent mortes. Une telle coïncidence était improbable, ce qui impliquait l'existence d'un chaînon manquant, un facteur encore inconnu les reliant entre elles.

— Depuis quand travailliez-vous pour Mme Crawford ? m'enquis-je.

— Cela aurait fait cinq ans le mois prochain, répondit Layne tristement.

— Connaissez-vous assez bien ses effets personnels pour vous rendre compte s'il en manque ? demanda Johnson. Comme des bijoux ou des vêtements ?

Layne hocha la tête.

— Oui, je pense. Dois-je vérifier maintenant ?

— Nous attendrons que l'équipe de la scientifique ait fini son boulot, intervint Drummond. Parlez-moi d'elle.

— De Maggie ? fit Layne, perdue dans ses pensées. La plupart du temps, elle était la plus gentille, généreuse et drôle des patronnes, c'était un vrai plaisir de travailler pour elle. Mais sous l'influence de la drogue ou de l'alcool, elle devenait un tyran, une petite fille riche qui voulait tout tout de suite. Et même sobre, elle était souvent prise de… comment dire… mélancolie ou langueur. Regardez, on le voit bien à son expression sur ce portrait là-bas.

Layne fit un geste vers un tableau à l'huile représentant Maggie Crawford, nu-pieds, en jean et chemisette rose. Assise sur une dune au milieu de touffes d'oyats, elle avait été peinte de trois quarts en train de contempler l'océan. Je m'approchai pour étudier son visage, et compris de quelle expression parlait son assistante.

Derrière moi, Johnson commenta :

— C'est courant chez les gens de la haute ? De se faire peindre, je veux dire ?

— Je ne sais pas ; je suppose que oui, répliqua Layne.

— Ruth Abrams et Lisa Martin avaient aussi fait faire leur portrait, annonça Drummond, qui m'avait suivi et examinait la toile. Coco.

— Quoi ? s'exclama son coéquipier.

— En bas dans le coin, répondit le sergent. C'est signé *Coco*.

— Jamais entendu ce nom, dit Layne.

Johnson lança alors :

— Eh, moi si ! J'ai rencontré une Coco pas plus tard que ce matin.

65

Starksville, Caroline du Nord

Vers 16 heures, ce jeudi, Bree arpentait l'endroit où la veille elle avait vu Finn Davis faire son étrange salut à six jeunes hommes juchés sur les wagons d'un train de marchandises allant au nord.

— Qu'est-ce qu'on cherche ? demanda Naomi.

— Je n'en sais rien, soupira Bree. Et ton client non plus, malheureusement.

L'avocate et elle étaient venues là après un long détour, tout d'abord par la prison, où on leur avait accordé à peine une demi-heure d'entretien avec Stefan Tate. À la question de Bree sur ses soupçons à propos des trains, il avait répondu que, ayant surpris un jour à l'école une conversation entre deux toxicos qui parlaient de drogue et de la voie ferrée, il avait suivi l'un d'eux.

— Lester Michaels, un élève de terminale, le genre d'ado qui ne pense qu'à se défoncer. Je l'ai vu grimper sur un wagon de marchandises. Il n'est pas revenu au lycée pendant deux jours. Quand je l'ai interrogé ensuite sur son absence, il a prétexté une maladie. Sauf que j'ai discuté avec sa mère. Elle avait failli déclarer sa disparition à la police.

— As-tu vu d'autres personnes voyager clandestinement sur les trains ? lui avait demandé Bree.

— Non. Je suis resté là-bas plusieurs soirs à surveiller, mais les trains passent par Starksville à toute heure, sept jours sur sept.

— J'ai eu de la veine, alors, avait dit Bree. J'ai aperçu des jeunes sur les wagons deux fois depuis que je suis ici, et chaque fois ils ont fait à quelqu'un un salut à trois doigts. Tu connais ce signe ?

Stefan avait réfléchi un moment puis hoché la tête.

— Je me souviens de plusieurs garçons à l'école qui faisaient un truc comme ça.

— Leurs noms ? l'avait pressé Naomi.

— Aucune idée. Ce sont des élèves de Patty, je crois. Où est-elle, d'ailleurs ? Elle ne m'a pas rendu visite et ne répond pas à mes appels.

Bree avait gardé le silence, tandis que Naomi le rassurait :

— Je suis sûre qu'elle est seulement trop stressée.

— Ou qu'elle me lâche, avait rétorqué Stefan sur un ton plaintif.

Bree et Naomi avaient fait de leur mieux pour le convaincre du contraire. En partant de la prison, elles s'étaient rendues chez Patty Converse. Sa voiture ne se trouvait pas devant la maison mais, d'après ce qu'elles distinguaient par les fenêtres, ses affaires étaient toujours là. Naomi avait essayé de la joindre sur son portable, sans succès.

Elles n'étaient donc arrivées à la voie ferrée qu'à 16 heures.

En provenance du sud, un train de marchandises s'approchait dans un grondement. Bree et Naomi s'écartèrent des rails de manière à bien voir les toits des wagons. Du premier au dernier, ils ne transportaient personne. Un autre train passa quelques minutes plus tard, cette fois venant du nord. Sur celui-là non plus, aucun voyageur clandestin.

— J'ai peur que ce soit comme l'aiguille dans la botte de foin, soupira Naomi. On ne peut pas surveiller non-stop.

Songeuse, Bree observa les alentours, puis son regard se porta sur la rangée d'arbres entre la voie ferrée et le parking du supermarché. Ces cimes surplombant les rails éveillèrent en elle le souvenir d'un programme d'Outdoor Channel qui captivait Ali.

— Y a-t-il en ville un magasin d'équipement de chasse et de pêche ? demanda-t-elle à Naomi.

— La boutique de surplus militaire en vend, je pense.

Peu après, elles filaient en voiture chez P&J's Surplus. Elles furent accueillies à leur entrée par plusieurs drapeaux des anciens États confédérés déployés sur le mur du fond.

Bree les dédaigna et se dirigea vers la seule personne au comptoir, une fille blanche corpulente d'une quinzaine d'années, Sandrine, d'après son badge. Celle-ci dévisagea Bree d'un air méfiant et Naomi avec curiosité. Elle l'interpella :

— Hé, je vous ai vue dans les journaux et à la télé ! C'est bien vous qui défendez le tueur de ce gosse ?

— Je suis en effet l'avocate de M. Tate.

— Vous suivez le procès ? s'étonna Bree.

Sandrine haussa les épaules.

— Papa dit que je devrais pas y prêter attention.

— Et pourquoi ça ?

— C'est juste des nègres qui tuent des nègres. Vous vexez pas, je fais que répéter, répondit l'adolescente avec désinvolture.

Bree ravala une réplique cinglante tout en se demandant combien de gens dans la région pensaient la même chose au sujet de l'affaire.

Naomi parvint à rester impassible et dit calmement :

— Nous avons besoin de certains articles.

— Ah ouais ? s'anima Sandrine, en bonne vendeuse. Qu'est-ce qu'il vous faut ?

Bree le lui expliqua, et la fille contourna son petit comptoir en se dandinant, le sourire aux lèvres.

— On trouve tout chez P&J ! On en a justement reçu six l'autre jour. Vous en voulez combien ?

Après un instant de réflexion, Bree répondit :

— Deux pour commencer.

66

Comté de Palm Beach, Floride

La canne à sucre en train de brûler répandait à nouveau sa fumée noire dans l'air alors que je roulais en direction de Belle Glade avec l'envie d'être à la fois là-bas, à Palm Beach et à Starksville.

Il était 17 h 20. Je me récapitulai la journée que je venais de passer avec Drummond et Johnson. Ils s'étaient rapidement fait confirmer par le personnel des Abrams et des Martin que le portrait de chaque patronne était également signé *Coco*. En revanche, aucun des employés ne connaissait l'artiste, et encore moins son adresse.

Le mari déserteur de Maggie Crawford, John, pêchait au fin fond de l'Alaska. Le « roi des nichons », qui opérait toute la journée, n'était pas joignable non plus. De même qu'Elliot Martin, l'époux milliardaire de Lisa, en voyage d'affaires à Shanghai.

Des messages furent laissés auprès de leurs secrétaires. En chemin pour la galerie Mize Fine Arts située dans Worth Avenue, Johnson chercha avec son Smartphone sur Internet une Coco résidant à Palm Beach ou aux environs. Personne de ce nom n'y était répertorié.

Nous trouvâmes la galerie fermée malgré l'heure d'affluence. Après avoir frappé en vain à la porte, nous allions partir quand Johnson déclara :

— Je ferais bien un petit tour à l'intérieur.

— Oh, je suis sûr que ça te démange, répliqua Drummond. Mais une même signature sur trois tableaux ne justifiera pas un mandat de perquisition. Et il y a un sérieux système d'alarme. Tu aurais du mal à t'expliquer si tu te faisais choper dans la boutique.

Je regardai Drummond, qui me fit un clin d'œil.

Notre visite suivante fut pour le domicile de Mize. La villa avait dû être somptueuse à une époque ; sans atteindre les proportions gigantesques de celles d'Ocean Boulevard, elle était quand même imposante. La pelouse et les massifs de fleurs en façade faisaient l'objet de soins. Mais la demeure elle-même avait besoin d'être retapée. De près, l'on voyait le vernis écaillé de la porte d'entrée, et le revêtement extérieur en était aux premiers stades de la dégradation.

Drummond pressa la sonnette. Pas de réponse. Il recommença.

J'allai fureter dans un passage sombre entre la villa et une haie de bambous qui la séparait de la propriété voisine. De mauvaises herbes craquelaient le ciment de l'allée. Le jardin à l'arrière n'avait manifestement pas été taillé depuis des mois. Une descente de gouttière était disjointe à mi-hauteur du mur, sa partie inférieure ne tenant que par un collier.

— S'il est là, il ne veut pas ouvrir, dit Drummond quand je revins.

— À votre place, j'éplucherais ses déclarations fiscales, suggérai-je.

— Pourquoi ?

— Il n'entretient pas sa maison, on peut en déduire qu'il a des soucis d'ordre financier.

Drummond réclama par téléphone un rapport exhaustif sur Jeffrey Mize pendant que nous regagnions les voitures.

— Il va falloir qu'on surveille sa baraque, dit Johnson.

— Et sa galerie, ajoutai-je. Tôt ou tard, Mize ou Coco s'y pointeront.

Comme il était le seul à avoir vu Coco en personne, Johnson se chargea de la boutique. Je tins compagnie à Drummond devant la villa jusqu'à ce qu'il fût temps pour moi d'aller découvrir ce qu'il était advenu de mon père en Floride.

— J'espère que vous obtiendrez satisfaction, me souhaita le sergent.

Au nord de Belle Glade, une heure après, une nuée d'insectes s'abattit sur la route, et ils étaient si nombreux à s'écraser contre mon pare-brise que tout le liquide des essuie-glaces ne suffit pas à l'en débarrasser. À la limite de Pahokee, je m'arrêtai dans une station-service pour faire le plein d'essence et nettoyer les vitres, puis je parcourus la petite ville, remarquant au passage des affiches à la gloire de l'équipe locale de football américain.

Drummond m'avait dit que les équipes lycéennes de Pahokee et de Belle Glade se classaient systématiquement parmi les meilleures de Floride, et avaient déjà fourni soixante joueurs à la National Football League. Une réussite impressionnante étant donné la dépression économique locale. L'activité commerciale était encore plus réduite à Pahokee qu'à Belle Glade.

Toutefois, le Cozy Corner Café dans Lake Street tenait bon. Je me garai devant. Si près du lac Okeechobee, l'humidité saturait l'atmosphère. Les dix pas entre la voiture de location et la porte de l'établissement me mirent en nage, la subite nervosité qui me gagnait n'arrangeant rien.

Qu'était-il arrivé à mon père tant d'années en arrière ?

Il y avait six clients dans le café, mais une seule femme, assise à l'écart. Elle m'adressa un sourire et m'invita d'un geste à sa table. Une jolie Latino-Américaine d'âge avancé, tout en rondeurs. Radieuse, elle se leva en repoussant sa longue queue-de-cheval noire mouchetée de gris, et lissa sa charmante robe mauve en batik. Une petite croix toute simple en bois pendait à son cou au bout d'une chaîne.

— Docteur Cross ? dit-elle. (Son sourire s'élargit encore tandis qu'elle prenait ma main dans les siennes et m'observait avec gentillesse à travers des lunettes cerclées de métal.) Je suis la révérende Alicia Maya. Je crois comprendre que vous vous intéressez à Paul Brown ?

67

Le temps d'une heure, d'un café glacé et d'une part de tarte à l'ananas, la révérende Maya me dévoila tout ce qu'elle savait sur Paul Brown. Elle avait fait sa connaissance peu après avoir pris son premier poste de ministre du culte à la petite église unitarienne universaliste de Pahokee.

— À vingt-cinq ans, tout juste diplômée en théologie, je voulais changer le monde, expliqua-t-elle. Vous ne le croiriez pas aujourd'hui, mais à l'époque Pahokee était une commune prospère. Tout le monde avait du travail. Les gens venaient ici pour en trouver, comme Paul Brown.

La révérende raconta que Brown avait assisté à l'un de ses offices du soir. Il était faible et boitait terriblement.

— Il est resté après le départ des paroissiens, continua-t-elle. Il m'a dit n'avoir aucun endroit où aller et qu'il nettoierait l'église si je le laissais y dormir. Malgré mes doutes, j'ai senti que cet homme ne souffrait pas seulement de peines physiques, et je lui ai donné mon accord. Il a fini par vivre là pendant huit mois environ, travaillant comme ouvrier agricole la journée, faisant le ménage à l'église le soir.

Je levai les mains pour l'interrompre.

— Avant que nous allions plus loin, pourriez-vous répondre à une ou deux questions rapides ?

— J'essaierai.

— À la mort de Brown, avez-vous prévenu un certain Clifford Tate, à Starksville en Caroline du Nord ?

La révérende inclina la tête, le regard ailleurs, puis acquiesça :

— Oui. Son nom et son numéro de téléphone étaient inscrits dans un petit carnet que j'ai trouvé dans les affaires de M. Brown.

Par ces mots, la perte de mon père devint étrangement définitive, et cela devait se lire sur mon visage car la révérende me demanda :

— Le sergent Drummond m'a dit que vous étiez parents ?

— Je crois bien que c'était mon père.

Elle battit des paupières, respira à fond.

— Oh ! Je ne le savais pas.

Puis elle expliqua que Brown semblait être un homme torturé faisant de son mieux pour expier d'anciens péchés, mais il restait évasif quant à leur nature. Il se confiait très peu à la révérende, qui le surprenait souvent à genoux en train de prier dans l'église.

— Je lui demandais quel était l'objet de ses prières. Et il me répondait seulement : « le pardon ».

— Il ne vous a donc jamais avoué ce qui était arrivé ? Ce qu'il avait fait de mal ?

Alicia Maya parut en proie à un conflit intérieur, et je compris que cela concernait le secret confessionnel entre un pasteur et ses ouailles, même une brebis morte. Aussi lui parlai-je de Jason Cross.

Elle m'écouta, captivée, pendant que je lui décrivais la descente aux enfers de mes parents. Je conclus par le meurtre de ma mère et par mes souvenirs fragmentés de la nuit où, comme je l'avais cru pendant trois décennies et demie, mon père était mort.

— M. Brown m'a confessé une partie de tout cela, sans pourtant jamais nommer personne. Il disait avoir tué sa femme parce qu'elle souffrait trop.

— Je pense que c'est vrai. A-t-il parfois fait mention de nous, ses enfants ? Ou de sa mère ?

— Oui. Il m'a raconté que ses enfants vivaient avec sa mère quelque part dans le nord, et qu'ils s'en sortaient bien mieux sans lui.

Puis la révérende Maya me relata la fin. Un soir, plusieurs mois après l'installation de Brown dans son église, elle était allée prendre de ses nouvelles. Il ne se trouvait pas dans la petite pièce qui lui était attribuée. Elle avait alors entendu un coup de feu dehors et l'avait découvert gisant derrière le bâtiment. Il s'était tiré une balle en pleine figure avec un fusil.

— Puis-je voir où ça s'est passé ?

Elle secoua la tête.

— L'église était une construction rongée par les termites qui a été démolie cinq ans après mon départ pour une autre paroisse, à West Palm. Mais je vous montrerai avec plaisir sa tombe, si vous voulez.

— Sa tombe. Oui, j'aimerais beaucoup.

68

— Nous allons prendre ma voiture, décréta la révérende. Ce sera plus amusant.

À ma surprise, elle se dirigea vers une Mazda Miata blanche étincelante, un ancien modèle décapotable à deux portes.

— Est-ce que tous les ministres du culte unitarien universaliste se déplacent en voiture de sport ? plaisantai-je.

Elle éclata de rire.

— Dans mon cas, oui. C'est mon seul et unique vice.

La révérende s'adonnait à son vice avec brio ; elle manœuvra la Miata sur les routes rurales après les rues défoncées de Pahokee comme si elle avait suivi une formation de pilote de course. Mais ma curiosité resta inassouvie, car elle me bombarda de questions sur moi et sur ma famille.

À la fin du trajet de quinze minutes, je savais que la révérende Maya était aussi douée pour sonder les âmes que pour conduire.

— Vous avez mené une vie passionnante dans tous les sens du terme, déclara-t-elle tout en rétrogradant pour franchir l'étroit portail d'un petit cimetière en pleine campagne. Je pense que Paul, euh, votre père aurait été très fier de vous.

Je souris, la gorge nouée, et balbutiai :

— Merci.

Des insectes voraces tourbillonnèrent autour de nous à la seconde où la voiture fut arrêtée. Alicia Maya sortit aussitôt de la boîte à gants deux diffuseurs anti-moustiques ThermaCell. Elle en fixa un à son sac à main. J'accrochai l'autre à ma ceinture, heureux de constater l'efficacité du produit répulsif.

Elle me guida dans le cimetière, et au croisement de deux allées prit à gauche vers le grillage d'enceinte et l'épaisse végétation qui le bordait. Au bout de la rangée était érigée une stèle modeste en granit rose de la taille de deux briques.

PAUL BROWN
SERVITEUR DÉVOUÉ DE SON SEIGNEUR, JÉSUS-CHRIST

Mes épaules s'affaissèrent quand je lus cette épitaphe, puis la date du décès gravée dessous. Je me reportai toutes ces années en arrière, me demandant où je me trouvais lorsque mon père s'était ôté la vie.

J'avais, quoi, douze ans ? Treize ? Avais-je une seule fois pensé à lui à cette époque ?

J'en doutais fort, et cet aveu libéra un filet d'émotion brute contenue depuis mon arrivée devant cette pierre tombale. Ma tête dodelina d'avant en arrière, lentement. Mes poumons réclamaient de l'air.

Il avait tué ma mère et échappé à la justice pour finir consumé par la culpabilité et le remords. Le barrage céda alors en moi, et je fus submergé par cette tragédie, par la seconde perte de mon père. Enfouissant mon visage dans le creux de mon coude, j'éclatai en sanglots douloureux.

Je sentis la main de la révérende me frotter le dos.

— C'est dur pour vous, dit-elle. Très dur.

Il me fallut près d'une minute pour me ressaisir. Embarrassé, je reniflai en détournant le regard.

— Excusez-moi.

— Il n'y a aucune raison, fit-elle sur un ton apaisant.

— Je me sens si mal.

— Rien de plus naturel. Qu'est-ce qui vous fait le plus de peine ?

Cette question alluma en moi une colère latente.

— J'ai grandi sans père. C'est de ça que je lui en veux le plus. Un garçon a besoin d'un papa.

— En effet, et j'en suis navrée, dit-elle avec une expression de profonde empathie.

— Ce n'est pas votre faute, répliquai-je d'une voix rauque. Mon père a pris sa décision, je suis sûr qu'il pensait agir pour le mieux.

— Mais c'est quand même difficile à accepter.

Je hochai la tête.

— La nuit où on a cru qu'il était mort, ce fut comme si une porte se fermait derrière lui. Or voilà que ces derniers jours la porte s'était ouverte, juste un instant, le temps que j'aperçoive un passage secret, sauf qu'il aboutit à une autre porte. Et celle-là restera fermée à clef pour toujours.

La révérende, qui semblait partager sincèrement mon chagrin, se tint près de moi en silence. Elle finit par me proposer :

— Voulez-vous être seul un moment ?

Je contemplai la stèle en me sentant totalement vidé, puis je m'adressai au fantôme de mon père :

— Je t'aime, papa. Je te pardonne, papa.

Alicia Maya me tapota encore le dos pendant que je m'éloignais de la tombe. Aucun de nous deux ne parla sur le trajet du retour à Pahokee.

— J'espère vous avoir aidé à trouver la paix, docteur Cross, me dit-elle une fois que je me fus extirpé de la voiture de sport.

— Je désirais connaître toute l'histoire de mon père, et c'est fait. À présent, je vais devoir apprendre à vivre avec, ainsi que ma grand-mère.

La femme pasteur me considéra longuement, puis déclara :

— Il faut que je prépare le dîner pour mon époux, qui ne devrait pas tarder à rentrer de son travail. Que Jésus vous bénisse, vous et votre famille.

— Merci, madame la révérende, répondis-je, forçant un sourire. De même pour vous et votre mari. Et soyez prudente sur la route.

— Toujours ! assura-t-elle.

Puis elle démarra la Miata et fonça à tombeau ouvert dans le crépuscule.

69

Il se mit à pleuvoir alors que je m'engageais sur l'un des ponts de Palm Beach, à 20 h 30. J'étais en train de me demander à quel moment appeler Bree. Malgré la tentation de prendre tout de suite le téléphone, je ne voulais pas donner à nouveau libre cours à mes émotions en public, et surtout pas au volant. J'attendrais d'être de retour dans ma chambre du Hampton Inn après avoir fait le point avec le sergent Drummond.

Mais ni lui ni Johnson ne décrochèrent leur portable et, en passant devant Mize Fine Arts, je ne vis aucun signe de surveillance de la boutique. Je continuai jusqu'au domicile du galeriste, sachant pertinemment que j'agissais comme souvent en période de tourmente : focaliser mes pensées sur un mystère ou une enquête pour fuir mes soucis personnels.

J'aurais dû faire une halte quelque part pour manger un morceau, puis rentrer à mon hôtel et chercher le prochain vol pour la Caroline du Nord. Au lieu de quoi je me trouvais devant chez Mize. Le véhicule de Drummond était toujours à la même place, ce qui me rassura.

Je roulai jusqu'au coin de la rue, me garai hors de vue, et rebroussai chemin à pied aussi nonchalamment que possible pour un Afro-Américain à Palm Beach. Johnson m'aperçut par la vitre côté passager et déverrouilla la portière arrière.

Je grimpai d'un bond sur la banquette.

— Satisfait ? s'enquit Drummond, qui m'observait dans le rétroviseur intérieur.

— Ce rendez-vous a été très utile. Elle m'a énormément aidé.

— Alors, on est contents pour vous.

— Et merci encore, sergent.

— De rien.

— Vous avez laissé tomber la planque à la galerie ?

Drummond désigna la villa à travers le pare-brise.

— Les lumières se sont allumées il y a une heure à peu près. Soit c'est une programmation du système de sécurité, soit Mize est là.

— Combien de temps allez-vous attendre ?

— Je ne sais pas. Jusqu'à ce que…

— Chef ! le coupa Johnson. La porte du garage se lève. Ce sera quelle bagnole ? La Lexus ou…

Une décapotable vert foncé émergea du box en marche arrière jusqu'à l'aire de retournement. C'était un modèle vieux de quarante ans minimum. Le genre de bolide que conduisait Sean Connery dans sa période James Bond.

— Un cabriolet Aston Martin DB5, précisa Johnson en connaisseur. Une voiture de collection. Très rapide et maniable. Un roadster.

— On le perdra pas, affirma Drummond en mettant le contact.

Quand l'Aston, capote relevée, franchit le portail, je distinguai une haute silhouette derrière le volant. Elle partit vers le nord à bonne allure mais dans la limite de vitesse autorisée, en direction de Worth Avenue et de la galerie.

— Comptez-vous l'interpeller sur la route ? demanda Johnson à Drummond.

— Je veux d'abord savoir où il va ce soir après avoir ignoré nos appels téléphoniques et nos coups à sa porte, répondit le sergent.

— Peut-être chez Coco, suggéra son coéquipier.

— Tu penses qu'ils sont complices dans cette affaire ?

— Pourquoi pas ? Coco pourrait lui désigner ses cibles. Ou vice-versa.

Drummond fronça les sourcils, et me jeta un coup d'œil interrogateur dans le miroir du rétroviseur.

— Une tueuse en série ? Ce n'est pas rare, ça, Cross ?

— Vous avez plusieurs meurtres, mais pour moi ça ne ressemble pas à une série au sens strict. Chaque fois, on a pris soin de maquiller le crime en suicide. La plupart des tueurs en série se délectent au contraire à exposer leurs actes. Donc une femme pourrait être notre assassin ou sa complice.

— Le mobile ?

— L'argent.

L'Aston Martin se trouvait deux véhicules devant nous quand elle freina à un carrefour. Au lieu de prendre à gauche vers Mize Fine Arts, elle partit à droite et fila vers l'océan.

Drummond restait à bonne distance en arrière, soucieux de ne pas se faire repérer, tandis que Johnson et moi nous tordions le cou pour suivre la voiture des yeux lorsqu'elle tourna à gauche dans Ocean Boulevard, pile au moment où la pluie redoublait d'intensité. Moins d'une minute plus tard, nous bifurquions à notre tour, mais Mize n'était plus visible.

Puis Johnson aperçut des feux de stop rouges derrière le portail d'un mur entourant une demeure style mas provençal à un étage. Elle était en grande partie dissimulée des regards par des palmiers courbés et une profusion de plantes. Drummond fit le tour du pâté de maisons pour s'assurer que Mize ne s'était pas rendu ailleurs, mais nous avions l'intuition que quelqu'un qui vivait ou travaillait dans le mas l'avait fait entrer. Selon le registre du cadastre que Johnson consulta sur son iPad, les propriétaires s'appelaient Edwin et Pauline Striker.

— Pauline serait-elle une candidate valable pour le personnage de Coco ? demandai-je.

Johnson fit un signe négatif.

— Le couple a plus de soixante ans. Mais Coco pourrait être leur fille, ou une nièce.

Drummond stationna à un endroit qui nous permettait de surveiller le portail, puis tambourina sur le volant. Malgré le manque d'expressivité de son visage, comme j'avais appris à déchiffrer son langage corporel je devinais sa frustration, au demeurant justifiée.

Les divers liens que nous avions établis entre les victimes, Mize et Coco s'avéraient au mieux fragiles, et certains ne reposaient sur aucune preuve. Par exemple, nous n'avions pas la certitude que l'artiste qui peignait les portraits était aussi la consultante de Mize. Quant à celui-ci, sa seule connexion à l'affaire, c'était d'avoir employé Francie Letourneau et reçu un message de sa part juste avant qu'elle se fasse tuer.

Ce qui ne suffisait certainement pas à nous donner le droit de pénétrer chez lui. Ou d'ailleurs chez les Striker, car le marchand d'art pouvait fort bien être un vieil ami du couple et leur rendre visite, même à cette heure tardive.

Mais si jamais…

Drummond pesta :

— Ça me tue de rester là à me demander si Mize est seul avec Pauline Striker.

— Ou avec Coco et Pauline Striker, renchérit Johnson.

— Téléphonez à la résidence, suggérai-je. Sous le prétexte que vous cherchez les personnes ayant eu Francie Letourneau comme femme de ménage ou qui connaissent une portraitiste nommée Coco. On verra si ça fait réagir Mize.

Johnson trouva le numéro, le composa et fut transféré à un répondeur. Il laissa un message où il déclinait son identité et demandait qu'on le contacte sur son portable au sujet d'une enquête en cours.

La probabilité qu'il soit rappelé rapidement me parut mince. Je bâillai, regardai ma montre : il était presque 22 heures.

C'est alors que le téléphone de Johnson sonna.

— Les Striker, annonça-t-il, avant de mettre le haut-parleur et de décrocher.

70

Dans le couloir devant la suite de maître à l'étage, Jeffrey Mize devint Coco, qui, avec une parfaite maîtrise de soi, affecta une voix revêche :

— Pauline Striker à l'appareil. Je souhaite parler à l'enquêteur Johnson.

— C'est lui-même, dit Johnson. Merci d'avoir rappelé si vite.

— De quoi s'agit-il ?

— D'investigations auxquelles je participe. J'aimerais savoir si vous ou vos relations avez employé une certaine Francie Letourneau comme domestique au cours des quatre ou cinq dernières années.

— En ce qui me concerne, la réponse est non, affirma Coco. Nous avons la chance de ne pas avoir eu de renouvellement de personnel depuis dix ans. Les deux filles qui travaillent ici font quasiment partie de la famille. Quant au personnel d'autres maisons, je ne saurais dire.

— Très bien, fit Johnson.

— Ce sera tout ? Mon mari et moi recevons ce soir.

— Mes excuses pour le dérangement, mais j'ai encore une question.

— Allez-y.

— Avez-vous fait peindre votre portrait par une artiste du nom de Coco ?

L'espace d'un instant, Coco se dissipa tel un nuage, et Mize sentit la panique le saisir. Mais son alter ego reprit aussitôt le contrôle et assura :

— Les seuls portraits professionnels de ma famille ou de moi sont des photographies de studio. Quel est le problème ? J'ai des invités qui m'attendent.

— Je ne fais que suivre quelques pistes, madame. Encore une fois, excusez-moi d'avoir interrompu votre soirée.

La communication fut coupée.

Coco reposa le combiné sur son support, certain d'avoir paré un danger immédiat. Mais il resta immobile de longues secondes, pressentant que l'étau de la police se resserrait.

Dans son cerveau s'activa le circuit Mize : *Johnson nous a rencontrés tous les deux, Coco et moi. Il tapait comme un sourd à la porte de la maison cet après-midi. Il retournera à la galerie dès demain matin. Mieux vaut s'enfuir maintenant. Prendre le maximum de choses et filer.*

Mais ces temps-ci, Coco était dominant. Il repoussa cette velléité de fuite aussi facilement qu'il avait évacué de son esprit l'aspect de sa villa et caché tout ce qui pourrait ternir sa propre apparence aux yeux du monde.

Rien d'autre ne comptait. Son apparence. Ce soir. À ce moment.

Une dernière fois ?

Vêtu seulement d'une culotte noire La Perla et d'une sublime guêpière Chantal Thomass noire aux broderies roses, Coco regagna la chambre où Pauline Striker, nue, tremblante de peur, était bâillonnée et ligotée à une chaise.

— Qu'en penses-tu ? minauda Coco. (Il fit courir ses doigts le long de ses flancs.) Amincissant, ce corset. Et très sensuel. Dis donc, Pauline, dans mes délires les plus fous je ne vous imaginais pas Edwin et toi comme un couple porté sur le sexe, mais bon, ce qui se passe dans un lit reste privé et évolue avec le temps. Et aujourd'hui, me voilà ici à jouer de ton côté coquin, et toi, tu es… tu es là.

Magnétisé par la frayeur de la femme, Coco se figea quelques instants. Puis il attrapa une paire de bas noirs en soie fine, rapportés de Paris, et s'assit dans le fauteuil devant la coiffeuse. Il les déroula lentement sur ses orteils, ses mollets, ses cuisses. Coco raffolait de cette sensation. Il ne s'en lassait pas.

— As-tu déjà eu l'impression que deux personnes cohabitaient en toi ? demanda-t-il à Pauline, puis il désigna le corset. Hmm, avoir découvert ça dans tes tiroirs me dit que oui. Alors au cas où tu t'interrogerais, c'est exactement ce que nous sommes en train de faire, nous explorons nos personnalités, nous réalisons nos fantasmes, tu saisis ?

Les yeux de Pauline Striker étaient rivés aux siens.

En passant derrière elle, Coco lui effleura la joue des ongles de sa main gauche.

— Ce soir, il y a quelqu'un d'autre qui s'amuse dans ta tête, chérie. Elle s'appelle Miranda. C'est une enfant terrible, et je l'adore.

Le front de Pauline était plissé d'incompréhension lorsque Coco fit le tour de la chaise et revint face à elle.

— Miranda est une enfant terrible, et je l'adore, répéta-t-il, et il se sentit durcir. Mais elle est aussi ma mère, et je la hais.

Coco gifla Pauline si fort que ses doigts laissèrent une empreinte sur la joue.

Indifférent aux cris et aux gémissements de douleur de la femme, Coco annonça sur un ton froid :

— Plus de gants, mère. Plus de mise en scène de suicide pour protéger Jeffrey. Ce n'est tout simplement pas assez gratifiant.

71

— Je vous assure, chef, on aurait dit Coco à certains moments, affirma Johnson. Quand elle m'a parlé à la galerie, son élocution avait une cadence particulière, la même que celle de cette dame.

— Une cadence ? insista Drummond, dubitatif.

— Ouais, par exemple, la place de l'accent sur les mots, expliqua Johnson. Ma femme est orthophoniste, elle connaît bien tout ça et on en discute. Avez-vous aussi remarqué que la voix variait ? Âgée une minute et brusquement plus jeune ?

N'ayant jamais entendu Coco, je ne pouvais me prononcer, mais quelque chose sonnait faux dans la manière dont Pauline Striker avait répondu aux questions de Johnson.

— On ne peut pas intervenir au motif qu'une femme a la même façon de parler qu'une autre au téléphone, grommela Drummond.

Je proposai alors :

— Et si j'y allais seul ?

— Quoi ? fit le sergent, qui pivota sur son siège pour me regarder.

— Vous êtes tous les deux en service, pieds et poings liés par la procédure. Mais moi, je ne travaille pas officiellement ici. Je ne suis qu'un citoyen lambda averti qu'une personne est peut-être en danger dans cette maison. Ce soupçon me pousse à m'introduire dans la propriété, à jeter un œil par les fenêtres. S'il y a effectivement une fête chez les Striker avec Mize et d'autres invités, je m'éclipse. Si ce que je vois constitue une cause d'intervention policière, je vous alerte.

— Vous risquez de vous faire tirer dessus, me prévint Drummond.

— Si ça arrive, vous serez les premiers à le savoir, dis-je en descendant de voiture.

— Comment allez-vous entrer ? me demanda Johnson.

— Par le chemin le plus direct, répliquai-je, avant de claquer la portière.

Il pleuvait à verse quand je traversai au pas de course le boulevard, où la circulation était rare à cette heure.

Comme la voie devant la maison restait déserte, je pris mon élan et sautai comme pour attraper un ballon de basket au rebond.

Mes deux mains saisirent le haut du portail et s'y accrochèrent. Je me tortillai en m'aidant des pieds et des bras jusqu'à me hisser au sommet, sur le ventre. Je me mis à califourchon, passai l'autre jambe, puis me laissai tomber. À peine à terre, je fonçai dans la pénombre.

Dallée d'une mosaïque couverte de flaques d'eau, l'allée était glissante sous mes pas tandis que je longeais la végétation bloquant les regards depuis la route. L'éclairage de la cour dévoila une pelouse aussi bien tondue que les greens du golf d'Augusta, et les massifs de plantes annuelles en pleine floraison qui encerclaient le mas.

Il y avait une lanterne à chaque coin de mur. De petites ampoules illuminaient un treillis en arceau qui encadrait la porte d'entrée. Mais à moins que les fenêtres ne soient masquées par des rideaux occultants, aucune lumière ne brillait au rez-de-chaussée.

Je voyais par contre trois pièces éclairées à l'étage. La pluie battante noyait malheureusement tous les bruits. Je me demandai si j'avais une fois de plus agi sur un coup de tête, le genre d'imprudence qui inquiétait tant Bree.

Mais le plus souvent, cela paye d'être risque-tout. Je courus à travers la pelouse jusqu'au perron et en grimpai les marches. Je restai un moment sous le treillis, l'oreille collée en vain à la porte. Certain que ma mission de reconnaissance allait devoir s'arrêter là, j'essayai la poignée par acquit de conscience, parce que, ma foi, on ne sait jamais.

Elle s'abaissa docilement, et le pêne céda. Le battant s'ouvrit. Comme quoi, on ne sait jamais.

À ce stade, je me sentais tiraillé, car même si la porte n'était pas verrouillée, il s'agissait bel et bien d'une violation de domicile. Après une hésitation, je décidai de ne faire qu'un pas à l'intérieur et d'écouter. S'il n'y avait rien d'alarmant, je ressortirais aussi sec.

Je pénétrai dans le hall sombre, climatisé, refermai silencieusement la porte derrière moi et tendis à nouveau l'oreille. Le bourdonnement lointain d'un réfrigérateur. Le balancier d'une horloge plus proche. Quelque chose qui gouttait… non, ça c'était moi, dégoulinant sur le sol.

Puis j'entendis la voix étouffée d'une femme quelque part au-dessus de moi. Les paroles étaient inaudibles, mais je distinguai le rythme singulier de son élocution. Était-ce cela dont parlait Johnson ?

Un bruit de gifle. Un cri. Un geignement.

Je me pétrifiai, ne sachant que faire. Et si Mize ou Coco était en train de torturer la maîtresse de maison ? D'un autre côté, les Striker, Mize et Coco pouvaient bien être des mordus de bondage ou autres fantaisies sexuelles, et tout se passait entre adultes consentants ?

Mon respect de la vie privée m'incitait à ficher le camp illico. Mais lorsque j'entendis une autre gifle et des pleurs, mon goût pour le mystère me poussa vers l'escalier en spirale qui montait du hall.

Je gravis les marches à pas de loup, aussi vite que je l'osai. Sur le palier me parvint de nouveau la voix féminine, plus claire mais toujours inintelligible. Après avoir ôté mes chaussures, je sortis le Ruger de son étui à ma cheville et longeai en catimini le couloir, au bout duquel un rai de lumière filtrait sous une porte ; par chance, le parquet ne grinçait pas et…

— Tu t'attendais à quoi, Miranda ? lança une femme sur un ton cruel. Quand on habille tout le temps un petit garçon de soie et de dentelle, voilà le résultat.

Clac ! Un gémissement.

De souffrance ? De plaisir ?

— Tu m'as transmis un vrai sens du style, je te l'accorde, continua la femme avec ce débit au rythme curieux. Mais tu ne t'es privée de rien.

Il y eut une pause avant qu'elle se mette à hurler :

— Rien !

Clac !

— Tout ce que tu voulais, quand tu le voulais, mère !

Clac ! Clac ! Clac !

Chaque coup semblait plus fort et plus furieux que le précédent. En termes de jeux sexuels, c'était carrément du sadomasochisme. Pour en avoir le cœur net, violation de domicile ou pas, je comptais voir qui frappait et qui était frappé.

— Qu'est-ce qu'on choisit cette fois, Miranda ? On s'en tient à ce qui a fait ses preuves ? La bonne vieille méthode érotique ? Tu sais que l'asphyxie augmente ton orgasme.

Ces paroles me stoppèrent derrière la porte, incertain de la conduite à suivre. Si je faisais irruption dans la pièce et qu'il ne s'agissait que de rapports consentis, je pourrais dire adieu à beaucoup de choses.

La femme reprit :

— Quand ce sera terminé, je te mettrai un godemiché, histoire de compléter ton scénario.

Les gémissements se transformèrent alors en cris plaintifs, amplifiés par ce qui sonnait à mes oreilles comme de la terreur, et rien ne me parut plus important que d'y mettre fin.

Le pistolet levé, je poussai la porte et découvris une dame d'âge mûr, nue, ligotée à une chaise à barreaux et bâillonnée. Une sorte de ceinture en tissu ou de cordelière dorée mordait dans sa gorge. Debout sur le lit derrière elle, s'acharnant à serrer la corde, se tenait une très pâle et très jolie femme chauve, lourdement fardée et légèrement vêtue d'une lingerie qui aurait fait rougir un camionneur.

Confus, je reculais déjà lorsque les yeux exorbités de la dame nue accrochèrent les miens. Elle hocha frénétiquement la tête.

— Lâchez ça ! criai-je en m'avançant dans la chambre, mon arme braquée sur la dominatrice. Lâchez ou je tire !

72

La femme au crâne lisse sursauta, fit un pas en arrière tout en laissant retomber la corde, et fixa mon pistolet avant de lever des mains tremblantes et de s'exclamer d'une voix sourde :

— Qu'est-ce qui se passe ?

J'attrapai un peignoir sur un fauteuil, le jetai sur celle que je supposais être Pauline Striker, et me faufilai derrière elle, sans cesser de tenir l'autre en joue.

— Mettez-vous à genoux, Coco, puis à plat ventre sur le lit, mains sur la nuque.

Sa frayeur parut redoubler quand elle entendit son nom dans ma bouche. Elle se baissa lentement pendant que je dénouai le bâillon de Mme Striker. Celle-ci le cracha, haletante, et s'écria :

— Il…

— Êtes-vous policier ? la coupa Coco, en équilibre sur un genou.

— Tout comme, rétorquai-je en sortant mon téléphone. Je ne veux savoir qu'une seule chose, madame Striker. Était-ce consensuel ? Ou votre vie était-elle en danger ?

Sans la laisser répondre, Coco déclara d'une grosse voix masculine qui me stupéfia :

— Bien sûr qu'elle était consentante ! Pauline, dis-le-lui. Tu ne peux te permettre de voir notre batifolage faire la une du *Palm Beach Post*. Surtout pas en ce moment avec le nouveau projet d'Edwin sur le point d'aboutir. Tout le monde jaserait.

Je restai bouche bée une seconde en comprenant que Coco devait être en fait Jeffrey Mize. Pourtant, même si la personne devant moi était chauve comme un œuf, mon cerveau avait du mal à admettre qu'« elle » était un « il ». Malgré l'absence de cheveux, Mize ressemblait à une top-modèle sur le retour.

— Madame Striker, insistai-je, en proie au doute. Répondez à ma question, s'il vous plaît.

Visiblement moins angoissée qu'à mon arrivée, elle me regarda, puis se tourna vers Mize, maintenant à quatre pattes, qui la fixait d'un air impérieux.

— Allez, Pauline, lui intima-t-il, dis-le à ce type. Qui ne s'est toujours pas présenté.

Mme Striker pivota la tête et me demanda d'une voix blanche :

— Mais qui êtes-vous ?

— Un bon Samaritain. Je suis là pour vous secourir si besoin et alerter la police.

— Attendez une minute, intervint Mize, qui s'assit sur ses talons. Vous n'êtes donc pas flic ?

— Comment êtes-vous entré chez moi ? m'interrogea Mme Striker, soudain en colère.

— Cela n'a pas d'importance. Ce qui compte, c'est ce qui se passait tout à l'heure : était-ce oui ou non avec votre accord ? répliquai-je, sentant la situation m'échapper.

— Ça l'était, affirma-t-elle avec emphase. En revanche, je ne vous ai certainement pas autorisé à vous introduire dans ma maison et à nous menacer d'une arme mon invité et moi. Qui êtes-vous et que voulez-vous ?

— Ce n'est pas moi le problème, éludai-je, à la recherche d'un moyen de m'en sortir gracieusement et surtout anonymement. Le problème, c'est M. Mize, qui semble impliqué dans le meurtre de trois femmes du monde de Palm Beach.

— C'est faux ! aboya Mize.

— Il a peint leur portrait. Lisa Martin, Ruth Abrams, Maggie Crawford. A-t-il aussi fait le vôtre, Pauline ? Alliez-vous être la victime numéro quatre ?

Mme Striker fut perturbée un instant, puis elle se reprit :

— Rien de tout cela ne me concerne.

— Vous voyez ? triompha le chauve avec un sourire narquois, et il se redressa lentement.

Il était temps de filer sans demander mon reste ou de me montrer audacieux. J'optai pour l'audace.

— Alors, acceptez mes excuses, dis-je en abaissant mon pistolet. Je vais donc partir, madame, mais je préfère vous libérer de vos entraves avant.

— Ce n'est pas nécessaire, s'interposa le galeriste.

— J'y tiens, insistai-je.

Détournant les yeux de Mize, je pressai discrètement mon téléphone, puis m'accroupis et le posai sur la moquette derrière la chaise à barreaux placée au pied du lit. De la main gauche, je commençai à desserrer les nœuds des liens, tandis que mon pouce droit manœuvrait un levier du Ruger ; puis je passai le pistolet dans l'autre main.

Avec un claquement de langue agacé, je m'en débarrassai sur le dessus-de-lit afin de m'occuper des cordes. J'en avais déjà dénoué deux et contournais Mme Striker lorsque Mize plongea sur le ventre pour s'emparer du Ruger, qu'il pointa sur moi à bout portant.

— Je ne sais pas qui vous êtes, mais je me vais me faire un plaisir de vous tuer, dit-il avec la voix de Coco. Et ne bouge surtout pas, Pauline. Nous n'en avons pas fini, toi et moi.

— Non, Jeffrey, je…

Mize abattit brutalement la crosse sur Mme Striker, lui ouvrant le côté de la tête. La coupure rectangulaire se mit à saigner et la pauvre femme à gémir.

— Pourquoi avez-vous fait ça ? m'indignai-je.

— Il fallait qu'elle se tienne tranquille pour qu'on puisse s'amuser tous les deux. (Il descendit du lit, gardant mon pistolet à un mètre de ma poitrine.) Alors, qui êtes-vous ?

Mon cerveau carburait à plein régime, assemblait les informations que je possédais sur les meurtres et sur Mize avec les tirades entendues quand je me trouvais dans le couloir.

— Pourquoi me tuer ? demandai-je. Je ne rentre pas dans votre schéma. Le complexe de la mère. Avez-vous même eu un papa, d'ailleurs ?

— La ferme ! rugit Mize.

— Il n'est pas difficile de comprendre que votre haine pour votre génitrice s'est reportée sur ces femmes. Miranda, votre mère, vous a humilié dès l'enfance en vous habillant en fille jusqu'à… quel âge, au fait ?

Mize me foudroya des yeux, mais ne pipa mot.

— J'imagine que l'une des rares choses qui vous valaient son attention, c'était ce goût que vous aviez en commun pour la mode féminine et le style, poursuivis-je. Sans doute le seul moyen pour vous d'éloigner Miranda de tous ces hommes.

— Vous ne savez absolument rien d'elle, siffla Mize.

— Je sais qu'elle était très dépensière. Vous avez dû hériter à peine de quoi garder la maison après sa mort. Ou peut-être qu'entre la succession, les commandes de portraits et votre galerie, vous avez eu assez d'argent durant un temps. Mais ensuite, l'héritage a fondu, ou les commandes ont diminué, ou bien votre commerce a commencé à péricliter. Et c'est devenu trop dur pour vous, hein, Jeffrey ?

Le regard de Mize me traversait maintenant sans me voir.

— Alors, vous vous êtes tourné vers les femmes qui vous connaissaient, celles dont vous aviez fait le portrait, celles qui vous rappelaient votre mère, et vous avez voulu relâcher un peu la pression en les tuant.

— La ferme, j'ai dit ! hurla Mize, et il agita le pistolet sous mon nez.

— Vous avez peut-être dérobé de l'argent, des bijoux et des vêtements à vos riches victimes afin de rééquilibrer un peu la balance. Quant à Francie Letourneau, votre ancienne femme de ménage, vous lui avez réglé son compte parce qu'elle vous volait, c'est bien ça ? Ou non, plutôt parce qu'elle avait découvert votre personnalité secrète, Coco, et…

— Ça suffit ! rugit Mize. (Il s'approcha d'un pas, le pistolet à moins de trente centimètres de mon visage.) Mère disait toujours qu'il faut se débarrasser de la vermine au plus vite.

73

Je baissai les yeux sur le canon du Ruger, vis les doigts fins de Mize se crisper autour de la détente.

— Plus un geste, Coco ! hurla Johnson. Lâchez cette arme ou je vous abats !

— Ne vous inquiétez pas, Richard, dis-je tranquillement. Elle n'est pas chargée.

La peau de porcelaine sans défaut de Mize se tendit sur ses pommettes exquises ; son incrédulité vira à la rage. Il pressa la détente. Clic. Et encore : clic, clic.

Il brandit alors le pistolet pour me frapper. Sans lui en laisser le temps, je lui flanquai une paire de gifles qui l'étourdirent, puis l'envoyai à terre d'un coup de poing. Johnson lui passait déjà les menottes lorsque Drummond arriva, hors d'haleine.

— Un peu dur à escalader, le portail ? le taquinai-je.

— Vous avez pas idée, marmonna-t-il, la respiration sifflante. Je me fais trop vieux pour ces conneries.

— Vous avez tout entendu ?

Je me glissai derrière Mme Striker, qui saignait toujours et paraissait en proie à la confusion, et m'accroupis sur la moquette pour récupérer mon portable et le chargeur du Ruger.

— Cinq sur cinq, affirma le sergent en me montrant son propre téléphone. On tient un motif en béton pour notre intervention.

— C'était une incitation au crime ! protesta Mize. J'exige un avocat. Je suis persécuté.

— Persécuté pour quelle raison ? lui demanda Johnson qui le mettait debout.

— Parce que je me travestis. Et que j'aime le sexe un peu déviant. Hein, Pauline ?

Mme Striker releva sa tête sanguinolente et le considéra avec mépris.

— C'était un ami de longue date, depuis qu'il a peint mon portrait, et là il vient d'essayer de me tuer. Il a mis ma lingerie, a prétendu que j'étais sa mère ce soir, puis il a voulu m'étrangler. J'en témoignerai au tribunal, tant pis pour le nouveau projet d'Edwin.

— Souhaitez-vous que nous appelions une ambulance ? lui proposai-je en souriant.

— S'il vous plaît. Et pourriez-vous me passer de quoi m'habiller ? Je ne veux pas être vue ainsi.

— Dites-moi ce qu'il vous faut.

Pendant que Johnson faisait sortir Mize de la pièce, elle me demanda les vêtements que le galeriste lui avait ôtés, puis les tint contre elle avec le peignoir quand elle se leva, les jambes vacillantes, et alla dans la salle de bains. Par la porte entrebâillée, elle me jeta un coup d'œil curieux.

— Mais qui êtes-vous, en fait ?

Drummond lui répondit :

— C'est Alex Cross, vous ne le saviez pas ?

Elle secoua la tête et ferma la porte.

— C'était quelque chose ! fit le sergent en grattant pensivement son menton flasque.

— Un problème ? lui demandai-je.

— Oh, entre vous et moi, aucun. Par contre, avec mon chef et le procureur, ça sera certainement une autre histoire.

— Pas si sûr. Il est possible que la façon dont je me suis introduit ici rende irrecevables certains éléments au procès. Bon, et alors ? Vous tenez maintenant le tueur des quatre femmes. Vous n'avez qu'à monter votre dossier sur la base de vos informations et trouver des preuves en dehors de ce qui s'est passé ici. Et je témoignerai si l'on m'y autorise.

Drummond médita sur ma suggestion, et renchérit :

— Surtout que le plus important, c'était de sauver Mme Striker et de ne pas laisser ce travesti fou dangereux dans les rues de Palm Beach.

— Ou du moins dans les chambres, plaisantai-je.

Le sergent parut ruminer quelque chose, puis s'enquit avec intérêt :

— Vous traitez beaucoup d'affaires comme celle-là ?

— En réalité, chacune est différente de l'autre.

— Une fois que vous aurez fait votre déposition, vous retournerez en Caroline du Nord ?

— Oui, demain en principe.

— Pour coincer ce Melvin Bell ?

— Marvin. C'est en effet l'un de nos suspects, mais je n'ai exclu personne.

— À mon avis, c'est lui votre homme.

Des sirènes hurlèrent, en approche.

— Mes tripes me disent la même chose, mais on verra bien, répondis-je.

— Ce fut un plaisir, Cross, et merci pour votre aide, déclara Drummond, la main tendue.

Je la serrai avec chaleur.

— Et réciproquement, sergent. J'espère que nous nous recroiserons un jour.

Il se fendit de son sourire de travers.

— J'en serais heureux.

La porte de la salle de bains s'ouvrit. Mme Striker en émergea, vêtue d'une élégante chemise de nuit et d'un nouveau peignoir. Elle appuyait un gant mouillé contre sa tête.

— Pouvez-vous me donner le bras pour descendre ? me demanda-t-elle faiblement. Je ne souhaite pas recevoir de visiteurs dans ma chambre.

— Bien sûr, dis-je en m'empressant de lui offrir mon coude.

Elle s'y accrocha. Drummond s'écarta de notre chemin. Nous longeâmes lentement le couloir. À l'autre bout, près de l'escalier, était suspendu un tableau à l'huile.

Je devais reconnaître ce talent à Mize : dans sa personnalité de Coco, il avait su peindre Pauline Striker au zénith de sa beauté et de son charme.

74

Starksville, Caroline du Nord

Dans la cuisine rénovée du pavillon de mon enfance, Nana Mama me dévisageait, hébétée.

— Ton père a vécu deux ans de plus ? souffla-t-elle d'une voix sourde.

J'acquiesçai et lui racontai tout en détail, y compris le suicide, y compris la pierre tombale dans le cimetière.

Ma grand-mère porta un poing tremblant à sa bouche. De l'autre main, elle ôta ses lunettes pour essuyer ses larmes.

— Pourquoi s'est-il donné la mort ? gémit-elle.

— La culpabilité ? Le chagrin ? La solitude ? suggérai-je. Nous ne le saurons jamais.

— Ça devait être lui.

— Qui ça, lui ?

— Celui qui téléphonait, dit-elle. Dans les premiers temps où vous avez vécu avec moi les garçons, et toujours à la date d'une fête ou, maintenant que j'y pense, d'un de vos anniversaires, je recevais un appel à la maison sans personne au bout du fil. Au début, j'ai cru que c'était une erreur de numéro, mais il y avait un fond sonore, la télévision ou de la musique. Puis la communication était coupée.

— Ça a cessé quand ?

— Environ deux ans après votre installation à Washington.

La période concordait, mais au moment où j'allais le lui dire, Jannie toqua sur l'encadrement de la porte.

— Il faut qu'on y aille. Je veux avoir une chance de m'échauffer toute seule.

Je consultai ma montre. Il était effectivement l'heure de partir. Je repoussai ma chaise.

— Ça va, Nana ?

Songeuse, elle finit par répondre :

— Je crois, oui. Mieux qu'avant du moins.

— Il a été puni pour ses péchés, puis il est mort, dis-je.

Ma grand-mère soupira.

— Cela a rétabli l'équilibre. Bien, allons-y.

— Tu te sens assez forte pour venir ?

— Je ne voudrais pas manquer cet entraînement, affirma-t-elle en se levant, puis elle posa une main sur mon bras. Merci, Alex.

— De quoi ?

— D'avoir éclairci les choses.

— J'aurais préféré que ça se termine autrement pour lui.

— Moi aussi. Je le regretterai toujours.

Je l'aidai à marcher jusqu'au perron, où Jannie, Bree, Ali et Pinkie nous attendaient. La troupe se répartit entre mon SUV et le pick-up de Pinkie. Ali et Jannie souhaitaient monter avec leur cousin. À ma surprise, ma minuscule grand-mère y tint également. Elle avait l'air aussi mignonne que ridicule sur la banquette avant du monstre d'une tonne.

— Je n'ai jamais roulé dans un de ces engins ! s'écria-t-elle par la fenêtre, et elle agita la main avec un bel enthousiasme qui nous fit sourire, Bree et moi.

— Il n'y en a qu'une comme elle, dit ma femme, une fois dans l'Explorer.

— Tu imagines s'il y en avait deux ? répliquai-je en mettant le contact.

— Le monde ne serait pas assez grand, gloussa Bree, et elle se pencha vers moi pour m'embrasser. Je suis contente que tu sois rentré, Alex.

— Moi aussi. À ce propos, j'ai adoré la célébration de mon retour, cette nuit.

Elle éclata d'un rire de gorge.

— Mmm. C'était bien, hein ?

Nous nous tenions la main pendant que nous suivions Pinkie à travers la ville. À l'approche du passage à niveau, elle demanda :

— On a le temps de s'arrêter quelques minutes ?

— Oui, mais je ne connais pas le chemin jusqu'à Duke. On fera un stop en revenant, d'accord ?

Bree regarda avec convoitise la ligne d'arbres le long des rails.

— C'est drôle comme ça me démange d'aller vérifier toutes les deux heures. C'est comme à la roulette.

— Je vois ça, répondis-je, avant d'accélérer.

La route monta bientôt une côte raide et sinueuse, puis elle redescendit du plateau en une série de longs virages en S. Je remarquai dans le volant de l'Explorer du jeu qui n'existait pas auparavant. Et les freins étaient un peu mous.

— Fais-moi penser à contrôler tous les niveaux à Raleigh, dis-je.

— Est-ce qu'on ne l'a pas déjà fait à notre départ de Washington ?

— Si, mais quelque chose ne tourne pas…

Un léger claquement retentit sous le capot. La voiture tremblota quelques secondes.

— Ce n'est pas normal, s'alarma Bree. Tu ferais mieux de t'arrêter et de jeter un œil.

Nous étions à ce moment-là dans une pente à dix ou douze pour cent, avec une glissière de sécurité séparant la route du versant abrupt et boisé. Un peu plus loin, il y avait un belvédère. Je mis mon clignotant, appuyai sur le frein. Pas de réponse. J'enfonçai la pédale. La voiture ralentit à peine, puis trembla de plus belle après un nouveau claquement.

Tout à coup, le véhicule parut se libérer de toute entrave et partit tel un cheval emballé dans une folle descente.

75

Nous dévalions la route à toute allure. Plus bas, elle tournait sec à gauche, et droit devant l'on ne voyait rien d'autre que le ciel bleu pâle.

— Alex ! cria Bree, tandis que je m'agrippais au volant et écrasais vainement la pédale de frein.

Je saisis le levier de vitesses automatique pour rétrograder. Il ne bougea pas.

— Mon Dieu, Alex, on va avoir…

Avec mon pied gauche j'appuyai sur le frein de parking, mais en douceur pour nous éviter un tête-à-queue. Les pneus crissèrent en brûlant de la gomme et laissèrent un nuage de fumée sur la chaussée goudronnée.

L'Explorer tangua d'un côté à l'autre, mais je parvins à l'empêcher de se mettre en travers, puis, juste avant le virage serré, je forçai le levier à passer en première vitesse, ce qui nous ralentit un peu plus.

Je braquai à fond, engageai le nez du SUV dans le tournant, mais l'arrière heurta violemment la glissière. Arraché sous la collision, le pare-chocs vola derrière nous sur l'autre voie.

Le reste de la descente ne fut gâché que par l'odeur âcre des plaquettes de frein surchauffées, les protestations du moteur et la sueur qui nous dégoulinait sur le front. Dès que nous fûmes sur du plat, je mis la voiture au point mort et coupai le contact. En roue libre, elle s'arrêta enfin sur le bas-côté ; j'activai les feux de détresse, me laissai aller contre l'appui-tête.

— Appelle Pinkie, soupirai-je. Dis-lui de nous faire de la place dans son pick-up.

— Tu ne veux pas regarder quel est le problème ? s'étonna Bree.

— Je suis nul en mécanique. On va devoir la faire remorquer dans un garage pour l'examiner.

— Et tu vas aussi faire une déclaration d'accident, décréta-t-elle, tout en composant le numéro de Pinkie sur son portable.

— Pas maintenant, je raterais Jannie. Je laisserai un mot sur le pare-brise avec mon nom et mes coordonnées.

— On ne doit pas abandonner son véhicule sur…

— Je m'en fous. Préviens Pinkie avant qu'ils ne soient trop loin.

Lorsqu'ils nous récupérèrent, je minimisai délibérément la situation, expliquant que les freins fonctionnaient mal, mais que nous étions indemnes. Je trouvai par téléphone un dépanneur qui accepta de déposer l'Explorer chez un concessionnaire Ford de Winston-Salem, puis je mis un bras autour de Bree et fermai les yeux pour me détendre.

Les oreilles bourdonnantes, je plongeai dans cette étrange somnolence qui suit un épisode de stress intense. Le trajet d'une heure et demie jusqu'à Duke University se déroula sans que j'en garde le moindre souvenir.

Il ne fut pas simple de dénicher le stade dans le dédale du campus. Malgré notre mésaventure mécanique, Jannie fut sur place assez tôt pour commencer son échauffement avant l'arrivée des autres athlètes. À 11 heures elles étaient toutes là, avec Melanie Greene qui me salua le sourire aux lèvres.

— C'est bien que vous ayez pu venir, fit la coach en nous serrant la main, à Bree et moi.

— Jannie était tellement impatiente qu'elle s'est levée à l'aube, lui dis-je.

— Il n'était pas question de manquer cet entraînement, renchérit Bree.

L'expression affable de la coach s'effaça.

— Au fait, ces analyses de sang et d'urine, que donnent-elles ?

— Nous attendons les résultats du labo, répondis-je. Mais je vous rappelle que Jannie est innocente jusqu'à…

— Bien entendu, m'interrompit Greene. (Elle me tendit alors une nouvelle décharge à signer en s'excusant de cette paperasse supplémentaire.) En tout cas, cette séance promet d'être intéressante.

— Ah et pourquoi ? s'étonna Nana Mama.

La coach désigna trois jeunes femmes en train de faire des bonds et des extensions dynamiques sur la piste pour s'échauffer.

— Alice et Trisha sont étudiantes ici, à Duke, Dawn est à Chapel Hill. Toutes les trois ont été classées All-Americans, équipe deux, la saison dernière.

— Jannie est-elle au courant ? demanda Bree.

— Eh bien, j'espère que non, déclara la coach avant de s'éloigner.

— C'est quoi les All-Americans ? s'enquit Ali, curieux.

— Les sportifs considérés comme les meilleurs de tout le pays, expliquai-je.

— Jannie en fait partie ?

— Mais non, voyons, intervint Nana Mama. Ta sœur n'a que quinze ans. Mais ce sera quand même une bonne expérience pour elle.

Comme lors des deux séances précédentes, Melanie Greene imposa aux filles une série de mouvements visant à réveiller, assouplir et chauffer leurs muscles à contraction rapide. Quand elles furent prêtes, la coach les répartit en groupes de cinq, et les fit courir en file indienne à quarante pour cent d'intensité d'effort, excepté celles en queue qui devaient sprinter pour prendre la tête.

Elles répétèrent l'exercice à tour de rôle sur le 400 mètres. Jannie n'eut aucun mal à remonter la file en longues foulées fluides jusqu'à la première place. Après une pause de cinq minutes pour leur permettre de se désaltérer et de s'étirer, Greene changea la composition des groupes, mettant ma fille avec une étudiante qui avait bien quatre ans de plus qu'elle et les trois All-Americans d'une vingtaine d'années.

Elles observaient toutes ma fille du coin de l'œil. Comme je l'avais déjà constaté à maintes reprises depuis sa première compétition au printemps, Jannie ne semblait pas le moins du monde impressionnée par la différence d'âge et d'expérience.

— Elles vont faire la course maintenant ? demanda Ali tout excité, en se mettant debout sur les gradins à côté de moi.

— Ce n'est qu'un exercice, lui expliqua ma femme.

— Pas pour Jannie ! dis-je.

— On monte à soixante-quinze pour cent, mesdemoiselles, décréta Greene lorsqu'elles furent alignées épaule contre épaule. Trois, deux, un, partez !

Les étudiantes universitaires s'élancèrent en foulées courtes et hautes qui s'allongèrent bientôt dans une cadence moins frénétique. Jannie parut prendre de la vitesse sans effort, mais elle restait à la traîne à un mètre de la fille de dix-neuf ans et à deux mètres du trio All-Americans en entamant la ligne droite.

Elle conserva cette place jusqu'à la sortie du virage suivant, accéléra légèrement dans la dernière partie, et finit juste derrière l'épaule de la plus jeune. Les autres, hors d'haleine, n'étaient qu'à quatre pas devant. Deux d'entre elles se retournèrent vers Jannie et lui firent un signe de tête approbateur.

Aucun sourire de la part de ma fille, seulement un hochement de tête en retour.

Le deuxième 400 mètres, à quatre-vingt-cinq pour cent d'intensité d'effort, se termina dans le même ordre. Puis Greene exigea qu'elles se donnent à quatre-vingt-dix pour cent.

La façon dont Jannie roula les épaules me fit comprendre que cela devenait sérieux maintenant et, bien qu'il n'y eût pas plus de quinze spectateurs éparpillés sur les gradins, je ne pus m'empêcher de me lever afin de mieux voir.

Pour la première fois, elle adopta au départ la même allure à foulées courtes que ses partenaires et se maintint à la hauteur du groupe d'élite pendant qu'elles s'engageaient dans le premier virage. Les All-Americans accélérèrent le long de la ligne droite. Jannie était derrière leurs épaules. L'étudiante de dix-neuf ans fut distancée.

Ma fille choisit son moment. À l'entrée du second virage, elle prit de la vitesse et se retrouva en tête au début de la dernière ligne droite.

Même sans jumelles, je vis l'étonnement se peindre sur le visage des trois coureuses expérimentées, aussitôt suivi par le cran et la détermination qui les avaient menées presque au pinacle de leur discipline sportive. Puisant dans leurs réserves, deux des All-Americans rattrapèrent Jannie et la dépassèrent avant l'arrivée. Mais, quand elle franchit la ligne, ma fille n'était qu'à une foulée derrière elles et devançait d'un bon mètre une athlète de niveau national.

76

— C'était bien une course ! s'écria Ali.

— Jannie en a fait une compétition, approuva Pinkie en souriant. Purée, qu'est-ce qu'elle est bonne !

— Docteur Cross ? me héla un homme qui traversait les tribunes pour nous rejoindre.

Vêtu d'un pantalon de jogging gris et d'un sweat-shirt bleu à capuche, il avait la cinquantaine, la carrure d'un poids moyen, les cheveux roux et l'assurance d'un coq.

— Je m'appelle Ted McDonald. Pour être franc, je suis venu voir s'entraîner une autre fille, mais j'aimerais beaucoup vous parler de Jannie.

— À quel sujet ? l'interrogea Nana Mama, le toisant avec méfiance.

McDonald jeta un coup d'œil vers la piste, où Greene et une femme plus âgée en survêtement discutaient avec les athlètes.

— Je suis entraîneur sportif, et aussi découvreur de talents. Je souhaiterais proposer quelque chose à Jannie, mais faisons cela une fois que mesdames Greene et Fall auront eu le temps de s'entretenir avec vous. Est-ce possible ?

— Vous voulez dire aujourd'hui, avant qu'on parte de Durham ? demandai-je

— Je connais un endroit près d'ici où on mange très bien et sainement, Jannie pourra y recouvrer des forces, suggéra McDonald. Je vous invite à déjeuner ?

Après avoir consulté Bree et Nana Mama du regard, je haussai les épaules.

— D'accord, pourquoi pas.

— Parfait, je vous retrouve sur le parking.

Avec un sourire, il me tendit une carte de visite : *Ted McDonald, Extreme Performance Systems. Austin, Toronto, Palo Alto*. Puis il me serra la main, remonta dans les gradins et releva sa capuche. Intrigué par cette sollicitation, je décidai de faire une recherche via Google sur lui et sa société. Je n'avais pas fini de taper les noms sur mon Smartphone que la coach Greene arrivait en compagnie de l'autre femme, Andrea Fall, responsable de l'athlétisme à Duke.

Après les présentations et les poignées de main, Fall déclara :

— J'étais sceptique après le meeting interécoles, et encore plus quand le professeur Greene m'a décrit comment Jannie courait le 200 mètres, mais maintenant je crois en elle. Quelles sont ses notes en classe, dans les matières générales ?

— Excellentes, répondit Nana Mama. C'est une bûcheuse.

— Voilà qui me facilite énormément les choses, me dit Fall. J'aimerais proposer à votre fille une bourse universitaire pour étudier à Duke à sa sortie du lycée.

— Quoi ? m'exclamai-je, abasourdi.

— Jannie ne pourra pas accepter officiellement avant le mois de février de son année de terminale, mais je tenais à mettre sur la table la première des nombreuses offres qui à mon avis ne vont pas tarder.

— Elle est si bonne que ça ? demanda Bree sur un ton émerveillé.

— En trente ans de carrière dans le sport, je peux compter sur les doigts d'une main les athlètes que j'ai vus dotés du potentiel de Jannie. À moins d'une blessure, il n'y aura pas de limite pour elle.

— C'est époustouflant ! fis-je.

— J'imagine, admit Fall. Donc, si vous ou Jannie avez des doutes, des questions, ou si vous voulez parler de son entraînement, n'hésitez pas à m'appeler. Peu importe ce qu'elle choisira de faire à long terme et l'université qu'elle sélectionnera. D'accord ?

— D'accord, lui promis-je avec une poignée de main.

— Prenez bien soin d'elle, ajouta-t-elle. C'est un pur-sang.

— Jannie a le sang pur ? demanda Ali après le départ d'Andrea Fall.

— C'est une expression. Un pur-sang est un cheval de course, expliqua Nana Mama.

— Jannie est un cheval ?!

— Elle court juste aussi vite, fit Bree, qui se serra contre moi.

Je nouai mes doigts aux siens, plein de fierté autant que d'inquiétude. Je me sentais complètement dépassé depuis qu'il s'agissait de décider de l'avenir de ma fille.

— Vas-tu parler de cette offre à Jannie ? s'enquit Nana Mama.

— Je le dois. J'attendrai seulement qu'on soit dans un endroit plus tranquille.

Mais dès que Jannie nous rejoignit dans les tribunes, souriante, Ali claironna :

— Tu as eu une offre !

— Quoi ?

— Je t'expliquerai plus tard, dis-je en l'étreignant tendrement. Nous sommes très fiers de toi.

Radieuse, elle s'exclama :

— Incroyable, hein ?

— Pas pour Dieu, rétorqua Nana Mama. Lui seul peut t'avoir octroyé ce don.

À notre sortie du stade, Ted McDonald nous attendait sur le parking. Il serra la main de Jannie, se présenta en lui répétant ce qu'il m'avait dit, et nous emmena dans un café voisin qui servait des plats diététiques.

Une fois notre commande passée, il demanda qui prendrait les décisions concernant l'entraînement futur de Jannie. Je lui répondis que je n'avais même pas commencé à y songer.

— Alors, ça tombe bien que je sois venu justement aujourd'hui, dit McDonald.

Il nous récita son impressionnant curriculum vitae, depuis son doctorat en sciences du sport de McGill University jusqu'à ses postes d'entraîneur en chef dans les fédérations nationales d'athlétisme française et canadienne. Il travaillait désormais en free-lance comme consultant sportif pour plusieurs universités américaines, telles que Rice, Texas, Texas A&M, UCLA, USC et Georgetown.

Il ajouta :

— Je suis également recruteur pour…

Notre repas arriva à cet instant. McDonald avait choisi pour Jannie une salade composée – légumes, poulet grillé, œufs durs – et un smoothie à base de baies d'açai brésiliennes qu'elle déclara délicieux. J'en goûtai une gorgée et en commandai un pour moi.

Pendant que nous déjeunions, McDonald bombarda Jannie de questions techniques. Combien de tractions faisait-elle sans s'arrêter ? Combien de pompes ? Quel était son maximum en saut en avant sans élan ? En détente verticale ? Quid de sa souplesse ? Son endurance ? Quel était son temps sur le 1 500 mètres ? Son record au 400 mètres ?

Si Jannie n'avait pas la réponse exacte à tout, elle en connaissait certaines par cœur.

L'interrogatoire continua. Avait-elle déjà pratiqué le saut en longueur ? En hauteur ? À la perche ? La course de haies ?

Jannie fit chaque fois un signe de dénégation.

— Ce n'est pas grave, la rassura-t-il. Dis-moi ce qui se passe quand tu cours. Que ressens-tu dans ces moments-là ?

Après quelques secondes de réflexion, elle répondit :

— J'entre dans ma bulle, et tout se déroule comme au ralenti.

— As-tu le trac avant une compétition ?

— Pas vraiment, non.

— Même pas aujourd'hui ?

— Non. Pourquoi ?

— Les filles avec qui tu as fini dans la dernière course sont toutes les trois des All-Americans.

— C'est vrai ? s'exclama-t-elle, surprise.

— Oui.

Elle eut un sourire d'orgueil.

— Je crois que j'aurais pu les battre.

— Moi j'en suis sûr, confirma-t-il, avant de sortir un stylo, d'attraper une serviette en papier, et d'écrire dessus pendant une minute.

Puis il la poussa vers Jannie et moi. Il y était inscrit :

WHPT
2018 – USNC

2020 – OGT5
2021 – WCPOD
2022 – WC
2024 – OGGM

— Que signifient ces initiales ? m'enquis-je.

Quand il nous l'expliqua, je pressentis un changement radical dans notre vie à tous.

77

Plus tard dans l'après-midi, je cogitais encore à propos de ce que Ted McDonald avait écrit sur la serviette pendant le déjeuner.

Était-ce envisageable ? Fallait-il d'ailleurs démarrer avec un tel but à l'esprit ?

— Il a bien dit qu'il n'exigeait pas une réponse tout de suite, me rappela Bree, au volant de la voiture que nous avions louée à Winston-Salem.

— Je sais. Mais ça fait quand même beaucoup à digérer.

— Tu ne crois pas qu'elle devrait tenter le coup ?

— Elle n'a que quinze ans, répliquai-je. Est-ce que les jeunes pensent en ces termes dès cet âge ?

— Oui, et même avant dans d'autres sports, m'assura-t-elle, tandis que nous dépassions le panneau d'entrée de Starksville.

Je contemplai pour la énième fois la serviette, en décodant les abréviations :

Heptathlon féminin
2018 – Championne des États-Unis
2020 – Top cinq aux Jeux olympiques
2021 – Podium aux championnats du monde
2022 – Championne du monde
2024 – Médaille d'or aux Jeux olympiques

Était-ce vraiment du domaine du possible ? McDonald l'affirmait. Selon lui, Jannie pourrait déjà gagner en tant que pure coureuse n'importe lequel des titres sur la liste, mais il avait détecté tant d'aptitudes chez elle qu'il la pensait plutôt faite pour cette très difficile épreuve combinée.

— L'heptathlon couronne la meilleure athlète du monde, avait-il dit. Ça te tente d'être cette athlète, Jannie ? Celle qui réussit tout ? Superwoman ?

L'expression de ma fille le montrait clairement : à la seconde où McDonald avait allumé cette étincelle, Jannie s'était enflammée.

— Il faudrait quoi pour que j'y arrive ?

— Ton cœur, ton âme, et des années de travail acharné. Tu te sens à la hauteur ?

Après un coup d'œil vers moi, elle lui avait répondu par un hochement de tête résolu. J'en avais eu la chair de poule.

McDonald nous avait exposé son programme. Si Jannie y consentait, il lui rendrait régulièrement visite à Washington dès la rentrée pour lui enseigner les diverses épreuves de l'heptathlon. Elle continuerait à courir en compétition jusqu'à ce qu'il juge son niveau suffisant. À la fin de l'année scolaire, si tout le monde était d'accord, il lui ferait intégrer une école privée d'Austin au Texas, où elle pourrait s'entraîner avec lui à un rythme plus soutenu.

— C'est un excellent lycée. La qualité de l'enseignement général lui permettra de choisir n'importe quelle fac.

Bree était intervenue :

— Combien cela nous coûtera-t-il ?

— Pas un sou.

— Quoi ? m'étais-je étonné. Mais comment est-ce possible ?

L'entraîneur nous avait expliqué que plusieurs marques de vêtements et de chaussures de sport le finançaient pour découvrir et former des talents en athlétisme. Si Jannie confirmait son potentiel, les sponsors publicitaires la prendraient sous contrat, avec une vie plus qu'aisée à la clef.

Une éducation gratuite. Une carrière de sportive. Les Jeux…

— Ils rentrent au pavillon, Alex, dit soudain Bree, interrompant le fil de mes pensées.

Nana Mama, Ali et Jannie roulaient avec Pinkie devant nous. Au moment où il traversait le passage à niveau, mon cousin sortit par la fenêtre son énorme paluche à quatre doigts et l'agita à notre attention.

Je lui rendis son salut tandis que Bree mettait le clignotant et allait se garer dans le parking du vieux supermarché Piggly Wiggly. Je repliai la serviette pour la ranger dans ma poche de poitrine.

— Tu penses qu'elle peut y arriver ? me demanda ma femme alors que nous marchions vers la ligne d'arbres et le remblai bordant les rails.

— Je commence à croire qu'elle est comme toi : capable d'absolument tout.

Elle sourit, me donna un coup de coude dans les côtes.

— Quand es-tu devenu si mignon ?

— Le jour où je t'ai rencontrée.

— Bonne réponse.

— J'ai parfois des éclairs de génie.

Bree me conduisit à un gros hêtre qui surplombait la voie ferrée. Des échelons métalliques étaient vissés dans le tronc. Elle m'expliqua que les chasseurs au tir à l'arc procèdent ainsi, et qu'elle s'était procuré le matériel au magasin de surplus militaire.

Elle grimpa environ trois mètres jusqu'à un autre de ses récents achats. Une caméra Bushnell avec appareil photo, à vision nocturne et déclenchement automatique au moindre mouvement. Les chasseurs s'en servent pour établir les habitudes des cerfs. Outdoor Channel bassinait les téléspectateurs de publicités sur cet article.

— Même Jim Shockey l'utilise, précisa Bree. Ça m'a donné l'idée de photographier tous les trains qui passent par Starksville.

Ma femme avait donc placé un appareil là, et un second trois cents mètres à l'ouest. En consultant les cartes mémoire au bout de vingt-quatre heures, elle y avait trouvé des images de voyageurs clandestins sur un train allant vers le nord jeudi en fin d'après-midi, à l'heure où nous en avions vu le jeudi précédent lors de notre arrivée à Starksville.

Bree remplaça les cartes mémoire des deux caméras, qu'elle réactiva. De retour à la voiture de location, elle inséra les anciennes dans son ordinateur portable. Il nous fallut du temps pour tout visionner, mais de nouveaux voyageurs apparurent sur des clichés pris la veille à 22 heures, dans la même fourchette horaire que mercredi soir où Bree avait espionné Finn Davis en train de faire ce curieux salut à trois doigts.

Si Davis n'était présent sur aucune des photographies, elles permettaient néanmoins d'établir la régularité de ces voyages : à 22 heures toutes les deux nuits, à 17 heures les autres jours.

Il était maintenant 16 h 30, ce samedi. En principe, quelqu'un passerait bientôt sur un train. Malgré la chaleur, nous décidâmes de planquer au milieu des arbres pour tester cette régularité. Pendant que nous patientons en sueur, des insectes bourdonnaient autour de nous, et j'avais la désagréable impression que des tiques rampaient sur mes jambes.

Mon téléphone sonna : Naomi.

— Stefan s'est encore fait tabasser, annonça-t-elle. Par des détenus, ils s'y sont mis à plusieurs.

Avec un soupir, je répondis :

— C'est comme ça dans toutes les prisons avec les tueurs et violeurs d'enfants.

— Sauf que Stefan n'a rien fait, oncle Alex, protesta Naomi, furieuse.

— D'accord. Où est-il en ce moment ?

— À l'hôpital Starksville Memorial, sous bonne garde.

La cloche du passage à niveau situé cent mètres sur notre droite commença à carillonner.

— J'essaierai d'y faire un saut pour…

Un train qui arrivait lentement du sud m'interrompit. Sur le vingtième wagon se profilait une silhouette.

— Je dois raccrocher, Naomi, à plus tard.

— Un seul voyageur, confirma Bree pendant que je rangeais le téléphone dans ma poche.

— C'est mieux que rien.

— Bon, comment on procède ? me demanda-t-elle, tandis que la bruyante locomotive se traînait devant nous à moins de vingt-cinq kilomètres à l'heure.

— Récupère la voiture et roule parallèlement à moi vers le nord. Je te téléphonerai.

— Mais où vas-tu ?

— Sur ce train, répondis-je.

Au même instant passait le voyageur clandestin solitaire, un jeune Blanc avec une casquette de baseball, des lunettes de soleil et un large tee-shirt noir. Il était assis à l'avant du wagon, les jambes ballantes, le regard fixé droit devant lui.

Quand je me retournai vers elle, Bree était déjà partie.

Je comptai quinze wagons de plus avant de quitter le couvert des arbres, puis je dévalai le remblai et piquai un sprint.

78

Tout en courant le long du train, je guettais l'une des échelles métalliques fixées aux wagons. Dès qu'elle arriva près de moi, j'accélérai encore pour avoir de l'élan, attrapai d'une main un barreau à hauteur de ma tête. Je bondis avant d'être arraché du sol et posai les pieds sur le barreau le plus bas.

Je restai suspendu ainsi durant six ou sept respirations, puis le carillonnement du passage à niveau me rappela que j'allais être vu par tous les véhicules en attente de mon côté. Je me hissai sur les échelons supérieurs.

Des klaxons de voitures me saluèrent lorsque mon wagon franchit le passage. Je ne regardai pas derrière moi et ne montai pas plus haut jusqu'à ce que le train se soit suffisamment éloigné de la route et commence à prendre de la vitesse.

D'un bref coup d'œil par-dessus mon wagon, je m'assurai que le voyageur clandestin me tournait toujours le dos, puis je grimpai sur le toit. Je me mis à plat ventre en m'agrippant au rebord, le temps de retrouver assez de souffle et de force pour me lever. James Bond donne l'impression qu'il est facile de se tenir debout sur un train lent. N'en croyez rien. Quant à marcher sur un wagon trépidant et brinquebalant qui accélère, cela requiert un sens de l'équilibre surhumain que je ne possède pas. Incapable de rester en position verticale, j'avançais fléchi, les pieds largement écartés, un pas frileux après l'autre.

La perspective de sauter sur le wagon suivant avait beau me flanquer déjà le vertige, je le fis malgré tout et continuai, les yeux tour à tour sur le prochain toit, sur le jeune homme, mais aussi sur la voie ferrée au loin par crainte irrationnelle de ne pas voir un tunnel assez tôt et de me faire éjecter.

Il me fallut un bon quart d'heure pour franchir dix-huit wagons. Je me prenais carrément pour un ninja quand je bondis sur le dix-neuvième, derrière celui où était perché le voyageur.

Soit je fis trop de bruit, soit il se retourna par hasard : au moment où j'atterris, il me regardait.

En un éclair, il écarta la main droite de sa poitrine, brandissant un pistolet équipé d'un silencieux. Je m'aplatis juste avant le tir. La balle ricocha sur le toit métallique, cinquante centimètres à ma droite.

Le balancement du train avait dévié sa ligne de mire. Ou il était nul. Ou bien c'était une combinaison des deux. Dans tous les cas, je dégainai mon petit Ruger neuf millimètres de ma cheville, une seconde avant que le lascar presse de nouveau la détente.

Cette fois, sa balle rebondit avec un tintement sur le rebord à quinze centimètres de ma tête. Je tirai sur lui et le manquai. Mais cela suffit à changer la dynamique de la situation. Il choisit l'esquive. Il filait déjà comme un lapin, passant sur le wagon suivant pendant que je me mettais debout.

Il sautait sur un wagon-citerne ovale quand je bondis vers le wagon de marchandises derrière lui. Je me réceptionnai sans mal, mais l'homme avait disparu. Puis je l'aperçus, à plat ventre sur la citerne ; il avait dû glisser et tomber la tête la première.

Il se redressait lentement, étourdi par l'impact, ce qui me permit de réduire la distance entre nous. Lorsqu'il finit par se relever, le pistolet à silencieux n'était plus dans sa main. L'avait-il perdu dans sa chute ?

— Arrêtez-vous ! criai-je. Je veux seulement vous parler.

Mais il reprit la fuite.

— Halte ou je tire !

Il ne ralentit pas l'allure.

Je visai sur sa gauche, envoyai une balle près de son oreille. Cela le fit se tasser sur lui-même et se retourner, les mains en l'air.

Voilà qui est mieux. Maintenant, on va arriver à quelque chose, me dis-je.

Je remarquai alors que nous approchions d'un viaduc. Je sautai prudemment sur le wagon-citerne et avançai vers le jeune homme. Nous n'étions plus séparés que de six mètres. Il s'accroupit et se tint à une sorte de volant.

— Je veux juste qu'on parle, répétai-je.

— De quoi, man ? grommela-t-il, s'efforçant de jouer les durs mais visiblement effrayé.

Je levai la main, lui montrai le salut à trois doigts.

— De ça. Et de Finn Davis. Et de Marvin Bell. Et de ce que vous faites sur ce train.

À sa façon de me regarder, on aurait cru qu'il m'était poussé des cornes de diable. Il secoua vigoureusement la tête.

— Laisse tomber, man.

— Nous savons que vous convoyez quelque chose dans ces wagons. Qu'est-ce que c'est ?

Il détourna les yeux, fit encore non la tête.

— J'dirai rien. Trop risqué.

— Nous assurerons votre protection.

— Vous pouvez pas, cracha-t-il. Personne peut protéger personne de Grand-père et de la Compagnie.

— Grand-père et la Compagnie ? répétai-je, tandis que le train s'engageait sur le pont enjambant un étroit et profond canyon boisé. Qui est Grand-père ? Une compagnie de quoi ?

Avec un regard de détresse, il répondit :

— Je suis mort.

Il lâcha le volant, se déplia et plongea soudain du wagon-citerne, par-dessus le pont, hurlant et battant des bras comme pour voler tout au long de sa chute jusqu'à la cime des arbres, un océan vert qui se referma sur lui.

79

N'en croyant pas mes yeux, je tendis le cou pour scruter au fond du canyon les bois qui avaient avalé le jeune homme. Les seules créatures visibles étaient des corbeaux planant en cercles paresseux au-dessus de la frondaison, puis tout disparut de ma vue comme le train s'engageait dans un tournant après le pont.

Le tunnel surgit si vite que je dus m'aplatir sur le wagon-citerne et me cramponner jusqu'à la sortie qui débouchait dans une forêt épaisse. Je voulus téléphoner à Bree mais il n'y avait pas de réseau. Et impossible de quitter le train avant la prochaine gare, à quinze kilomètres.

Lorsque la locomotive ralentit peu après puis s'arrêta, la nuit était tombée et la lune se levait. Nous nous trouvions maintenant à basse altitude. Dans la pénombre, je distinguai des champs de chaque côté des rails. Perplexe, je cherchai des yeux un passage à niveau. Pourquoi avions-nous stoppé ici ? Je m'apprêtais à descendre quand…

— Allez, mec, on s'y met ! cria d'en bas une voix masculine.

Je tressaillis en comprenant que c'était à moi qu'elle s'adressait.

— On se met à quoi ?

— Merde, mec, déconne pas ! jura l'homme impatient, dont la silhouette se découpait sur le remblai. File-moi la commande. J'ai le fric.

— Désolé, je suis nouveau, improvisai-je. C'est quelle commande, déjà ?

— Tu l'as sur ta liste, répondit-il, irrité. Ouvre la trappe, récupère le paquet et on règle notre affaire.

Je regardai autour de moi. Le volant auquel s'était tenu le jeune homme : il commandait une trappe de visite.

Je m'en approchai, me mis à genoux et le tournai dans le sens inverse des aiguilles d'une montre. Rien. Ni dans l'autre sens. Mais peut-être s'agissait-il d'un système de fermeture à ressort. Je pesai alors sur le volant de tout mon poids, le sentis s'abaisser, et le tournai. Il céda dans le sens des aiguilles d'une montre.

Dès que retentit un bruit de déblocage, je soulevai le couvercle. L'air s'imprégna d'un agréable arôme de vanille. Je sortis la mini-Maglite que j'ai toujours sur moi, l'allumai. Suspendu dans la trappe se balançait une sorte de panier en aluminium d'environ soixante centimètres de diamètre et un mètre de profondeur. Je l'attrapai. Ses parois étaient percées de larges trous par lesquels le faisceau lumineux de ma lampe électrique révéla des dizaines de paquets jaunes de la taille d'un gros savon, certains attachés ensemble avec un élastique.

— Grouille-toi, me pressa l'homme. Le train va repartir avant que…

Les roues du convoi grincèrent. Le wagon-citerne tangua. Je perdis l'équilibre et faillis lâcher le couvercle de la trappe, le panier et son mystérieux contenu.

— Hé ! pesta l'autre. Hé, merde, mec !

— Rien à faire. Y a un problème avec le mécanisme d'ouverture. Je mettrai ta commande sur la livraison de demain soir. Tu auras une ristourne.

Un silence.

— De combien ?

— Dix pour cent ! criai-je, tandis que le train s'ébranlait.

— OK, mec, ça marche !

J'attendis qu'il soit loin derrière moi pour m'asseoir jambes écartées autour de la trappe. Je tournai le panier en l'inspectant avec ma Maglite et découvris un clapet sur charnières. Je retirai trois des paquets enveloppés de papier jaune. Chacun pesait dans les cinq cents grammes.

Mon téléphone sonna à cet instant. C'était Bree.

— Où es-tu ? me demanda-t-elle avec inquiétude. Je n'arrête pas de t'appeler.

— Il y a eu un tunnel et on est descendus du plateau, et je n'ai pas la moindre idée de l'endroit où je me trouve.

— As-tu interrogé le voyageur ?

Je lui racontai tout ce qui s'était passé.

— Mon Dieu, il a sauté comme ça ? s'exclama-t-elle.

— Je n'arrivais pas y croire. Comme s'il préférait mourir tout de suite plutôt que me rencarder et subir la punition de ce « Grand-père ».

— Et ce serait Marvin Bell, le Grand-père en question ?

— Ça paraît logique.

— Donc ces paquets jaunes contiennent de la drogue ?

— Je présume, oui, répondis-je. C'est ingénieux, quand on y réfléchit, d'utiliser les transports ferroviaires.

— En effet. Comptes-tu rester sur le train pour voir où il t'amène ?

— Non. Je vais tout remettre en place, sauf trois paquets, et descendre à la prochaine gare. Nous laisserons Bell, ou quelle que soit la personne à la tête de ce trafic, penser que leur convoyeur s'est fait la malle avec un peu de leur came.

— Bonne tactique, approuva-t-elle.

— Je te rappelle bientôt, pour te dire où me récupérer.

J'apercevais des réverbères dans le lointain. Le temps que le train stoppe une deuxième fois, j'avais rangé le panier et refermé la trappe. Sur ma droite, en provenance des buissons le long des rails, j'entendis un sifflement bref.

Au lieu d'y répondre, je débarquai silencieusement par une échelle de l'autre côté du wagon-citerne, puis filai en catimini pendant que le sifflement se répétait, plus fort et insistant.

80

La mignonne petite fille aux yeux ensommeillés tripotait une peau de mouton de la forme d'un gant de toilette. Elle en caressa sa joue de porcelaine tout en suçant son pouce, tandis qu'elle traversait la pièce pour rejoindre son grand-père.

De gros soucis le taraudaient, lui encombraient le cerveau, mais la vue de sa précieuse Lizzie, tellement innocente, les évacua. Il souleva l'enfant de terre.

— C'est l'heure d'aller au lit, mademoiselle ?

Elle hocha la tête et se blottit dans ses bras, lui donnant un sentiment de perfection. Elle était si légère, non pas un fardeau, jamais un fardeau. Le grand-père de Lizzie la porta du bureau jusqu'à sa chambre au bout du couloir.

Il la borda douillettement, bien au chaud sous les draps et couvertures. Les paupières de la fillette avaient beau papillonner de fatigue, elle réclama quand même :

— Raconte-moi l'histoire. Qu'est-ce qui arrive après à la princesse-fée ? À Guinevere ?

Son grand-père réfléchit.

— Un jour, un dragon est venu dans le royaume de la princesse Guinevere.

Lizzie ouvrit grand ses yeux.

— Est-ce que le dragon a fait du mal à Guinevere ?

— Il en avait l'intention, mais le grand-père de Guinevere, un roi magicien, envoya les plus valeureux de ses guerriers tuer le dragon. Le frère aîné de la princesse essaya le premier, mais ne parvint pas à abattre la bête qui menaçait le royaume. Une guerrière prit sa place.

À présent captivée, Lizzie demanda :

— Est-ce qu'elle avait un arc et des flèches ?

Il acquiesça et poursuivit :

— Elle tira sur le dragon au moment où il volait près d'elle et le manqua de quelques centimètres.

On tapa doucement à la porte. Meeks était sur le seuil, l'air grave.

— Vous avez de la visite en bas, monsieur, annonça-t-il.

Le grand-père comprit aussitôt, hocha la tête.

— Je descends dans une minute.

— Non, grand-papa, protesta Lizzie. Et mon histoire, alors ?

— Je te raconterai la suite demain, promit-il.

— Oooh, geignit-elle. Je peux pas attendre. Est-ce qu'elle va tirer encore sur le dragon ? La guerrière ? Comment elle s'appelle ?

Il trouva vite un nom.

— Lace[1]. Et, oui, Lace va essayer encore une fois, mais je ne te dirai pas avant demain soir ce qui va se passer.

Lizzie bâilla et murmura :

— Lacey tuera le dragon. Elle sauvera la princesse Guinevere. Je le sais.

Les yeux de la fillette se fermaient, et il se pencha pour l'embrasser sur la joue. Puis il éteignit la lumière, mais laissa la porte entrouverte comme elle le préférait. Il longea le couloir en pensant à tous les changements en perspective et aux nombreuses complications qui en résulteraient.

Au rez-de-chaussée, orné de tableaux et de sculptures, il se dirigea vers la bibliothèque.

Finn Davis l'y attendait, mal à l'aise et agité.

1. Dentelle.

— Qu'y a-t-il ? l'interrogea le grand-père de Lizzie.

— On a perdu un convoyeur, déclara Davis. Ses livraisons n'ont pas été faites.

— La marchandise ?

— Intacte, moins un kilo et demi.

— Il a donc filé avec.

— Je lance mes gars à sa recherche ? proposa Davis. Pour qu'ils s'occupent de lui ?

— Bien sûr, mais nous avons des problèmes plus urgents.

— Les Cross ?

Le vieil homme fit un signe affirmatif et expliqua :

— Ils ont survécu à la dentellière. Elle va retenter le coup. En attendant, je crois que tu devrais essayer à nouveau de pourfendre le grand méchant dragon.

81

À 8 h 30 lundi, Pinkie nous conduisit Bree et moi au tribunal, où le procès de Stefan allait reprendre ce matin. Nana Mama nous y retrouverait avec tante Hattie et tante Connie. Jannie restait au pavillon pour veiller sur Ali.

Mes nerfs étaient à vif, mon humeur exécrable. Bree et mon cousin paraissaient lessivés. Cela faisait trente-six heures que nous planchions sur le trafic du train, avec très peu de sommeil. Mais les secrets de Starksville demeuraient plus troubles et nébuleux que jamais.

Nous avions découpé le papier jaune d'un des paquets et découvert dans un sachet sous vide ce qui ressemblait à des morceaux en vrac de verre couleur topaze, sans véritable goût ni odeur. Aussi avais-je sollicité l'aide d'amis travaillant au laboratoire criminalistique du FBI à Quantico. Ils recevraient les échantillons à analyser dans l'après-midi.

Nous ne connaissions toujours pas l'identité du propriétaire de la citerne. L'une des deux caméras de chasse avait enregistré une bonne image du wagon côté droit, où était peint en noir un code à quinze lettres et chiffres. Sur les photos des jours précédents que nous avions réexaminées, les convoyeurs se trouvaient pour la plupart assis juste derrière un wagon-citerne arborant un code similaire. Pinkie avait passé l'après-midi et la soirée de dimanche à chercher à quoi renvoyaient ces codes, mais sans succès.

Bree et moi avions planqué dans les arbres au-dessus de la voie ferrée à Starksville à partir de 21 heures, la veille. Jusqu'à notre départ, bien après 23 heures, aucun convoyeur n'avait pris de train.

En résumé, nous n'avions aucun élément reliant Marvin Bell, Finn Davis ou qui que ce soit d'autre au fameux Grand-père et à la compagnie. Nous commencions même à considérer l'hypothèse que le cartel de drogue n'était pas basé à Starksville, que le trafic s'organisait ailleurs et ne transitait par là qu'à cause du transport ferroviaire.

— Je me demande si la disparition du convoyeur n'aurait pas fait stopper les livraisons, au moins provisoirement, déclara Pinkie en tournant à gauche vers la place du centre-ville.

— C'est bien possible, admis-je.

— Je crois qu'il y a moyen de savoir si ces hommes sont de Starksville, annonça Bree.

— Et comment… ? dis-je.

— Davantage de caméras. On les place à des passages à niveau au nord et au sud. Si les convoyeurs ne viennent pas d'ici, ils seront déjà à bord des trains.

Pinkie approuva de la tête et se gara dans le parking du tribunal.

— Et s'ils n'y sont pas, nous aurons la confirmation que toute l'opération démarre à Starksville.

— Au fait, il n'y a personne dans le coin qui fabrique de la vanille ? lui demandai-je.

— Pas que je sache, répondit mon cousin en coupant le moteur.

À notre entrée dans le hall du palais de justice, la foule des journalistes, spectateurs et témoins était en ébullition : le shérif avait eu une crise cardiaque fatale au milieu de son petit déjeuner dans un café, à peine une heure plus tôt. Nathan Bean avait certes le cœur fragile, selon la rumeur, mais la nouvelle n'en semblait pas moins surprendre tout le monde.

Dans la salle d'audience, j'entendis un reporter interroger le chef de la police, Randy Sherman, au sujet de son remplacement.

— Le shérif est élu, répliqua Sherman. Mais je parie sur Guy Pedelini comme le plus solide candidat.

Le rapport de Bree sur la présence de Finn Davis chez Pedelini le mercredi précédent me revint à l'esprit, et pour la première fois je fus persuadé qu'il y avait bel et bien un marionnettiste qui tirait les ficelles derrière la scène de Starksville. Grand-père ? Même sans preuve concrète, je voyais aisément Marvin Bell dans ce rôle, le citoyen respectable restant dans l'ombre et se servant de Finn Davis pour faire exécuter ses ordres. Nous présumions que Bell et Davis versaient des pots-de-vin à Pedelini. Sinon, comment aurait-il pu s'offrir une telle villa sur le lac avec son seul salaire ?

Une porte latérale s'ouvrit. Un garde escorta Stefan dans le prétoire. Je grimaçai et ma tante Hattie poussa un cri d'angoisse. Mon cousin avait l'œil gauche violet et fermé, et la mâchoire maintenue par des broches.

La mine furieuse, Naomi se précipita pour l'accompagner à son siège.

— Bien fait pour lui ! chuchota une femme.

C'était Ann Lawrence, de l'autre côté de la travée, qui s'adressait à Cece Turnbull, sobre ce jour-là. La mère de Rashawn ne répondit pas mais ses parents, assis deux rangs derrière, approuvèrent la remarque de hochements de tête vigoureux.

Delilah Strong, la procureure, parut en revanche sincèrement soucieuse de l'état de mon cousin. De même que son assistant, Matthew Brady, qui alla s'entretenir avec ma nièce.

Elle l'écarta d'un geste énervé. Patty Converse arriva alors et s'installa dans la rangée derrière nous. Cela faisait six jours que nous ne l'avions pas vue. Sans prêter la moindre attention à notre famille, elle regarda d'un œil vague le greffier et le sténotypiste judiciaire qui prenaient place.

L'huissier annonça :

— Veuillez vous lever. Le tribunal est maintenant en séance, sous la présidence du juge Erasmus P. Varney.

82

Le juge avait le teint cireux et l'air plus faible qu'à la dernière audience, où je l'avais vu empourpré, se tordant sous la douleur d'une crise néphrétique pendant que les ambulanciers le sortaient en civière. Il conservait cependant une présence dont l'autorité fut manifeste lorsqu'il s'installa à la tribune, se saisit de son maillet et l'abattit fermement. L'assemblée se rassit.

— Je vous présente mes excuses pour cette maladie qui m'a fait m'absenter, commença-t-il. C'est le sang ukrainien du côté de ma mère. Et je tiens aussi à dire que le décès si subit de notre shérif ce matin est une véritable tragédie. Nathan Bean était un homme d'honneur et d'une grande intégrité.

Les yeux de Varney restèrent fixés droit devant lui durant ce préambule, comme s'il s'adressait non pas à la salle en général mais à quelqu'un en particulier dans la galerie supérieure. Qui, je n'aurais su dire. Mais peut-être n'était-ce que mon imagination.

Varney prit un document sur la tribune, le lut et déclara :

— Maître Cross, la cour est informée que le témoin dont vous deviez poursuivre le contre-interrogatoire, Sharon Lawrence, n'est pas disponible aujourd'hui, car elle est souffrante et se trouve à l'hôpital. Est-ce exact, madame Lawrence ?

Celle-ci se leva.

— Oui, monsieur le juge. Elle est sous perfusion avec trente-neuf et demi de fièvre.

— Alors, je suppose que vous souhaitez être à son chevet.

— Oui, votre Honneur, merci.

La mère de la fille qui accusait mon cousin de viol et avait piégé Jannie avec de la drogue glissa un regard vers nous en sortant.

— Elle cache quelque chose, me chuchota Bree à l'oreille.

— C'est clair, dis-je, démangé par l'envie de suivre cette femme et de lui poser un bon nombre de questions précises.

Mais le magistrat reprenait la parole :

— Maître, une fois que Mlle Lawrence sera rétablie, vous aurez l'occasion de l'interroger à nouveau. Dans l'intervalle, j'aimerais avancer. À moins que vous n'ayez d'autres sujets de préoccupation ?

— J'en ai, monsieur le juge, répondit ma nièce. Avec tout le respect dû à la mémoire du shérif Bean, je déplore que la protection de mon client ait été gravement négligée. Les gardiens ont permis à des détenus de rouer de coups mon client jusqu'à…

— Objection ! s'insurgea la procureure. Rien ne prouve que les gardiens aient « permis » cette altercation.

— Votre Honneur, M. Tate se présente devant la cour avec de multiples contusions, un œdème, la mâchoire fracturée et probablement une commotion cérébrale, martela Naomi. Vous pourriez au moins autoriser un neurologue compétent à l'examiner avant la reprise du procès.

Strong lui renvoya :

— M. Tate a été soigné par les médecins de la prison, lesquels m'ont affirmé qu'il ne montre aucun symptôme d'une commotion cérébrale.

— Monsieur Tate ? fit Varney. Comprenez-vous ce qui se passe ? Savez-vous où vous êtes ? Ce que vous faites ici ?

Stefan hocha la tête, s'exprimant avec difficulté à travers les broches en fer dans sa bouche :

— Oui, monsieur le juge.

Naomi afficha son exaspération.

— Très bien, dans ce cas, le procès va se poursuivre, et j'ordonne au bureau du shérif de doubler la garde de M. Tate en continu. Cela vous satisfait-il, maître ?

Naomi hésita, puis capitula :

— Oui, monsieur le juge.

Pour ce qui concernait la défense, ce fut le point culminant de la journée. Du côté de l'accusation, des experts médico-légaux appelés à la barre enfoncèrent le clou quant à la validité des accablantes pièces à conviction : le sperme de Stefan sur le corps de Rashawn ainsi que dans la culotte de Sharon Lawrence, le sang et les particules de chair de Rashawn sur la scie d'élagage pliante trouvée dans le sous-sol de mon cousin.

Patty Converse devint livide pendant ces témoignages, surtout lorsqu'un expert en empreintes digitales affirma que les seules empreintes nettes sur la scie étaient celles de Stefan.

Naomi s'efforça de rendre irrecevable la preuve de l'ADN de Stefan sur le sous-vêtement de Lawrence en demandant si quelqu'un pouvait y avoir délibérément placé le sperme dans la période entre le prétendu viol de la jeune fille par mon cousin et le meurtre de Rashawn. L'expert du ministère public répondit que c'était possible, mais improbable puisque Lawrence avait pris soin de conserver la culotte dans un sachet hermétique.

— À moins que Mlle Lawrence y ait mis le sperme elle-même, suggéra Naomi.

L'expert répliqua :

— Exact, mais nous n'avons aucun indice matériel dans ce sens.

Durant la suspension de séance à midi, le directeur du garage Ford où avait été remorqué notre Explorer me téléphona. Selon toute apparence, une pierre avait détaché une durite sans doute déjà mal raccordée au circuit de freinage hydraulique. Le liquide s'était écoulé jusqu'à épuisement. Les freins avaient cessé de fonctionner.

— Vous avez beaucoup roulé sur des routes en terre ? m'interrogea-t-il.

— Un peu, mais je ne me souviens pas qu'un gros caillou ait touché le châssis. Vous n'avez vu aucun signe de sabotage ?

— C'est-à-dire, comme si on avait voulu bousiller vos freins ? s'étonna le garagiste.

— Quelque chose comme ça.

— Il y a des moyens plus simples pour faire lâcher vos freins que de compter sur une pierre.

— Sauf si on souhaite que ça passe pour un accident, répliquai-je.

Je demandai au garagiste de photographier les dégâts, puis nous convînmes du prix de la réparation et de l'heure à laquelle je pourrais récupérer la voiture le lendemain matin.

Après le déjeuner, l'audience empira encore pour Stefan et Naomi. L'inspecteur Carmichael, à la barre, promena les jurés dans l'ancienne carrière de calcaire en leur décrivant l'emplacement de chaque pièce à conviction, et termina par le badge scolaire ensanglanté de Stefan.

Naomi eut beau tenter de lui faire admettre que le badge avait pu être placé là-bas exprès, Carmichael ne mordit pas à l'hameçon.

— Votre client était bourré, défoncé, et tellement excité par ses petits jeux sadiques qu'il l'a perdu sans s'en rendre compte, déclara-t-il.

L'inspecteur Frost, lui, projeta sur un écran les photographies du cadavre. Je les avais déjà toutes vues, mais les agrandissements accentuaient la barbarie de ce qui avait été infligé à Rashawn. Des exclamations d'horreur s'entendirent dans l'assistance, plusieurs parmi les jurés.

— Monstre ! vociféra Cece Turnbull, qui se rua sur Stefan et lui frappa la poitrine du doigt. Tu l'as massacré ! Tu l'as massacré comme s'il n'y avait rien d'humain et de bon là-dedans !

Le juge Varney abattit son maillet et la rappela plusieurs fois à l'ordre, puis il ordonna aux huissiers d'escorter la mère de Rashawn hors de la salle.

Refusant de partir, Cece hurla et cracha à la figure de Stefan avant que les huissiers réussissent à la faire sortir de force. Sa mère éclata en sanglots tandis que son père réconfortait sa femme et toisait mon cousin avec dégoût.

À la clôture de la séance, Naomi s'appliqua à commenter les auditions du jour sous un angle optimiste pour les journalistes agglutinés devant le tribunal.

Elle s'éclipsa enfin, et nous rejoignit, Bree, Pinkie et moi sur le parking. Mes tantes et Nana Mama étaient rentrées dès l'heure du déjeuner.

Ma nièce soupira.

— Je sais que le juge a donné pour instruction aux jurés d'ignorer la diatribe de Cece, mais ils s'en souviendront.

— On ne peut pas leur en vouloir, dit Bree. Elle m'a profondément émue.

Naomi détourna le regard, essuya ses yeux baignés de larmes.

— Moi aussi. Ce n'est pas professionnel de ma part, mais je commence à craindre que Stefan n'ait vraiment fait subir tout ça à Rashawn.

— Comme moi, renchérit Patty Converse, qui s'était approchée. Je me demande comment j'ai pu être aussi aveugle.

— J'envisage maintenant l'option du plaider-coupable, reprit ma nièce. Je connais bien Matt Brady. Il sera juste.

— Ne jette pas encore l'éponge, intervins-je.

— Nous n'avons rien pour réfuter la présence de Stefan sur les lieux du crime, répliqua Naomi. Il y a son ADN partout, là-bas !

Je n'eus pas le temps de répondre car mon téléphone sonna, et je m'écartai. C'était Melanie Greene, la coach.

— Vous ne savez pas à quel point j'en suis désolée, docteur Cross, mais j'ai reçu à l'instant un appel de cet enquêteur, M. Pedelini. Les analyses du sang et de l'urine de votre fille sont positives pour de la cocaïne et de la méthamphétamine. Jannie ne pourra pas continuer à s'entraîner avec nous, malheureusement, et Duke va retirer son offre de bourse.

83

— C'est n'importe quoi, professeur ! m'indignai-je, maîtrisant difficilement ma colère. Les échantillons ont dû être trafiqués. Probablement par Pedelini lui-même.

— Bon, fit-elle, dubitative. Mais je ne vois pas comment vous allez pouvoir…

— Le prouver ? Nous avons nos propres échantillons des prélèvements effectués ce jour-là, dans un sac au fond de notre frigo. Je les avais réclamés par précaution. Je vais les envoyer à un labo impartial. Est-ce que Duke croira le FBI ?

Il y eut un silence sur la ligne. Puis Greene répondit :

— Si le FBI certifie que Jannie est clean, ça nous suffira.

— Merci, professeur, dis-je sèchement. Je vous tiendrai informée.

Je mis fin à la communication, prêt à balancer mon téléphone à travers le pare-brise de notre voiture de location. Mais je puisai dans mes maigres réserves de sang-froid et annonçai à Bree et aux autres les résultats des analyses.

— Jamais Jannie n'aurait pu courir comme elle l'a fait samedi en ayant pris de la coke et du speed, fit remarquer Bree.

— Ouais, dit Pinkie. Ils ne comprennent pas ça, à Duke ?

— Non, à l'évidence, puisqu'il leur faut une preuve, répliquai-je, avant de leur expliquer que Greene était d'accord pour laisser le dernier mot au FBI.

— C'est correct de sa part, assura Pinkie.

Il avait raison, et je commençai à me calmer. Mais cette question de drogue détectable dans le sang et l'urine me fit penser à quelque chose et demander à Naomi :

— A-t-on recherché des traces de stupéfiants dans le sperme trouvé sur le cadavre de Rashawn et la culotte de Lawrence ?

Elle fouilla sa mémoire.

— Pas à ma connaissance.

— As-tu accès à ces prélèvements ?

— J'en ai reçu des échantillons dont nous pouvons nous servir pour procéder à nos propres examens, répondit-elle. Ils sont au cabinet.

— Va les récupérer et apporte-les chez nous, dis-je, et je me tournai vers Bree. Prends les tubes de Jannie dans le frigo et fais-en un paquet avec ceux que Naomi va te remettre. Pinkie t'emmènera à l'aéroport de Winston-Salem.

— D'accord…

— Achète un billet aller-retour pour Washington, continuai-je. Je préviendrai mes potes à Quantico. L'un d'eux t'attendra à ton atterrissage. Tu dormiras à la maison, en vérifiant que tout va bien là-bas, et tu reprendras l'avion demain matin pour revenir ici.

— Tu penses qu'une analyse toxicologique de son sperme pourrait aider Stefan ? me demanda Pinkie.

— Ça dépendra des résultats.

— Et toi, que vas-tu faire pendant mon absence ? voulut savoir Bree.

— Rendre visite à ce cher Pedelini, et peut-être aussi à Marvin Bell.

Le temps que j'arrive à son bureau, l'enquêteur était déjà parti, sa journée terminée.

Je roulai jusqu'au lac en suivant les indications fournies par Bree, et trouvai sans mal la villa où elle avait vu Finn Davis remettre une enveloppe à Pedelini. Une belle propriété : terrain vaste, grande demeure bien entretenue, pelouse avec balançoire, quai privé. Elle donnait à l'est, et je songeai que le lever du soleil devait y être spectaculaire.

Après m'être garé derrière le pick-up de Pedelini, je grimpai sur la galerie. Dans la maison, une télévision diffusait un match de baseball ; la voix du commentateur était couverte par des rires d'enfants, et je sentis une odeur de poulet en train de cuire. Je toquai au châssis de la moustiquaire doublant la porte grande ouverte.

— Papa ! cria une petite fille. Y a quelqu'un à la porte !

— Va voir qui c'est, lança Pedelini. Je m'occupe de…

Je ne compris pas la fin de la phrase. Une seconde après, une jolie fillette d'environ dix ans apparut dans l'entrée.

— Bonsoir ?

— Bonsoir, mademoiselle ! répondis-je. Comment t'appelles-tu ?

— Tessa Pedelini.

— Tessa, peux-tu prévenir ton père qu'Alex Cross voudrait le voir ?

Avec un hochement de tête, elle partit au galop transmettre le message.

Il y eut un silence, puis j'entendis Pedelini dire :

— Tiens, remplace-moi. Mais va lentement, d'accord ?

— D'accord, répondit Tessa.

L'enquêteur se profila derrière la moustiquaire, hésita, puis sortit sur la galerie. Il me tendit la main. Je ne la pris pas.

— J'ai été aussi surpris que vous avez dû l'être par les résultats d'analyse de votre fille, déclara-t-il en plongeant les mains dans ses poches. Mais ils sont concluants.

Froid et implacable, je rétorquai :

— Vous savez que je me suis trompé sur vous ?

— Comment ça ? s'enquit-il, les sourcils froncés.

— J'ai connu pas mal de flics véreux dans ma carrière, et pourtant vous n'avez pas du tout éveillé ma méfiance lorsqu'on s'est rencontrés. Vous aviez l'air d'un mec bien. Bree le pensait aussi.

— Mais je suis un mec bien, assura-t-il en me regardant dans les yeux. Le meilleur par ici.

— Ce qui n'est pas vraiment une référence, hein ?

Son visage se rembrunit.

— Quand je suis dehors en service, vous pouvez me faire tous les sermons que vous voulez. Mais ici, chez moi, je ne le tolérerai pas. Je vous demande donc de partir maintenant, avant que l'un de nous deux ne fasse une bêtise.

Sur ces mots, il me toisa avec défiance.

Sans me laisser impressionner, je continuai :

— Ma femme vous a vu accepter une grosse enveloppe de Finn Davis l'autre soir. Sur cette galerie, précisément. Et votre fille se trouvait là comme témoin.

Déstabilisé, il recula d'un pas.

— Ce n'est pas aussi simple.

— Aussi simple que quoi ? Un pot-de-vin est un pot-de-vin.

Tous ses muscles se bandèrent, comme s'il allait se jeter sur moi ; il se mit sur la pointe des pieds, serrant et desserrant les poings, avant de souffler d'une voix sourde :

— Vous n'avez pas idée de la pression que je subis.

Je l'observai et compris alors. Ce que j'avais pris pour une position d'attaque n'était en fait que la tension d'un corps sous le poids d'un lourd fardeau.

— Et si vous me racontiez ? dis-je.

— Pourquoi à vous ?

— Parce que je suis psy autant que flic. Vous en avez deux pour le prix d'un.

Pedelini ébaucha un sourire. Puis détourna les yeux, à la recherche d'une échappatoire.

— Peut-être n'avais-je pas tort, au fond, repris-je, dans l'espoir de le pousser à s'ouvrir. Ma première impression de vous était la bonne. Vous êtes un homme bien, mais que je n'arrive pas à comprendre

— C'est sûr que vous ne pigez rien, grommela-t-il.

— Alors, expliquez-moi.

Il résista encore, puis finit par dire :

— Venez avec moi.

L'enquêteur rentra dans la villa, et me précéda dans un couloir court menant à une cuisine de style rustique où un petit téléviseur transmettait le match de baseball. Une fillette de huit ou neuf ans, assise à une table ronde, mangeait des bretzels en bâtonnets, captivée par l'écran.

— Les Braves ont deux points d'avance, papa ! annonça-t-elle.

— Comme quoi, Dieu existe, Lassie, répondit-il.

— À quelle heure on dîne ?

Il jeta un coup d'œil au minuteur du four.

— Dans trente-deux minutes.

Pedelini quitta la cuisine. Sa fille ne m'accorda aucune attention quand je le suivis dans une salle de séjour dont la baie vitrée donnait sur le lac.

— Belle maison, remarquai-je.

— Si vous croyez qu'elle a été achetée avec de l'argent sale, vous avez tout faux. Ma défunte épouse l'avait héritée de son père.

Il franchit le seuil d'une autre pièce.

J'y entrai après lui et me retrouvai dans une chambre d'hôpital.

85

De l'équipement médical remplissait deux rayonnages en inox. Un fauteuil roulant perfectionné était rangé dans un coin. Sur des supports en hauteur fixés aux murs, des écrans de mesure allumés encadraient un lit d'hôpital muni de barreaux de protection.

— Cat ? dit Pedelini à la petite fille assise contre les oreillers, qui ouvrait maladroitement la bouche pour prendre la cuillérée que lui tendait Tessa. Voici le docteur Cross. Il voulait faire ta connaissance.

La benjamine de l'enquêteur enfourna la nourriture, referma la bouche et tourna les yeux vers moi. D'une voix épaisse, elle bredouilla :

— Encore un autre ?

Elle avait pour prénom Catrina, et me rappelait un bébé merle que j'avais vu un jour que j'accompagnais ma mère à la manufacture de literie ; l'oisillon à peine éclos, duveteux, maigrelet et blessé, était tombé de son nid. Cat Pedelini était tout en angles, le torse bombé, la colonne vertébrale arquée vers la gauche, et ses bras et ses mains infirmes repliés contre sa poitrine donnaient l'impression de tenir quelque chose de précieux. Son visage, bien que déformé, était charmant.

— Je ne suis pas un médecin comme les autres, lui expliquai-je. Et je suis venu rendre visite à ton papa, mais je suis très content de faire ta connaissance.

— Papa a besoin du docteur ? s'inquiéta-t-elle en observant son père.

— Il est ici pour mon travail, poussin, la rassura Pedelini, qui s'approcha d'elle pour caresser ses fins cheveux blond platine. Continue à bien manger comme ça.

— Je regarderai *Esprits criminels* après le dîner ?

Tessa précisa à mon intention :

— C'est la série préférée de Cat.

— Si tu finis tout ce qu'il y a dans ton assiette, tu pourras voir un épisode avant ton bain, promit son père.

La petite émit un gargouillement ravi, puis le corrigea :

— Mais c'est un bol.

— Ton bol, alors, lui dit tendrement Pedelini en l'embrassant sur la tête. Je reviens vite.

Il quitta la chambre et je le suivis dans la cuisine, où sa fille cadette annonça le nouveau score :

— Les Braves ont encore marqué, papa. On dîne quand ?

— Comme quoi, Dieu existe ! lança Pedelini au passage. Dans vingt-quatre minutes. Grignote des bretzels en attendant.

— J'ai mangé presque tout le paquet !

— C'est tragique, mais c'est la vie.

Il reprit le couloir, ouvrit la porte-moustiquaire et sortit sur la galerie.

— Parlez-moi de Cat, lui demandai-je.

Avec un haussement d'épaules résigné, il m'expliqua :

— Elle avait déjà un gène déficient avant sa naissance, en tout cas d'après les spécialistes. Et son état a été aggravé par l'accouchement difficile qui m'a pris mon Ellen. Paralysie cérébrale, c'est le diagnostic officiel.

— Elle semble vive d'esprit.

— Très vive. C'est une sacrée gamine. Une battante.

Pedelini avait les larmes aux yeux. Il les essuya du revers de la main.

— C'est pour elle que vous acceptez l'argent de Finn Davis ?

— Avez-vous la moindre idée de ce qu'il a fallu pour la garder en vie si longtemps ?

— Je n'imagine même pas.

— Chaque cellule, chaque fibre de mon être. J'en ai fait le serment à ma femme alors qu'elle se savait mourante et qu'elle avait déjà vu Cat. Je lui ai promis de remuer ciel et terre pour notre bébé. Et j'ai tenu parole.

J'avais eu raison. Guy Pedelini était par nature un homme bon, avec une conscience. À ce moment-là, cela émanait de lui de façon presque palpable.

— Mais tous ces soins médicaux sont très coûteux, continuai-je, pour revenir au sujet principal.

— Énormément, admit-il.

Il frotta ses chaussures l'une contre l'autre, le regard lointain.

— Et votre assurance ne prend pas en charge tous les frais.

— Exact aussi, soupira-t-il en reniflant.

— Donc, c'est l'argent de Marvin Bell qui couvre la différence ?

Il resta muet, comme dégoûté de lui-même, puis concéda :

— Presque.

— Il vous paye pour faire quoi ? le pressai-je.

Pedelini inspira à fond, alla jusqu'à la balustrade et contempla le lac, où scintillait le reflet de la lune gibbeuse.

Je le suivis en insistant :

— Pour détourner les yeux ? Quand les trains passent par Starksville avec des types qui se servent d'un salut à trois doigts comme signe de reconnaissance et qui montent la garde sur des wagons pleins de drogue à livrer à des dealers le long de la voie ferrée ? Est-ce bien ça que vous faites pour Lassie, Tessa et Cat ?

L'enquêteur était toujours de dos. Ses épaules tremblèrent légèrement, et il commença à pivoter vers moi. Nous étions à moins de quarante centimètres l'un de l'autre. Il avait fait un quart de tour sur la gauche et se trouvait face à l'anse étroite et à la route qui la longeait, lorsque le coup de feu partit. J'aperçus une étincelle de l'autre côté de l'anse, une demi-seconde avant d'entendre la détonation.

Pedelini tournoya sur lui-même, s'affala contre la balustrade, puis glissa sur le sol comme une poupée de chiffon.

Son sang se mit à couler d'une plaie à la tête.

86

Je plongeai sur l'enquêteur pour le protéger avec mon corps d'un deuxième tir, mais rien ne vint. Seuls les cris des filles de Pedelini résonnèrent à mes oreilles.

— Appelle le 911 et demande du secours ! intimai-je à Tessa, qui avait surgi à la porte.

Sans attendre de la voir obéir, je m'occupai de son père, dont les yeux étaient révulsés. Il respirait, pourtant, et son pouls battait fort.

Il valait mieux ne pas le bouger, mais je lui tournai légèrement la tête pour examiner la blessure. Un profond sillon traversait son cuir chevelu, comme creusé par un ciseau à bois. Toutefois, il n'y avait pas d'orifice indiquant que la balle avait pénétré dans sa boîte crânienne.

J'entendis un moteur démarrer, un crissement de pneus. Cela venait de l'autre côté de l'anse. Je me mis debout et repérai les phares d'une voiture qui fonçait sur la route côtière. Elle fit une embardée devant un couple qui s'écarta précipitamment.

Le véhicule dérapa, heurta quelque chose dans un bruit terrible. Ses feux de stop ne s'allumèrent pas.

Je partis en courant. C'était mon tireur.

— Attendez ! appela Tessa derrière moi.

— Ton père va s'en sortir ! lui criai-je, avant de sauter de la galerie et de piquer un sprint jusqu'à ma voiture de location.

Ma brusque marche arrière fit voler des gravillons sur la chaussée, puis je passai les vitesses et accélérai. Je faillis perdre le contrôle de la direction dans le virage en épingle à cheveux de l'anse et ralentis à l'endroit où le tireur avait dû être posté. Mes phares éclairèrent sur le bas-côté un couple de vieillards, visiblement secoués. Mais il n'y avait aucun véhicule aux alentours.

Comme je pilais près d'eux dans un hurlement de freins, ils me regardèrent avec frayeur.

— Je suis de la police, les rassurai-je. Où est allée cette voiture ?

La main tremblante de l'homme se leva.

— Droit devant. Une Impala blanche. Elle a failli nous écraser.

Une Impala blanche ! Je repartais à faible allure afin de ne pas projeter de cailloux sur le couple, quand mon attention se porta sur une borne kilométrique défoncée dans laquelle étaient incrustés des bouts de métal. J'en déduisis que la voiture l'avait emboutie violemment de front, endommageant la calandre voire le radiateur.

Auquel cas, elle aurait du mal à maintenir sa vitesse dans la longue descente sinueuse entre le lac et la nationale qui menait en ville. Dès que j'eus quitté la route côtière, je fonçai à nouveau.

À mi-hauteur de la montagne, j'aperçus des feux de freinage, qui disparurent dans un tournant. Je les rattrapai au virage suivant, et mes phares illuminèrent une Impala. À en juger par les silhouettes visibles à travers la lunette arrière, il n'y avait que deux personnes à bord.

Le passager pivota comme pour regarder derrière lui, brandit une arme de poing. J'écrasai la pédale d'accélération et percutai leur pare-chocs avant qu'il n'ait pu tirer. La collision envoya la voiture sur le côté, perpendiculairement à moi. Le faisceau de mes phares saisit le conducteur cramponné au volant.

Finn Davis parvint à redresser et accéléra dans le virage suivant. Lorsque j'en débouchai à mon tour, un homme se penchait à la vitre passager, pointant de la main gauche un fusil sur moi.

87

Il tira au moment où je freinais.

La chevrotine 00 fracassa la partie droite de mon pare-brise. Je remis les gaz dès que je vis l'homme recharger maladroitement son fusil à pompe. Ce n'était pas un gaucher.

Je passai sur l'autre voie, où il ne m'aurait pas dans sa ligne de mire, puis rattrapai l'Impala et braquai pour lui rentrer encore dedans. Mon pare-chocs la toucha à angle droit. L'arrière de la voiture se déporta brutalement sur l'accotement. Le type au fusil fut éjecté par la fenêtre ; il fit un vol plané et disparut dans la nuit.

Finn Davis était de nouveau dans mes phares, toujours agrippé à son volant.

Comme je n'allais pas lui donner une seconde chance, je pris de la vitesse et heurtai une troisième fois l'Impala, pratiquement par le travers. Ma voiture menaçait de faire un tête-à-queue, ce qui m'obligea à freiner. Mais celle de Davis se mit sur deux roues en glissant vers le ravin.

Elle bascula dans le vide.

Je stoppai dans un dérapage, entendis des sirènes d'ambulance non loin, sortis mon pistolet et ma lampe électrique, et rebroussai chemin en courant. L'Impala avait fait au moins deux tonneaux et était retenue par le tronc d'un vieux pin. L'un de ses phares fonctionnait toujours, illuminant la forêt.

Je balayai le ravin de ma lampe pour trouver la portière côté conducteur et Davis. Il n'était plus sur son siège.

Je remontai le faisceau de lumière vers le toit. Davis, en sang, à demi sorti du véhicule par la fenêtre passager, me visait avec une carabine de chasse à lunette.

À quinze mètres l'un de l'autre, nous fîmes feu virtuellement en même temps, moi de la hanche, lui en appui sur le toit. Sa lunette devait être mal réglée, comme pour Pedelini, car la balle me manqua de quelques centimètres à peine.

J'éteignis la Maglite et m'aplatis sur le sol, l'oreille à l'affût d'un bruit de rechargement de carabine. Il n'y avait que le sifflement du radiateur de l'Impala et les sirènes en approche sur la montagne. Après avoir compté jusqu'à vingt, toujours à plat ventre, j'étendis le bras et fis clignoter ma lampe une seconde dans le ravin.

Rien ne se passa.

Je rallumai la Maglite, me glissai de côté et regardai en bas. Finn Davis était avachi contre le tronc de l'arbre, les yeux grands ouverts et déjà vitreux. Un caillot de sang sortait du trou au milieu de sa gorge.

88

— Suis-je en garde à vue ? demandai-je huit heures plus tard, dans une salle d'interrogatoire.

— On essaie seulement de bien piger cette histoire, répondit l'inspecteur Frost en se caressant le ventre.

Je répétai avec lassitude :

— Je suis allé chez Guy Pedelini à propos d'analyses effectuées par le labo du shérif, et quelqu'un lui a tiré dessus pendant qu'on discutait sur sa galerie. Il s'est évanoui mais j'ai vu que la blessure n'était pas mortelle. Alors je suis parti à la poursuite du tireur. Un couple âgé en balade au bord du lac a failli se faire écraser par l'Impala de Davis. Je l'ai prise en chasse. Son complice a ouvert le feu sur moi et je me suis défendu en les percutant avec ma voiture. Ils sont sortis de la route. Davis a essayé de m'abattre. Je l'ai tué en légitime défense.

— Pourquoi Davis aurait-il voulu descendre Pedelini ? demanda Carmichael.

Malgré la fatigue, je ne pouvais me résoudre à faire confiance aux deux policiers. Aussi gardai-je pour moi toutes les théories qui se télescopaient dans mon cerveau.

— Je ne suis pas en mesure de vous fournir un mobile précis. Posez plutôt la question à son père adoptif.

— Nous avons appelé Marvin sur son portable et à son domicile, dit Carmichael. Il ne répond pas.

— Allez voir chez lui, à Pleasant Lake.

— On y a envoyé un agent, il y a une heure. Comme personne n'ouvrait, il s'est introduit dans la maison. Il a constaté des signes de lutte. Vous savez quelque chose à ce sujet ?

— Rien, répliquai-je. Si ça se trouve, Bell a donné l'ordre à Davis d'éliminer Pedelini et maintenant il est en cavale, après avoir improvisé une mise en scène de bagarre pour vous berner. Bref, le fait est que Davis a tiré sur Pedelini et sur moi. Examinez sa carabine. Je vous garantis que c'est celle qui a servi pour le meurtre de Sydney Fox.

— Vous pensez que c'est Finn qui a tué Sydney ? insista Frost.

— Oui.

— Pour quelle raison ?

— La rancune d'un ex-mari, suggérai-je. Ou un mobile plus sérieux.

Mes deux interrogateurs restèrent cois un moment. Carmichael buvait une canette de Diet Coke, Frost sirotait un café. Ce dernier finit par dire d'un ton sceptique :

— À vous entendre, vous n'êtes qu'un témoin innocent.

— En ce qui concerne la tentative d'assassinat de Pedelini, c'est sûr. Comment va-t-il, au fait ?

— Il a été mis en coma artificiel, expliqua Carmichael. À cause d'un œdème cérébral, mais pas trop grave.

— Quelqu'un s'occupe de ses filles ? m'inquiétai-je.

— Elles sont prises en charge, affirma Frost.

Je me laissai aller contre le dossier de ma chaise avec assurance.

— Bon, je ne dirai plus rien jusqu'au réveil de Pedelini. Vous l'interrogerez. Il corroborera ma version des faits.

La porte s'ouvrit, et Naomi entra en m'ordonnant :

— Pas un mot de plus, Alex.

— C'était déjà ma décision, dis-je.

— Vous comptez l'inculper ? demanda ma nièce d'une voix cassante.

— Pas à ce stade, admit Frost.

— Alors j'apprécierais qu'on le relâche. Le Dr Cross m'assiste pour le procès. Il ne va pas quitter la ville. Si vous avez besoin de lui, vous le trouverez dans la salle d'audience du juge Varney.

Dix minutes après, nous sortions discrètement du poste de police par l'arrière afin d'éviter les reporters des chaînes d'information, et empruntions la ruelle menant au tribunal. L'aube se levait. Mon corps réclamait de rentrer dormir un peu. Au lieu de quoi, je téléphonai à Nana Mama pour lui dire que tout allait bien et que je la verrais au procès. Puis je textai à Bree de m'appeler et suivis Naomi dans le café où nous avions rendez-vous avec Pinkie pour le petit déjeuner.

Pendant que j'avalais trois espressos, trois œufs au plat, du bacon et des galettes de pommes de terre, je leur fis le récit de tout ce qui était arrivé la veille au soir.

— Pourquoi Finn Davis voulait-il tuer Guy Pedelini ? s'étonna ma nièce.

— Peut-être que Davis le percevait comme moi : un brave type au fond, poussé à la corruption par les circonstances, supputai-je. Sous la contrainte, ces gens-là ne gardent pas les secrets longtemps, ils finissent par craquer, avouer et dénoncer tout le monde.

— Donc, d'abord le shérif, et maintenant Pedelini ? enchaîna Pinkie. Tu crois que quelqu'un est en train de faire le ménage ?

— Si on ajoute le sabotage des freins de notre voiture, ça paraît clair.

— Ce quelqu'un est sous pression, déclara Naomi.

— Disons au hasard Marvin Bell, ironisa Pinkie.

— Il s'est volatilisé, les informai-je.

— Ce qui montre qu'on se rapproche, hein, Alex ? demanda Pinkie.

— Oui, mais de quoi ? Ça reste un puzzle dont les pièces ne…

Mon téléphone sonna. Je reconnus le numéro, sans pourtant le situer.

— Cross, fis-je en décrochant.

— Drummond.

Je souris.

— Comment allez-vous, sergent ?

— Ça baigne. Mize a tout avoué et il plaide la folie.

— Il a peut-être raison.

— Ce n'est pas de mon ressort. Et votre affaire ? Vous avez coincé votre bonhomme, ce Bell ?

— Presque. Mais il a disparu, soupirai-je.

— Il est en cavale.

— On dirait bien.

— Et le procès de votre neveu ?

— De mon cousin. Très franchement, à moins qu'on ne déniche très vite des preuves qui le disculpent, il risque la condamnation à mort.

Drummond demeura silencieux quelques secondes, puis dit :

— On ne peut jamais prévoir quand quelque chose va renverser la situation.

— C'est vrai.

Un signal de double appel retentit dans mon portable, le numéro sur l'écran était celui de ma femme. Je dis au sergent qu'il me fallait prendre une autre communication mais que je le tiendrais informé, et je répondis à Bree :

— Salut, toi ! Où es-tu ?

— À l'aéroport, sur le point d'embarquer dans l'avion pour Winston-Salem. Je viens de recevoir par e-mail les premiers résultats du labo du FBI.

— Et ?

89

Le juge Varney déclara la séance ouverte ce mardi matin à 9 heures.

Avant de donner la parole aux avocats, il pointa son maillet vers le public.

— Cece Turnbull ? Vous êtes dans ma salle d'audience ?

Les yeux de la jeune femme étaient rouges et larmoyants lorsqu'elle se leva en hochant la tête.

— Allez-vous encore causer des problèmes ? lui demanda-t-il sévèrement.

— Non, monsieur, euh, Votre Honneur, répondit-elle d'une voix chevrotante. Je… je m'excuse. C'est juste…

— Juste rien du tout, la coupa le juge. Tant que vous vous tenez tranquille, vous pouvez rester. Mais au moindre son qui sortira de votre bouche, je vous exclus pour toute la durée du procès. Est-ce bien compris ?

Cece acquiesça et se rassit. Ann Lawrence se pencha en avant pour lui tapoter gentiment l'épaule. Sharon Lawrence était à côté de sa mère, pâle, la mine chiffonnée, et absorbée par son Smartphone. Les parents de Cece se trouvaient derrière les Lawrence. Mme Caine contemplait ses genoux tandis que son mari, raide comme un piquet dans son costume strict, avait les bras croisés et fixait toute son attention sur le juge.

Au même moment, Randy Sherman, le chef de la police, décochait des regards hostiles à notre groupe : Nana Mama et moi côte à côte, tante Connie, tante Hattie et Pinkie dans la rangée derrière nous.

L'huissier introduisit mon cousin dans le prétoire. Si le visage de Stefan avait un peu dégonflé, les hématomes donnaient encore à sa peau une teinte violette.

Patty Converse arriva et prit un siège près de Pinkie. Je lui souris. Elle me salua de la tête en évitant mon regard.

— Où en étions-nous à la clôture ? demanda Varney à son greffier.

— L'inspecteur Frost, interrogé par Mme Strong.

Le policier quinquagénaire, qui paraissait aussi fatigué que moi, alla à la barre.

Varney lui dit :

— Je vous rappelle que vous témoignez sous serment.

— Oui, monsieur le juge, fit Frost.

Delilah Strong laissa son assistant, Matthew Brady, poursuivre l'interrogatoire à sa place. Brady présenta d'autres pièces à conviction collectées sur les lieux du viol et meurtre de Rashawn Turnbull. Parmi elles, une bouteille cassée de vodka Stolichnaya portant les empreintes de Stefan Tate, abandonnée à moins de trois mètres du cadavre.

Au cours de notre premier entretien à la prison, mon cousin avait reconnu que la bouteille lui appartenait sans doute, mais avait dû être volée chez lui. L'argument était faible.

Le poids des preuves contre Stefan était toujours aussi écrasant. On le lisait sur de nombreux visages dans le box des jurés. Le sperme de Stefan était sur la scène de crime ; ses empreintes également. Il avait assassiné le garçon, il méritait la mort.

Matthew Brady s'adressa à Frost :

— Inspecteur, vous êtes allé voir l'accusé le jour même où le corps de Rashawn a été découvert.

— C'est exact. M. Tate était resté chez lui ce matin-là.

— Comment décririez-vous son état physique ?

— Il avait la gueule de bois. Son haleine sentait l'alcool.

— Que lui avez-vous dit ?

— Qu'on avait trouvé le cadavre de Rashawn dans la carrière. Ainsi que son badge d'enseignant couvert de sang.

— Quelle a été sa réaction ?

— Il est tombé à genoux et a éclaté en sanglots.

Frost raconta qu'ils avaient emmené mon cousin au poste de police et mis les scellés sur son logement en attendant la perquisition par une équipe scientifique. Avant de l'auditionner, ils avaient mesuré son taux d'alcoolémie, lequel s'élevait à 0,65. Un chiffre certes au-dessous de la limite légale en Caroline du Nord, mais qui attestait de manière fiable que Stefan avait trop bu la veille au soir.

Brady fit relater par l'inspecteur l'interrogatoire au cours duquel Stefan n'avait cessé de clamer son innocence. Oui, il s'était bien saoulé la nuit précédente. Sa fiancée et lui avaient eu une dispute. Il était parti furieux, avait marché longtemps et acheté une bouteille d'alcool. Il avait fini ivre mort près de la voie ferrée.

Je jetai un coup d'œil à Patty Converse. Elle contemplait le sol.

— M. Tate a-t-il expliqué pourquoi il était allé à la voie de chemin de fer ? demanda Brady.

— Il a dit qu'il n'avait pas de raison précise, mais cette question l'a rendu hystérique.

— L'avez-vous cru ?

— Son hystérie ? Son désespoir devant ce qu'il avait fait ? Oui. Qu'il s'était endormi près des rails ? Ça, non. Absolument pas. Il n'y avait aucun signe là-bas prouvant sa présence à l'endroit où il prétendait s'être réveillé.

Frost raconta ensuite avoir placé Stefan en cellule sous étroite surveillance pour prévenir toute velléité de suicide, pendant que Carmichael et lui allaient fouiller la maison de Sydney Fox que celle-ci partageait avec mon cousin et Patty Converse. C'est Frost qui découvrit la scie d'élagage aux dents maculées du sang et de la chair de Rashawn sur un rayonnage dans le sous-sol, rangée avec un équipement pour la chasse au dindon sauvage et un flacon de méthamphétamine.

— La scie et la drogue étaient-elles cachées ? s'enquit Brady.

— Oui, dans un paquet.

— Étrange qu'il ait conservé l'arme du crime.

— Le taux d'alcoolémie de M. Tate devait être très élevé à ce moment-là, et la violence de l'attaque contre Rashawn suggère un état de rage folle, expliqua Frost. Après coup, il n'avait sans doute pas les idées très claires, et il a remis la scie là où il l'avait prise.

— Objection ! protesta Naomi. Ce ne sont que des conjectures de la part du témoin.

— Retenue.

Brady continua :

— Y avait-il les empreintes de M. Tate sur la scie ?

— Cinq nettes.

— Et celles de quelqu'un d'autre ?

— Non.

L'assistant de la procureure fit déposer Frost une heure de plus. À 10 h 30, il annonça :

— Pas d'autres questions.

Le juge Varney déclara :

— Maître Cross, vous avez le choix entre procéder au contre-interrogatoire de l'inspecteur Frost maintenant, et terminer avec Sharon Lawrence.

La mère de Sharon enfonça son index dans la cuisse de sa fille. Celle-ci sursauta, leva les yeux de son Smartphone d'un air excédé.

Naomi me consulta du regard. Je lui fis un signe affirmatif.

Elle dit alors :

— La défense commencera par l'inspecteur Frost.

90

Comme elle contournait la table de la défense, ma nièce me lança encore un coup d'œil, et je lui adressai un sourire d'encouragement.

— Elle mijote quelque chose ? me chuchota Nana Mama.

— Peut-être, répondis-je en lui serrant la main.

— Inspecteur Frost, démarra Naomi, à quelle heure êtes-vous arrivé au domicile de mon client, le matin où fut découvert le corps de la victime ?

— 9 heures ? 9 h 30 ?

— Comment était habillé M. Tate ?

— Pantalon de jogging gris, sweat-shirt bleu.

— Avait-il les cheveux mouillés ?

— En effet, admit Frost. M. Tate a déclaré qu'il venait de sortir de la douche quand nous avons frappé à sa porte.

— Le siphon du bac à douche a-t-il été inspecté ? demanda Naomi.

— Bien sûr.

— Y avait-il dedans du sang de Rashawn Turnbull ?

— Non.

— Aucune trace de sang de quelqu'un d'autre dans ce siphon ?

— Si, celui de M. Tate.

— Savez-vous que mon client est sujet aux saignements de nez ? Lesquels se produisent souvent lorsqu'il est sous de l'eau chaude ?

Frost changea de position et reconnut :

— C'est ce qu'il a dit.

Naomi retourna à sa table pour y prendre un document.

— La défense souhaiterait présenter sa première pièce à conviction, annonça-t-elle. Un dossier médical remontant à l'enfance de M. Tate qui expose son problème récurrent de saignements de nez.

Le juge Varney étudia le document et opina de la tête.

Si les hémorragies nasales de mon cousin contredisaient de quelque façon les assertions du ministère public, ni Delilah Strong, ni Matt Brady, ni l'inspecteur Frost ne le montrèrent.

— Il y avait donc le sang de M. Tate dans le siphon ? insista Naomi.

— Exact.

— Mais pas celui de Rashawn Turnbull ?

— Déjà demandé et répondu, maître, intervint le juge.

Ma nièce changea de question :

— Ne trouvez-vous pas cela curieux, inspecteur ? Je veux dire, l'accusation a échafaudé ce scénario selon lequel mon client, ivre, drogué et pris de rage, aurait violé Rashawn Turnbull et l'aurait égorgé avec une scie d'élagage. Nous avons tous vu les photos des projections de sang sur le lieu du crime. Alors, pourquoi n'y en avait-il pas dans le siphon ? Si l'on s'en tient à votre scénario, mon client ainsi que ses vêtements auraient dû être couverts du sang de la victime.

— Nous pensons que M. Tate s'est débarrassé de ses habits et lavé à un autre endroit que chez lui.

— Mais rien ne le confirme.

Frost resta muet.

— Avez-vous des vêtements de mon client tachés de sang ?

— Non.

— Avez-vous trouvé le sang de Rashawn dans la maison ailleurs que sur la scie d'élagage au sous-sol ?

Frost se tortilla sur son siège, mal à l'aise.

— Non.

— Avez-vous découvert des stupéfiants dans la maison à part le flacon de méthamphétamine au sous-sol ?

— Non.

— Au bureau de M. Tate à l'école ?

— Non.

— Dans sa voiture ?

— Non.

— Et pourtant, vous voudriez nous faire croire que M. Tate est non seulement un consommateur régulier de meth, mais aussi un dealer dont la marchandise aurait provoqué deux overdoses au lycée.

— M. Tate a un passé de drogué et d'alcoolique, rétorqua Frost. Il a été mis à la porte de…

— Objection, monsieur le juge ! s'insurgea Naomi.

— Retenue, accorda Varney. Le jury ne tiendra pas compte de cette déclaration.

Mais les mots avaient été prononcés. On ne pouvait retirer ce genre de propos et attendre des jurés qu'ils éliminent une telle information de leur esprit. Stefan avait eu des problèmes de dépendance. C'est tout ce qui leur importerait. Malgré sa frustration manifeste, Naomi continua à développer son argument :

— Y avait-il de la méthamphétamine dans le sang de mon client le matin de son arrestation ?

— Des traces, répondit Frost.

— Seulement des traces ? Je croyais qu'il était dans une rage alimentée par la drogue et l'alcool cette nuit-là.

— Une forte dose d'alcool dans le système sanguin peut masquer la présence de meth lors des analyses.

— Ah oui ? répliqua Naomi. Je n'étais pas au courant de cela. Mais bon, vous n'êtes pas un expert non plus.

— Objection ! lança Strong.

— Retenue, fit Varney, avant d'abattre son maillet. La séance est suspendue pour le déjeuner et reprendra à 13 heures.

91

Au Bench, le restaurant près du tribunal, Pinkie se glissa sur la banquette du box que nous avions déjà occupé l'autre jour. Je m'assis en face de lui, tandis que Nana Mama et mes tantes s'installaient à une table voisine. J'aurais voulu inviter Patty Converse à se joindre à nous, mais elle avait quitté la salle d'audience avant la fin de la séance.

— J'ai trouvé que ça se passait mieux pour Stefan aujourd'hui, me fit remarquer Pinkie.

— C'est vrai. Pour la première fois depuis le début du procès, j'ai vu certains jurés s'interroger sérieusement sur les preuves contre lui.

Mon téléphone vibra : une alerte e-mail. La serveuse vint prendre notre commande. Je choisis un hamburger façon croque-monsieur, avec de la salade au lieu de frites, et un énième café noir. N'ayant pas dormi de la nuit, je me sentais vaseux.

— Si Stefan était le meurtrier, il aurait été couvert du sang de Rashawn, rappela Pinkie.

— Sauf si Frost a raison et qu'il s'est lavé quelque part et a enterré ses fringues.

— Mais pourquoi pas la scie ?

— Je sais. Ce n'est pas logique. Mais parfois, le meurtre déclenche un comportement irrationnel. Il transforme les gens, on ne les reconnaît plus.

— Tu démolis l'argumentation de Naomi !

— Pas du tout, répliquai-je, content de voir la serveuse apporter mon café. Je suis sûr qu'elle va présenter une défense vigoureuse pour Stefan.

— J'entends venir un « mais ».

— Mais j'ai traité assez d'affaires de ce type pour savoir que lorsque les preuves contre un supposé tueur d'enfant sont aussi accablantes, la défense doit faire mieux que chercher des failles dans la théorie de l'accusation.

— Comme quoi, par exemple ? demanda Pinkie.

— Trouver le vrai meurtrier. Si nous y arrivons, Stefan sortira libre. Sinon, même avec les résultats d'analyses que nous avons reçus, il risque d'être reconnu coupable.

— Je jure sur la tombe de mon père que Davis et Bell sont mouillés jusqu'au cou, affirma Pinkie.

Je jetai un coup d'œil au box où j'avais discuté avec Bell la semaine passée, et répliquai :

— À moins que la police ne découvre quelque chose qui lie Bell et Davis au meurtre, tu jures pour rien.

— Davis a essayé de tuer Pedelini, lequel avant de se faire tirer dessus était justement sur le point de t'avouer qu'il acceptait leur fric pour regarder ailleurs.

— Peut-être.

— Comment ça, peut-être ?

— J'aimerais voir les tests balistiques de la carabine de Davis, mais il est possible que ce soit moi qu'il visait déjà. Je me tenais près de Pedelini et ça fait une bonne distance depuis l'autre côté de l'anse.

La serveuse revint avec notre repas, que nous attaquâmes. Je dus me forcer à manger à cause d'une migraine lancinante.

À la fin du déjeuner, Nana Mama me surprit en m'informant qu'elle assisterait à l'audience de l'après-midi, alors qu'elle avait pris l'habitude de faire la sieste ces derniers mois.

— Je sens qu'il va se passer quelque chose d'énorme tout à l'heure, me confia-t-elle en s'accrochant à mon coude pendant que nous retournions au tribunal. Et je ne veux pas manquer ça.

— Tu as des prémonitions, maintenant ? la taquinai-je, amusé.

— Je ne suis ni mage ni prophétesse, me rembarra-t-elle. J'ai simplement des pressentiments parfois, et c'est le cas aujourd'hui.

— D'accord. Et ce truc énorme, c'est bon ou mauvais pour Stefan ?

Ma grand-mère me considéra, troublée.

— Je suis incapable de le dire.

Nous étions devant l'entrée du palais de justice lorsque mon portable vibra encore, cette fois pour m'avertir d'un SMS. J'envoyai Nana Mama garder nos places avec Pinkie et mes tantes, et restai dehors pour lire le message de Bree :

Atterri ; dans taxi en route pour garage et récupérer voiture. Autre arrêt prévu, puis je te retrouve au tribunal dans 2 heures. Comment ça se passe là-bas ?

Je lui répondis aussitôt :

Mieux. Contre-interrogatoire de Frost fait marquer des points à Naomi. Conduis prudemment et à tout à l'heure. Je t'aime.

Un instant après, arriva : Je t'aime aussi.

J'allais remettre mon téléphone dans ma poche quand je me souvins de l'e-mail reçu pendant le déjeuner. Provenant de l'un de mes amis du FBI à Quantico, c'était un rapport sur le composé chimique de ce que j'avais subtilisé dans le panier du wagon-citerne.

92

J'entrai en hâte dans la salle d'audience qui se remplissait rapidement, et fis signe à Naomi de me rejoindre à la barrière du prétoire.

— As-tu ici le rapport certifié sur la meth qui était dans le sous-sol de Stefan ?

D'abord prise au dépourvu, elle acquiesça, fouilla dans plusieurs cartons de dossiers jusqu'à le dénicher.

— À quoi va-t-il te servir ? me demanda-t-elle.

— Je n'en suis pas sûr encore, ce n'est qu'une intuition à ce stade.

— Tu me tiens au courant si cette intuition se vérifie ?

— Tu seras la première à le savoir.

Je m'assis à côté de Nana Mama, lui plantai un baiser sur la joue et parcourus le rapport du laboratoire homologué, lequel identifiait le produit contenu dans le flacon découvert chez Stefan comme une nouvelle drogue de synthèse, de la méthamphétamine extrêmement pure. Sa formule chimique était décrite, mais cela dépassait de loin mes connaissances en la matière. Une représentation graphique de la structure moléculaire était cependant fournie sur la deuxième page.

En affichant ensuite sur mon Smartphone le compte rendu d'analyses que venait de me transmettre mon contact au FBI, je constatai la parfaite similitude des deux graphiques. La note jointe précisait qu'il s'agissait d'une « nouvelle drogue de synthèse fabriquée par un chimiste talentueux ».

Toutes les spéculations et hypothèses avec lesquelles j'avais jonglé s'assemblaient pour devenir un fait concret. Quelqu'un surnommé « Grand-père », probablement Marvin Bell, dirigeait un trafic d'une nouvelle méthamphétamine écoulée via le transport ferroviaire de marchandises.

Plusieurs doses de cette drogue inédite avaient été planquées dans le sous-sol de Stefan. Par conséquent, soit mon cousin en possédait et nous le cachait, soit une personne du réseau de distribution l'avait placée chez lui pour le piéger.

J'eus le temps de résumer mes conclusions à Naomi avant que l'huissier annonce à la cantonade :

— Veuillez vous lever.

Le juge Varney entra.

— Poursuivez, maître Cross, ordonna-t-il aussitôt.

Ma nièce s'approcha de la barre des témoins.

— Récapitulons d'abord où nous en étions, inspecteur Frost. L'accusation allègue que le soir du crime, M. Tate, sous l'influence de l'alcool et de la drogue, était dans une telle rage qu'il a violé et assassiné Rashawn Turnbull.

— Ça ne fait aucun doute pour moi, confirma Frost.

Ignorant cette remarque, Naomi enchaîna :

— Mais quel était le mobile de M. Tate ? Pourquoi se défouler ainsi sur un adolescent ? Un garçon qui, selon toute apparence, l'idolâtrait ?

— Si vous saviez le nombre de nuits sans sommeil que j'ai passées à y réfléchir, répliqua Frost en s'adressant au jury. Ce qui a été infligé à Rashawn me dépasse totalement. La perversion, la haine pure derrière ces actes.

» Mais Tate était retombé dans ses vices. Il avait fait prendre de la drogue à une mineure, il l'avait violée. Sydney Fox a vu Rashawn entrer chez Tate l'après-midi où Sharon Lawrence affirme avoir été droguée et agressée sexuellement par le professeur. Aussi, je pense que Rashawn a assisté au viol. Je pense qu'il a menacé d'avertir la police, et Tate a tout simplement pété un câble.

Dans le silence qui suivit, quatre ou cinq jurés toisèrent Stefan comme s'il était déjà dans le couloir de la mort. Les autres observaient ma nièce, l'air de se demander pourquoi elle ne soulevait pas d'objection aux conjectures de Frost.

Naomi se planta devant le box du jury pour obtenir l'attention de tous.

— Inspecteur, comment expliquez-vous que Sydney Fox a vu Rashawn pénétrer dans cet appartement alors que Sharon Lawrence a témoigné n'avoir jamais même aperçu le garçon là-bas le jour où elle a été soi-disant agressée ?

Du coin de l'œil, je remarquai que la jeune fille se déscotchait de son Smartphone.

Frost répondit :

— Elle était sous l'effet de ce qu'on appelle la « drogue du viol ».

— Son sang contenait-il des résidus de cette fameuse drogue au moment où elle a porté plainte ?

— Il s'était déjà écoulé une semaine depuis les faits, rétorqua Frost.

Naomi récupéra un dossier sur sa table.

— La défense souhaiterait présenter à la cour les dépositions sous serment de plusieurs experts qui affirment tous que les drogues du viol peuvent subsister jusqu'à quatorze jours dans le système sanguin.

Varney plissa les yeux, prit les documents, les compulsa puis les remit à son greffier. Il passa la main sur ses cheveux avec une expression anxieuse. Un autre calcul rénal s'annonçait-il ?

Naomi enchaîna :

— Donc, cette partie du récit de Sharon Lawrence est fausse, n'est-ce pas, inspecteur ? Elle n'a pas été droguée à son insu ?

— Vous avez dit que la drogue peut subsister « jusqu'à » quatorze jours, contra Frost. Cela signifie que chez certaines personnes, elle disparaît en beaucoup moins de deux semaines.

Naomi marqua une pause pour changer son angle d'attaque.

— Le sperme sur le sous-vêtement de Mlle Lawrence. Il correspondait bien à celui de mon client ?

— L'ADN ne ment pas, fit Frost.

— Les résultats ADN ne sont pas remis en cause, convint Naomi. Lorsque Mlle Lawrence a signalé ce prétendu viol, elle a fourni à la police une culotte portant l'ADN de mon client.

— Exact.

Naomi continua :

— Avez-vous aussi trouvé l'ADN de Mlle Lawrence dans ladite culotte ?

— Oui, confirma Frost.

Sharon Lawrence fixait à présent le plafond au-dessus du juge. Sa mère lui serrait fermement la main.

— Vous aviez donc le liquide séminal de M. Tate, les sécrétions vaginales de Mlle Lawrence, et vous avez procédé à des recherches d'ADN. Quels autres examens ont été faits à partir de ces échantillons ?

Le policier fronça les sourcils.

— Je ne vous suis pas.

— Avez-vous demandé au laboratoire des analyses supplémentaires des fluides corporels de M. Tate et de Mlle Lawrence ? expliqua Naomi. Toxicologiques, par exemple ?

Frost battit des paupières et resta muet.

— Inspecteur ?

— Euh, je ne crois pas, non.

— Non, effectivement. Nous l'avons vérifié dans les rapports, dit Naomi. Aussi avons-nous chargé le FBI d'effectuer de nouveaux examens sur ces échantillons.

93

Naomi brandit un dossier en déclarant :

— La défense souhaite présenter la pièce à conviction numéro…

— Objection ! s'écria Strong, qui bondit de son siège. Le ministère public n'a pas été informé de ces examens.

— Parce que nous les avons commandés hier soir, et les résultats sont arrivés ce matin.

— C'est impossible. Le laboratoire du FBI croule littéralement sous les…

— Quantico les a faits en priorité pour rendre service à mon oncle.

La procureure regarda le juge Varney.

Celui-ci tourna la tête d'un côté à l'autre pour soulager sa nuque raide, glissa un coup d'œil vers moi et le public, et décréta :

— La cour admet au procès les analyses du FBI.

Naomi s'illumina de triomphe. Elle tendit des copies au greffier, à l'accusation et à Frost. Dans l'expectative, les jurés remuaient sur leurs sièges, impatients d'en savoir plus. Je réprimai un sourire, mais j'étais fier de ma nièce. Elle avait maintenant toute la salle d'audience dans sa poche.

Elle commença :

— Les tampons, signatures et autres authentifications sont sur les pages un et deux. Passez à la page trois. Nous avons soumis à examen les fluides corporels de Mlle Lawrence datant du jour du prétendu viol, afin d'y trouver la trace de médicaments utilisés couramment pour forcer des rapports sexuels, comme le Rohypnol, connu aussi sous le nom de « drogue du viol ».

Elle s'approcha du témoin.

— Voudriez-vous nous lire la conclusion, inspecteur ?

Frost s'exécuta :

— Aucune présence de drogue ou d'alcool.

— Ni drogue ni alcool dans l'échantillon de Mlle Lawrence, insista Naomi.

Sharon Lawrence paraissait sur le point de vomir. Elle chuchota quelque chose à sa mère, qui fit non de la tête et lui serra plus fort la main.

Durant ce temps, Strong et Brady étudiaient les documents. De même que le juge et l'inspecteur à la barre. Les jurés étaient statufiés. Le chef de la police,

Sherman, se penchait sur la barrière du prétoire pour attirer l'attention de la procureure, mais en vain.

Ma nièce poursuivit :

— Inspecteur Frost, à la page quatre, quels sont les résultats des analyses effectuées sur le sperme de mon client ?

La voix de Frost s'érailla et il dut se racler la gorge.

— Négatif pour de la drogue ou de l'alcool, dit-il.

— Au moment du viol présumé ?

— Exact.

— Ni drogue ni alcool, martela-t-elle à l'intention du jury. Mais cela contredit la déposition sous serment de Mlle Lawrence. Elle a affirmé que M. Tate et elle buvaient, consommaient de la drogue, et prenaient en un mot du bon temps, jusqu'à ce qu'il glisse dans son verre la drogue du viol et abuse d'elle. Est-ce un résumé correct de son histoire, inspecteur ?

— Oui.

— Continuez-vous à croire que mon client a violé Mlle Lawrence, comme elle l'a décrit ici même ?

— Objection ! s'insurgea Strong.

Sharon Lawrence pleurait sans bruit. Sa mère avait visiblement les nerfs à vif.

Naomi insista :

— Votre Honneur, je demande à un inspecteur qui a vingt-cinq ans de métier de reconsidérer les faits sous cette nouvelle lumière et de se forger une opinion.

Après un instant d'hésitation, Varney se décida :

— Rejetée, madame la procureure. Reformulez votre question, maître Cross.

— Est-ce que le récit de Mlle Lawrence s'accorde aux conclusions du FBI ?

— Non, admit Frost, mais elle a pu juste broder sur cette partie de l'histoire.

— Ou bien tout inventer de A à Z, renchérit Naomi, auquel cas elle sera poursuivie, ainsi que sa mère, pour parjure et falsification de preuves. C'est la prison assurée pour toutes les deux.

— Non ! cria Ann Lawrence en se levant. Elle… nous…

Varney abattit son maillet.

— Asseyez-vous, madame Lawrence.

Flageolante, elle reprit sa place à côté de sa fille, qui gardait les yeux rivés au sol.

Naomi dit alors :

— La défense appelle Sharon Lawrence à la barre.

— En avez-vous terminé avec l'inspecteur Frost ? demanda Varney.

— Pour le moment, monsieur le juge. Mais je préférerais qu'il demeure à disposition.

Varney ordonna à Frost de rester dans la salle et, de même que toute l'assistance, le regarda croiser la jeune fille pâle et nerveuse qui se dirigeait vers la barre des témoins.

Écarlate, Ann Lawrence se fit toute petite sur son siège. Les parents de Cece Turnbull la dévisageaient comme si elle incarnait un mystère à la noirceur insondable.

— Mademoiselle Lawrence, commença Naomi, avez-vous entendu la déposition de l'inspecteur Frost ?

— Oui.

— Et les résultats des analyses toxicologiques vous concernant ?

Sharon Lawrence acquiesça faiblement de la tête.

— Le professeur Tate vous a-t-il droguée et violée ?

La jeune fille garda le silence un long moment. Les lèvres tremblantes, elle regarda sa mère, puis Stefan.

— Non, chuchota-t-elle enfin, les joues inondées de larmes. J'ai menti sur tout.

CINQUIÈME PARTIE

Justice

94

La salle d'audience fut prise de frénésie. Mon cousin enfouit son visage dans ses mains, les épaules secouées de sanglots secs. Varney, quant à lui, semblait dépassé par les événements lorsqu'il réclama le silence à coups de maillet. Stefan releva la tête et se tourna vers sa mère d'abord, ensuite vers sa fiancée. Pour la première fois depuis des jours, je lus de l'espoir sur les traits de Patty Converse.

— Mademoiselle Lawrence, tonna le juge, comprenez-vous que vous venez d'admettre avoir commis un parjure, c'est-à-dire un faux témoignage sous serment ?

Elle se mit à pleurer de plus belle.

— Est-ce que je vais aller en prison ?

Varney ne répondit rien. Une seconde s'écoula ; puis une autre.

Naomi intervint :

— Pas si vous dites la vérité devant la cour.

Manifestement irrité par Naomi, le juge balaya le public des yeux avant de concéder :

— Oui, la vérité améliorera votre situation.

Ma nièce sortit un Kleenex qu'elle donna à Sharon Lawrence, et attendit que celle-ci se ressaisisse.

— Pourquoi avez-vous menti ?

Le dos rond, la jeune fille s'expliqua :

— C'était comme vous avez dit. Maman et moi, on n'a pas beaucoup d'argent. Finn a promis qu'on en aurait assez à l'avenir si j'accusais le professeur Tate de m'avoir violée.

— Le défunt Finn Davis ? précisa Naomi.

— Oui.

— Le fils adoptif de votre oncle, Marvin Bell ?

— Oui.

— Je le savais, souffla Pinkie derrière moi.

— Combien Davis vous a-t-il offert, à votre mère et à vous, pour crier au viol ?

Sharon Lawrence coula un regard vers sa mère. Celle-ci scrutait ses paumes sur ses genoux, comme si elle y voyait deux trous sombres et profonds.

— Six mille dollars par mois à maman, jusqu'à la fin de sa vie, balbutia la jeune fille. Vous ne comprenez pas ? Ça la sauvait ! C'est pour ça que j'ai accepté de mentir.

Ann Lawrence fondit en larmes et se cacha le visage dans les mains.

— Pourquoi Finn Davis voulait-il faire accuser de viol le professeur Tate ? s'enquit ma nièce.

— Aucune idée. Il a juste dit qu'il fallait que le prof soit puni pour ce qu'il avait fait.

— Est-ce Finn Davis qui vous a procuré le sperme à mettre dans votre culotte ?

— C'est lui, confirma Sharon avec une moue dégoûtée. Je ne sais pas comment il l'a eu.

— Une dernière question, conclut Naomi. Finn Davis vous a-t-il demandé de placer de la drogue dans le sac de sport de Jannie Cross ?

— Objection : hors sujet ! lança Strong.

Varney parut une fois de plus pris entre le marteau et l'enclume, puis il fit son choix :

— Retenue.

— Oui, répondit quand même Sharon. Finn m'a promis deux mille dollars par mois pour y cacher la fiole. Est-ce qu'on va aller en prison ? Moi et maman ?

La question s'adressait au juge, qui gronda :

— Ce n'est ni le lieu ni l'heure d'en décider, mademoiselle. Vous pouvez vous retirer pour l'instant.

Sharon Lawrence semblait encore plus petite et plus faible, si c'était possible, lorsqu'elle se leva et quitta la barre. Sans un regard pour Stefan ni pour personne, elle s'assit à côté de sa mère, qui l'étreignit en chuchotant :

— Ne t'inquiète pas. On va s'en sortir.

— Votre Honneur, déclara Naomi. Considérant la rétractation par Mlle Lawrence de son témoignage et les nouvelles preuves irréfutables, la défense requiert l'abandon du chef d'accusation de viol retenu contre mon client.

Varney se passa la langue sur les lèvres.

— Madame la procureure ?

Celle-ci hésita, avant de s'incliner :

— Le ministère public n'a pas d'objection.

— Ce chef d'accusation est donc retiré, décréta le juge.

Naomi s'approcha de Stefan et mit la main sur son épaule.

— La défense demande que l'inspecteur Frost revienne à la barre.

Après avoir consulté sa montre, Varney donna son accord.

Le policier, visiblement ébranlé, prit place.

Naomi distribua d'autres papiers tout en annonçant :

— La défense souhaite présenter une deuxième série d'examens du FBI, effectués sur une pièce à conviction saisie sur les lieux du meurtre.

À cela non plus Strong ne fit d'objection, se bornant à tenir sa copie du rapport dont elle redoutait déjà le contenu.

Frost ouvrit la sienne tandis que ma nièce démarrait sa démonstration :

— Ceci est une analyse toxicologique d'un échantillon du sperme prélevé sur le corps de Rashawn Turnbull. Est-ce exact, inspecteur ?

Frost parcourut le document.

— Oui.

— Il s'agit bien de l'échantillon que le laboratoire homologué par l'État a certifié provenir de mon client, après identification de l'ADN ?

— Euh, en effet.

— Veuillez passer aux pages quatre et cinq, le pria Naomi.

Pendant qu'il se plongeait dans les pages concernées, Frost faisait penser à un ballon qui se dégonfle peu à peu, jusqu'à être complètement aplati.

— Inspecteur Frost, dit Naomi, pourriez-vous nous lire les résultats de l'analyse du sperme de mon client récolté sur le cadavre de Rashawn Turnbull ?

Le policier se mordilla la joue. Puis articula d'une voix défaite :

— Négatif pour de la drogue ou de l'alcool.

— Négatif pour de la drogue ou de l'alcool, répéta-t-elle au jury. L'accusation prétend que mon client a bu avec excès et a consommé une quantité importante de stupéfiants, avant d'entrer dans une rage folle le soir du viol et du meurtre de Rashawn. Or le FBI atteste que Stefan Tate était parfaitement sobre au moment où son sperme a été produit.

95

Bree se glissa à la place que je lui avais gardée près de moi. Ses yeux brillaient d'excitation lorsqu'elle me murmura :

— J'ai quelque chose. Du solide !

— Attends, chuchotai-je. Naomi est sur le point de mettre en pièces le dossier du ministère public.

Ma nièce reprit la parole :

— Inspecteur Frost ? Convenez-vous que c'est bien ce que démontre l'analyse toxicologique ?

— Apparemment, marmonna le policier, qui donnait l'impression de s'être colleté avec un poids lourd durant trop de rounds.

— Comme c'est étrange, susurra Naomi en se dirigeant nonchalamment vers le jury. Puisque l'échantillon de sang prélevé sur M. Tate le matin qui a suivi le meurtre de Rashawn Turnbull présentait un taux d'alcoolémie de 0,65, indication qu'il était probablement saoul le soir précédent. Exact ?

Frost inspira à fond.

— Oui.

— Or nous savons maintenant que cela contredit les résultats du FBI, continua Naomi, les mains posées sur le bord du box des jurés. Donc, le sperme sur le corps de Rashawn et la culotte de Sharon Lawrence provient certes de mon client, mais pas de la nuit en question. Ce qui signifie qu'une personne, sans doute Finn Davis, s'est procuré par quelque moyen un préservatif dont M. Tate s'était servi lors d'un rapport sexuel avec sa fiancée.

D'un regard par-dessus mon épaule, je vis Patty Converse rougir d'embarras mais opiner de la tête.

— Objection, Votre Honneur ! s'écria Strong. Les arguments exposés par l'avocate de la défense ne sont que du vent !

— Non pas du vent, mais des données scientifiques, madame la procureure, la contra Naomi. Allez à la page neuf du rapport du FBI, le troisième paragraphe mentionne une troisième source d'ADN sur la culotte de Mlle Lawrence. L'examen préliminaire précise que cet ADN est féminin mais sans lien de parenté avec Mlle Lawrence. Ces sécrétions vaginales d'une autre femme corroborent la thèse qu'un préservatif usagé a été volé dans le but de faire accuser mon client d'un crime qu'il n'a manifestement pas commis.

Le juge et la procureure épluchaient tous deux le document, cherchant le passage cité.

Naomi leur accorda vingt secondes, puis assena :

— Il s'agit de faits qui ne peuvent être déformés. En revanche, toutes les preuves matérielles trouvées sur les lieux du meurtre sont à considérer comme douteuses. La bouteille de vodka, le badge scolaire de M. Tate, la drogue et le sperme doivent être retirés de la procédure.

Strong opposa :

— Monsieur le juge, la vodka, la drogue et le badge sont des preuves solides.

— Absolument pas, la contredit ma nièce. La présence de ces trois pièces à conviction est au mieux illogique, surtout laissées ainsi en évidence par un soi-disant tueur, même aveuglé par la rage. Le sperme de mon client a été placé là-bas afin de l'incriminer. Idem pour la vodka, la drogue et le badge.

Naomi se tourna face au magistrat.

— En résumé, Votre Honneur, le ministère public n'a plus de charges recevables contre mon client. Je requiers un non-lieu et la relaxe immédiate de Stefan Tate.

Un tumulte éclata dans la salle d'audience.

Stefan se balançait sur sa chaise, les yeux levés au ciel, les bras serrés autour de son torse. Aux anges, tante Hattie se mit à applaudir, aussitôt imitée par Pinkie, Nana Mama et moi.

Le juge Varney paraissait affolé lorsqu'il abattit son maillet et réclama le calme.

Bree me tapota le coude et tint son iPhone devant mes yeux pour me montrer un train de marchandises sans convoyeurs clandestins qui franchissait un passage à niveau dans le sud du comté. Puis elle afficha une nouvelle image de ces mêmes wagons, cette fois au moment où ils traversaient Starksville. Avec deux hommes sur les toits.

— Est-ce que… commençai-je à dire.

— Votre Honneur, s'écria Delilah Strong, il reste des preuves incontestables reliant M. Tate à ce meurtre !

Naomi s'insurgea :

— Monsieur le juge, il est clair à présent que quelqu'un d'autre a assassiné Rashawn Turnbull et fait en sorte que mon client soit accusé du crime.

— L'avocate de la défense n'a fourni aucun élément probant qui soutienne cette allégation, rétorqua Strong. Qui serait l'assassin, selon elle ?

— Cela n'est vraiment pas de notre ressort, répondit Naomi. Néanmoins, nous avons une hypothèse.

— Alex, il faut que tu voies ça, insista Bree en me remettant son iPhone sous le nez.

Je jetai un bref coup d'œil à l'écran où s'étalait la vue satellite d'une voie ferrée près d'un complexe industriel. Je levai l'index pour faire patienter ma femme et reportai mon attention sur Naomi.

Comme ma nièce me consultait du regard, je l'encourageai d'un signe de tête.

Elle déclara :

— Votre Honneur, nous détenons la preuve que la méthamphétamine placée dans le sous-sol de M. Tate provient d'un cartel de drogue qui se sert des trains passant par Starksville pour la distribuer, ainsi que d'autres substances illicites, tout le long de la côte Est. Mon client soupçonnait un trafic sur ces wagons de marchandises, et nous pensons que les trafiquants ont tué Rashawn et piégé M. Tate afin de l'empêcher de creuser plus loin.

— C'est parfaitement ridicule, fit Strong. La défense n'a présenté aucune preuve de l'existence d'un tel réseau. Monsieur le juge, vous ne pouvez…

La porte de la salle d'audience s'ouvrit soudain avec fracas.

Strong, Naomi, Varney, l'huissier, le greffier et plusieurs jurés laissèrent échapper une exclamation de stupeur et d'effroi.

Je pivotai sur mon siège pour voir ce qu'ils regardaient tous bouche bée, et j'eus le choc de ma vie.

Le sergent Peter Drummond du comté de Palm Beach, l'air prêt à faire couler le sang, pressait la gueule d'un Remington à pompe et à canon scié contre la tempe de Marvin Bell.

96

— Que personne ne bouge ou cet homme est mort ! rugit le sergent Drummond.

Il tira brutalement sur la corde enroulée autour du cou de Bell et qui lui ligotait les mains, lesquelles étaient horriblement gonflées et meurtries. Plusieurs doigts pointaient dans des directions impossibles.

Des gens se mirent à crier, pris de panique, et à se presser contre les murs. À mon côté, Nana Mama couina de peur et je lui fis un bouclier de mon bras. Bree allait dégainer son pistolet de secours mais je la stoppai :

— Non. Je connais ce type.

Drummond aboya :

— Huissier, déchargez votre arme et posez-la sur le sol. Vous, à la barre, pareil !

L'huissier et Frost obtempérèrent.

Le sergent balaya l'assemblée du regard, à l'affût d'une menace.

— Vous aussi, chef Sherman, dit-il, et vous, inspecteur Carmichael. Armes de service et d'appoint à terre.

Bien qu'éberlués que le fou furieux connaisse leur nom, Sherman et Carmichael obéirent à ses ordres. Puis Drummond fit avancer Bell dans la salle. Celui-ci paraissait plus perdu que terrorisé, marchant à petits pas, contemplant ses mains avec des frissons convulsifs de souffrance.

Dès qu'ils furent assez proches, je me levai.

— Mais qu'est-ce que vous fabriquez, sergent ? lui demandai-je.

Drummond tourna vers moi son visage défiguré, dénué d'expression, et répondit :

— Quelque chose que j'aurais dû faire il y a longtemps.

— Allons, Drummond, vous allez le regretter.

— Vous ne comprenez pas, docteur Cross. Je n'ai pas le choix.

Le sergent traîna Bell dans l'enceinte du prétoire. S'adressant à Delilah Strong et à Naomi, il leur enjoignit poliment :

— Prenez un siège, mesdames.

Puis il fit signe à Frost de quitter la barre.

— Cet homme souhaite témoigner, annonça-t-il, désignant son otage.

Après une brève hésitation, le policier céda la place. Drummond lui ordonna :

— Asseyez-vous par terre devant le box du jury.

Frost s'exécuta. Son fusil toujours collé à la tempe de Marvin Bell, le sergent poussa celui-ci sur la chaise et se positionna derrière lui, lâchant enfin la corde, qui pendouilla le long du dossier.

— Sergent, intervint Varney, qui que vous soyez et quel que soit votre différend avec M. Bell, vous agissez dans l'illégalité la plus…

— Sauf votre respect, monsieur le juge, ce n'est plus la loi qui prime dans cette cour. Pour faire éclater la vérité, la fin justifie les moyens.

À côté de moi, Bree tapait sur son iPhone, qu'elle leva ensuite discrètement. Je compris qu'elle filmait la scène. Je regardai par-dessus mon épaule et vis que Patty Converse et Pinkie Parks ouvraient des yeux grands comme des soucoupes.

Qu'est-ce qu'on fait ? articula silencieusement Pinkie.

— Rien du tout, murmurai-je, tandis que mes tantes, penchées en avant sur leur siège, observaient Drummond avec fascination.

Le sergent balaya la salle d'audience d'un regard autoritaire, puis interpella les jurés :

— Vous n'aimeriez pas savoir ce qui s'est réellement passé, pour une fois ? Sans bobards ? Que tout soit révélé au grand jour devant vous et le juge ?

En dépit de leur frayeur collective, plusieurs d'entre eux acquiescèrent.

— Moi aussi, me souffla Nana Mama. Tu le connais vraiment, Alex ?

— Je l'ai rencontré en Floride, chuchotai-je. C'est un flic.

— Comment a-t-il été défiguré ?

— Première guerre du Golfe.

Je savais d'où venait la cicatrice, mais qu'était-il arrivé à Drummond depuis que je l'avais vu en Floride ? Pourquoi, au nom du ciel, faisait-il une telle folie ? Détruire sa carrière et sa réputation ? Sa vie entière ?

J'avais parlé à Drummond de Marvin Bell et de ma frustration de ne pouvoir le relier à ces histoires louches que nous avions découvertes à Starksville. Le sergent m'avait par la suite interrogé à plusieurs reprises sur Bell. Ce matin même, d'ailleurs, au téléphone. Il se trouvait forcément déjà près d'ici au moment de son appel. Et Bell n'avait donc jamais quitté la région. Le sergent devait le garder captif quelque part, le torturant à seule fin d'obtenir ses aveux.

Mais pour quelle raison ?

— Commençons par le commencement, Marvin, remontons à très, très loin, à plus de trente-cinq ans en arrière, déclara Drummond. Tu vendais de la drogue dans Starksville à l'époque, tu en avais fait un joli petit business, pas vrai ?

— Non, protesta Marvin Bell, sur un ton effaré. Je…

Comme par magie, un petit marteau de forgeron apparut entre les doigts de Drummond et s'abattit avec force, rapidité et précision. La tête ronde de l'outil écrasa la main gauche enflée de Bell, qui poussa un hurlement d'agonie.

— Mauvaise réponse, Marvin, gronda le sergent en agitant le marteau bien en vue de son otage. Tu étais dealer. Tu as monté un gang.

— Oui. Je vendais de la drogue. J'ai monté un gang, ânonna Bell d'une voix geignarde.

— Ici, à Starksville ?

— Oui.

— Le nom de ce gang ?

— La Compagnie.

Bingo ! pensai-je. *Bell a créé la Compagnie. C'est lui, « Grand-père »*.

Drummond enchaîna :

— Tu avais une stratégie commerciale infaillible, Marvin. Tu rendais les jeunes accros avec des doses gratis jusqu'à ce qu'ils deviennent tes esclaves. Tu faisais tuer des gens. Tu en éliminais certains toi-même.

— Je n'ai jamais tué personne, pleurnicha le vieil homme. Je n'arrête pas de vous le répéter, mais vous ne m'écoutez pas.

97

— Je ne te crois pas, fit Drummond, en le menaçant de son marteau. Mais nous y reviendrons. Tu reconnais t'être fait un paquet de fric comme dealer ?

Marvin Bell regarda ses mains, l'outil, et hocha la tête de mauvaise grâce.

— Ensuite, tu as blanchi cet argent dans des commerces licites un peu partout à Starksville, continua Drummond.

L'air de voir son monde s'écrouler, Bell marmonna :

— Ouais.

— Mais même après t'être lancé dans des affaires respectables, tu ne t'es jamais retiré du marché de la drogue, hein ?

Bell carra sa mâchoire comme prêt à contester, puis il renonça en secouant la tête.

— Bien sûr que non, railla le sergent. Le trafic de coke, d'héroïne et de meth était bien trop lucratif. En étant malin, c'était presque trop facile de s'enrichir. Un jour, tu as remarqué que les trains de marchandises traversaient Starksville à toute heure, et tu t'es dit : *Et si je les utilisais ? Et si je développais mon business ?* Est-ce un résumé correct de ton parcours ?

Bell bougea un peu les mains et hoqueta de douleur avant d'acquiescer en silence.

— Oui, fit Drummond. Donc, tu as monté un réseau de distribution qui s'étend de Montréal à Miami ?

Bell répondit distinctement :

— Oui.

— Et avec tout l'argent que ça t'a rapporté, tu t'es offert un domaine au bord de Pleasant Lake, une superbe baraque en front de mer à Hilton Head et un appartement de luxe à Aspen. Des voyages dans le monde entier. Des collections d'art. Pas vrai ?

Le vieil homme hocha la tête.

— Et tu as fait rentrer ton fils adoptif, Finn Davis, dans le business.

Bell avala sa salive.

— Finn en faisait partie, oui.

— C'est Finn qui a tué son ex-femme ? Sydney Fox ? demanda Drummond.

J'entendis un craquement derrière moi quand Pinkie s'avança sur son siège.

Marvin Bell parcourut la salle du regard, comme s'il cherchait désespérément quelqu'un pour le sauver. Le sergent abattit de nouveau son marteau, cette fois sur la main droite. Bell lâcha un hurlement qui fit frémir tout le monde à l'exception de Drummond, lequel restait calme, d'un détachement clinique.

— Réponds à la question, Marvin, dit-il. Est-ce Finn qui a descendu Sydney Fox ?

— Oui, geignit Bell.

— Putain, je le savais ! s'exclama Pinkie à voix basse en enfonçant le poing dans sa paume. Quel salaud !

— Pourquoi l'a-t-il tuée ? s'enquit le sergent.

— Parce qu'il la détestait. Et elle devait être éliminée de toute façon.

— Ah oui, et pourquoi ?

— Durant son mariage avec Finn, elle a eu des soupçons sur notre trafic. Et elle parlait trop à Tate, qui s'est mis à fouiner autour de la voie ferrée. Il fallait la faire taire définitivement.

Drummond poursuivit l'interrogatoire :

— Sydney Fox connaissait-elle votre fournisseur ?

Marvin Bell poussa un grognement et changea de position sur sa chaise.

— Non.

— Votre réseau de distribution s'est tellement agrandi que tu avais du mal à honorer les commandes, surtout de méthamphétamine, exact ?

Drummond lança le marteau en l'air et le rattrapa au vol. Marvin Bell tressaillit, puis souffla :

— Oui.

— Alors tu t'es associé en secret avec quelqu'un de Starksville qui pouvait vous fabriquer de la meth. Une personne capable de vous fournir en doses quasi illimitées sans jamais se faire pincer. C'est bien ça ?

Un associé secret ? me dis-je.

— J'avais trouvé ! chuchota Bree, baissant son iPhone et brandissant un poing victorieux.

— Trouvé quoi ? lui demandai-je.

Elle n'eut pas le temps de me répondre. Drummond insistait :

— Ai-je raison, Marvin ?

— Oui, j'ai pris un associé.

Le juge Varney était soudain en nage et fébrile ; je craignis qu'une colique néphrétique ne le terrasse de nouveau.

Drummond continua :

— Toi et ton acolyte, vous n'aimiez pas trop voir Stefan mettre son nez partout, particulièrement du côté de la voie ferrée, hein ?

— Non.

— Vous avez alors décidé tous les deux que Stefan Tate devait disparaître.

Marvin Bell souleva les mains, grimaça de douleur.

— J'étais d'accord pour écarter Tate. Mais je n'avais aucune idée de ce que mon associé avait prévu, protesta-t-il. De ce qu'il allait faire au garçon.

— Selon toi, c'est ton associé qui a assassiné Rashawn Turnbull ?

Bell regarda vers le public, et parut s'adresser directement à Cece Turnbull.

— Je sais de source sûre qu'il a tué Rashawn et piégé Tate. C'est lui-même qui me l'a raconté après coup.

— Qu'a-t-il dit précisément ? Mot pour mot, demanda Drummond.

Bell déglutit avant de répondre :

— Il m'a dit qu'il s'était débarrassé de deux problèmes en même temps : Stefan Tate et son bâtard de petit-fils noir.

98

L'espace de deux secondes, le silence dans la salle d'audience fut si complet, si profond que l'on aurait entendu voler une mouche. J'étais lessivé, abruti de fatigue. Il me fallut ces deux secondes pour comprendre qui était l'assassin, puis je me retournai, cherchant Harold Caine.

Le grand-père de Rashawn. Propriétaire d'une usine d'engrais. Chimiste, très certainement. Raciste ? Était-ce donc lui, « Grand-père » ?

Littéralement électrifié par le choc de l'accusation, Caine avait tout le corps rigide. Ses lèvres se retroussaient. Et il agrippait si fort le dossier du banc devant lui que je crus que ses doigts allaient se casser comme ceux de Bell.

Sa femme le dévisagea comme si elle voyait quelque chose d'innommable et s'écarta de lui, épouvantée.

Le remarquant, Caine pivota la tête vers elle.

— Ce n'est pas vrai, Virginia, dit-il. Marvin…

— Si, c'est vrai ! hurla Cece Turnbull d'une voix stridente.

Elle s'était retournée et se penchait entre Ann et Sharon Lawrence pour affronter son père assis deux rangs derrière.

— Tu as toujours détesté Rashawn ! Toi, le sudiste, tu ne supportais pas qu'un nègre ait baisé ta fille blanche comme un lys, et qu'il ait sali le nom des Caine avec une tache vivante, un petit métis !

— Non, c'est faux !

Cece enjamba alors son dossier, monta sur le banc à côté d'Ann Lawrence et se jeta sur son père. Elle se mit à lui labourer le visage de ses ongles et à le gifler.

— Tu as traité mon fils pire que de la merde toute sa vie ! vociféra-t-elle. Et tu m'as volé ma fille. Rashawn avait dans les veines autant de ton précieux sang que ma Lizzie, mais tu t'en es débarrassé avec une scie d'élagage comme d'une branche pourrie !

Bree se précipita vers Cece, qui sanglotait et continuait faiblement à s'acharner sur son père. Elle la tira de la rangée et l'emprisonna dans ses bras, tandis que Caine restait prostré, la poitrine palpitante, du sang coulant de ses griffures, regardant autour de lui tel un animal traqué tous ces gens qui l'observaient.

— Rien de tout ça n'est vrai, dit-il à la ronde d'une voix cassée. Absolument rien.

— Tout est vrai ! Espèce d'ordure, de malade ! l'interpella Bell depuis la barre. Tu mérites de brûler en enfer pour ce que tu as fait.

La porte de la salle d'audience s'ouvrit de nouveau à la volée. Deux hommes et une femme, vêtus de costumes neutres, entrèrent en brandissant pistolets et insignes.

La femme se présenta :

— Carol Wolfe, agent spécial du FBI, responsable de l'antenne de Winston-Salem. Posez votre arme, sergent Drummond.

Drummond garda son fusil contre la tête de Bell et répliqua :

— Je n'en ai pas encore terminé, agent Wolfe. M. Bell, ici présent, doit soulager sa conscience d'une dernière chose.

99

Marvin Bell eut l'air sincèrement perplexe.

— J'ai déjà tout avoué.

— Pas tout, non. Tu as prétendu n'avoir jamais commis de meurtre de ta vie.

— C'est la vérité, affirma Bell.

— N'aurais-tu pas étouffé quelqu'un… une femme par exemple ? Il y a trente-cinq ans ?

— Non.

— Tu étais son dealer, insista le sergent. Elle mourait d'un cancer, et personne ne te payait l'héroïne que tu fournissais à son mari pour adoucir ses souffrances.

Le vieil homme nia de la tête.

— Un soir, tu t'es arrangé pour que son mari, qui se droguait aussi, soit au bord de l'overdose, assena Drummond. Et tu l'as étouffée avec un oreiller pendant qu'il te regardait faire, trop shooté pour pouvoir t'en empêcher.

Drummond respirait de plus en plus vite. Il poursuivit :

— Ensuite, pendant presque un an, tu l'as forcé à travailler pour toi. Et le jour où tu n'as plus eu besoin de lui, tu l'as attaché à ta voiture avec une corde comme celle qui est autour de ton cou, et tu as traîné ce pauvre diable dans les rues, en l'accusant en public d'avoir tué sa femme, la mère de ses enfants.

» Après l'avoir dénoncé à la police comme meurtrier, tu l'as livré aux jeunes flics que tu avais déjà dans la poche : l'agent Randy Sherman et l'adjoint au shérif Nathan Bean. Tu les as payés pour mettre en scène une tentative d'évasion. Le juge Varney, à l'époque assistant du procureur, était là aussi. Ils se sont arrêtés sur le pont, ont poussé leur prisonnier jusqu'à la rambarde, et il n'a pas compris pourquoi ils regagnaient les véhicules de patrouille, pourquoi ils se retournaient vers lui, arme au poing. Puis ils lui ont tiré dessus, et il a basculé dans la gorge. Est-ce ainsi que ça s'est passé, Marvin ?

Drummond avait lâché le marteau et serrait si fort le fusil appuyé contre la tête de Bell que ses mains en tremblaient.

— Oui, oui, geignit Bell. C'est bien ça.

Le juge Varney abattit violemment son maillet.

— Mensonges ! tonna-t-il.

Alors que le chef de la police bondissait de son siège pour protester, la femme du FBI l'interpella :

— Randy Sherman, vous êtes en état d'arrestation. De même que vous, Erasmus Varney.

Je ne me rappelle pas m'être levé, mais soudain je fus debout, en train de scruter Drummond comme de l'autre bout d'un long tunnel temporel.

— Qui êtes-vous, sergent ? l'interrogeai-je, conscient que Nana Mama se dressait elle aussi, à mon côté. Comment savez-vous toutes ces choses ?

Des larmes coulaient sur son visage figé quand Drummond écarta le canon du crâne de Bell et se tourna vers ma grand-mère et moi.

— Je sais tout cela, Alex, répondit-il d'une voix étranglée, parce que dans une autre vie, je m'appelais Jason Cross.

100

Lâchant un petit cri, Nana Mama pressa une main contre son cœur, et s'affala contre moi. Son corps frêle de quarante kilos me renversa presque, tant j'avais les jambes en coton. Je détachai mes yeux de Drummond pour retrouver l'équilibre et soutenir ma grand-mère.

— C'est vrai ? murmura-t-elle au creux de ma poitrine, comme si regarder le sergent était au-dessus de ses forces.

— C'est impossible, objecta Bell, qui se tordait le cou pour toiser Drummond. Jason Cross a pris une balle, il est tombé dans la gorge. Il n'en est jamais sorti.

— Faux ! lança Pinkie, debout à son tour. Mon oncle Clifford l'a trouvé plus bas sur la rive cette nuit-là. Il l'a soigné jusqu'à sa guérison.

— Clifford vit-il toujours à Starksville ? demanda Drummond à Pinkie. C'était un de mes meilleurs amis, j'aimerais tellement le revoir, peut-être même l'emmener à La Nouvelle-Orléans écouter du jazz dans Bourbon Street, comme on en parlait si souvent.

— Oh, mon Dieu ! s'exclama tante Hattie.

— C'est un miracle ! s'écria tante Connie.

Je reportai mon attention sur Nana Mama. Ma grand-mère pleurait de toute son âme.

— C'est lui, murmurai-je. Je ne comprends pas comment, mais c'est bien lui.

Lorsque je relevai les yeux, Drummond avait laissé Bell seul à la barre, remis son fusil à l'inspecteur Frost, et venait vers nous, son visage sans expression inondé de larmes et ses bras grands ouverts.

— Si vous saviez à quel point vous m'avez manqué tous les deux, dit-il. Vous n'avez pas idée de ma solitude sans vous.

Je me glissai dans les bras de mon père qui se glissa dans ceux de sa mère, et ce furent les gestes les plus familiers, les plus naturels qui soient.

Avec nos fronts inclinés et se touchant, nous formions un groupe isolé de tous dans cette salle, comme un univers miniature à nous trois. Je crois qu'aucun de nous ne parvint à prononcer un mot intelligible durant ces premiers instants de réunion. Mais je sais que nous communiquions parfaitement dans un autre langage, tels des apôtres remplis de l'Esprit saint et parlant en langues de feu.

101

En ce samedi après-midi clair et chaud, deux semaines et deux jours après notre arrivée à Starksville, ma famille était enfin réunie au grand complet dans le jardin de tante Hattie. Tous ceux qui comptaient pour moi étaient présents.

Damon était venu en avion la veille pour faire la connaissance de son grand-père, une rencontre aussi chargée d'émotion et de joie que chaque moment passé depuis le retour de mon père dans ma vie. La mère de Naomi, Cilla, et mon frère Charlie étaient arrivés un jour avant Damon.

Charlie ne nous avait d'abord pas crus lorsque Nana Mama et moi lui avions téléphoné pour lui apprendre la nouvelle. Puis il s'était mis en colère, décrétant n'avoir nulle envie de revoir quelqu'un qui s'était coupé des siens durant trente-cinq ans. Il avait néanmoins fini par céder sous l'insistance de Cilla et Naomi. Dès que Charlie posa les yeux sur notre père, tout fut pardonné. Ne manquaient plus à notre bonheur que mes défunts frères Aaron et Blake, et tout le monde versa des larmes sur la tragédie de leur mort.

Mon meilleur ami, John Sampson, et sa femme, Billie, nous avaient rejoints en voiture ce matin même. John et mon père sympathisèrent immédiatement ; lorsque le sergent ne tenait pas compagnie à oncle Cliff, il échangeait avec John des histoires de flics ponctuées de rugissements de rire.

Stefan Tate était là aussi, bien sûr, avec Patty Converse, sa fiancée, un couple plus amoureux que jamais. L'agent spécial Wolfe nous honorait de sa présence.

De fait, l'antenne régionale du FBI soupçonnait des abus policiers et judiciaires à Starksville longtemps avant d'avoir été prévenue par mon père qu'un témoignage accablant allait être entendu dans la salle d'audience d'Erasmus P. Varney.

Je m'approchai de Carol Wolfe pour lui demander :

— Quelles sont les sanctions encourues par mon père, à votre avis ?

— Eh bien, il a déjà perdu son poste à Palm Beach, le shérif du comté a été formel sur ce point. Mais je ne crois pas qu'il sera poursuivi pour avoir pris Bell en otage et l'avoir traîné de force au tribunal.

— Vous en êtes sûre ? insistai-je. C'était plutôt extrême comme manœuvre.

— En effet, admit-elle. Mais, grâce à cela, nous avons inculpé le chef de la police et le juge-président du comté de Stark. Le shérif, lui, a été assassiné. En outre, Pedelini a repris connaissance et il s'est mis à table en les dénonçant tous. Même la procureure est en examen. Finalement, il n'y a plus personne à Starksville habilité à traduire votre père en justice, et je ne vois pas quel statut fédéral pourrait s'appliquer dans son cas.

— Il est donc libre de commencer une nouvelle vie, dis-je, soulagé.

— Libre de retrouver son ancienne vie, me corrigea Bree qui nous rejoignait.

— Quant à Marvin Bell et Harold Caine, conclut Wolfe, les charges contre eux sont si lourdes que s'ils échappent à la peine capitale, qui serait pourtant la condamnation appropriée, ils écoperont au moins de la réclusion à perpète.

Je songeai à Harold Caine, à son insensibilité, à sa cruelle indifférence pour autrui. Cece nous avait raconté toute l'histoire.

Après la naissance de Rashawn, les parents de la jeune femme l'avaient quasiment reniée. Puis Cece était tombée enceinte d'un petit ami blanc qu'elle fréquentait pendant que le père de Rashawn purgeait une peine de prison. Ses parents avaient découvert en même temps et sa grossesse et le fait qu'elle se droguait en dépit de son état.

Les Caine avaient alors manipulé la cour de Starksville pour obtenir que le bébé, Lizzie, soit retiré à sa mère dès l'accouchement. Le tribunal avait non seulement accordé la garde exclusive de Lizzie à ses grands-parents, mais réduit au strict minimum le rôle de Cece dans la vie de sa fille.

Durant des années, Harold Caine avait ruminé son amertume et son humiliation au sujet de son petit-fils métis, alors qu'il était gâteux envers sa petite-fille au teint de lys, tout en se livrant à un trafic de méthamphétamine fabriquée dans un laboratoire souterrain de son usine d'engrais.

Le plus terrible dans tout cela, c'était que la sauvagerie des blessures infligées à Rashawn avant sa mort indiquait clairement le plaisir pris par Caine à le tuer. Il avait détruit la chair de sa chair avec jouissance. Au bout du compte, ce pauvre gamin innocent avait été torturé et égorgé à cause de la couleur de sa peau.

J'avais déjà entendu de trop nombreuses variantes de la même histoire – un jeune garçon noir assassiné par racisme – mais celle-là était la pire de toutes. La plus cruelle. La plus odieuse. La plus sadique. La moins compréhensible.

Par empathie avec Cece Turnbull, je ne me remettrais jamais de la mort de Rashawn.

Caine, assisté d'une batterie d'avocats, n'avouait rien. Marvin Bell, en revanche, avait fait une déposition complète, et le ministère public allait poursuivre son acolyte pour kidnapping et meurtre, assortis des circonstances aggravantes que constituaient l'âge de la victime et le caractère raciste du crime. J'espérais que le jury se montrerait impitoyable, que Caine en baverait.

Soudain, une femme d'une quarantaine d'années portant une casquette de la chaîne Domino's déboucha au coin de la maison, avec deux cartons à pizza. Tout comme Wolfe et Bree, je fus instantanément sur mes gardes. Varney, Bell et Sherman avaient fourni d'autres charges contre Caine, notamment qu'il avait engagé une tueuse à gages, connue sous le surnom de « la dentellière », pour éliminer des membres de ma famille en maquillant les meurtres en accidents.

Elle nous avait ratés Bree et moi malgré le sabotage des freins de notre voiture. À présent que Caine se trouvait derrière les barreaux, il n'y avait aucune raison de penser que la dentellière traînait encore dans le coin, mais on ne savait jamais.

— Puis-je vous décharger de ces pizzas ? proposai-je à la femme.

— Merci, dit-elle avec un sourire en me les remettant. Je suis un peu en retard, alors ce sera cinq dollars de moins.

— Qui les a commandées ? demanda Bree.

— Connie Lou.

— Ah, Edith, te voilà ! s'exclama ma tante qui se hâtait vers la livreuse, son porte-monnaie à la main.

Elles se firent la bise tandis que Bree et moi nous détendions, rassurés.

Puis je vis un tableau qui me réchauffa le cœur. Cece Turnbull entrait dans le jardin accompagnée d'une ravissante enfant qui était son portrait craché ; la jeune femme paraissait sobre et folle de joie d'être avec sa fille.

Bree alla se chercher quelque chose à boire dans la cuisine. Je pris place dans la queue pour le buffet disposé dehors. Une fois mon assiette pleine à ras bord de lapin sauté, coleslaw, brocolis en salade et petites pommes de terre roses rôties, je me dirigeai vers Bree et Pinkie en train de discuter.

— Tu n'as pas pris tout le lapin, hein, papa ? m'interpella au passage Jannie, vautrée dans une chaise longue entre Damon et Ali.

— Purée qu'il est bon ! fit Damon. Y a intérêt qu'il en reste.

— Moi aussi, j'en veux encore ! pépia Ali. Et Pinkie m'a promis de cuire la perche que j'ai attrapée hier dans le lac.

— Je suis sûr qu'il n'a pas oublié, dis-je. Mais je vais le lui rappeler quand même.

Jannie m'annonça :

— La coach Greene et Mme Fall ont dit qu'elles essaieraient de venir plus tard.

— Je serai content de les voir. Seulement, je tiens à ce que tu gardes tes choix ouverts, jeune fille. D'accord ?

— Ouais, papa a raison, Jannie, renchérit Damon. Si tu as déjà Duke à ta porte, c'est garanti qu'il y en aura plein d'autres.

Radieuse, elle acquiesça de la tête, puis se fit plus grave.

— Est-ce que Sharon et sa mère vont aller en prison ?

— Elles ont produit des preuves contre Marvin Bell, mais même si elles convainquent un jury qu'il les a forcées à mentir pour le viol et à mettre l'ADN de Stefan sur la culotte de Sharon et la drogue dans ton sac, elles risquent toutes les deux une condamnation à une peine ferme.

— Je ne veux pas que leurs vies soient totalement bousillées à cause de ça.

— Moi non plus, dis-je. Allez, amusez-vous bien les enfants.

— Je m'amuse toujours, affirma Ali.

Je souris.

— C'est vrai, bonhomme ?

— Comme Jim Shockey. La vie est une aventure !

Mon benjamin avait une compréhension de l'existence bien au-dessus de son âge, songeai-je, puis je rejoignis Pinkie et ma femme.

— Donne-moi donc un peu de lapin pour m'éviter la queue, me dit Bree en jetant un regard affamé sur mon assiette.

— Même pas en rêve.

— Quoi ? ronchonna-t-elle. Après tout ce que j'ai fait avec tant d'ingéniosité pour ton cousin Stefan ?

— Bon, concédai-je. Prends la cuisse.

Bree s'en empara prestement.

— Et moi, alors ? plaida Pinkie.

— Si tu es assez costaud pour bosser sur des plateformes pétrolières, tu peux bien faire la queue.

Avec un éclat de rire, mon cousin partit vers le buffet.

Bree dégusta deux bouchées du lapin et fit mine d'être au paradis.

— Tu sais, Alex, j'avais déjà compris le rôle de Caine. Enfin, sauf pour Rashawn.

— Je te crois sur parole.

J'étais sincère. La photo satellite qu'elle m'avait montrée au tribunal représentait le complexe industriel Caine, situé non loin des rails entre Starksville Road et le passage à niveau cinq kilomètres au sud. Grâce aux images des caméras de chasse, Bree avait déduit que les convoyeurs clandestins embarquaient sur les trains entre deux passages à niveau.

Elle avait fait une recherche sur Google Earth, vu la voie de desserte ferroviaire qui partait de l'usine d'engrais, et s'était dit : *Quelle parfaite couverture pour fabriquer de la meth !*

— Si ton père n'avait pas joué les Rambo, j'aurais cloué Caine au mur, conclut-elle.

— C'est certain, admis-je. Et pour ça, je pense que tu as mérité un peu de détente en Jamaïque.

Elle s'anima aussitôt.

— Vraiment ?

— Pourquoi pas ?

— Rien que nous deux ?

— Pourquoi pas ?

— Quand ?

— Dès que tu veux.

— Oh, j'adore ta façon de penser parfois ! s'exclama-t-elle, avant de m'embrasser avec fougue.

— Trouvez-vous une chambre, les tourtereaux ! nous taquina Nana Mama qui s'installait dans une chaise longue à côté.

— Nous étions justement en train d'en parler, lui renvoyai-je du tac au tac.

— Pitié, pas de détails, comme dirait Jannie, grommela ma grand-mère en nous enjoignant d'un geste de partir.

— Contente d'être revenue à Starksville, Nana ? l'interrogea Bree.

— Je serais une affreuse ingrate si je m'en plaignais. C'est comme l'histoire du fils prodigue, sauf que je la vis en personne. Honnêtement, Bree, je pourrais mourir maintenant, cela m'irait très bien.

— Mais pas à moi, protestai-je.

— À moi non plus, renchérit mon père, qui arrivait derrière elle et se pencha pour l'embrasser sur le front.

Nana Mama, qui en général n'appréciait pourtant pas les démonstrations d'affection en public, posa sa paume sur la joue de son fils et ferma les yeux ; je l'imaginai alors très jeune, en train de bercer son nouveau-né dans ses bras.

Le téléphone de mon père vibra soudain. Il se redressa, le sortit de sa poche et lut un SMS. Il nous regarda tour à tour, ma grand-mère et moi.

— Bon, je ne vous ai pas encore tout raconté, déclara-t-il. Comment je suis devenu Peter Drummond, et la suite.

Effectivement. Il était resté très évasif sur cette partie de sa vie.

— Tu vas nous le dire ? lui demanda Nana Mama.

— Dans une minute. Mais avant, il y a quelqu'un que je souhaite vous faire rencontrer, répondit-il en s'éloignant.

102

Mon père revint vers nous main dans la main avec la révérende Alicia Maya, qui parut s'illuminer sous les derniers rayons du soleil.

— Alex, maman. J'aimerais vous présenter ma plus fidèle amie, celle dont l'amour m'a sauvé. Ma femme, Alicia.

Pour la énième fois durant ces deux semaines, les larmes me montèrent aux yeux.

— Je suis désolée de vous avoir menti l'autre jour au cimetière, s'excusa la révérende en me saisissant les mains. Mais votre père estimait qu'il valait mieux pour vous que vous continuiez à le croire mort. Il m'a dit que cette chance de vous avoir revu était un cadeau de Dieu, et que cela lui suffisait. Mais après votre départ de Floride, il a pris conscience que ce n'était pas assez. Il voulait vous connaître mieux, refaire partie de votre famille. Pour cela, il lui fallait revenir ici démasquer Bell, et donc détruire la vie qu'il s'était construite.

Le couple se relaya pour raconter peu à peu l'histoire devant toute l'assemblée attentive, tandis que le crépuscule tombait doucement.

Conformément à ce que la révérende m'avait déjà relaté, mon père était apparu un soir dans son église, faible, boiteux et sans logis. Elle lui avait permis de rester là. Ensuite, elle lui avait aussi fourni un soutien psychologique pour l'aider à se désintoxiquer.

— À travers Alicia, j'ai trouvé Dieu, et je n'ai pas touché à l'alcool ni à la drogue depuis trente-quatre ans, expliqua-t-il. Malgré la culpabilité que j'éprouvais à vous avoir abandonnés, vous les garçons, et toi, maman, j'avais trop peur des conséquences pour nous tous si je remettais les pieds à Starksville.

La révérende enchaîna :

— Il s'est confessé à moi un jour, environ un an après son installation dans l'église. Il m'a tout dit : le meurtre de votre mère par Marvin Bell qu'il n'avait pu empêcher, son arrestation injuste, sa chute dans la gorge lorsque la police lui a tiré dessus, et enfin sa guérison grâce aux soins de son cher Clifford. Je lui ai assuré que Dieu lui pardonnerait.

— Est-ce à ce moment-là que vous êtes tombée amoureuse de lui ? s'enquit Nana Mama, curieuse.

— Non, l'amour est venu plus tard, après la guerre, quand j'ai réalisé que j'avais failli le perdre.

Le soir où mon père avait rencontré Alicia Maya, il possédait de faux papiers au nom de Paul Brown. Mais peu de temps après sa confession, un miracle tragique se produisit.

Un jeune homme de dix-neuf ans qui s'appelait Peter Drummond entra dans l'église de la révérende Maya en quête de réconfort spirituel, exactement comme mon père un an plus tôt. Drummond lui expliqua qu'il était orphelin, de Kansas City, et n'avait plus droit aux foyers d'accueil depuis onze mois. Sans toit ni ressources, il s'était enrôlé dans l'armée sur un coup de tête.

— Il m'a dit avoir fait une erreur, continua Alicia. Qu'il n'aurait jamais dû s'engager, qu'il se sentait incapable de résister à la pression de la guerre, et surtout de tuer des êtres humains.

Elle se tut, bouleversée, et mon père mit la main sur l'épaule de sa seconde épouse en l'apaisant :

— Tu ne pouvais pas deviner.

— Je sais, fit-elle avec un soupir. En fait, il était psychologiquement et moralement bien plus perturbé que je ne l'avais perçu. Je lui ai recommandé de prier et d'avoir foi en Dieu, qui lui montrerait la voie juste…

Sa voix se brisa.

Mon père poursuivit à sa place :

— Drummond est sorti derrière l'église et s'est tiré dans le visage avec un fusil.

— Doux Jésus ! souffla Pinkie.

— Nous étions les seuls à avoir entendu la détonation, reprit la révérende. Je suis devenue hystérique quand nous l'avons trouvé mort, votre père et moi.

— Elle m'a dit d'avertir la police, mais je n'osais pas, de crainte d'être interrogé, enchaîna mon père. Alors, j'ai fouillé les poches de Drummond. Et là il y avait ses papiers d'identité, et une convocation militaire lui enjoignant de se présenter à la base de Camp Lejeune deux jours après.

— Tu as échangé vos papiers ! lança Ali.

— Bien vu, jeune homme, répondit mon père. Tout d'abord, Alicia a refusé d'être mêlée à ça, mais je lui ai démontré que ce serait pour moi une totale renaissance et l'opportunité de faire quelque chose de bien et de courageux pour la première fois de ma vie.

— Personne n'a eu de soupçons à propos des papiers d'identité ? s'enquit Bree.

— Les deux photos étaient de qualité médiocre, en plus Drummond avait le visage détruit, rappela Alicia Maya. La police de Pahokee n'a jamais mis en doute que le suicidé était Paul Brown.

— Et les Marines étaient contents de mes services, ajouta mon père. J'ai obtenu le grade de caporal et je suis parti au Koweït pendant la première guerre du Golfe. Mon unité avait pour mission de réquisitionner et protéger les puits de pétrole, auxquels les Irakiens flanquaient le feu quand ils se repliaient. L'un d'eux a explosé. J'étais trop près.

Puis la révérende précisa que mon père et elle avaient toujours gardé le contact par une correspondance régulière.

— En le voyant blessé dans son lit à l'hôpital militaire, eh bien, j'ai simplement compris que je l'aimais et que je ne pourrais plus vivre sans lui.

— J'éprouvais la même chose, fit mon père. Vous n'imaginez pas combien ça m'a fait chaud au cœur qu'elle me rende visite.

— Et ensuite tu es devenu flic, déduis-je.

— Je me suis dit que je serais bon dans la chasse aux criminels puisque j'en avais été un dans le passé.

— Il est excellent, renchérit Alicia Maya. Et lorsqu'il a découvert que vous aviez choisi la même profession, Alex, il était si fier ! Il a suivi votre carrière pas à pas.

— Et vous êtes tombés l'un sur l'autre par hasard en Floride, à Belle Glade, remarqua ma grand-mère.

— Il y a combien de chances que ça arrive, une coïncidence pareille ? s'exclama Jannie.

— Aucune, répondit la révérende. C'est pour ça que j'ai la foi, nous sommes tous guidés par une main divine.

— Vous le croyez vraiment ? insista Nana Mama.

— Oui.

— Moi aussi, dit mon père.

— Tout comme moi, affirmai-je.

— Quelle autre explication pourrait-il y avoir ? conclut Nana Mama avec un grand sourire.

Un silence méditatif régna alors, et je songeai au mystère qui avait plané sur ma vie et à la parfaite plénitude que je ressentais à cet instant précis.

— J'aimerais porter un toast, annonça mon père. Que tout le monde prenne un verre !

Le temps de nous servir et de nous rassembler à nouveau, des lucioles scintillaient dans les pins.

Mon père leva sa boisson sans alcool et déclara :

— À tous nos amis et à tous les membres de notre famille, vivants, morts et ressuscités : que Dieu bénisse les Cross !

— Amen, dit Nana Mama.

Et nous répétâmes à l'unisson :

— Amen.

Du même auteur
aux éditions Lattès :

Dans la série « Alex Cross » :

Le Masque de l'araignée, 1993.
Et tombent les filles, 1995.
Jack et Jills, 1997.
Au chat et à la souris, 1999.
Le Jeu du furet, 2001.
Rouges sont les roses, 2002.
Noires sont les violettes, 2004.
Quatre souris vertes, 2005.
Grand Méchant Loup, 2006.
Des nouvelles de Mary, 2008.
La Lame du boucher, 2010.
La Piste du Tigre, 2012.
Moi, Alex Cross, 2013.
Tirs croisés, 2014.
Tuer Alex Cross, 2015.
Cours, Alex Cross, 2016.
Cross, cœur de cible, 2017.
Dernière chance pour Alex Cross, 2019.
Alex Cross va trop loin, 2021.
Alex Cross seul contre tous, 2022.

Dans la série « Women's Murder Club » :

1er à mourir, 2003.
2e Chance (avec Andrew Cross), 2004.
Terreur au 3e degré (avec Andrew Cross), 2005.
4 fers au feu (avec Maxine Paetro), 2006.
Le 5e Ange de la mort (avec Maxine Paetro), 2007.
La 6e Cible (avec Maxine Paetro), 2008.
Le 7e Ciel (avec Maxine Paetro), 2009.
La 8e Confession (avec Maxine Paetro), 2010.
Le 9e Jugement (avec Maxine Paetro), 2011.
10e anniversaire (avec Maxine Paetro), 2012.
La 11e et dernière heure (avec Maxine Paetro), 2013.
12 Coups pour rien (avec Maxine Paetro), 2014.
13e malédiction (avec Maxine Paetro), 2015.
14e péché mortel (avec Maxine Paetro), 2016.
15e affaire (avec Maxine Paetro), 2017.
16e séduction (avec Maxine Paetro), 2018.
17e suspect (avec Maxine Paetro), 2019.
18e rapt (avec Maxine Paetro), 2021.

La Diabolique, 1998.
Souffle le vent, 2000.
Beach House, 2003.
Bikini, 2009.
Le Président a disparu (avec Bill Clinton), 2018.
La Fille du président (avec Bill Clinton), 2021.